Susanne Arnold

Das Schwarz der Tulpen

Susanne Arnold

Das Schwarz der Tulpen

Arnold, Susanne: Das Schwarz der Tulpen
Hamburg Dryas Verlag 2024

1. Auflage 2024
ISBN: 978-3-98672-052-0

Dieses Buch ist auch als ePub erhältlich und kann über den Handel oder den Verlag bezogen werden.
ePub-eBook: 978-3-98672-057-5

Lektorat: Andreas Barth, Oldenburg
Satz: abavo GmbH, Buchloe
Umschlag: © Kim Hoang I Guter Punkt, München unter Verwendung von Motiven von iStock/Getty Images Plus.
Umschlagabbildungen: © MaYcaL/iStock/Getty Images Plus; © Wirestock/iStock/Getty Images Plus; © Akabei/iStock/Getty Images Plus; © Christopher Zagyi/iStock/Getty Images Plus; © Challlenger/iStock/Getty Images Plus; © Laura Fokkema/iStock/Getty Images Plus

Bibliografische Information der Deutschen Nationalbibliothek:
Die Deutsche Nationalbibliothek verzeichnet diese Publikation in der Deutschen Nationalbibliografie; detaillierte bibliografische Daten sind im Internet über https://dnb.d-nb.de abrufbar.

Der Dryas Verlag ist ein Imprint der Bedey und Thoms Media GmbH,
Hermannstal 119k, 22119 Hamburg

---

https://www.dryas.de
Gedruckt in Deutschland

Widmung

Für die drei Lieben meines Lebens:
Guido, Jan und Max!

1

Ach du meine Güte! Sind das etwa Wackersteine? Hör dich nur an! Du keuchst wie eine alte Dampflok!« Während sie ihr Strickzeug auf die Knie sinken ließ, sah mir Margret über ihren oberen Brillenrand hinweg entgeistert dabei zu, wie ich den Weidenkorb in Größe eines Kinderplanschbeckens schnaufend auf unseren Esstisch hievte. Der Tisch war massiv und das war auch gut so. Mein Trageutensil ließ ein protestierendes Knacken ertönen, ein deutliches Signal für seine baldige Kapitulation. Die Befestigung des Griffs hatte mir schon den ganzen Heimweg über Sorgen bereitet. Als wollten sie sich zustimmend auf die Seite des gequälten Korbs schlagen, knisterten die Holzscheite im Kamin. Kampfeslustig schossen sie imaginäre Pfeile in meine Richtung. Dabei konnte ich rein gar nichts dafür! Margret richtete sich auf. »Ich fürchte, das war dann wohl sein letzter Einsatz! Weißt du eigentlich, wie viele Jahre mir dieser Weidenkorb schon treue Dienste geleistet hat, Elisabeth Wilson?« Die hohe Stirn meiner Freundin verkürzte sich dadurch, dass sie sich in kritische Falten legte. Dabei warf das flackernde Feuer wie zum Hohn lustig tanzende Schatten auf ihr Gesicht.

»Aber sieh dir meine Ausbeute an! Nicht schlecht für einen Feldzug, was?« Triumphierend hob ich ein Wollknäuel in die Höhe und musste dabei schmerzlich feststellen, dass meine Hand kaum noch zugreifen konnte. Sie verharrte immer noch in der Form, in der sie sich um den Haltegriff des Korbes gelegt hatte. Es half nichts, ich musste mir wohl oder übel eingestehen, dass sich mein Alter inzwischen häufiger meldete, als mir lieb war. Gequält ließ ich die Wolle zurückfallen und bemühte mich mit mäßigem Erfolg darum, meine Finger zu strecken. Irgendein Gelenk knackte. Margret ignorierte meine ächzenden Laute. Sie war nicht der Typ Mensch, der einen anderen aufgrund von derlei Lappalien – und in ihren Augen war meine Qual genau das – bedauerte oder gar betüdelte. Immerhin erhob sie sich gnädig, um einen abschätzenden Blick auf meine Errungenschaften zu werfen. Dabei steckte sie den Kopf so tief in den Korb, dass nur noch ihr grauer Haarknoten herauslugte, aus dem sich nicht das kleinste Härchen je herauswagte. Es hätte auch keine Chance gehabt, so fest saßen die Haarnadeln. Margret war respekteinflößend. Auch für Haare! Und für eine Fliege, die sich gemütlich auf dem Henkel des strapazierten Korbs ihre Flügel putzte und sich bei dem Herannahen von Margrets spitz zulaufender Nase genötigt sah, fluchtartig das Weite zu suchen.

»Ich kam mir vor wie eine Hausiererin! Fürchterlich! Aber dafür gibt es hier jetzt Wolle in sämtlichen Farben und Stärken. Tada!«

Sie hätte mich zumindest mit einem klitzekleinen Lob belohnen können. Schließlich galt mein Engagement einem guten Zweck. Aber darauf konnte ich bei Margret lange warten. »Wenn jetzt unser marodes Kirchendach nicht bald gerettet werden kann, weiß ich es auch nicht mehr!« Ich verschränkte die Arme. Eine Sanierung des Dachstuhls war unausweichlich geworden. Anderenfalls liefe man bald Gefahr, während des Gottesdienstes von einem Balken erschlagen zu werden. Unser beliebter Pfarrer, Mr Stonecastle, war schon ganz krank vor Sorge um seine Kirche. Denn obwohl Rosefield sämtliche Zuschüsse beantragt hatte, die es irgendwo zu holen gab, reichte das Geld hinten und vorne nicht, um die Sanierungskosten auch nur annähernd zu decken.

Margrets Haarknoten meldete sich.

»Wer hatte noch mal die Idee mit dem Wohltätigkeitsbasar? Deine Friseurin Mrs Gibson, oder?«

»Ja, bei der letzten Gemeinderatssitzung. Das wird den Dachstuhl zwar nicht sofort retten, aber immerhin! Jede Einnahme zählt. Und zwar möglichst bevor irgendwelche Sachverständigen, die sich selbst für unfassbar schlau halten, hier aufkreuzen und unser Schmuckstück des Dorfes wegen Baufälligkeit schließen.«

Das würde ich nicht zulassen! Nur über meine Leiche! Margret zerrte ein hellblaues Garn hervor.

»Nun, damit kann ich vermutlich etwas anfangen. Wenn ich mich beeile, schaffe ich bis Samstag noch einige Paare. Da muss ich wohl mal die Finger spielen lassen!« Fachkundig sortierte sie die Knäuel mit ihren schmalen Händen zu kleinen Haufen. Sie trug eine graue Strickjacke und der Anblick des gemusterten Bündchens versprühte einen Hauch von Nostalgie. »Wollen wir doch mal sehen, woraus sich Socken produzieren lassen, die sich dann auch hoffentlich gut verkaufen. Diese Sorte hier ist zu haarig. Niemand mag kratzige Socken. Und diese ist zu dick. Da passt kein Schuh mehr, nicht mal ein Pantoffel! Aber das dünne Garn hier, ja, das könnte gehen und hier … nanu! Was ist denn das?« Sie hob fragend den Kopf in meine Richtung.

»Das …«, ich machte absichtlich eine gewichtige Pause und schloss die Augen, während ich geräuschvoll ausatmete, »ist der Grund für den Muskelkater, den ich morgen haben werde! Oder glaubst du etwa, Wolle wäre so schwer, dass ich sie kaum tragen kann?« Verächtlich schnaufend rieb ich mir den rechten Arm.

»Setzt Muskelkater nicht voraus, dass man über Muskeln verfügt?« Margret hielt ein grünes Knäuel prüfend ins Licht und befühlte unschuldig dessen Beschaffenheit.

»Sehr witzig!« Ich verkniff mir die Bemerkung, dass sie ebenso wenig wie ich in der Position war, sich mit Muskelmasse zu brüsten, ganz gleich an welcher Stelle des Körpers sich diese normalerweise befinden mochte. Überspitzt ausgedrückt bestand ich nun einmal aus Speck und Margret aus Haut und Knochen. Da biss die Maus keinen Faden ab.

»Es freut mich außerordentlich, zu hören, dass es offenbar einen anderen Grund für deine Theatralik gibt als reine Wolle, meine liebe Elisabeth! Ich hatte schon einen Schwächeanfall befürchtet.«

»Schwächeanfall? Pah, von wegen! Wir sind 72 Jahre jung und keine 100! Die hässliche Vase von Miss Shaw ist schuld! Übrigens auch an der Kapitulation des Weidenkorbs!« Ich deutete anklagend auf den Korbinhalt. »Heb das Ding mal an, dann weißt du, wovon ich spreche!«

Margret wuchtete das Ungetüm auf den Boden. Kurz überkam mich die Angst, sie könne unter der Last zusammenbrechen, doch sie bewies mir wieder einmal, dass sie zäh war wie die Koteletts im Pub von Mr Moore, seit er keine Küchenhilfe mehr hatte.

»Donnerwetter!« Margret wischte sich mit der Hand über die Stirn. »Das nenne ich Kitsch! Sie ist nicht nur an Gewicht, sondern auch an Hässlichkeit kaum zu übertreffen!«

»Sage ich doch! Wenn man längere Zeit auf das Muster schaut, büßt man an Sehstärke ein!«

»Warum hat Miss Shaw dir das Monstrum überhaupt mitgegeben? Du wolltest doch Wolle sammeln und keinen Sperrmüll.«

»Reine Schikane! Sie wollte sehen, wie ich unter der Last zusammenbreche!« Ich nickte entschieden. »Hast du gerade Sperrmüll gesagt?« Mir entwich ein Kichern.

»Nun ja, Elvira ist eine Wichtigtuerin, aber wieso sollte sie so etwas tun?«

»Weil ich zur Vorsitzenden des Organisationskomitees für den Basar gewählt worden bin und sie nicht! So sieht es aus! 18 Stimmen habe ich bekommen, es gab eine Enthaltung und nur eine Stimme für Elvira! Wir waren die einzigen beiden Kandidatinnen. Niemand sonst wollte sich das aufbürden. Ich glaube, die meisten waren ohnehin nur gekommen, um bei Mr Moore im Pub ein Ale auf Kosten des Pfarrers zu trinken.«

»Nun, das ist auch mit einer Menge Arbeit verbunden.«

»Das Trinken von Ale?«

»Die Organisation des Basars natürlich!« Sie schleuderte mir ein Wollknäuel entgegen. Ich fing es geschickt ab.

»Schon, aber mir macht so etwas Spaß. Und es ist doch für Rosefield!«

»Du bist die Ausnahme! Die meisten Menschen haben keine Lust, sich so etwas ans Bein zu binden. Ehrenamtliche Tätigkeiten sterben aus, weil sie oft undankbar und lästig sind.« Margret hob gewichtig den Zeigefinger.

»Elvira hat sich nur aufstellen lassen, um sich in den Vordergrund zu drängen! Alles andere ist der doch egal.« Missmutig ließ ich meine Hand durch die Luft fegen.

»Lass mich raten, du hast dich enthalten und Miss Shaw hat sich ihre Stimme selbst gegeben.«

»Stimmt! Genau so war es!«

»Aber war die Wahl denn nicht geheim?«

»Wir haben uns für eine offene Abstimmung entschieden.«

»Oh, das dürfte für Elvira ziemlich ernüchternd gewesen sein. Mich wundert, dass sie das Ergebnis so einfach akzeptiert hat. Das passt gar nicht zu ihr.«

»Sie hat den armen Pfarrer abgefangen, als er gerade gehen wollte. Vor den Toiletten! Mir würde das alles zu viel werden und ich wäre der Aufgabe nicht mehr gewachsen, hat sie gesagt!« Bei der Erinnerung kochte es erneut in mir. »Und weißt du, was sie dann gemacht hat?«

»Du wirst es mir gleich sagen.«

»Auf meinem Alter ist sie rumgeritten! Ich wäre lange nicht mehr so fit wie sie selbst! Gebrechlich käme ich ihr vor und auch ein bisschen vergesslich! Die spinnt doch!« Ich tippte mir mit dem Zeigefinger gegen die Stirn. Der bloße Gedanke an Elvira trieb meinen Puls in ungeahnte Höhen!

»Hast du gelauscht?« Margrets tadelnder Unterton war gespielt. Sie kräuselte streng die Stirn, aber um ihre Mundwinkel zuckte es heiter.

»Sagen wir, ich habe es rein zufällig gehört.« Ich riss meine Augen auf wie ein unschuldiges Rehkitz und meine Freundin grinste.

»Ich verstehe, rein zufällig …«

»Ich musste mal. Das wird doch wohl noch erlaubt sein.«

»Aha!«

»Es war dringend.«

»Selbstverständlich!«

»Pah! Der Aufgabe nicht gewachsen! Da lachen doch die Hühner!«

»Das ist allerdings eine Frechheit und zudem eine faustdicke Lüge! Du bist absolut allem gewachsen! Ich erinnere mich gut an den Tag im letzten Frühjahr, als du einem Mörder eine Bronzefigur auf den Kopf geschlagen hast.«

Ich wehrte entschieden ab. Alles, was mich an diese alte Geschichte erinnerte, schob ich grundsätzlich sofort zur Seite.

»Jedenfalls hat sie selbstverständlich freigiebig angeboten, für mich einzuspringen. Weil ich das in ihren Augen ja niemals bewerkstelligen konnte! Blöde Ziege!«

»Lächerlich!«

»Tja, aber Queen Shaw hat ihre Gunst bei den Einwohnern Rosefields leider inzwischen komplett verspielt.« Ich konnte eine gewisse Schadenfreude, die in meinen Worten mitschwang, nicht unterdrücken. Also versuchte ich es gar nicht erst. »Seit Mrs Gibson auf die Idee mit dem Basar gekommen ist, kommandiert Elvira alle herum. Wie ein Feldwebel! Und dabei merkt sie nicht einmal, wie genervt alle von ihr sind!«

Margret nickte.

»Ich kann es mir lebhaft vorstellen.«

»Sogar Sally Kinsley verdreht nur noch die Augen. Und das soll schon was heißen, wie du weißt! Elvira Shaw leidet ganz offensichtlich an einer schweren Form von Realitätsverlust! Wer es schafft, Sally auf die Palme zu bringen, hat wahrlich ganze Arbeit geleistet.«

Meine Freundin hob spöttisch eine Augenbraue.

»Sie konnte ihr eigenes Handeln noch nie richtig einordnen!

Was sagt denn Mr Stonecastle dazu? Irgendetwas muss er ihr ja geantwortet haben.«

Mein Grinsen wurde breit.

»Nun, er hält mich für die perfekte Besetzung für dieses Amt und das hat er auch unserer Spottdrossel unter die Nase gerieben!«

»Die Ärmste.« Margret machte einen kindlichen Schmollmund.

»Ich musste mir in die Faust beißen, um hinter der Toilettentür nicht vor Freude zu quietschen.«

»Und um zu beweisen, dass du doch überfordert bist, hat sie dir die Vase in die Hand gedrückt und sie dich bis ans Ortsende schleppen lassen?«

»Ich sollte darunter zusammenbrechen, so sieht es aus!« Ich tippte bei jedem Wort einmal energisch auf die Tischplatte. »Angeblich will sie das klobige Ding in ihrer großen Güte zu Dekorationszwecken zur Verfügung stellen. Ganz ehrlich, sollen die Leute etwa davonlaufen?« Ich ließ mich in meinen Ohrensessel fallen. »Hätte ich doch bloß nicht bei ihr geklingelt!«

»Wieso hast du die Vase nicht stehen lassen und gesagt, dass du sie nicht gebrauchen kannst?«

»Ach, keine Ahnung!« Resigniert starrte ich in die letzte sich aufbäumende Glut und machte Bewegungsübungen mit meiner Hand, indem ich sie mehrmals öffnete und wieder schloss. »Du hättest sehen sollen, wie sie wieder aussah! Ich war nicht sicher, was ich geschmackloser finden sollte, die Vase oder ihre Frisur.«

Ich hörte, wie Margret hinter mir erneut im Korb raschelte.

»Hat sie wieder deine arme Friseurin gequält?«

»Das kannst du laut sagen. Ich habe Mrs Gibson auf dem Heimweg getroffen. Eins kannst du mir glauben, sie war mit den Nerven völlig am Ende.«

»Siehst du, da habe ich wieder die Bestätigung für meinen Haarknoten! Mit Frisuren-Problemen habe ich nichts zu schaffen! Schlicht und praktisch – damit fährt man am besten!«

Ich beugte mich noch ein Stück weiter über meine linke Armlehne und beäugte Margret kritisch von der Seite. Mehr Schlichtheit ging tatsächlich nicht.

»Aber etwas mehr könntest du schon aus dir machen, liebste Margret! Es muss ja nicht gleich der Heuballen von Miss Shaw sein!« Seit ich nach dem Tod meines Mannes Harry in das überaus idyllische Cottage meiner Freundin gezogen war, versuchte ich schon, sie zu einer etwas modischeren Optik zu überreden. Zwecklos! Margret machte sich einfach nichts aus derlei Oberflächlichkeiten, wie sie es nannte. Ihr Haarknoten hatte in den letzten Jahrzehnten nur eine einzige Veränderung durchlebt. Er war von Kastanienbraun zu Mausgrau mutiert. Und ein Kleidungsstück musste zweckmäßig sein und wenn es das war, dann durfte es bleiben, bis es auseinanderfiel.

»Alles Mumpitz! Wenn ich von Zeit zu Zeit etwas habe, womit ich meinen Verstand füttern kann, bin ich wunschlos glücklich.«

Sie starrte plötzlich trübselig auf die geblümte Tapete.

»Ist alles in Ordnung?«

Die Antwort war ein tiefer Seufzer.

»Ich habe keine Arbeit für meinen Verstand, Elisabeth! Mir ist langweilig!«

»Oje! Bitte nicht!« Mir schwante Schlimmes.

»Es passiert nichts mehr in Rosefield, findest du nicht auch? Die spannendste Geschichte, die ich in den letzten Tagen gehört habe, war die von Mrs Turner über ihre verbrannte Pastete!« Mit verschränkten Armen trommelte Margret missmutig mit den Fingern der rechten Hand auf die Beuge des linken Arms.

»Ihr ist die Pastete verbrannt? Dabei brüstet sie sich immer so mit ihrer Pastete! Geschieht ihr mal recht!« Ich rieb mir die Hände.

»Fürchterlich, dieser ewig gleiche Trott! Die Tage sind so monoton! In der Zeitung steht auch nichts, was mich auch nur ansatzweise dazu verleiten könnte, genauer hinzusehen!«

»Ist das denn wirklich so schlimm? Ist doch schön, einfach mal ganz entspannt hier zu sitzen.«

»Sei so gut und reich mir noch mal die *Kent News* rüber. Vielleicht habe ich ja etwas übersehen. Schau mal, neben dir auf dem Beistelltisch.« Und mit tadelndem Unterton ergänzte sie: »Und natürlich ist es schlimm! Es könnte kaum schlimmer sein! Ich habe Langeweile! Hörst du, Elisabeth Wilson?«

»Oh nein, sag das nicht! Denk nicht einmal daran! Ich weiß noch zu gut, was passiert ist, als du dich das letzte Mal gelangweilt hast.« Ich schlug die Hände vors Gesicht und täuschte einen Ohnmachtsanfall vor. Als ich wieder aufblickte, stand Margret direkt vor mir. Ihre spitze Nase war nur eine Handbreit von meiner Knubbelnase entfernt.

»Nun mach doch nicht so ein Gezeter! Wenn man seinen Geist nicht fordert, rostet er ein, das ist eine ganz einfache Geschichte!«

Ich stieß einen theatralischen Seufzer aus, der all meine Sorgen zum Ausdruck bringen sollte.

»Lucy hat die Zeitung vorhin entsorgt, weil du sie heute bereits siebenmal gelesen hast! Sie war schon ganz zerfleddert.«

Auch im letzten Frühjahr war meiner Freundin langweilig gewesen. So langweilig wie heute! Und dann hatte Rosefield eine nie dagewesene Mordserie erlebt. Ich wollte und brauchte keine Wiederholung! Doch mein Wunsch, die nächsten Tage ohne erhöhten Blutdruck zu erleben, sollte sich nicht erfüllen. Als ich am Abend an unserem weiß getünchten Gartentürchen stand, kreuzte eine schwarze Katze als unheilvoller Vorbote die Straße von links, während sich drei Raben krächzend in den dunklen Himmel erhoben.

2

Im Gegensatz zu Margret mangelte es mir persönlich aufgrund des bevorstehenden Basars in keiner Weise an Beschäftigung. Ganz im Gegenteil!

»Also, ich verstehe überhaupt nicht, was du hast«, bekräftigte ich. »Es passiert doch gerade eine ganze Menge! Oder willst du das kommende Wochenende etwa als nichts bezeichnen?«

»Natürlich nicht. Aber das Stricken von Socken fordert meine grauen Zellen nicht, verstehst du das denn nicht? Das mache ich im Schlaf!« Margret schüttelte deprimiert den Kopf. »Nein, Elisabeth! Ich brauche etwas Kniffliges zum Grübeln! Tricks und Raffinesse! Etwas Unvorhersehbares!« Sie rieb die Daumen an den Zeigefingern, als könne sie damit etwas heraufbeschwören. Mit dieser Geste erinnerte sie mich an einen übereifrigen Italiener, der mir einmal im Urlaub die Besonderheit seines Pasta-Teigs hatte erklären wollen.

»Du könntest mir doch beim Organisieren helfen!« Mir war bewusst, dass dies keine weltbewegende Veränderung bewirken würde, doch es wollte mir gerade nichts Klügeres einfallen.

»Oder Pasta machen.«

»Wie bitte?«

»Ach nichts. Aber jemanden, der mitdenkt, könnte ich schon gut gebrauchen.«

Margrets Unterlippe, die sich leicht nach vorn verlagert hatte, verriet ihren Unmut. Sie hatte inzwischen ihren Ohrensessel bezogen, der schräg neben meinem stand.

»Das ist nun wirklich nicht gerade das, was mir vorschwebt.«

Ihre Pantoffelspitzen tippten abwechselnd ungeduldig auf den Boden.

»Wieso wundert mich das jetzt nicht?« Ich seufzte. »Aber immerhin ist es etwas anderes als Stricken, nicht wahr?« Schweigen. Ich hob die Arme und ließ sie in meinen Schoß fallen. »Hör zu, Margret, etwas anderes fällt mir nun einmal gerade nicht ein. Ich kann dir nicht mal eben schnell ein Verbrechen aus dem Ärmel schütteln.«

»Schade eigentlich. Das wäre mal wieder eine echte Herausforderung!«

Ich beschloss, nicht darauf einzugehen. Eine Zeitlang hörte man nichts außer dem Klappern der Stricknadeln. Dann hatte meine Freundin einen Entschluss gefasst.

»Na schön, ein handfester Kriminalfall wäre mir zwar weitaus lieber, aber erstens ist bedauerlicherweise keiner in Sicht und zweitens kann ich dich ja schließlich nicht einfach deinem Schicksal überlassen.«

»Sehr richtig!« Ich grinste.

»Wie weit bist du denn mit deinen Planungen?« Der Wollknäuel neben Margrets Füßen zappelte wie ein Fisch am Angelhaken, während er sich immer weiter auseinander rollte. Fasziniert versuchte ich, mit meinen Blicken den Nadeln und Maschen zu folgen. Es war unmöglich. Kopfschüttelnd gab ich auf und massierte stattdessen mit meiner linken Hand meine geschundene rechte.

»Wie viele Socken hast du inzwischen eigentlich gestrickt?«

»42 Paar.«

»Ernsthaft?« Mir blieb beinahe die Spucke weg. »Alle Achtung! Wie machst du das nur?«

Margret zuckte nur mit den Schultern und klapperte weiter.

Ich überlegte, an welcher Stelle ich mit meiner Berichterstattung über die Vorbereitungen beginnen sollte.

»Ich hatte ein Problem mit den Ständen, weißt du noch?«

»Ja, du wusstest nicht, wo du genügend Tische herbekommen solltest. Hat sich daran etwas geändert?«

»Allerdings! Graham Mitchell hat aus Holzresten Stände zusammengezimmert, ist das nicht unglaublich nett von ihm?«

»Absolut! Zumal die Tischlerei derzeit sehr gefragt ist und er kaum Zeit haben dürfte. Erst gestern habe ich gehört, dass er an einer neuen Theke für den Pub baut und die Kinsleys wollen anscheinend, dass er die Tür des Gemischtwarenladens abschleift.«

»Ich bin wirklich froh, dass er den Betrieb seines Vaters weiterführt. Die Stände müssen viel Arbeit gewesen sein. Und all die Holzreste hat er einfach so gespendet. Stell dir das nur vor!«

»Nun, so schätze ich ihn auch ein. Sein Vater war genauso.«

»Er ist so ein tüchtiger Mann und so gut aussehend, findest du nicht auch?«

»Tüchtig ist er, das stimmt. Ob er gut aussieht, kann ich nicht beurteilen.«

»In jungen Jahren hätte ich mich sicher auch nach ihm umgedreht, natürlich still und heimlich, ich weiß ja schließlich, was sich gehört.« Ich schmunzelte und zwinkerte

Margret zu, die nachsichtig lächelnd mit dem Kopf wackelte.

»Elisabeth Wilson, ich muss doch sehr bitten! Du bist 72 Jahre alt!«

»Wenn schon, dann bin ich 72 Jahre jung und nicht alt! Außerdem fühle ich mich keinen Tag älter als 55!«

Für diese Aussage wurde ich mit einem zweifelnden Blick bedacht, den ich gezielt ignorierte.

»Wie dem auch sei. Bevor deine Schwärmereien noch ausarten, sag mir lieber, was du denn nun mit dieser wunderschönen Vase vorhast? Irgendwie muss sie ja wohl zum Einsatz kommen.«

»Ja, leider!« Ich kaute nachdenklich auf meiner Unterlippe.

»Es sei denn, du gibst sie zurück.«

»So weit käme es noch!« Dann kam mir ein rettender Gedanke. »Aber natürlich! Blumen!«

»Blumen?«

»Ich denke, ich werde mich morgen auf den Weg zur Gärtnerei machen und Mrs Harris darum bitten, das hässliche Ding für den Basar mit ein paar besonders hübschen Gewächsen zu bestücken.«

Margret war nicht überzeugt.

»Meinst du, das macht es besser? Na ja, einen Versuch ist es wert. Am besten irgendwas Hängendes, damit viel von dem grausigen Muster verdeckt wird.«

»Ich frage einfach Evelyn Harris, ob sie eine Idee hat. Hoffentlich ist sie nicht krank.«

»Wieso meinst du das?«

»Wir sind uns vor zwei Tagen zufällig begegnet und da war sie völlig durch den Wind. Ich habe mir richtig Sorgen gemacht.«

Margret runzelte die Stirn.

»Klingt nach Überarbeitung. Mir ist schon zu Ohren gekommen, dass sie in den letzten Tagen häufig ganz allein im Laden stand und mit dem Kundenandrang überfordert war.«

»Ach, da fällt mir ein, hatte ich erwähnt, dass es auch einen Pflanzenstand geben wird?«

Meine Freundin überlegte kurz. »Du hattest gesagt, dass du darüber nachdenken wolltest.«

»Stimmt. Zuerst war ich mir nicht sicher, ob Mr und Mrs Harris die Kapazität haben würden, denn wie du schon sagst, in der Gärtnerei scheint gerade der Bär zu steppen. Aber Gordon hat mir dennoch netterweise versprochen, einige Pflanzen herauszusuchen, weil es ja schließlich für einen guten Zweck ist. Obwohl Evelyn dagegen war.«

»Sie war dagegen?«

»Ja, sie hatte Angst, dass sie es zeitlich nicht schaffen. Aber Gordon meinte, sie würden das schon irgendwie hinkriegen.« Zufrieden rieb ich mir die Hände. »Und nicht nur das. Sie werden sogar selbst hinter dem Verkaufsstand stehen. Tada! Auch eine Idee von Gordon. Brillant, oder?«

»Nun, das ist sicher vorteilhaft. Bei Blumen braucht man jemanden, der sich damit auskennt.«

»Mr Pollit wird ebenfalls da sein und helfen. Ist es nicht fantastisch, wie gut er sich in seine Arbeit als Ortsgärtner eingefunden hat?« Ich erinnerte mich noch lebhaft an unseren unglücklichen Postboten, der seinen Kummer über die unliebsame Arbeit leider viel zu oft im Alkohol ertränkt hatte, was zu einigen fehlgeleiteten Briefen und zu jeder Menge Unmut geführt hatte. Die Idee, ihn stattdessen zum Ortsgärtner zu machen, hatte sich als goldrichtig erwiesen. Rosefield war unter seinen geschickten Händen zu dem Juwel der ganzen Grafschaft geworden.

»Ja, es scheint wirklich gut zu laufen. Mr Stonecastle ist ganz angetan davon, wie Mr Pollit die verwahrlosten Bereiche des Friedhofs auf Vordermann gebracht hat und die Schule hat endlich ihren eigenen Schulgarten. Mr Mallowan verbringt den halben Unterricht mit den Kindern draußen.«

»Das nenne ich Biologie zum Anfassen! Rosefield ist so schön wie noch nie. Ganz Candleham erblasst vor Neid.« Ich lehnte mich zufrieden zurück. »Übrigens war Dr. Hastings vorhin hier. Er lässt dir von Mr Walker aus der Apotheke ausrichten, dass es keine Probleme mit dem Heilkräuterstand geben wird. Seine Apothekenhelferin hat bereits Säckchen für den Verkauf gepackt und sie beschriftet.«

»Ach, was für eine Erleichterung! Mr Walker war der Einzige, von dem ich bislang noch keine Rückmeldung erhalten hatte.« Mich überkam das zufriedene Gefühl, alles im Griff zu haben. Miss Shaw würde ich es zeigen! »Wie nett von Dr. Hastings, dass er extra hergekommen ist. Er ist wirklich fürsorglich. Ein Mann mit dem Herz am rechten Fleck. So etwas ist heutzutage selten.«

Margret spähte über ihre Brille, die ihr bis auf die Nasenspitze gerutscht war.

»Was du nicht sagst? Nun, es würde mich nicht wundern, wenn er bei seinem Besuch hauptsächlich gehofft hatte, dich zu treffen.«

Ich spürte die Röte, die sich brennend auf meinen Wangen ausbreitete und war froh, mich hinter der hohen Lehne meines Ohrensessels verstecken zu können. Natürlich war mir nicht entgangen, dass sich die Besuche unseres Arztes in letzter Zeit gehäuft hatten, aber ich hatte diesen Aspekt der Tatsache zugeschrieben, dass er schlicht und ergreifend ein sehr umgänglicher Mann war, der Interesse an seinen Mitmenschen zeigte. Er wollte einfach höflich sein.

»Du sollst nicht immer solche Bemerkungen machen, Margret«, beschwerte ich mich lautstark. »Deine Anspielungen sind völlig aus der Luft gegriffen!«

»Aber natürlich, meine Liebe.« Ich konnte ihr Grinsen ganz deutlich am Klang ihrer Worte hören und hielt es für ratsam, das Thema nicht weiter zu vertiefen, um mir weitere Frotzeleien zu ersparen. Unauffällig griff ich nach einem Buch, das neben mir auf dem Beistelltisch lag und kühlte mit dem Einband meine Wangen. »Haben wir eigentlich noch Kekse?« Ich machte die Dose auf dem Kaminsims aus. Während das Klappern der Stricknadeln weiter ein angenehmes Hintergrundgeräusch abgab und uns unsere gute Lucy eine Kanne Tee brachte, deren Duft sich rasch im Raum verbreitete, berichtete ich von dem Angebot an Frisörprodukten, das Mrs Gibson für den kommenden Samstag zusammengestellt hatte. Zwischendurch schob ich mir einige der köstlichen Plätzchen in den Mund, die Lucy am Vormittag gebacken hatte. Eine ganz neue Sorte. Mit Cranberrys. Die fruchtige Note gab dem Ganzen das gewisse Extra. Neben dem Schuss Rum, der auch noch enthalten war.

»Seit wann isst man Plätzchen im Frühjahr?«, schnaubte Margret missmutig. »Und unterm Christbaum tanzen wir demnächst mit Hawaiikette und trinken Cocktails!«

»Wieso denn nicht? Wer hat bestimmt, dass es Plätzchen nur zu Weihnachten geben darf? Das hier sind eindeutig Frühlingsplätzchen! Siehst du das denn nicht?« Ich tippte an den Rand der nur noch zur Hälfte gefüllten Dose und biss geräuschvoll auf ein besonders gelungenes Exemplar. Meine Freundin sah mir unverwandt zu.

»Neumodische Sitten! Früher gab es Plätzchen in der Weihnachtszeit und basta! Und dann diese exotischen Sorten heutzutage. So ein Firlefanz. Ich brauche zu Weihnachten Mince Pies, die haben Tradition. Der Rest kann mir gestohlen bleiben!«

Ich ließ mich nicht beirren und kaute genüsslich weiter.

»Wer backt wohl die besseren Kekse, unsere Lucy oder Sally Kinsley? Ein Kopf-an-Kopf-Rennen würde ich sagen. Sally hat eine Passion fürs Backen und Lucy ist ein Naturtalent, wenn es um Kulinarik geht.«

»Sally war gestern ein bisschen grün um die Nase«, fiel Margret ein. »Sie hing hinter der Ladentheke wie ein Schluck Wasser in der Kurve. Angeblich hatte sie wohl etwas Falsches gegessen.«

»Vielleicht ist es auch ein Magen-Darm-Infekt. Ging neulich rum. Oder sie hat sich tatsächlich einfach nur den Magen verdorben.«

Ich zuckte mit den Schultern und griff erneut in die Keksschale, denn eins stand fest, meinem Magen ging es ausgezeichnet.

»Also ich tippe ja eher auf den Storch.«

»Den Storch?«

»Also bitte, Elisabeth, dass ich als eingefleischte Junggesellin das ausgerechnet dir erklären muss, hätte ich nicht gedacht. Du bist doch diejenige von uns, die zwei Söhne hat.«

»Ach so, aber George und Sally versuchen doch schon so lange, ein Kind zu bekommen. Ohne Erfolg. Meinst du wirklich?«

»Was lange währt …«

Der restliche Nachmittag verlief in angenehmer Eintracht in unserem friedlichen Refugium. Margret vollendete das 43. Sockenpaar und ich zählte ihr unser Basarangebot auf. Dabei überkam mich tatsächlich ein gewisser Stolz. Die Produktpalette war vielseitig. Das hätte bestimmt nicht jede so auf die Beine gestellt. Auch keine Miss Shaw! Schon gar keine Miss Shaw!

Während wir noch gemeinsam überlegten, ob sich Shampoo und Haarkur besser neben den Basteleien von

Mr Mallowans Schülern oder neben dem Stand mit den genähten Brotkörbchen von Mrs Lewis aus der Änderungsschneiderei machen würden, ahnte keine von uns beiden, welch tragische Wendung der Tag des Basars nehmen würde und welch schicksalhafte Ereignisse unser kleines Örtchen in Kürze erschüttern sollten …

3

Der nächste Morgen begann wie gewöhnlich mit einem ausgiebigen Frühstück und den *Kent News*. Die Sonne durchflutete das Zimmer und ließ meine Endorphine tanzen. Ich war bester Laune. Wie schön war es doch, mit Margret gemeinsam in ihrem von Rosen umwachsenen Cottage zu leben, anstatt allein zu versauern. Nach dem Tod meines lieben Harry war es die beste Entscheidung meines Lebens gewesen, bei ihr einzuziehen. Trotz oder vielleicht auch gerade wegen unserer unübersehbaren Verschiedenheit ergänzten wir uns vortrefflich. Und gelegentliche Meinungsverschiedenheiten gab es schließlich hinter jeder Haustür. Das war bei uns in Rosefield ebenso wie anderswo.

Ich biss in einen knusprigen Toast und seufzte beglückt. Die Röstaromen stiegen mir in die Nase und mischten sich mit dem würzigen Duft des dampfenden Omeletts, das Lucy direkt aus der Pfanne auf meinen Teller gleiten ließ. Es glänzte goldgelb und hatte an einigen Stellen eine leichte Bräune angenommen. Ein verlockender Käsefaden zog sich bis zu dem Pfannenwender, den Lucy in die Höhe hielt, um ihn abzuwimmeln.

»Gibt's denn sowas?«, schimpfte sie den Käse lachend und ließ den Wender zurück in die Pfanne gleiten.

»Sag mal, Lucy, du fotografierst doch so gerne.« Während ich sprach, fiel mir auf, dass ich noch kaute. Rasch bedeckte ich meinen Mund mit meiner Hand und griff mit der anderen nach meiner Teetasse, um die restlichen Krümel wegzuspülen.

»Oh ja, furchtbar gerne. Ich muss zugeben, ich habe das in letzter Zeit etwas vernachlässigt. Dabei gibt es hier überall fantastische Motive. Allein der See und die kleine Brücke unten am Fluss. Wenn da die Morgensonne draufscheint – grandios!«

»Du könntest doch auch deine Gerichte ablichten und ein Kochbuch daraus machen. Was hältst du davon? Vielleicht sogar mit typischen Gerichten der Region, aber«, ich hob wissend den Zeigefinger, »mit dem gewissen Lucy-Extra! Darauf kommt es an! Das ist die Würze!«

»Meinen Sie, das würde jemanden interessieren, Mrs Wilson? Kochbücher gibt es doch wie Sand am Meer.« Lucys Gesichtsausdruck spiegelte ihre Zweifel wider.

»Natürlich gibt es die. Aber es sind eben keine speziellen Lucy-Kochbücher, verstehst du? Wenn die Leute etwas Regionales hätten, aufgepeppt mit deinen Tricks und Kniffen und dazu leicht erhältliche Zutaten! Nicht dieses ganze Zeugs, für das man extra in spezielle Läden nach London fahren muss.« Ich winkte ab. »Regionale Zutaten, kostengünstig und lecker! Glaub mir, dein Kochbuch würde weggehen wie das frische Brot von Sally Kinsley.« Ich beugte mich etwas vor. »Findest du nicht auch, Margret?«

Meine Freundin blickte nicht auf. Ihre Nase steckte in den *Kent News*.

»Durchaus möglich«, sprach die Zeitung.

»Na ja, Spaß machen würde es schon. Vielleicht denke ich mal darüber nach.« Lucy schürzte die Lippen und blickte überlegend aus dem Fenster. »Fotografieren und Kochen – keine schlechte Kombination.«

»Du könntest deine beiden Leidenschaften miteinander kombinieren. Wäre das nicht großartig?« Ich klatschte euphorisch in die Hände.

»Der Gedanke hat Charme, das muss ich zugeben. Vielleicht mache ich tatsächlich demnächst einfach mal ein Foto von einem Gericht, das mir besonders gut gelungen ist. Nur so zum Testen. Kann ja nicht schaden.«

»Dieses Omelett hätte sich beispielsweise schon bestens geeignet. Ich kann mir nicht vorstellen, dass der König von England besser in den Tag startet als wir!«, bemerkte ich zufrieden.

Margret hob eine Augenbraue. »Damit könntest du recht haben. Auf diesem Tisch steht so viel, dass es für das komplette Personal des Buckingham Palace reichen würde. Und für das von Windsor Castle noch dazu!«

Lucy grinste und verschwand wieder in der Küche. Ich nahm die Verteidigungsposition für meinen heiligen Tagesbeginn ein.

»Na ja, aber das Frühstück ist ja auch schließlich die wichtigste Mahlzeit des Tages!«

»Ist das so?«

»Natürlich! Und ich plädiere dafür, es zu zelebrieren.« Selbstzufrieden tupfte ich mir den Mund ab in dem sicheren Gefühl, die Weisheit des Tages rausgehauen zu haben.

»Du zelebrierst doch jede Mahlzeit!«

»Essen ist ja auch Lebensqualität!«

»Nun, ich betrachte es eher als Notwendigkeit, falls man die Absicht hat weiterzuleben. Und dazu brauche ich nicht diese Massen!« Sie machte eine ausladende Handbewegung über den Tisch. »Weißt du, was das hier ist?« Ihr Zeigefinger tippte tadelnd auf die Tischplatte. »Völlerei!«

Ich deutete mit meiner Serviette auf meinen Teller. »Das Omelett ist köstlich! Lucy hat es heute mit Schinken, Käse und Champignons gefüllt. Und sieh nur, sie hat sogar an Schnittlauch gedacht. Eine absolut stimmige Zusammenstellung, das muss ich wirklich sagen.« Mit Gabel und Messer bewaffnet sezierte ich meine Mahlzeit, um Margret den Inhalt zur Schau zu stellen. Sie quittierte meine Darbietung lediglich mit einem Brummeln. Ich schüttelte verständnislos den Kopf. »Dir entgeht so viel, meine Liebe. Morgenstunde hat Gold im Munde, oder eben Omelett!« Genüsslich schob ich meine Gabel in den Mund. Margret griff ungerührt nach ihrer Teetasse und vertiefte sich in einen Artikel des Lokalteils, der mehr Interesse in ihr geweckt zu haben schien als mein Plädoyer über kulinarische Genüsse. Lucy huschte emsig umher, brachte eine frische Kanne Earl Grey, aus der es verführerisch dampfte und räumte schmutziges Geschirr ab. Aus der Küche hörte man das Brutzeln der Pfanne. Eigentlich hatte sie nur ein Jahr als eine Art Au Pair-Mädchen bei uns bleiben wollen, um danach vor dem Beginn ihres Studiums auf Weltreise zu gehen. Doch zu unserem großen Glück hatte sie die Avancen unseres guten Constable Dale erhört und daraufhin ihre Pläne zunächst nach hinten verschoben. Ich dankte dem Himmel täglich dafür! Margret reichte mir, ohne den Blick von dem Artikel abzuwenden, den Teil mit den Verkaufsanzeigen über den Tisch, woraufhin ich die Titelseite zu ihr schob. Unser morgendliches Ritual sah vor, dass wir uns die *Kent News* teilten. Aber während ich die Beiträge lediglich überflog, lernte mein Gegenüber sie auswendig. Faszinierend war, dass Margret sich die für sie wichtigen Details merkte und sie auch Jahre später noch wusste. Mit einem einzigen scannenden Blick! Meine Denkweise hingegen war von der ihren meilenweit entfernt. Damit hatte ich mich längst abgefunden. Ich war die Erbse, sie der Eintopf.

Ihr Stirnrunzeln verriet mir, dass sie gerade nichts Erfreuliches studierte.

»Ach du meine Güte, Mr Bennett ist gestorben!« Sie ließ die Zeitung sinken und nahm ihre Brille ab. Über ihre Stirn zog sich eine bedenkliche Furche. »Wie kann das sein? Noch vor zwei Wochen hat sein Cricket-Team den Pokal gewonnen. Er war der Star der Mannschaft. Äußerst seltsam …« Ihre Augen fixierten ein Gemälde an der Wand, das schon in ihrer Kindheit dort gehangen hatte. Es zeigte ein Herrenhaus mit einem verwilderten Garten davor. Durch dessen unzählige Blumen schwebte eine junge Frau in einer Art Feengewand. Ich mochte ihr unbändiges Haar, das vom Wind zerzaust war. Die tiefschwarzen Perlenaugen verliehen ihr das wilde und südländische Aussehen, das ich selbst in meiner Jugend gerne gehabt hätte. Für mich war sie ein verirrter Geist. Unheimlich, aber auch faszinierend. Vor ihr im Gras lag ein zerbrochener Spiegel, doch das Bild, das er zurückwarf, war verschwommen und trüb. In etwa so wie das Spiegelbild, das sich einem bei Wellengang im Wasser unseres Sees bot, wenn es moosgrün schimmerte, weil Wind oder Sturm es aufgewühlt hatten. Ich hatte das Gemälde schon unzählige Male betrachtet, aber zu meiner großen Überraschung fiel mir heute zum ersten Mal auf, dass der Künstler der Dame in Öl eine silberne Spange zugedacht hatte, die ihr Haar auf einer Seite hochhielt, und dass genau dieses Detail bei dem Spiegelbild fehlte. Ganz eindeutig! Da war nirgends eine Spange! Wieso hatte ich das noch nie bemerkt? Ich schob den Gedanken beiseite und widmete mich stattdessen

Margrets Aussage, die in diesem Moment mehr Neugierde in mir weckte als das Gemälde an der Wand.

»Bennett? Doch nicht etwa der einflussreiche Mr Bennett aus Candleham?« Die Frage hätte ich mir eigentlich sparen können. Jeder im ganzen Umkreis wusste, wer die Bennetts waren. Es gab nur eine Familie hier mit diesem Namen. Aber der Gedanke, dass der vor Kraft strotzende Jeffrey Bennett gestorben sein sollte, war einfach zu abwegig. Ich biss erneut in meinen Toast und verschluckte mich an einem Krümel. Bei meinem kläglichen Versuch, den Störenfried mit einem Schluck Tee fortzuspülen, beachtete ich nicht, dass Lucy gerade nachgeschenkt hatte. Gequält von der heißen Flüssigkeit biss ich mir auf meine Unterlippe, deren Rötung ich binnen Sekunden spüren konnte, ohne sie zu sehen.

»Merkwürdig. Wirklich völlig unverständlich.« Margret sprach die Worte mehr zu sich selbst als zu mir. Dass ich mich am Tee verbrannt hatte, schien sie entweder nicht zu interessieren oder aber sie hatte es gar nicht bemerkt. Abwesend starrte sie aus dem Fenster. Dieses Verhalten war mir nicht neu und ich hatte den Versuch aufgegeben, es zu verstehen. Sie befand sich häufig in Parallelwelten, wie ich es gerne nannte. Da ich nicht sicher war, wie viele geistige Abzweigungen sie noch nehmen würde, überbrückte ich die Zeit, indem ich meine geschundene Lippe kühlte. Lucy hatte eine Kanne mit Wasser auf den Tisch gestellt. Ich schenkte mir etwas davon ein und tauchte den Zipfel meiner Stoffserviette in das kühle Nass. Margrets Rückkehr in die Realität ließ unterdessen weiterhin auf sich warten. Meine Geduld erreichte langsam, aber sicher den Nullpunkt. Laut sprach ich sie an und beugte mich dabei so weit nach vorne, wie es meine ausladende Oberweite zuließ.

»Er sah doch aus wie das blühende Leben, nicht wahr? Und sportlich war er! Ist viel gejoggt. In einem Tempo, als wäre der Teufel hinter ihm her! Manche Leute scheinen das irgendwie zu brauchen.«

Zu dieser Sorte hatte ich definitiv noch nie gehört!

Margret drehte immerhin den Kopf zu mir, sagte jedoch nichts. Also schraubte ich die Lautstärke weiter hoch. »Mr Bennett war doch wohl nicht krank, oder? Das hätte man doch erfahren! Spätestens letzten Freitag bei Mrs Gibson. Ihr Salon ist die beste Informationsquelle, die man finden kann.«

Lucy kam mit Rührei ins Zimmer.

»Ist alles in Ordnung, Mrs Wilson? Warum schreien Sie so?«

»Kennst du die Bennetts aus Candleham, Schätzchen?«

»Die Bennetts? Nein, nicht wirklich. Ich habe Mrs Bennett ein paar Mal von Weitem gesehen, aber mehr auch nicht. Patrick erzählt mir hin und wieder Geschichten über die Familie, wenn er mir die Gegend zeigt und mich quer durch Candleham schleppt.« Sie lachte und beugte sich verschwörerisch zu mir herunter. »Dabei weiß doch jeder, dass Rosefield viel schöner ist.« Ich mochte es, wenn sie mit dem jungen Constable unterwegs war. Eine Intensivierung dieser Beziehung konnte nur gut für uns sein. Je glücklicher sie war, umso länger blieb sie. Das war eine ganz einfache Rechnung. »Was ist das eigentlich für eine Vase im Flur?«

»Du meinst den hässlichen Klumpen von Miss Shaw?«

»Oh, Gott sei Dank, ich dachte schon, Ihnen gefällt so etwas und dieses Cottage verwandelt sich von nun an in ein Kuriositätenkabinett!«

»Himmel bewahre! Niemals!«

»In Candleham auf dem Trödelmarkt stand auch so ein schlimmes Teil. Patrick und ich haben uns köstlich darüber amüsiert. Am Abend war die Vase dann sogar zu verschenken und trotzdem wollte sie niemand. Sie war genauso grauenvoll wie die im Flur.«

Ich musste grinsen. »Was berichtet dein herzallerliebster Constable denn so an interessantem Tratsch über die Bennetts?«

»Ach, eigentlich nichts Besonderes. Nur, dass Mrs Bennett bis kurz vor ihrer Hochzeit noch mit Graham Mitchell aus der Schreinerei liiert war. Man munkelt, es hätte da irgendwie Überschneidungen gegeben. Muss ein ziemliches Eifersuchtsdrama gewesen sein. Einmal wurde sogar Sergeant Willis gerufen. Angeblich hat Graham Mr Bennett bedroht.«

»Nein! Tatsächlich? Das wusste ich ja gar nicht!«

»Na ja, Graham Mitchell ist ja niemand, der sein Privatleben an die große Glocke hängt. Daher war die Sache hier in Rosefield weniger bekannt als drüben in Candleham. Inzwischen wird er sich wohl beruhigt haben. Ist ja auch schon eine halbe Ewigkeit her. Ich glaube, Patrick sagte etwas von drei Jahren.«

»Also, das ist wirklich allerhand! Ich kann nicht glauben, dass ich nichts davon mitbekommen habe.«

Trotz meiner Empörung sah ich offenbar noch ziemlich hungrig aus, denn Lucy schaufelte mir eine ordentliche Portion Rührei auf den Teller. Vielleicht hoffte sie auch, mich damit zu beruhigen. Ich hinderte sie nicht daran. Es war ohnehin schon zu spät für ein Mittagessen, da konnte man das Frühstück getrost noch etwas ausdehnen. Ich gab ihr ein Zeichen, Margret auch etwas von dem Rührei zu servieren. Sie konnte etwas mehr auf den Rippen gut vertragen. Vermutlich würde sie es in Gedanken essen, ohne es zu bemerken, wenn ich ihr vorsichtig die Gabel in die Hand schob. Lucy lächelte wissend. Sie war inzwischen lange genug bei uns, um viele ähnliche Situationen erlebt zu haben.

»Ist Mrs Bennett nicht ziemlich jung?«, knüpfte ich an das vorangegangene Thema an. Lucy tippte sich nachdenklich mit dem Zeigefinger an ihre Nasenspitze.

»Also vom Aussehen her würde ich sie auf Mitte 20 tippen.«

»Ja, das war auch meine Vermutung. Und erst zwei Jahre verheiratet! Ich erinnere mich noch genau. Es war damals das Ereignis in Candleham! Was für eine junge Witwe! Einfach furchtbar!«

»Witwe? Wieso Witwe?«

»Ach, Liebes, stell dir vor, Mr Bennett ist verstorben. Ganz plötzlich. Margret erzählte es vorhin. Es steht wohl in der Zeitung. Ich dachte, du hättest vielleicht davon gehört.«

»Verstorben? Wirklich? Du meine Güte! Ich hatte ja keine Ahnung! Patrick hat mir neulich noch erzählt, dass Mr Bennett einige Jahre älter war als seine Frau, aber so groß, dass man von Altersschwäche ausgehen kann, wird der Unterschied ja nun auch wieder nicht gewesen sein, oder?«

»Aber nein! Nicht doch! Er war maximal Mitte 40! Ich weiß ehrlich gesagt nicht, woran er gestorben ist. Vielleicht stehen Details in dem Zeitungsartikel. Hoffentlich erfahren wir den Inhalt heute noch ...« Ich blickte Lucy vielsagend an und verdrehte dann genervt die Augen, denn Margret zeigte noch immer keine Reaktion. »Er war fit wie ein Teenager und ein hervorragender Cricketspieler. Margret hat auch gerade eben gesagt, dass die Mannschaft noch vor zwei Wochen den Pokal gewonnen hat. Ist doch so, Margret, oder?« Sie starrte auf ihre Serviette. »Ein Unfall hätte sich in Windeseile herumgesprochen, eine schlimme Krankheit auch. Gerade, wenn es sich um die Bennetts handelt. Das hätte man erfahren!«

»Aber von Graham Mitchell und seinem Eifersuchtsdrama wussten Sie auch nichts, also funktioniert der Funk nach Candleham vielleicht doch nicht so perfekt.« Lucy zwinkerte mir schelmisch zu.

»Na, na, na, mein Kind, machst du dich etwa lustig über mich und meine Informationsquellen?«

»Aber nicht doch! Das würde ich nie tun!«

Ich knuffte sie freundschaftlich in die Rippen.

»Ich muss zugeben, dass die Standleitung von Candleham zum Friseursalon bei der Sache mit Graham Mitchell offensichtlich defekt war. Wer weiß, woran es gelegen hat. Aber glaube mir, wenn jetzt etwas mit Mr Bennett gewesen wäre, hätte Mrs Gibson das gewusst! Hundertprozentig!«

»Ich könnte Patrick später fragen, ob er etwas gehört hat.«

»Gute Idee.«

Sie verschwand mit der Pfanne in der Küche.

Der plötzliche Tod von Mr Bennett sollte nicht das einzig Seltsame bleiben, das sich in diesen Tagen ereignete. Hätte ich gewusst, was auf uns zukommen würde – mir wäre mein Rührei im Hals stecken geblieben.

4

Ich fokussierte das Bild mit der Geisterfrau und dachte nach. Was war nur geschehen drüben in Candleham? Ein plötzlicher Herzstillstand? Oder gar ein Suizid, über den niemand sprechen wollte? Nein! Das konnte ich mir beim besten Willen nicht vorstellen. Ein sportfanatischer Mann wie Mr Bennett, der noch dazu erst vor zwei Jahren geheiratet hatte, brachte sich doch bestimmt nicht einfach so um. Eher würde man Margret zu einer Typberatung mit anschließendem Wellnessurlaub überreden. Ob es die Höflichkeit verlangte, Mrs Bennett einen Kondolenzbesuch abzustatten?

»Margret, hörst du mich?« Meine Stimme dröhnte so laut durch das Zimmer, dass ich vor mir selbst erschrak, aber immerhin erntete ich eine Reaktion. Ziel erreicht! Wie von einer Nadel gestochen, zuckte meine Freundin zusammen. Ihre Brille sauste auf die Nasenspitze herunter und sie stieß gegen ihre Tasse, die daraufhin verdächtig hin und her wackelte. Entrüstet nach Luft schnappend, warf sie die Arme nach oben.

»Himmel, Donnerwetter! Wieso schreist du denn so? Soll ich vielleicht einen Herzinfarkt bekommen?«

»Na, du hörst mich sonst ja nicht!«

Sie warf mir einen verständnislosen Blick zu.

»Ich höre die Dinge, die ich hören möchte, meine liebe Elisabeth. Der Rest wird aussortiert!«

»Herzlichen Dank auch!« Beleidigt verschränkte ich die Arme. »Denkst du, es war ein Unfall?«

»Unfall?«

»Der Tod von Mr Bennett natürlich. Was denn sonst?«

»Davon ist in dem Artikel hier zumindest keine Rede. Überhaupt findet man keinerlei Details. Der Journalist wirft mehr Fragen auf, als er beantwortet. Auch eine Kunst für sich!«

»Arme Mrs Bennett. Erinnerst du dich an die pompöse Hochzeit? Mit allem Pipapo! Mrs Gibson sagt, sie hatten einen himmelteuren Caterer und irgendeine prominente Band. Und alles war weiß, weiße Zelte, Stühle mit weißen Hussen, weißer Blumenschmuck und all solche Sachen. Riesige Kerzenleuchter und Skulpturen aus Eis! Stell dir das nur vor!«

»Nun, Mrs Gibson muss es ja wissen.«

»Sie hat auch erzählt, dass Tage zuvor Unmengen an Champagner geliefert worden sind. Und Kaviar! Die Bennetts müssen unfassbar reich sein, nicht wahr?«

»Wie man sieht, hat das dem guten Jeffrey Bennett auch nicht geholfen. Man kann sich eben nicht alles für Geld kaufen! Der Tod kostet für alle dasselbe, nämlich das Leben! Da gibt es weder Aufpreis noch Rabatt!«

»Sie hatten nicht einmal Kinder.« Das fand ich wirklich bedauerlich. Kinder wären jetzt sicher ein Trost für die junge Witwe gewesen. Aber Mrs Bennett war ganz allein mit ihrer Trauer.

»Wer weiß, wozu es gut ist«, entgegnete Margret emotionslos.

»Denkst du, wir sollten sie besuchen? Also ich an ihrer Stelle würde mich über Gesellschaft freuen.«

»Aber es ist ja nicht jeder wie du, Elisabeth. Manche Menschen sind in einer solchen Situation gerne allein. Was ich übrigens absolut nachvollziehen kann. Es muss nicht immer zugehen wie am Piccadilly Circus.«

»Aber es gibt ja nicht nur schwarz und weiß. Ein kurzer Besuch von zwei Nachbarinnen ist schwerlich vergleichbar mit einer Partymeile.« Mein Blick wanderte wieder zu der Geisterfrau und dem zerbrochenen Spiegel. »Ich glaube schon, dass sie sich freuen würde. Mrs Bennett wirkt auf mich zwar immer etwas unnahbar, aber das heißt ja nichts. Sie ist eben still, sympathisch, zurückhaltend.« Ich schloss die Augen, um mir das Bild der jungen Frau vorzustellen. »Leider kenne ich sie nicht sonderlich gut. Unsere Gespräche haben sich bislang immer auf die gängigen Floskeln beschränkt.« Ich schüttelte mit der Hand ins Leere. »Was man halt so sagt über das Wetter, Feiertage, einen neuen Wochenanfang und so.«

Margret verzog die Mundwinkel.

»Mich wundert nur, wie ein derart zurückhaltender Mensch Wert auf eine so prunkvolle Hochzeit legen kann. Das passt doch gar nicht zusammen.«

»Laut Mrs Gibson hat Mr Bennett damals hauptsächlich die Planung übernommen. Er stand wohl auf große Partys und Feste.« Ich überlegte. »Vielleicht sind es ja gerade die ruhigen Menschen, die sich freuen, wenn jemand auf sie zugeht. Was meinst du, Margret?« Meine Freundin hing schon wieder mit ihrer Nase in der Druckerschwärze. Genervt trommelte ich mit meinen Fingerspitzen auf die Tischplatte. »Nur weil jemand still ist, heißt das ja nicht, dass er oder sie gar keine Gesellschaft mag, oder?«

Ich fragte mich, ob meine Freundin überhaupt irgendetwas von dem mitbekam, was ich die ganze Zeit erzählte.

»Margret!«

»Mhm.«

»Was denkst du darüber?«

»Entschuldige, was meintest du?«

Ich stöhnte. Es kostete manchmal einfach unfassbar viel Energie, eine Konversation mit ihr am Laufen zu halten.

»Sollten wir Mrs Bennett einen Besuch abstatten?«

»Wie hieß noch gleich dieser Kriminalroman, den ich vor einigen Monaten bei Mrs Turner ausgeliehen hatte?«

»Woher soll ich das wissen?« Ich holte tief Luft und ließ sie aus aufgeplusterten Wangen wieder entweichen.

»Völlig nichtssagend! Die jungen Autoren heutzutage verstehen ihr Handwerk nicht mehr. Der Geist erfährt keine Anregung beim Lesen, es ist ernüchternd!«

»Du leihst dir ständig Bücher aus und meistens handelt es sich um Krimis, die dir letztendlich nicht gefallen. Aber was hat das denn nun mit der armen Mrs Bennett zu tun?« Bevor meine Stimmung komplett kippen konnte, brachte Lucy eine Schale mit mundgerechten Apfelstückchen und eine Platte mit kleinen Pfannkuchen. Ein Traum! Kulinarische Genüsse waren mir in jeder unliebsamen Lebenslage ein Trost und wenn sie schon keinen positiven Effekt auf meine Hüften hatten, so doch wenigstens auf meine Gemütslage. Da war es mir dann auch egal, dass Margret gedanklich bei dem unliebsamen Roman hängengeblieben war. Solange ich Pfannkuchen vor mir hatte, war die Welt in Ordnung.

»Welches Gift war es doch gleich? Zyankali vielleicht? Es könnte auch Strychnin gewesen sein.« Sie stocherte in ihrem Rührei. »Ja, das wäre möglich, obwohl nein. Nicht Strychnin … Morphium!« Ihre linke Handfläche schlug so abrupt auf die Tischplatte, dass sie damit nicht nur die Teller, sondern auch meine Nerven zum Beben brachte. »Ja! Das war es! Ganz sicher! Wie unglaublich vorhersehbar!«

Während ich noch erschrocken die Hand auf meinen Brustkorb presste, schob sie ihre gefüllte Gabel in den Mund. Ein kleiner Schnittlauchhalm blieb an ihrer Unterlippe hängen und wackelte beim Sprechen. »Dieser unkultivierte Schreibstil, völlig unbrauchbar. Stümperhafte Wortwahl! Die Sätze sind an Plumpheit kaum zu übertreffen und die Figuren sind so platt wie die Witze von Mr Moore im Pub.« Der Schnittlauchhalm fiel auf den Teller. »Es war von vornherein klar, dass der Gärtner ihn ermordet hat.«

»Was denn für ein Gärtner?«

Margret sah mich so verblüfft an, als hätte ich eben erst das Zimmer betreten.

»Es ist jedes Mal dasselbe bei diesem einfallslosen Schriftsteller.« Sie winkte ab. »Diesmal ging es um einen alleinstehenden Mann, der seinen Gärtner im Testament zum Alleinerben eingesetzt hatte. Der Gärtner dachte, er wäre wahnsinnig schlau, wenn er seinem Arbeitgeber nach und nach Morphium verabreicht, immer hübsch rationiert.« Mit ihrem kleinen Teelöffel zeichnete Margret imaginäre Kringel in die Luft. »Das war der ganze Inhalt des Romans! Ich ärgere mich heute noch!«

»Nanu, so emotional kenne ich dich ja gar nicht.« Ich zwinkerte ihr zu. Aber in Bezug auf Kriminalromane verstand Margret nun mal keinen Spaß.

»Wenn man einen Krimi schreiben möchte, braucht man Fingerspitzengefühl!« Sie schnaubte wie eines der Rinder auf der großen Weide hinter unserem Gemüsegarten.

»Aber was hat das alles denn nun eigentlich mit Mr oder Mrs Bennett zu tun?«

»Ach, Mr Bennett, natürlich. Hier steht, dass er einige Tage vor seinem Tod unpässlich war. Nicht mehr und nicht weniger.« Margret tippte mit ihrem Zeigefinger auf die entsprechenden Zeilen des Artikels.

»Also doch eine Krankheit?«

»Offenbar hat man sein Befinden nicht an die große Glocke gehängt. Seine Frau war wohl der Meinung, er wäre schnell wieder auf dem Damm. Das hat mich an den Kriminalroman erinnert. Natürlich tut das nichts zur Sache.«

»Ich verstehe ja, dass man nicht jeden Schnupfen gleich in den Hauptnachrichten sendet, aber eigenartig ist die ganze Geschichte dennoch. Niemand hat letzte Woche bei Mrs Gibson die Bennetts erwähnt. Mit keiner Silbe! Obwohl ich über eine Stunde dort war und mich mit fünf verschiedenen Frauen unterhalten habe.«

Margret pustete vorsichtig in ihre Teetasse, wobei ihre Brille beschlug. Mit ihren undurchsichtigen Gläsern erinnerte sie mich an eine Zeichentrickfigur, die meine Kinder früher häufig im Fernsehen angeschaut hatten. Unwillkürlich musste ich grinsen, obwohl das Thema ja eigentlich nicht gerade zum Lachen war. Margret sprach blind weiter.

»Ich gehe davon aus, dass man tatsächlich vermeiden wollte, dass etwas an die Öffentlichkeit dringt. Vielleicht sollten nicht unnötig Pferde scheu gemacht werden.«

»Wobei die Bennetts doch noch Personal haben. Und Personal plappert immer.« Das war schon immer so gewesen und so würde es auch bleiben. Da war ich mir sicher.

»Es sei denn, es wurde den Bediensteten strikt verboten. Außerdem haben sie nicht viele Angestellte, zwei oder drei vielleicht.« Meine Freundin befand den Tee nun als genügend abgekühlt, um einen Schluck zu trinken. Meine Lippe schmerzte hingegen noch immer und ich befühlte sie vorsichtig.

»Verboten?«, nuschelte ich.

»Ja, was allerdings nur dann einen Sinn ergibt, wenn die Erkrankung in Wahrheit doch nicht so harmlos war und ein Dahinscheiden von Jeffrey Bennett zumindest in Erwägung gezogen werden musste.«

»Man wüsste ja schon gerne, was dort vor sich gegangen ist.« Ich biss in meinen Toast. Brösel fielen in mein Dekolleté und begannen zu kitzeln. Ich beugte mich nach vorne und schüttelte den Viskosestoff meiner Bluse aus.

»Tut mir leid, Lucy!«, rief ich in die Küche. »Hier sind überall Krümel. Ich hole später selbst den Staubsauger. Kümmere dich einfach nicht darum.«

»Kein Problem, Mrs Wilson.« Die Worte gingen in dem Geklapper von Geschirr beinahe unter. Margret hatte sich wieder in den Artikel vertieft. Meine eigentliche Frage war noch immer unbeantwortet geblieben.

»Du, Margret!«

»Mhm …«

»Sollen wir denn nun Mrs Bennett unsere Aufwartung machen? Ich meine, immerhin wohnen wir in der Nachbarschaft.«

»Eher im Nachbarort.«

»Ein Nachbarort ist doch Nachbarschaft! Im weitesten Sinne.«

Sie hob wichtigtuerisch den Kopf.

»Das ist wohl Auslegungssache!«

»Aber gehört es sich nicht als Nachbarn, dass man Interesse zeigt?« Ich strich betont gleichgültig meine Serviette glatt. »Stell dir vor, niemand würde aus Schamgefühl oder falscher Rücksichtnahme bei der armen Frau vorsprechen.«

»Soso, aus Schamgefühl.«

»Vielleicht wünscht sie sich nichts mehr als aufheiternden Besuch! Und dann? Wie einsam und verlassen müsste sie sich wohl fühlen?«

»Du hast recht. Haarsträubend!«

»Nun hör schon auf, Margret. Ich meine es ernst! Man möchte es sich doch gar nicht ausmalen. Eine junge Witwe, von aller Welt verlassen.«

Sie schmunzelte.

»Du solltest dich für das Theater bewerben.«

»Wieso?« Empört verschränkte ich die Arme.

»Deine Darbietung gerade war bühnenreif, sie rührte glatt zu Tränen.«

»Mach dich nur lustig über mich!«

»Deine Neugierde springt dir fast schon aus dem Gesicht, meine liebe Elisabeth! Deshalb möchtest du rüber nach Candleham.«

»Stimmt gar nicht! Ich habe Mitgefühl!«

»Aber sicher! Du bist doch außerdem gerade viel zu beschäftigt für Kondolenzbesuche.«

»Och, das geht schon.« Ich nickte eifrig.

»Bist du sicher?«

»Der Aufbau der Stände kann ohnehin nicht vor Freitag beginnen. Da fällt mir gerade ein, dass ich ja noch bei der Gärtnerei vorbeischauen wollte. Aber das wird ja hoffentlich nicht so lange dauern.«

»Also gut, dann schlage ich vor, dass wir uns nach dem Frühstück auf den Weg machen. Im Laufe des Nachmittags bleibt so noch genug Zeit für die Gärtnerei.«

Es klingelte an der Haustür.

5

Verzeihen Sie bitte, ich wollte nicht stören«, entschuldigte sich Dr. Hastings in seiner stets zuvorkommenden Art und nahm seinen Hut ab. Er war ganz Gentleman der alten Schule. Und er trug immer einen Hut, wenn er sein kleines Haus am Ende der Old River Hill Street verließ. Ich mochte das. Er stand ihm. Und er verlieh ihm ein äußerst seriöses Erscheinungsbild. Mein Harry hatte auch immer sehr auf sein Äußeres geachtet. Ich konnte es nicht leiden, wenn Männer sich gehen ließen.

»Wie könnten Sie jemals stören, mein lieber Doktor? Wir freuen uns doch immer, Sie zu sehen.« Das meinte ich ehrlich. »Lucy, würdest du die Jacke und den Hut von Dr. Hastings zur Garderobe bringen? Sie bleiben doch ein Weilchen?«

»Ich möchte aber wirklich keine Umstände machen.«

»Das tun Sie gar nicht! Setzen Sie sich doch!« Ich rückte einen Stuhl für unseren Gast zurecht. »Möchten Sie etwas essen oder trinken? Wie Sie sehen, gibt es reichlich.«

»Mehr als reichlich!«, brummte Margret.

»Einen Tee würde ich nehmen, aber nur, wenn es wirklich …«

»Ach, papperlapapp!« Lucy verstand mein Nicken und kehrte wenige Augenblicke später mit einem kompletten Gedeck für unseren Gast zurück.

»Aber nicht doch …«

»Sie bekommen vielleicht gleich doch noch Hunger.« Ich legte ihm vertraulich die Hand auf den Arm. »Das kann manchmal schneller gehen, als man zuvor vermutet hat. Glauben Sie mir, ich weiß genau, wovon ich spreche.«

Unser Doktor lebte ganz allein und es machte mir Spaß, ihn ein wenig zu umsorgen. Keine fünf Minuten später kaute er genüsslich auf Rührei und Toast. Man sah ihm deutlich an, dass es ihm gefiel, einmal nicht alleine zu frühstücken. Ich mochte seine Gesellschaft, zumal die Konversation mit Margret ja nun hin und wieder etwas einseitig war.

Meine Freundin hatte die Hände in ihrem Schoß gefaltet und blickte mit geschürzten Lippen zu ihm hinüber. Meiner Vermutung nach wog sie in diesem Moment für sich ab, ob der Doktor möglicherweise etwas zu der Geschichte beitragen konnte, die uns schon den halben Morgen beschäftigte. Mit dieser Annahme behielt ich recht.

»Wir haben in der Zeitung von dem tragischen Verlust gelesen, den Mrs Bennett erlitten hat«, hob sie an.

Dr. Hastings blickte auf und tupfte sich umständlich den Mund mit der dicken Stoffserviette ab, die er zuvor fein säuberlich über seinen Schoß gelegt hatte. In mir ploppte die Frage auf, ob bei ihm zu Hause wohl auch alles so akkurat aussah.

»Ja, wirklich bedauerlich. Ich habe erst gestern davon gehört.« Er tat mir ein wenig leid, wie er mit dem unflexiblen Stoff kämpfte, der beinahe die Größe eines Tischläufers aufwies und vom vielen Stärken steif geworden war. Zugegeben, diese üppigen Dinger waren unpraktisch und zudem aus der Mode, aber ich mochte sie trotzdem. Sie waren ein Hochzeitsgeschenk von meiner Cousine March gewesen. Selbst bestickt. Jede Serviette zierte eine andere Pflanzenart. Es freute mich, dass Dr. Hastings das Exemplar mit den Sonnenblumen erwischt hatte. Sie passten zu seinem freundlichen Gemüt.

Margret runzelte die Stirn.

»Ach, Sie waren gar nicht vor Ort? Hat man Sie denn nicht gerufen?«

»Oh nein, das war wohl nicht nötig. Die Bennetts hatten zufällig einen Bekannten zu Gast, der ebenfalls Arzt ist.« Er gab einige Stücke Kandiszucker in seinen Tee und rührte um. Das Klirren des Löffels mischte sich mit dem Trommeln der Zuckerstückchen gegen den Tassenrand. »Und davon abgesehen wäre normalerweise ja auch Dr. Reynolds zuständig. Mir obliegt Rosefield und Dr. Reynolds kümmert sich um Candleham.«

Mir fiel ein, dass bei meinem letzten Friseurbesuch eine Dame, die ich lediglich vom Sehen her kannte, berichtet hatte, Dr. Reynolds würde für einige Tage verreisen.

»Aber er ist doch gerade nicht da, oder?«, fragte ich daher.

»Das ist richtig, meine Liebe. Irgendeine größere Familienfeier in Cornwall. Es sei ihm gegönnt. Er hatte seit zwei Jahren keinen Tag frei.«

»Und sind Sie nicht dann seine Vertretung?«

»Doch, wir vertreten uns gegenseitig. Daher stimmt es, dass ich Candleham in den nächsten Tagen noch mit übernehme. Aber wie gesagt, die Bennetts hatten ja bereits einen Arzt im Haus. Meine Unterstützung wurde dort nicht gebraucht.«

»Offensichtlich doch! Sie hätten den armen Mr Bennett vielleicht retten können. Sie sind so klug und haben Erfahrung!«

»Vielen Dank für Ihr Vertrauen in meine Fähigkeiten. Aber man sollte doch meinen, dass ein befreundeter Arzt der Familie alles Menschenmögliche unternommen hat. Selbst wenn ich früher von Mr Bennetts Zustand erfahren hätte, wäre es mir ganz sicher falsch vorgekommen, mich vorzudrängen und seine Kompetenz und Loyalität der Familie gegenüber infrage zu stellen. Es sei denn, Mrs Bennett hätte ausdrücklich nach mir verlangt, was sie aber nicht getan hat.«

»Ich glaube dennoch, dass Sie der Beste sind! Aber gut, einem Freund vertraut man natürlich. Das stimmt schon.«

Margret blickte gedankenverloren aus dem Fenster.

»Eigenartiger Zufall.«

»Zufall, Miss Miller?«

»Na, dass dieser besagte Freund da ist. Ausgerechnet jetzt. Wie lange ist er denn schon bei den Bennetts zu Gast?«

Dr. Hastings legte seine Gabel auf dem Teller ab. Mir fielen seine schlanken Finger auf, die überaus gepflegt waren, lang und grazil. Die Fingernägel ordentlich gefeilt. Meine Hände, auf die ich normalerweise sehr viel Wert legte, kamen mir plötzlich uralt vor. Da waren überall braune Flecken. Und trockene Stellen. Ich musste sie dringend eincremen. Unauffällig schob ich sie zwischen meine Beine.

»Anscheinend ist er schon wieder weg. Er muss bereits kurz nach dem tragischen Tod von Mr Bennett abgereist sein. Anderweitige Verpflichtungen.«

Das führte bei mir zu erheblicher Entrüstung und ich vergaß meine Hände mit einem Schlag.

»Seltsamer Freund. Wenn so etwas passiert, bleibt man doch da, oder nicht? Man lässt doch nicht die arme Witwe einfach so allein und macht sich aus dem Staub! Also, auf so einen Freund könnte ich gut verzichten!«

»Normalerweise würde ich Ihnen da niemals widersprechen, aber wir Ärzte sind aktuell wirklich sehr ausgelastet. Ich möchte das Verhalten dieses Mannes keinesfalls entschuldigen. Es ist nur so, dass wir uns einen zeitlich unbegrenzten Urlaub nicht einfach so erlauben können. Bedauerlicherweise gibt es viel zu wenig gute Mediziner in dieser Region.« Er seufzte. »Wahrscheinlich war dieser Bekannte ohnehin schon länger bei den Bennetts, als er es ursprünglich geplant hatte. Der Nachbar hat von einer Woche gesprochen. Ich war gestern dort, weil sein Kind einen Grippevirus hat. Aber er wusste es selbst auch nur von Mrs Bennett. Gesehen hat er ihn nicht.«

»Wer ist denn dieser befreundete Arzt?« Margret blinzelte über ihre Brillengläser. »Sie kennen ihn sicher, Ärzte untereinander wissen doch, wer wo praktiziert, oder?«

»Im eigenen Umkreis weiß man das natürlich schon, aber ich muss zugeben, ich habe noch nie etwas von ihm gehört. Es handelt sich um Dr. Samuel Bell. Ein junger Kollege aus Sussex, der noch nicht lange praktiziert. Das erklärt, warum er mir noch nicht untergekommen ist. Mir sind von Ärzten aus anderen Grafschaften eigentlich nur diejenigen geläufig, die sich durch besondere Auszeichnungen einen Namen gemacht haben oder die zumindest im ähnlichen Alter sind. Aber diesen Dr. Bell und mich dürften Jahrzehnte trennen.« Dr. Hastings lächelte gequält. Ich strich ihm über den Rücken.

»Er mag jung und frisch ausgebildet sein, aber Ihnen kann er niemals das Wasser reichen.«

Er warf mir einen dankbaren Blick zu.

Margret rutschte auf ihrem Stuhl hin und her.

»Haben Sie all ihre Informationen über diesen Arzt vom Nachbarn?«

»Ja, genau. Wir haben uns ein bisschen unterhalten. Ich mache das gerne während Untersuchungen, weil es vom eigentlichen Geschehen ablenkt, gerade bei Kindern.«

Ich beschloss, dass es an der Zeit war, die wirklich entscheidenden Fragen zu stellen.

»Woran ist Mr Bennett denn nun letztendlich gestorben?«

»Tja, schwer zu sagen. Nach dem Hausbesuch beim Nachbarn war ich spontan bei Mrs Bennett, um ihr mein Beileid auszusprechen. Ich konnte nicht einfach so vorbeigehen. Zumindest meine Unterstützung wollte ich anbieten und sehen, wie es ihr geht. Denn Dr. Bell war ja nun bereits abgereist.«

»Das war aber sehr zuvorkommend von Ihnen.«

»Nun ja, ich halte es gewissermaßen auch für meine Pflicht als Vertretungsarzt. Dr. Reynolds hätte sicher dasselbe getan. Mrs Bennett war extrem zerstreut. Sie hat mir erzählt, ihr Mann hätte vorgestern leblos in seinem Bett gelegen. Dr. Bell konnte anscheinend nur noch den Tod feststellen. Wenn man ihren fahrigen Äußerungen Glauben schenken darf, steht im Totenschein als Ursache Herzversagen. Allerdings hat sich Mr Bennett laut seiner Frau einige Tage zuvor schon nicht sonderlich wohlgefühlt.«

»Das deckt sich weitestgehend mit den Angaben, die in der Zeitung stehen.« Margret tippte auf den Artikel.

Mir kam ein erschreckender Gedanke.

»Hoffentlich ist es nicht irgendeine noch unbekannte Krankheit, die ansteckend ist und sich nun rasant in Kent ausbreitet, wie eine Epidemie.«

»Ach, machen Sie sich keine Sorgen, meine Liebe. Ich habe natürlich den Toten nicht selbst untersucht, aber mir ist kein anderer Fall mit derartigen Symptomen zu Ohren gekommen. Mrs Bennett hat gesagt, sein Zustand wäre von Tag zu Tag schlimmer geworden, zuletzt mit erheblichen körperlichen und geistigen Einschränkungen bis hin zur Apathie. An so etwas leidet hier aktuell sonst niemand. Davon abgesehen wissen Sie hoffentlich, dass ich bei der kleinsten Unpässlichkeit Ihrerseits sofort zur Stelle bin und mich um Sie kümmere, koste es, was es wolle.«

»Das ist ein wirklich beruhigender Gedanke! Wir fühlen uns bei Ihnen in den allerbesten Händen.«

»Nichts könnte wertvoller für mich sein«, gurrte der Arzt.

»Rosefield wäre ohne Sie verloren, mein lieber Doktor.«

Ich sah, wie Margret genervt die Augen rollte.

»Brauchst du noch mehr Honig, Elisabeth?«

»Honig?«

»Damit ihr ihn euch um den Mund schmieren könnt.«

Sie hielt nichts von romantischen Verklärungen. Dr. Hastings und ich erröteten gleichermaßen. Wir hätten den dunkelsten Tunnel erleuchtet.

»Wir haben entschieden, Mrs Bennett ebenfalls heute Vormittag aufzusuchen«, verkündete Margret, um weitere emotionale Ausbrüche im Keim zu ersticken.

Dr. Hastings schien erleichtert, zu fachkundigen Bereichen übergehen zu können.

»Vielleicht ist diese Idee gar nicht so schlecht. Ich denke, ein wenig Gesellschaft wird ihr guttun. Gestern wurde sie alle paar Minuten hysterisch. Vermutlich eine Reaktion auf den Schock. Sollte sich dieser Zustand nicht bessern, werde ich noch mal nach ihr sehen müssen, fürchte ich.«

»Die Arme.« Ich schüttelte bedauernd den Kopf. »Sie ist noch sehr jung und hat einen großen Verlust zu verkraften.«

»Alles, was sie zeitweilig auf andere Gedanken bringt, kann nur gut sein. Mrs Bennett scheint Blumen sehr zu lieben. Ich bin fast mit Mr Harris aus der Gärtnerei zusammengeprallt, als ich gehen wollte. Er hatte eine riesige Lieferung im Schlepptau. Aus ärztlicher Sicht befürworte ich alles, was das psychische Befinden stärkt.«

Er erhob sich und legte seine Serviette neben seinen Teller. »Ich möchte Sie nun wirklich nicht länger aufhalten. Ich habe Ihre Gastfreundschaft schon viele zu lange in Anspruch genommen.« Anerkennend blickte er sich im Zimmer um. »Dieses Cottage ist wirklich eines der schönsten Fleckchen in Rosefield.«

»Das finde ich auch!«, pflichtete ich ihm bei.

»Eigentlich war ich gekommen, um mich nach dem Basar zu erkundigen und zu fragen, ob alles nach Plan läuft. Ich komme mir etwas untätig vor, wissen Sie? Und dabei würde ich wirklich gerne helfen. Aber ich kann leider mit keinem Verkaufsstand aufwarten.« Er breitete hilflos die Arme aus. »Ich bin künstlerisch ziemlich unbegabt und kann weder sticken noch stricken noch malen.«

Es fiel mir schwer zu glauben, dass diese schönen Hände zu irgendetwas nicht in der Lage sein sollten.

»Nun, ich könnte Sie für den Aufbau am Freitag gebrauchen, mein Lieber. Einen starken Mann in den besten Jahren hat man doch immer gerne zur Hand.« Ich zwinkerte Dr. Hastings zu. Margret wandte sich kopfschüttelnd ab.

Die Sonne stand hoch am Himmel, als wir uns einige Zeit später auf den Weg machten. Die Luft war von Vogelgezwitscher erfüllt und nichts deutete auf das tragische Unglück der Bennetts hin. Während wir den zwei Kilometer langen Weg nach Candleham zu Fuß zurücklegten, fragte ich mich, in welchem Zustand wir die Witwe wohl vorfinden würden. Dr. Hastings hatte sie als fahrig beschrieben, zeitweise hysterisch. Das passte nicht zu der Mrs Bennett, die ich zwar nicht besonders gut, aber immerhin ein wenig kannte. Wahrscheinlich war so ein Schock einfach nicht zu unterschätzen. Ich machte mich gedanklich mit allerlei möglichen Szenarien vertraut, aber was uns dann tatsächlich erwartete, hatte ich mir so nicht ausgemalt …

6

Ein sichtlich um Fassung bemühter Angestellter in mittleren Jahren öffnete uns die Tür und brachte uns in das Empfangszimmer. Die Zeiten der Butler in Herrenhäusern waren eindeutig vorbei, was dieser Herr, dem ich die Aufgabe des Mannes für alle Fälle zuschrieb, nur allzu verdeutlichte. Er verabschiedete sich rasch, um sich in den Garten zu begeben, wo wenige Augenblicke später der Rasenmäher ertönte. Wir ließen uns auf einem der Chesterfield Sofas nieder und betrachteten fasziniert die zahlreichen Antiquitäten, mit denen der geschmackvoll eingerichtete Raum ausgestattet war. Besonders beeindruckte mich ein wuchtiger Sekretär aus dunklem Eichenholz. Er war übersät mit kunstvollen Verzierungen. Auch ein Laie wie ich gelangte unschwer zu dem Schluss, dass es sich um ein ziemlich kostspieliges Möbelstück handeln musste. Wäre es geradewegs aus Windsor Castle geliefert worden, hätte es mich nicht gewundert. Die Bennetts waren eine seit Generationen hoch angesehene Familie, die nur in den allerbesten Kreisen verkehrte. Ich betrachtete ehrfürchtig die Gemälde an den Wänden. Mrs Gibson wusste zu berichten, dass sich sogar einige Originale darunter befanden. Ich hätte mir keines dieser Bilder in unser Wohnzimmer gehängt, aber hier passten sie irgendwie hin. Das lag wahrscheinlich auch an den unglaublich hohen Wänden. Der Raum entsprach vielmehr einer Halle als einem Zimmer. Hervor stach ein überdimensionales Porträt von Mrs Bennett in Ölfarbe. Es war über dem offenen Kamin angebracht worden. Ich kannte mich mit Maltechniken nicht besonders gut aus. Dennoch hielt ich den Künstler für ziemlich talentiert. Er hatte jedes kleinste Detail, vom Ehering bis zu einem winzigen Muttermal über der Oberlippe, präzise berücksichtigt. Ich beugte mich zu Margret hinüber.

»Also, ich bin ja kein Freund von solch riesigen Porträts. Es wirkt immer ein wenig überheblich, wenn man sich so etwas an die Wand hängt, findest du nicht auch? Irgendwie protzig. Aber dieses hier ist wirklich gelungen, das muss ich zugeben.«

»Ja, sehr raffiniert. Man fühlt sich permanent gezwungen, hinzusehen.«

»Genau! Wahrscheinlich liegt es an der Größe.«

»Nicht nur, auch an den Augen.« Margret beugte sich etwas weiter nach vorne und schob ihre Brille zurecht. »Es ist in etwa so wie bei der Mona Lisa. Mrs Bennett scheint einen auch immer anzusehen, egal, in welcher Ecke des Raums man sich befindet.«

»Es anfertigen zu lassen, war bestimmt ein teurer Spaß. Mr Bennett muss seine Frau sehr geliebt haben. Aber Geld spielt hier, glaube ich, ohnehin keine allzu große Rolle. Mrs Gibson sagt, die Familie ist seit jeher ganz dick im Immobiliengeschäft. Villen, Herrenhäuser und solche Sachen!« Abschätzend ließ ich meinen Blick über das Mobiliar schweifen. »Da kommt es auf so ein Gemälde nicht an. Das zahlen solche Leute aus der Portokasse.«

»Nun, deine Mrs Gibson scheint ja wie immer bestens informiert zu sein.« Margret schmunzelte.

»Natürlich. Das bringt der Beruf mit sich. Stell dir vor, Mrs Gibson sagt, die Bennetts haben alleine fünf Häuser für den eigenen Gebrauch, hörst du, Margret? Fünf!« Ich hielt ihr meine Hand vor die Nase und spreizte meine Finger auseinander. »Eins irgendwo am Meer, eins in London, eins in den schottischen Highlands, dann noch eins in Dartmoor und natürlich dieses hier.« Meine ausladende Armbewegung sollte die ganze Bandbreite verdeutlichen. Inzwischen hätte ich eigentlich wissen müssen, dass so etwas möglicherweise neun von zehn Menschen beeindrucken konnte, aber der zehnte Mensch war Margret.

»Glaube ja nicht, dass diese Leute glücklicher sind, nur weil sie fünf Häuser ihr Eigen nennen.« Sie rümpfte die Nase. »Das sind alles nur Gegenstände! Und in mehr als einem kann man auch nicht gleichzeitig wohnen. Unsere Konsumgesellschaft nervt mich!«

»Na ja, aber die Atmosphäre der Upperclass hat schon was.« Ich befühlte fasziniert den Bezug des Sofas. »Und es muss doch herrlich sein, Personal zu haben. Stell dir doch nur vor, wie das wäre, wenn man immerzu bedient würde.«

»Wie du siehst, ereilt auch gut situierte Leute allzu oft ein äußerst tragisches Schicksal.« Meine Freundin hob belehrend den Zeigefinger und erinnerte mich damit an unsere angsteinflößende Lehrerin, Miss Finch. Ihr unnachgiebiger Blick und der Haarknoten taten ihr Übriges, um dieses Bild zu bestätigen. »Vor Krankheit und Tod ist niemand gefeit, egal wie reich er auch sein mag. Im Gegenteil, oft sind wohlhabende Leute dem Tod sogar viel näher. Schließlich müssen sie ständig Angst haben, aufgrund ihres Geldes ermordet zu werden. Ich sage nur Habgier, meine liebe Elisabeth! Habgier und Berechnung!«

»Aber Margret!« Ich war empört. »Du und deine mörderischen Gedanken!«

»So ist nun einmal die menschliche Natur!«

»Aber doch nicht bei allen!«

»Du weißt, wie ich über die Abgründe der Seele denke!« Sie fegte mit ihrer Hand einmal durch die Luft. »Wir sind die Zerstörer dieses Planeten und am liebsten vernichten wir uns gegenseitig.«

Ich blickte bestürzt zu Boden. Margret hatte ja nicht ganz unrecht, aber sie war oft so furchtbar negativ.

»Du siehst die Dinge viel zu schwarz. Ich finde, es gibt sehr anständige Menschen.«

»Nicht schwarz! Realistisch, meine Liebe, schlicht und ergreifend realistisch! Aber um auf das Thema Personal zurückzukommen, mir reicht unsere Lucy völlig. Ich bin absolut zufrieden. Sie arbeitet viel mehr, als sie müsste.«

»Aber eine zusätzliche Köchin wäre doch ein Gewinn!«

»Es schmeckt doch alles, was Lucy kocht! Und immerzu Bedienstete, die um einen herumwuseln, nein danke! Da würde ich sofort in den Geräteschuppen im Garten umziehen!«

»Wenigstens eine Haushaltshilfe! Lucy kocht himmlisch, keine Frage. Wenn sie sich nicht daneben noch um so viele andere Dinge kümmern müsste, stell dir nur vor, welch fabelhafte Mahlzeiten wir dann genießen könnten.« Bei diesem Gedanken rieb ich mir erfreut die Hände. »Die Bennetts haben bestimmt auch eine Köchin oder einen Koch. Wetten?«

»Elisabeth, ich muss doch sehr bitten! Wir sind hier, um einen Kondolenzbesuch zu tätigen und du hängst wie üblich deinen kulinarischen Fantasien nach. Reiß dich ein bisschen zusammen!«

»Aber ich liebe nun einmal gutes Essen. Es gibt kaum eine bessere Geldanlage.« Meine Freundin blickte mich tadelnd an, sodass ich mich gezwungen sah, meine Auffassung weiter zu bekräftigen. »Schließlich kommen qualitativ hochwertige Mahlzeiten dem Körper zugute und auf den soll man ja immer achten. Ein köstlicher Hummer, Trüffel oder Roastbeef ...« Während ich noch über Delikatessen aus aller Welt sinnierte, trat eine Hausangestellte ins Zimmer und schenkte uns Tee ein. Es handelte sich um ein blutjunges Mädchen, das auf mich einen ziemlich verschüchterten Eindruck machte.

»Darf ich Ihnen Milch eingießen?« Die Worte kamen so leise, dass sie kaum zu verstehen waren. Das Mädchen schien in dauerhafter Habachtstellung zu sein. Nervös wanderten ihre Pupillen hin und her. Sie war ein verschrecktes Kaninchen, das hinter dem nächsten Baum den Fuchs vermutet.

Es überraschte mich sehr, dass Margret entgegen ihrer sonstigen Natur plötzlich einen zugewandten Plauderton anschlug.

»Ach, wie freundlich, meine Liebe, das wäre ganz wunderbar.«

Sie lächelte einnehmend. »Ein Tee wird uns stärken. Wirklich sehr nett, dass du dich so rührend kümmerst, obwohl wir einfach so hier hereingeschneit sind, völlig unangemeldet. Hoffentlich hattest du dadurch nicht zu viele Umstände.« Mir war sofort klar, dass Margret irgendetwas bezweckte. So verhielt sie sich nur dann, wenn es einen triftigen Grund gab. Worin auch immer dieser bestand, ihr Vorgehen zeigte Wirkung. Die Haushaltshilfe war es offenbar nicht gewohnt, dass jemand Interesse an ihrer Person zeigte und riss überrascht die Augen auf. Margret fuhr unbeirrt fort. »Zumal du von den traurigen Ereignissen der letzten Tage noch ziemlich mitgenommen sein musst, nicht wahr?«

»Ja, sehr. Es war ein Schock!« Die Worte kamen holperig. Als versuchte sie, einen Schluckauf zu unterdrücken. Da die Hand des Mädchens heftig zu zittern begann, stellte sie rasch die Teekanne ab. »Du liebe Güte, beinahe hätte ich sie fallen lassen! Wie ungeschickt von mir, nun ist auch noch Tee auf das Tablett gelaufen. Ich werde sofort sauber machen. Verzeihen Sie bitte.« Hastig sah sie sich um, ganz offensichtlich nach etwas suchend, womit sie den Schaden beheben konnte.

Mich überrollte eine Woge von Mitleid. Ich sah eine junge Frau, völlig verstört und dabei doch gerade erst den Kinderschuhen entwachsen. Wahrscheinlich war sie in ihrem kurzen Leben noch nie zuvor mit dem Tod konfrontiert worden. Schon gar nicht mit einem solch überraschenden.

»Beruhige dich, mein liebes Kind. Es ist ja gar nichts passiert.« Ich nahm meine Serviette und wischte einmal über das Tablett. »Na siehst du, alles wieder in bester Ordnung.«

Margret beugte sich ein Stück nach vorne.

»Wie ist dein Name?«

»Mein Name, gnädige Frau? Sie möchten wissen, wie ich heiße?« Die Worte klangen ungläubig. Margret nickte ihr aufmunternd zu. Ich fragte mich immer noch, was sie eigentlich bezweckte.

»Gladys. Mein Name ist Gladys Price.« Sie knickste unbeholfen. »Darf ich Ihnen noch etwas bringen?«

Ihr Gesicht war inzwischen so rot angelaufen, dass ich eine Explosion befürchtete. Hastig strich sie eine Haarsträhne zurück, die sich aus ihrem Zopf gelöst hatte. Es tat mir leid, dass sie sich in unserer Gesellschaft so unwohl fühlte. Wahrscheinlich stand sie unter sehr großem Druck und wollte auf keinen Fall etwas falsch machen.

»Oh nein, das ist wirklich nicht nötig. Der Tee ist ganz wunderbar und reicht völlig.« Demonstrativ nahm ich genüsslich einen großen Schluck aus einer wunderschönen geblümten Tasse mit Goldrand. »Er hat ein ganz ungewöhnliches und kräftiges Aroma.«

Gerade als sich das Mädchen erleichtert entfernen wollte, steuerte Margret entgegen. Ich wollte ihr schon auf die Zehen treten. Merkte sie denn gar nicht, dass Gladys nur noch den Wunsch hegte, den Raum zu verlassen? Doch ich besann mich rechtzeitig. Margret wusste in der Regel, was sie tat.

»Nun, Gladys Price, wie du dir denken kannst, wollen wir Mrs Bennett nicht gleich mit allerlei Fragen überfallen. Das wäre nicht nur ungehörig, sondern auch pietätlos. Wir möchten einfach nur unser Mitgefühl und unseren Beistand bekunden.«

»Natürlich, Miss.«

»Leider hatten wir keine Gelegenheit, uns über die genaueren Umstände des tragischen Unglücks zu informieren. Wir wurden von der Nachricht, wie vermutlich viele andere Nachbarn auch, völlig überrascht.«

Ich nickte heftig, um Margrets Worte zu bekräftigen. So langsam dämmerte mir auch, was meine Freundin mit ihrer regen Kommunikation bezweckte. Sie wollte Gladys aushorchen und nutzte die Situation, um an möglichst viele Informationen zu kommen.

»Ich fürchte nur, wenn wir so gar nichts wissen, könnte das eine gewisse Ignoranz oder Interesselosigkeit ausstrahlen. Als kämen wir lediglich, um eine lästige Pflicht zu erfüllen, verstehst du?«

»Ich denke schon«, stammelte Gladys hilflos. »Aber was kann ich da …«

»Das wollen wir natürlich nicht! Ich hatte vom ersten Augenblick an den Eindruck, dass du eine ganz tüchtige Person bist, eine treue Stütze für die Bennetts.«

Die Röte auf Gladys Gesicht wurde noch tiefer. »Meinen Sie? Ich weiß nicht recht ...«

»Aber keine Frage! Und darüber hinaus zweifellos ein sehr intelligentes Mädchen! Darum kannst du uns bestimmt helfen und uns sagen, woran der arme Mr Bennett vor seinem Tode litt.«

Die Haushaltshilfe trat unschlüssig von einem Fuß auf den anderen. Daher beschloss ich, Margret ein wenig in ihrem Vorhaben zu unterstützen.

»Ich denke auch«, pflichtete ich eifrig bei, »dass sich Mrs Bennett durch überflüssige Fragen von uns nicht noch schlechter fühlen sollte. Du wirst ja sicher auch nur das Beste für deine Chefin wollen, nicht wahr?«

Margret und ich setzten unsere gutmütigsten Mienen auf. Wir gaben vermutlich ein ziemlich albernes Bild ab. Wie zwei treudoofe Dackel.

»Natürlich möchte ich das.« Gladys Price hatte die Hände nervös zu Fäusten geballt, sodass sich ihre Fingernägel in die Handflächen bohrten. »Ich weiß nicht, wie ich es erklären soll. Er war ..., ich meine, er konnte nicht ...«

»Hatte Mr Bennett Schmerzen?«, hakte ich nach.

»Nein, nicht direkt. Das heißt, ich weiß es nicht. Alles war so ... so eigenartig.«

Die Furche über Margrets Nase gewann an nie dagewesener Tiefe.

7

»Seit wann war alles eigenartig?« Ich sah meiner Freundin an, dass sie bereit war, wie ein Schwamm jedes noch so kleine Detail aufzusaugen. Das Mädchen kaute überlegend auf ihrer Unterlippe.

»Wenn ich mich recht erinnere, hat es etwa vor einer Woche angefangen, aber …«

»Ja?«

»Das war nicht das Einzige.«

»Sondern?«

Gladys zögerte und ich setzte mein mütterlichstes Gesicht auf, das ich auf Lager hatte.

»Du kannst ganz offen zu uns sprechen, mein liebes Kind. Mach dir keine Gedanken.«

»Es war Mrs Bennett! Auch sie war irgendwie verändert. Also habe ich gedacht, sie wäre krank und nicht ihr Mann. Ihre komische Art ist mir nämlich zuerst aufgefallen, aber dann – oh ja, jetzt erinnere ich mich, dass es Mr Bennett einen Tag nach seiner Frau plötzlich nicht gut ging. Ich weiß das so genau, weil wir am Tag, als Mrs Bennett so seltsam wurde, noch gemeinsam eine Runde im Garten spazieren waren. Und da hat er noch völlig normal mit mir geredet.«

Margret faltete die Hände und stützte ihre Ellenbogen auf ihren Knien ab.

»Was meinst du damit, wenn du sagst, dass Mrs Bennetts Art komisch war?«

»Sie ist normalerweise sehr ruhig.«

»Und das ist sie jetzt nicht mehr?«

»Doch, manchmal. Aber im nächsten Moment hat man das Gefühl, sie wird verrückt. Wie eine Wahnsinnige. Aber ich sollte das nicht sagen. Es wäre Mrs Bennett sicher nicht recht, wenn sie wüsste, dass ich mit Ihnen über ihren eigenen Zustand spreche.«

»Das ist ja alles äußerst sonderbar«, sprach ich meine Gedanken aus. »Beide Eheleute verändern ihr Wesen innerhalb kürzester Zeit. Vielleicht eine seltene Krankheit.« Plötzlich schoss mir ein Schrecken durch die Glieder. »Am Ende hat Mrs Bennett ihren Mann angesteckt! Ach, du meine Güte. Das muss es sein! Und wir sitzen hier seelenruhig rum. Sie wird uns auch anstecken!«

Margret schüttelte den Kopf.

»Das glaube ich nicht.«

»Aber zuerst benimmt sie sich eigenartig und dann er. Das kann doch kein Zufall sein.«

»In der Tat!« Meine Freundin hypnotisierte die Teppichfransen. »Aber dennoch …«

»Was dennoch? Wir werden alle ausgelöscht. Ganz Candleham und Rosefield gleich dazu! Lass uns gehen. Komm schon Margret! Nichts wie raus hier!« Ich griff hastig nach meiner Handtasche.

»Reiß dich zusammen, Elisabeth. Niemand wird ausgelöscht! Dieses Mädchen hier ist kerngesund und der Gärtner da draußen, oder welche Position er auch immer bekleidet, ebenfalls.«

Gladys schlug die Hände vors Gesicht.

»Oh, der arme Mr Bennett! Nur noch wirre Sätze hat er von sich gegeben. Nichts davon hatte einen Sinn. Dabei war er immer ein so intelligenter Mann. Der schlaueste Mensch, den ich kannte.«

Sie begann zu schluchzen und ich bemühte mich, sie wieder etwas zu beruhigen.

»Das muss sehr verwirrend für dich gewesen sein. Hast du jemanden, mit dem du sprechen kannst, meine Liebe? Eine Freundin vielleicht? Oder Eltern? Irgendjemand, der dir nahesteht?«

Gladys Price lamentierte unbeherrscht weiter. Dabei warf sie ihre Hände in Richtung der Zimmerdecke.

»Es war furchtbar! Und es hat mir Angst gemacht! Er hat mir Angst gemacht! Von Tag zu Tag wurde es schlimmer. Und ich war nicht in der Lage, ihm zu helfen. Ich fühle mich so schrecklich schuldig.«

»Nicht doch! Du kannst absolut nichts dafür!« Ich reichte ihr ein Taschentuch. Sie ergriff es dankbar und schnäuzte geräuschvoll hinein. Ihre Augen waren gerötet. Sicher hatte sie mehrere Nächte nicht geschlafen.

»Er hat ja auch kaum noch etwas gegessen. Die ganze Zeit wollte er schlafen. Manchmal wurde er plötzlich wütend, einfach so. Das hat mich total schockiert. Er war sonst immer nett zu allen. Ich habe …, aber das spielt jetzt keine Rolle mehr.« Sie blickte aus dem Fenster. Margret gab mir ein Zeichen, nichts zu sagen und stattdessen zu warten, bis Gladys von sich aus fortfahren würde. Also saugte ich meine Lippen ein. »Vor einigen Tagen hat er geschrien und geschimpft. Aus heiterem Himmel. Es war wie eine Ohrfeige.« Ihr Mund zitterte. »Glauben Sie mir, ich hätte alles für ihn getan. Ich war mir überhaupt keiner Schuld bewusst! Aber wie hätte ich denn nicht denken sollen, dass es an mir liegt? Ich habe mit Stanford darüber gesprochen.

Ihm ging es genauso. Christopher konnte natürlich noch nicht viel dazu sagen. Er hatte ja gerade erst seinen ersten Arbeitstag bei uns.«

»Christopher?«, warf meine Freundin ein. »Wer ist das?«

»Christopher Lane, unser neuer Koch.«

Da musste ich einhaken.

»Sie haben hier einen Koch? Was du nicht sagst.« Triumphierend trat ich Margret auf die Zehenspitze, doch sie zeigte keinerlei Reaktion. Ohne auch nur zu blinzeln, fixierte sie weiterhin die Hausangestellte.

»Der Mann, der uns hereingelassen hat, heißt Stanford?« Gladys nickte.

»Ja, Stanford Wilmot. Er war genauso entsetzt von Mr Bennetts Wesensänderung wie ich.«

»Und dem neuen Koch kamen seine Arbeitgeber gar nicht seltsam vor?«

»Ich weiß nicht, ich habe noch nicht viel mit ihm gesprochen. Es gab keine Gelegenheit. Wir wurden uns vorgestellt, aber so richtig unterhalten haben wir uns noch nicht. Der Arme hatte wahrlich keinen besonders schönen Einstand hier. Vielleicht sollte ich später in die Küche gehen und fragen, wie es ihm geht.«

»Was ist dann geschehen? Ich meine, nachdem Mr Bennett einfach so geschrien und geschimpft hat.« Ich versuchte, meine Frage so behutsam wie möglich zu stellen.

»Er wurde schwächer. Ich konnte es kaum mit ansehen. Vor drei Tagen war er über Stunden apathisch. Niemanden hat er erkannt. Auch mich nicht. Und am nächsten Morgen ist er dann einfach nicht mehr aufgewacht. Das Ganze hat nur fünf Tage gedauert. Fünf Tage! Von völliger Gesundheit bis zum Tod! Ich verstehe das einfach nicht.« Sie wandte sich von uns ab, weil ihr erneut die Tränen in die Augen stiegen. »Ich hatte den Auftrag, ins Zimmer zu gehen und die Jalousien aufzuziehen und da war er …« Ihre Stimme erstarb und sie sank auf einen Stuhl.

»Es tut mir leid, dass du das in deinen jungen Jahren erleben musstest. Armes Kind!« Ich strich ihr vorsichtig über den zitternden Arm.

»Verzeihen Sie bitte!« Sie schniefte. »Ich weiß nicht, wie ich das je verwinden soll.«

»Aber nicht doch. Es ist nur natürlich, dass dich diese Sache sehr aufgewühlt hat. Mr Bennett hatte großes Glück, eine solch hingebungsvolle Angestellte zu haben. Ich bin mir sicher, dass er das zu schätzen wusste und dass seine Wutausbrüche nichts mit deiner Person zu tun hatten. Er wusste wahrscheinlich gar nicht, was er sagte oder tat.«

Margret nickte in Zustimmung zu meinen Worten. Dann schien ihr ein Gedanke zu kommen.

»Glücklicherweise war ein Arzt hier, der sich um Mr Bennett kümmern konnte, nicht wahr? Hat er denn auch nach Mrs Bennett geschaut?«

»Ach so, dieser Dr. Bell. Der war zwar hier, aber nicht sehr lange.«

»Was meinst du damit? Waren die Bennetts und Dr. Bell denn nicht befreundet? Wir haben gehört, er hätte sie hier für einige Tage besucht. Der Nachbar hat etwas in der Richtung erwähnt.«

»Ob sie befreundet waren, kann ich nicht sagen. Ich habe diesen Mann nie gesehen. Auch der Name war mir kein Begriff, zumindest erinnere ich mich nicht daran, ihn schon mal gehört zu haben. Aber ich lausche ja auch nicht.«

»Natürlich nicht.«

»Außerdem arbeite ich auch erst seit einem Jahr hier, von daher ist es vielleicht nicht ungewöhnlich, dass ich bis zu Mr Bennetts Tod noch nichts von ihm mitbekommen hatte. Zumal Dr. Bell aus Sussex kommt. Da trifft man sich wohl nicht so häufig. Ich könnte Stanford fragen, ob er ihn kennt.«

»Wie lange war er hier?«

»Dr. Bell? Nur kurz. Ich habe extra gefragt, ob ich ein Zimmer für ihn herrichten soll, aber Mrs Bennett hat gesagt, das wäre nicht nötig, er würde nur einen Nachmittag bleiben.«

»Einen Nachmittag? Das ist äußerst eigenartig. Und es widerspricht dem, was wir gehört haben.« Margrets Blick verdüsterte sich. »Wann genau war das?«

»Es war der Tag, an dem Mr Bennett gestorben ist. Also konnte er ihm zuvor auch nicht helfen. Ich habe gedacht, dass er bestimmt extra gekommen ist, um Mr Bennett zu untersuchen und dass Mrs Bennett ihn vielleicht deshalb gerufen hat. Dieser schreckliche Totenschein musste ja ausgestellt werden und all das. Ich habe mich nur gewundert, dass sie extra jemanden von so weit her hat kommen lassen, wo es doch auch nähere Ärzte gibt. Aber ich war so durcheinander, dass ich nicht weiter darüber nachgedacht habe. Geht mich ja auch nichts an.« Gladys zog die Schultern hoch.

»Nur einen Tag, also das …« Margret schüttelte langsam den Kopf und sah sie dann direkt an. Ich kannte diesen Gesichtsausdruck. Sie setzte ihn immer dann auf, wenn ihr ein entscheidender Gedanke gekommen war.

»Hat Mr Bennett regelmäßig Medikamente genommen?«

»Nein, nicht dass ich wüsste. Obwohl, manchmal … Er hatte keinen besonders guten Schlaf. Deshalb gab es da so ein leichtes Schlafmittel. Ab und zu sollte ich ihm abends ein Glas Wasser bringen, damit er es darin auflösen konnte. In letzter Zeit war das allerdings beinahe täglich der Fall. Wissen Sie, ich arbeite nicht nur hier, sondern ich darf auch hier wohnen. Bei Stanford ist es ebenso. Da bekommt man vieles mit.«

Urplötzlich kam mir ein schrecklicher Gedanke.

»Großer Gott, er wird in seiner Apathie doch nicht versehentlich eine Überdosis genommen haben? Wenn er nicht Herr seiner sieben Sinne war, wusste er ja nicht, was er da tat!«

Gladys erstarrte und riss die Augen auf. »Aber er hat doch gesagt, dass es ein rein pflanzliches Mittel ist. Völlig harmlos! Ach, es ist alles meine Schuld! Ich hätte besser auf ihn aufpassen müssen.« Die Tränen strömten nun sintflutartig über ihr Gesicht. »Was bin ich doch für eine unfähige Angestellte! Ich habe meine Fürsorgepflicht vernachlässigt. Der arme Mr Bennett wäre sonst vielleicht …«

»Unsinn!« Margret schlug resolut mit der Faust auf den kleinen Tisch, auf dem unsere Tassen standen. Ein Löffel klirrte und wir zuckten alle drei zusammen. »Es war ganz sicher nicht deine Aufgabe, Tag und Nacht an Mr Bennetts Bett auszuharren. Ich glaube nicht, dass so etwas in deinem Arbeitsvertrag steht.«

»Nein, aber …«

»Was war denn eigentlich mit seiner Frau?«

»Sie schlafen getrennt.«

»Verstehe.«

»Aber erst seit einigen Tagen.«

»Mhm …«

»Ich hätte das nicht sagen sollen. Ich habe sowieso schon viel zu viel geredet. Man wird mich feuern!«

»Schon gut. Wir werden nicht damit hausieren gehen. Hör zu, ein sehr guter Freund von uns ist Arzt. Du kennst ihn sicher, Dr. Hastings aus Rosefield. Er und Dr. Reynolds vertreten sich normalerweise gegenseitig, wenn einer von beiden nicht da ist.«

»Ich glaube, ich habe ihn gestern nebenan gesehen.«

»Das ist gut möglich. Er hat sich um das kranke Kind des Nachbarn gekümmert. Lauf doch schnell und schau im Zimmer von Mr Bennett nach, ob du noch etwas von dem Schlafmittel findest. Wir werden Dr. Hastings bitten, es zu untersuchen. Dann können wir vielleicht feststellen, ob es möglich ist, sich damit ins Jenseits zu befördern oder nicht. Wenn das Medikament wirklich rein pflanzlicher Natur ist, wird dem vermutlich nicht so sein.«

»Sollte er sich damit umgebracht haben, würde ich mir entsetzliche Vorwürfe machen. Ich käme mir vor wie eine Mörderin, weil ich es nicht verhindert habe!«

Gladys schlug erneut in schierer Verzweiflung die Hände vors Gesicht.

»Ich bin sicher, es wird sich alles klären«, redete ich auf sie ein.

»Dr. Hastings wird uns helfen, Gewissheit zu bekommen.« Margret trommelte mit den Fingern auf die Tischplatte. Ich spürte, dass die Zeit drängte. Sie wollte eindeutig erreichen, dass das Mädchen nach dem Schlafmittel suchte, bevor Mrs Bennett hier auftauchte. »Er ist ein tüchtiger Arzt und versteht etwas von seinem Fach, wie kaum ein anderer. Außerdem ist er absolut verschwiegen, eine Vertrauensperson. Du hast nichts zu befürchten, wenn du uns etwas von dem Schlafpulver mitgibst.« Gladys nickte langsam und schniefte. »Es kann nur von Vorteil sein, wenn wir etwas Licht ins Dunkel bringen. Aber erzähle Mrs Bennett nichts von unserem Vorhaben«, warf Margret noch rasch ein. »Wir wollen sie nicht unnötig beunruhigen. Es reicht völlig, sie einzuweihen, wenn wir etwas herausgefunden haben. Falls es überhaupt etwas herauszufinden gibt! Wahrscheinlich ist alles ganz harmlos.«

»Selbstverständlich, Miss. Ich sehe sofort im Zimmer von Mr Bennett nach.«

Wir nickten ihr zu und sie machte auf dem Absatz kehrt und stürmte hinaus. Gerade noch rechtzeitig. Denn bereits wenige Sekunden später vernahmen wir Schritte, die sich dem Empfangszimmer näherten.

8

Mrs Bennett schwebte in einem naturfarbenen Kleid aus hauchdünnem Leinen, das einem Morgenrock glich, in den Raum. Sie war barfuß. Um ihren linken Knöchel baumelte ein zartes Fußkettchen. Ihr kräftiges Haar fiel in blonden Locken über ihre Schultern und reichte beinahe bis zur Hüfte. Ich befand, dass sie ohne Weiteres Werbung für Shampoo hätte machen können. Oder für Tagescreme. Denn ihre Haut war makellos und schimmerte wie Elfenbein. Wäre sie eine Fotografie, hätte jeder behauptet, das Bild sei bearbeitet worden. Die zierliche Gestalt und das schmale Gesicht mit den großen Augen wirkten puppenhaft. Ich konnte mir sehr gut vorstellen, dass neben Mr Bennett und Graham Mitchell auch noch eine ganze Reihe weiterer Herren Gefallen an ihr gefunden hatten oder immer noch fanden. Nach einer angemessenen Trauerzeit würden sie Schlange stehen, das stand fest. Unwillkürlich malte ich mir die dramatischen Szenen aus, die sich zwischen Graham Mitchell und Mr und Mrs Bennett abgespielt haben mussten. Fast wie in einer Seifenoper. Ich kam immer noch nicht darüber hinweg, dass mir diese Geschichte erst jetzt zu Ohren gekommen war.

»Wie freundlich von Ihnen, mir Ihre Aufwartung zu machen«, begrüßte sie uns in gehauchtem Ton, »ich fürchte nur, ich bin derzeit nicht sonderlich gesprächig.«

»Aber das ist doch nur allzu verständlich, meine liebe Mrs Bennett«, beteuerte ich und Margret nickte. »Bitte nehmen Sie unsere aufrichtige Anteilnahme entgegen. Sie haben einen entsetzlichen Verlust erlitten und uns fehlen in Anbetracht dieses Schocks tatsächlich beinahe die Worte. Sie sollen wissen, dass wir jederzeit unterstützend für Sie da sind, wenn Sie es möchten.«

In diesem Moment öffnete sich erneut die wuchtige Tür und fünf Männer traten mit üppigen Blumensträußen, die in überdimensionalen Vasen thronten, ein. Kurz überkam mich die Frage, ob man die hässliche Vase von Miss Shaw hier irgendwie unbemerkt austauschen könnte. Ich kannte die Herren, die unter ihrer Last schnauften. Zumindest hatte ich jeden von ihnen schon einmal gesehen. Sie wohnten allesamt in der unmittelbaren Nachbarschaft der Bennetts. Einer betrieb mit seiner Frau ein kleines Café, in das ich schon einige Male eingekehrt war. Ein anderer arbeitete an der Tankstelle. Der frühlingshafte Duft der Pflanzen erfüllte sogleich in einer Intensität den Raum, dass es mich in der Nase kribbelte. Der Herr mit dem Rasenmäher, von dem wir ja inzwischen wussten, dass er Stanford hieß, hastete hinter den Packeseln her.

»Verzeihen Sie die Störung, Mrs Bennett.« Er keuchte mindestens so sehr wie ich, wenn ich die Treppe zur oberen Etage der Bücherei hinaufstieg. »Die von Ihnen bestellten Blumen aus der Gärtnerei in Rosefield sind soeben eingetroffen.« Wahrscheinlich hatte Gordon Harris den Männern für ihre Hilfe ein Ale im Pub versprochen. Wie hätte er diese Massen auch allein ins Haus bugsieren sollen …

»Ich sehe es, Stany, ich bin ja nicht blind«, hauchte die Angesprochene mit glasigem Blick. »Sind sie nicht schön? Ist die schwarze Königin auch dabei?« Beglückt schwebte sie zwischen den Vasen umher und sog mit geschlossenen Augen den Duft jedes einzelnen Strauches in sich auf, als handele es sich um ihr ganz persönliches Lebenselixier. Ihre schmalen Füße schienen den Boden nicht zu berühren.

»Ja, wirklich schön.« Ich nickte brav.

»Verteilen Sie die Blumen im ganzen Haus, ja? Hier soll es aussehen wie auf einer bunten Sommerwiese. Ich möchte in den Farben und in dem Duft baden wie in einem Blumenmeer.« Mit erhobenen Armen drehte sie sich schwungvoll um sich selbst.

Ich sah Margrets Blick, der mir verriet, dass sie ernsthaft an der Zurechnungsfähigkeit der Hausherrin zweifelte. Zugegeben, auch ich war irritiert. War Mrs Bennett wahnsinnig geworden? Was in aller Welt sollte ein Mensch allein mit so vielen Blumen? Immer mehr wurden hereingetragen. Im Handumdrehen befanden wir uns in einem Gewächshaus. Den Männern standen jetzt allesamt die Schweißtropfen auf der Stirn. Hatte nicht Dr. Hastings beim Frühstück erzählt, dass ihm bei seinem Besuch ebenfalls Mr Harris mit einer Blumenlieferung begegnet sei? Mir kam das alles ziemlich merkwürdig vor. Ich beschloss, Mrs Bennett behutsam darauf anzusprechen.

»Sie scheinen Blumen sehr zu mögen, meine Liebe.«

»Oh ja, Blumen sind das Leben! Sie sind Kraft, Reichtum, Emotion!« Sie schloss erneut die Augen und atmete tief ein.

»Fühlen Sie die Energie? Spüren sie den Fluss? Den Einklang?«

Ich wusste nicht recht, was ich sagen sollte.

»Nun ja, ich bin nicht sicher …«

Margret betrachtete das Szenario so befremdet, als tanze ein rosa Elefant durch den Raum. Mrs Bennett riss die Augen auf, stürmte auf mich zu und stützte sich mit den Händen auf meinen Knien ab. Ich presste mich gegen die Rückenlehne.

»Fühlen Sie! Riechen Sie! Hören Sie die Sprache der Blumen! Sie erzählen Geschichten von anderen Welten. Sie sind das Gestern, das Heute und das Morgen! Blumen sind alles! Sie tragen das Göttliche in sich! Engel und Dämonen gleichermaßen, Himmel und Hölle!« Sie schien langsam, aber sicher in eine Form von Ekstase abzudriften, was ein gewisses Unbehagen in mir auslöste. »Sie spricht zu mir! Die Königin der Nacht! Sie hat eine Botschaft!« Erleichtert sank ich in mich zusammen, als sie sich von mir abwandte und stattdessen eine fast schwarze Tulpe hypnotisierte. Es war die Einzige inmitten gelber und roter Tulpen. Sie griff mit den Händen um die Blüte und tauchte ihre Nase hinein.

»Hier ist sie! Die Queen of Night! Komm her, meine Schöne. Was hast du mir zu sagen? Welche Offenbarung bringst du mir?«

Margret sah mich fragend an und formte mit ihren Lippen die Worte: »Dr. Hastings?« Dabei deutete sie mit dem Zeigefinger unauffällig auf die junge Witwe.

»Jedenfalls haben Sie mit unserer Gärtnerei in Rosefield die beste Wahl getroffen!«, warf ich rasch mit erhobener Stimme ein. »Die Eheleute Harris sind ja inzwischen berühmt für ihre Pflanzen. Ich kenne keine kompetenteren Fachleute.«

Mrs Bennett drehte sich zu mir um und lächelte. Sie wirkte völlig wach und nahm mich eindeutig wahr. Also hatte ich sie offenbar rechtzeitig aus ihrer Trance ins Hier und Jetzt zurückgeholt. Doch plötzlich verfinsterte sich ihr Blick wieder und sie sah sich suchend um.

»Wenn ich es mir genau überlege, glaube ich, dass ich noch mehr Blumen brauche.« Ihre Pupillen wanderten unruhig hin und her. »Viel mehr! Und nicht nur hier drinnen, sondern auch draußen. Große Kübel sollen vor dem Haus stehen! Überall! Wie vor einem Palast! Wo ist Stany? Wieso ist er nicht hier, wenn ich ihn brauche? Stany, wo bist du? Stany!«

Margret räusperte sich.

»Er ist wieder draußen und mäht dort den Rasen, Mrs Bennett. Vermutlich hört er Sie nicht.«

Sie stürmte zum offenen Fenster, als müsse sie einem Feuer entfliehen.

»Stany? Bist du da? Hörst du mich? Stany?«

Das Rattern des Rasenmähers verstummte.

»Ja? Mrs Bennett? Haben Sie gerufen?«

»Natürlich habe ich das! Aber du bist anscheinend taub! Ich bin nicht gewillt, dieses ignorante Verhalten noch länger mitzumachen!« Stanford Wilmot quittierte diese Aussage lediglich mit einem mürrischen Brummen. »Ich möchte, dass Mr Harris hierherkommt und mich berät. Nicht nur einfach alles abliefert, sondern wirklich berät, hörst du? Ich brauche Pflanzenkübel vor dem Haus! Und unbedingt noch eine schwarze Tulpe! Er soll sich sofort auf den Weg machen. Hast du verstanden? Jetzt! Nicht erst heute Abend oder morgen! Und er selbst soll kommen. Seine Frau kann es sich sparen, diesen Pollit zu schicken. Ich will Gordon Harris! Sonst niemanden!«

»Der arme Kerl war doch gerade erst hier. Na, werde mal sehen, was sich machen lässt.« Die Stimme des Angestellten ließ an Begeisterung zu wünschen übrig. Er hatte mein vollstes Verständnis.

»Hol ihn her!«

Mrs Bennett ließ sich sichtlich erschöpft in einen Sessel sinken und stierte uns an.

»Sie haben offensichtlich bei all der Trauer das Bedürfnis, das Haus mit ein paar Blumen zu erhellen.« Ich rührte hektisch in meiner Teetasse. Diese ganze Situation war mehr als unangenehm und ich suchte nach einer Möglichkeit, wie wir ihr rasch entkommen konnten. »Pflanzen helfen ja in so vielen Situationen. Ich kann das gut verstehen.«

»Oh, haben Sie noch Tee?«

»Ja, vielen Dank, es ist alles in Ordnung.«

Mrs Bennett wirkte plötzlich nachdenklich. Mit ihren zarten Fingern kratzte sie sich an der Stirn, die sich in Falten gelegt hatte. Als habe sie entschieden, dass es nun an der Zeit wäre, wieder etwas zu sagen, platzte es aus ihr heraus.

»Ich kümmere mich lieber selbst darum. Gladys ist so furchtbar ungeschickt. Seit dem Tod meines Mannes verschüttet sie ständig alles, das ist so lästig.« Sie schlug sich theatralisch die Außenfläche ihrer rechten Hand an die Stirn. »Diese Angestellten heutzutage! Eine wahre Zumutung!« Ich hatte das Gefühl, die arme Gladys Price verteidigen zu müssen.

»Sie sollten nicht zu streng sein, meine liebe Mrs Bennett, die arme Miss Price ist vermutlich durch die furchtbaren Geschehnisse noch sehr mitgenommen, ebenso wie Mr Wilmot. Und Miss Price ist noch ein so junges Ding.«

Ihre Miene verzog sich zu einer hasserfüllten Fratze, die mit dem ursprünglich makellosen Gesicht nichts mehr gemeinsam hatte. Mit zusammengepressten Lippen schob sie trotzig das Kinn nach vorne. Ihre Augen erschienen mir urplötzlich giftgrün. Sie hatten sich zu Schlitzen verengt, wie bei einer Kobra kurz vorm Zuschnappen. Mich schauderte. Wie schnell doch ein Gesichtsausdruck die ganze Wirkung eines Menschen verändern konnte.

»Natürlich ist sie das, diese dumme Gans! Überaus mitgenommen, in der Tat!« Sie zischte die Worte durch zusammengebissene Zähne. »Sie trauert eigenartigerweise mehr als alle anderen, nicht wahr? Wie rührend! Den lieben langen Tag schluchzt sie wie ein Kleinkind und ist unfähig, ihre Arbeit zu erledigen! Finden Sie das nicht auch ein wenig übertrieben? Ist das etwa normal für eine hergelaufene Bedienstete? Sie soll mir aus den Augen gehen! Ich ertrage ihre Anwesenheit nicht!«

Das Klopfen und das Öffnen der Tür erfolgten fast zeitgleich. Ein Mann in weißer Jacke steckte den Kopf herein.

»Oh, verzeihen Sie. Haben Sie gerufen, Mrs Bennett?«

»Nein, wieso sollte ich? Verschwinden Sie in die Küche! Kochen Sie oder backen Sie meinetwegen. Ich will einen Kuchen!«

Der Mann verschwand ohne ein weiteres Wort.

»War das der Koch?«, fragte ich zaghaft, doch Mrs Bennett schaute nur missmutig auf ihre nackten Zehen.

»Sie reagieren verständlicherweise emotional in Ihrer momentanen Verfassung.« Margret blieb gewohnt sachlich. »Aber Sie sollten das Verhalten von Gladys nicht überbewerten. Sie ist vermutlich schlicht und einfach überfordert mit der ganzen Situation.«

»Oh ja, überfordert ist sie! War sie schon immer! Und zwar mit allem! Ach, was soll's, ich werde Ihnen sagen, was ich denke!« Sie richtete sich kerzengerade auf und beugte sich dann zu uns. »Diese alberne Pute war in meinen Mann verliebt.«

»Nicht doch!«, entfuhr es mir.

»Wenn ich es Ihnen doch sage! Immer hat sie ihm schöne Augen gemacht. Jede einzelne Minute des Tages! Sie ist ein Biest, nichts weiter! Arme, verzweifelte, dumme Gladys … Und immer dieses Gesäusel! Sehr wohl, Mr Bennett, aber natürlich, Mr Bennett, brauchen Sie sonst noch etwas, Mr Bennett …« Sie rollte die Augen.

Vorsichtig hob ich zu einem Einwand an.

»Entschuldigen Sie, ich möchte Ihnen nicht zu nahetreten, aber ist das nicht einfach eine sehr zuvorkommende Art?«

In Mrs Bennetts Augen blitzte es boshaft. Spitze Pfeile schossen aus ihren Augen, bereit, jeden zu durchbohren, der ihre Meinung nicht teilte.

»Zuvorkommend? Pah! Sie hätte alles für Jeffrey getan. An den Hals geworfen hat sie sich ihm! Widerlich! Sie sollte sich schämen!«

Plötzlich bekam ich in diesem Raum Beklemmungen. Mir wurde abwechselnd heiß und kalt. Die schweren Vorhänge an den Fenstern wirkten erdrückend. Mit meiner Hand fächerte ich mir hektisch Luft zu, während mich das Gefühl überkam, dass die aufgeladene Atmosphäre den letzten Rest Sauerstoff verdrängte. Ich wollte einfach nur noch gehen.

»Vielleicht überbewerten Sie das Ganze ein wenig, vielleicht …«

»Gott allein weiß, was ihm das Vögelchen noch alles in die Ohren gezwitschert hat, wenn niemand in der Nähe war!«

Wütend sprang Mrs Bennett auf und stach mit ihrem Zeigefinger Löcher in die Luft. »Ich habe sie erwischt, als sie in seinem Zimmer stand und an einem Hemd von ihm roch! Anschließend umarmte sie den Stoff, als stecke er leibhaftig darin. Zuvorkommende Angestellte? Dass ich nicht lache! Dumm ist sie! Eine Schlampe! Sie hat nichts als Stroh im Kopf!«

Margret und ich blickten gleichermaßen bestürzt zu Boden. Ich hatte keine Ahnung, wie ich auf die Hasstiraden reagieren sollte und entschied, dass jedes Wort wahrscheinlich zu viel wäre und nur Öl ins Feuer gießen würde.

Inständig hoffte ich, dass Margret etwas einfallen würde, wie wir uns dieser misslichen Lage möglichst galant entziehen konnten. Doch von meiner Freundin kam nichts. Unterdessen sprang Mrs Bennett wie ein Floh zwischen den Blumenvasen hin und her. Ihre Augen glühten wie Kohlestücke auf einem Grill.

»Wissen Sie, was ich wirklich glaube? Ich werde es Ihnen sagen! Sie hat ihn umgebracht, sie allein war es! Gladys Price ist eine Mörderin!«

9

Margret ließ sich nicht aus der Ruhe bringen.

»Das sind schwerwiegende Anschuldigungen. Ich denke, Sie sollten sich jetzt lieber etwas ausruhen.«

»Aber es ist die Wahrheit! Hören Sie? Ich lüge nicht! Wagen Sie nicht, mir nicht zu glauben! Ich weiß genau, wie dieses Biest tickt! Ich werde alles der Polizei erzählen! Und dann kommt sie hinter Schloss und Riegel, wo sie hingehört!«

»Und aus welchem Grund hätte sie Ihren Mann ermorden sollen? Wenn sie tatsächlich in ihn verliebt war, wie Sie es sagen, was hätte es dann für einen Sinn gehabt?«

Mrs Bennett warf die Hände gen Himmel.

»Das liegt doch auf der Hand! Wenn sie ihn nicht haben konnte, sollte ihn auch sonst niemand haben! Das Miststück wird dafür büßen! Sie soll in der Hölle schmoren und der Teufel selbst soll auf ihrer Asche tanzen! Der Teufel, hören Sie mich? Satan! Im Fegefeuer!«

Meine Beine verselbstständigten sich. Ich sprang auf. Keine Sekunde länger konnte ich einfach so ruhig sitzen bleiben.

»Das reicht jetzt! Beruhigen Sie sich!«, entfuhr es mir. Hilflos sah ich zu Margret. Doch die fixierte Mrs Bennett lediglich, ohne mit der Wimper zu zucken.

»Ich rufe jetzt sofort die Polizei!«, kreischte diese und verursachte mir damit beinahe einen Tinnitus. Wer hätte gedacht, dass dieses zarte Persönchen in der Lage war, derart schrille Töne von sich zu geben? Wir brauchten hier dringend Hilfe. »Wer ist hier in diesem Kaff zuständig? Jemand soll kommen und diese Göre verhaften! Wo ist das Telefon?«

»Ich werde Stanford rufen!«, entschied ich. »Sie müssen sich wirklich etwas ausruhen, meine Liebe. Wir machen uns jetzt auch wieder auf den Heimweg.«

In diesem Moment öffnete sich abermals die Tür und an dem überfordert wirkenden Stanford drängte sich zielstrebig eine auffällige Dame mit riesigem Hut vorbei. Suchend sah sie sich im Zimmer um. Für meine Begriffe war sie recht korpulent und für eine Frau um die 60 ungewöhnlich groß. Eine beeindruckende Erscheinung. Dass sie unbemerkt einen Raum betrat, war schlichtweg unmöglich, ganz egal, wie viele Menschen sich darin befanden. Da sie sich offenbar farblich einem Trauerhaus hatte anpassen wollen, trug sie zu der üppigen Kopfbedeckung in Schwarz einen dunkel karierten Tweed-Rock und eine schwarze Spitzenbluse. Das alles wirkte etwas aus der Zeit gefallen, als hätte sie die Kleidung unterwegs bei einem Kostümverleiher ausgeborgt. Ihren Mantel warf sie Stanford einfach entgegen. Er landete dem völlig verblüfften Angestellten auf dem Kopf. Ich fühlte mich wie bei einer Theateraufführung, wusste indes jedoch nicht, ob ein Drama, eine Komödie oder Varieté auf dem Spielplan stand. Die Frage war nur, wann der Vorhang fiel. Die Dame zerrte an ihrem Hut und ließ ihn unachtsam auf einen Stuhl gleiten. Zum Vorschein kam ein krauser Lockenkopf in einer unnatürlichen Haarfarbe, die ich am ehestens als helles Violett definiert hätte. Mrs Gibson hätte bei diesem Anblick vermutlich der

Schlag getroffen. Auch die übertriebene Schminke wirkte jetzt erst richtig grotesk, als das Licht auf ihr Gesicht fiel.

»Rosssie!« Die Dame in Clown-Maskerade schritt energisch auf eine entgeistert wirkende Mrs Bennett zu. Sie zog eine unangenehme Parfumnote in penetrantem Lavendel hinter sich her. Der Geruch erinnerte mich an den Kleiderschrank meiner Mutter, in dem immer Säckchen mit dem Kraut gehangen hatten. Gegen die Motten! Ich war zwar keine Motte, aber ich mochte Lavendel ebenso wenig. Rasch hielt ich meine Nase so tief wie möglich in meine Teetasse. »Wie entsssetzzzlich dasss doch allesss issst! Esss tut mir leid, dasss ich nicht früher kommen konnte.«

Dass der überdimensionalen Figur die Schneidezähne fehlten und sie dadurch lispelte, ließ den Auftritt für mich nur noch unwirklicher erscheinen. Die Dame war eine Karikatur. Hätte unserem Besuch nicht ein verdammt realer Todesfall zugrunde gelegen, so hätte ich glatt auf eine Fernsehsendung mit versteckter Kamera getippt.

»Tante Mabel!« Als wäre ein Schalter umgelegt worden, verfiel die Hausdame wieder in ihren Flüsterton, den sie auch schon zu Beginn unseres Besuchs an den Tag gelegt hatte. »Du hättest nicht extra herkommen müssen.«

»Aber ssselbsssverssständlich! Ich habe mich bewussst nicht vorher angekündigt, weil ich genau wusssste, dasss du ssso reagieren würdessst.« Sie nahm die Hände ihrer Nichte in die ihren und begann, sie zu reiben. »Nun werden wir dich erssstmal ein bissschen aufpäppeln, mein Kleinesss. Willssst du mich deinem Bessuch nicht vorstellen?«

Doch daraus wurde nichts. Rosie Bennett sah gedankenverloren aus dem Fenster und ihr Körper wirkte wie ein weiterer dekorativer Gegenstand des Zimmers – schön, aber leblos.

»Alssso gut, dann übernehme ich dasss eben ssselbssst. Mein Name issst Mabel Ssstewart. Ich bin eine angeheiratete Tante von Mrsss Bennett, die Witwe desss Brudersss ihresss Vatersss.«

Ich streckte ihr meine Hand entgegen.

»Sehr erfreut. Wir sind quasi Nachbarinnen aus Rosefield. Elisabeth Wilson und Margret Miller. Wir hatten die Absicht, Mrs Bennett unser Beileid auszusprechen, aber ich fürchte, das war vielleicht doch etwas zu viel für die Arme.«

»Da könnten Sssie recht haben«, sagte Mabel Stewart ernst. »Ich hielt esss für meine Pflicht, nach ihr zssu sssehen. Ihre Eltern sssind tot, verstehen Sssie? Autounfall, wahrlich tragisch. Sssomit bin ich quasssi … nun ja, die einzssig lebende Verwandte, wenn auch nicht leiblich.« Sie seufzte tief. »Wie ich sssehe, war esss eine gute Entscheidung, hierher zssu kommen, auch wenn ich einen weiten Weg auf mich nehmen musssste. Ich komme gerade ausss den Cotssswoldsss.«

Bei dem Wort »Cotswolds« wich ich automatisch ein Stück nach hinten aus, als ich den Regen an Spucke-Tropfen sah, der aus Mrs Stewarts Mund hervorschoss.

Margret erhob sich, griff nach ihrer Handtasche und stieß dabei gegen den Tisch, sodass ein Teelöffel herunterfiel.

»Oh, wie ungeschickt von mir.« Sie bückte sich rasch. Kurz kam mir der Gedanke, dass sie absichtlich gegen den Tisch gestoßen war, denn solche Dinge passierten normalerweise nur mir. Da ich jedoch keinen Sinn darin sehen konnte, absichtlich einen Löffel zu Boden fallen zu lassen, kümmerte ich mich nicht weiter darum. »Verzeihen Sie bitte. Hier ist er schon wieder.« Margret hielt den Löffel triumphierend in die Höhe. »Ich denke, wir sollten jetzt aufbrechen. Ihre Nichte ist ja nun dank Ihrer Ankunft in den besten Händen.« Ich erhob mich ebenfalls. »Sollten Sie medizinische Hilfe benötigen, so legen wir Ihnen unseren Arzt aus Rosefield wärmstens ans Herz. Dr. Hastings! Er vertritt Dr. Reynolds, der aktuell verreist ist.«

»Dasss issst freundlich von Ihnen, danke!«

»Scheuen Sie sich nicht, ihn anzurufen. Wir werden seine Handynummer bei Stanford hinterlegen.«

Mrs Stewart nickte zustimmend. Ich blickte mit einer Spur von Bedauern auf die vor dem Fenster stehende geisterhafte Gestalt. Sie tat mir leid, aber ich empfand auch eine gewisse Abneigung und mir war noch nicht klar, welches Gefühl überwog.

»Ihre Nichte wirkt doch wesentlich mitgenommener, als wir es erwartet hatten.«

»Ja, ssso scheint esss wohl.«

»Sollten Sie in den nächsten Tagen zufällig nach Rosefield kommen, dann läuten Sie gerne bei uns, meine Liebe. Wir würden uns freuen. Es ist das letzte Haus in der Highstreet, ein bewachsenes Cottage.«

Wir verließen das Haus durch die Hintertür und den weitläufigen Garten. Dadurch ersparten wir uns die Umgehung des kompletten Grundstücks. Wir drückten Mr Wilmot einen Zettel mit der Handynummer von Dr. Hastings in die Hand, der ihn skeptisch entgegennahm. »Sie wird dort nicht anrufen. Mrs Bennett, meine ich.« Er deutete mit dem Kopf zum Haus. »Trotzdem danke! Früher war sie wesentlich umgänglicher. Jetzt hat man den Eindruck, der Teufel hätte sie geritten. Ich mach' das nicht mehr lange mit, sage ich Ihnen! Wenn es nicht bald besser wird mit ihr, dann haben die mich hier gesehen! Dann suche ich mir was anderes.«

Ich sah ihn mitleidig an.

»Das alles ist sicher nicht leicht für Sie.«

»Nicht leicht? Es ist eine Katastrophe, können Sie mir glauben! Ich mache jetzt jedenfalls erst mal Pause und gehe drüben ins Café was essen.« Er wischte seine Hände an seiner Hose ab.

»Aber hier gibt es doch jetzt einen neuen Koch. Dürfen Sie da nicht mitessen?«

»Pah! Was der Hampelmann da fabriziert, kriegt doch kein Mensch runter! Nee, danke! Der hat wohl seinen Abschluss in der Lotterie gewonnen! Schönen Tag noch!« Er tippte sich mit dem Zeigefinger an seine Kappe und verschwand. Wir blickten ihm nach, bis er um eine Hausecke verschwand.

»Ich kann verstehen, dass er so gefrustet ist. Das hält ja kein normaler Mensch aus. Man fühlt sich beinahe wie in einer Irrenanstalt.« Seufzend wandte ich mich um zum Gehen. Am Ende des Gartens stießen wir auf Gladys, die sich hinter einem Busch versteckt hielt. Sie zog plötzlich an meinem Ärmel und verursachte mir damit beinahe einen Herzinfarkt.

»Du lieber Himmel!« Erschrocken schnappte ich nach Luft. »Gladys! Du bist es!«

»Ich habe etwas von dem Schlafpulver!«, flüsterte sie mit geröteten Wangen. »Hier! In der kleinen Dose. Zuerst konnte ich nichts finden, obwohl Mr Bennett noch ziemlich viel davon hatte. Das weiß ich genau! Aber dann habe ich gesehen, dass er bei seiner letzten Einnahme anscheinend etwas verschüttet hat. Unter dem Bett. War gar nicht so einfach, es in die Dose zu bekommen. Ich musste das Pulver ganz vorsichtig mit dem Finger auf ein Blatt Papier schieben.«

»Gut gemacht!« Margret strahlte. »Ich wusste, du bist ein tüchtiges Mädchen!«

Gladys trat verlegen einen Schritt zurück und stolperte dabei über einige abgeknickte Äste, die unachtsam auf der Erde verstreut lagen. Sie fiel der Länge nach hin. Reflexartig sprang ich ihr zu Hilfe.

»Vorsicht! Hast du dir weh getan?« Ich reichte ihr meine Hände und zog sie hoch. Ihr linker Ellenbogen war aufgeschürft.

»Ach nein, es geht schon. Ich bin einfach manchmal total ungeschickt. Mrs Bennett sagt das auch ständig zu mir, aber erst, seitdem ihr Mann tot ist.« Sie blickte betrübt zu Boden. »Früher war sie nie so. Sie hat sich sehr verändert.« Resigniert streifte sie ihr Haargummi ab, sodass ihr kastanienbraunes Haar glänzend über die Schultern fiel. Bei genauer Betrachtung war sie wirklich hübsch, wie ich fand. Unscheinbar auf den ersten Blick, aber wenn man richtig hinsah, erkannte man ihre natürliche Schönheit. Sie deutete auf ihr Versteck hinter dem Busch. »Komisch, dass dieser Strauch hier so mitgenommen ist. Auf der hinteren Seite ist alles abgeknickt und zerdrückt. Vielleicht hat sich ein Reh hineingelegt. Ab und zu sieht man hier welche. Ich mag sie gerne, aber Stanford schimpft immer, weil sie die Pflanzen abfressen.«

»Also was genau ist Stanford denn nun eigentlich? Der Gärtner?« Margret zupfte an einem Blatt des Busches.

»Ja und nein. Er ist schon hauptsächlich für den Garten zuständig, aber auch für allerlei andere Dinge. Ich würde ihn als eine Art Hausmeister bezeichnen, aber eben mit Gärtnerfunktion.« Sie lächelte. »Er ist nett, manchmal ziemlich penibel. Mich wundert, dass er das alles hier einfach so lässt und nicht einmal die verstreuten Äste auf der Erde entfernt. Das ist eigentlich nicht seine Art. Wahrscheinlich hat er es noch nicht gesehen.« Gladys schürzte nachdenklich die Lippen. Es freute mich, dass sie immer gesprächiger wurde und wir ganz offensichtlich ihr Vertrauen gewonnen hatten. »Vielleicht ist er aber auch beleidigt, weil Mr Harris aus der Gärtnerei in Rosefield seit einer Woche ständig hier ein und aus geht und er selbst nicht mehr um Rat gefragt wird. Stanford ist da eigen. Aber entschuldigen Sie, ich halte Sie auf. Mrs Bennett sagt auch, dass ich nicht so viel reden soll.« Bestürzt blickte sie zu Boden.

»Aber nicht doch, mein Kind. Bei uns darfst du so viel sprechen, wie du möchtest. Ich hoffe nur, du bekommst keinen Ärger, wenn du zu lange fort bist.« Ich strich ihr über den Arm. Es wurde immer deutlicher, dass Mrs Bennett derzeit nicht besonders gut auf Gladys zu sprechen war und jede ihr sich bietende Gelegenheit nutzen würde, um sie an den Pranger zu stellen. Das arme Mädchen hatte in diesen Tagen kein leichtes Leben hier.

Margret schnippte mit den Fingern.

»Eins noch, bevor du ins Haus zurückgehst. Du sagst, dass Mrs Bennett früher anders war. Meinst du das, weil sie vom Tod ihres Mannes mitgenommen ist?«

»Ich darf nicht schlecht über sie sprechen.« Gladys kaute unschlüssig auf ihrer Unterlippe. »Sie werden mich doch nicht verraten?«

»Natürlich nicht, sei unbesorgt!«

Plötzlich platzte es aus dem Mädchen heraus.

»Sie war immer ruhig und nett, eine wirklich freundliche Chefin. Aber jetzt … sie ist unberechenbar! In einer Minute ist sie völlig geistesabwesend und im nächsten Moment lacht sie plötzlich grundlos oder sie ruft etwas ohne jeden Zusammenhang! Manchmal schreit sie laut los und dann lacht sie wieder! Und dann war da ja auch noch Mr Bennett in seinem Zustand. Die letzten Tage waren grauenvoll!« Gladys riss panisch die Augen auf und ihre Mundwinkel zuckten. Ich legte mütterlich meinen Arm um ihre Schultern. Margret hingegen blickte sie ernst an.

»Ich weiß, dass das, was ich dir nun sagen werde, nicht unbedingt dazu beitragen wird, dass es dir besser geht, aber ich fürchte, wir müssen dich darauf vorbereiten, dass möglicherweise demnächst die Polizei hier steht und mit dir sprechen möchte.«

»Sie meinen, mit mir? Wieso denn nur?«

»Mrs Bennett beschuldigt dich des Mordes an ihrem Ehemann!«

Gladys wurde bleich wie die Fassade des Anwesens. Schluchzend rannte sie zurück zum Haus.

Betreten blickte ich ihr nach, bis sie nicht mehr in meinem Sichtfeld war. Margret stand stocksteif, wie ein Zinnsoldat. Kein gutes Zeichen.

»Ist alles in Ordnung mit dir?«, fragte ich vorsichtig.

»Hier stimmt was nicht!«

»Das ist nicht schwer zu erraten, sogar für mich nicht!«

»Ein Koch, der nicht kochen kann.«

»Ziemlich schade, ja. Aber vielleicht schmeckt es ja auch nur Stanford nicht.«

»Und kein Koffer.« Sie verschränkte die Arme.

»Wie bitte?«

Ich folgte mit meinen Augen Margrets Blick, der starr auf das Haus gerichtet war. Mabel Stewart schloss gerade das Fenster des Empfangszimmers. Eine Sekunde später knallte eine Amsel gegen die Scheibe und fiel wie ein Stein tot zu Boden.

10

Ich muss noch mal weg, Evelyn«, rief Mr Harris gerade, als Margret und ich den Blumenladen betraten. Margret hatte beschlossen, mich zu begleiten. Das war praktisch, denn so musste ich die hässliche Vase von Miss Shaw nicht allein in einem Trolley hinter mir herziehen. Der Duft vieler verschiedener Pflanzen schlug uns betörend entgegen.

Mrs Harris war gerade dabei, einen Drachenbaum an Mrs Lewis zu verkaufen. Die Kirchturmuhr schlug eins. Demnach hatte Mrs Lewis ihre Änderungsschneiderei für eine Mittagspause geschlossen. Das tat sie meistens. Die Eheleute Harris hingegen hatten durchgehende Öffnungszeiten. Einen von beiden traf man immer an.

»Ist gut, Gordon. Wo musst du denn hin?«

Mr Harris hatte den Griff der Ladentür bereits in der Hand, drehte sich aber nochmals um und nickte uns dabei grüßend zu. »Ach, Josie Bennett hätte offenbar gern noch mehr Blumen in ihrem Haus. Stanford hat vorhin angerufen. Sie will eine persönliche Beratung, und zwar sofort.« Er zuckte entschuldigend die Achseln und verzog die Mundwinkel.

»Schon wieder?« Mrs Harris runzelte die Stirn. »Nur gut, dass der Lieferant heute da war, sonst gäbe es keinen Nachschub mehr. Diese Frau hat bald mehr Blumen in ihrem Bestand als der Großhändler.«

»Mrs Bennett und Blumen? Früher gab es in dem riesigen Haus nicht eine einzige Pflanze! Ich war dort schon häufiger, um Kleidungsstücke anzupassen. Bei ihrer zierlichen Gestalt sind ihr die Standardschnitte meistens zu weit.« Mrs Lewis befühlte ein Blatt des Drachenbaums. »Ich meine sogar, mich zu erinnern, dass sie mir einmal erzählt hat, sie hätte kein Händchen für Blumen.«

»Was erklären würde, warum sie beinahe täglich Nachschub ordert. Bei ihr scheint ja alles innerhalb weniger Stunden zu welken …« Der Unterton, der in Mrs Harris Worten mitschwang, schmeckte spöttisch. Ein Eindruck, der durch ihren Gesichtsausdruck bestärkt wurde. Man spürte ihren Unmut, den sie mühsam zu unterdrücken versuchte.

Margret kräuselte ungläubig ihre Nase.

»Es ist schon ziemlich ungewöhnlich, dass jemand, der Blumen nichts abgewinnen kann, plötzlich keine größere Vorliebe zu haben scheint, oder? Also ich persönlich habe so etwas noch nie gehört!«

»Ja, wirklich eigenartig. Plötzlich müssen in jedem Raum Pflanzen stehen.« Gordon Harris lachte amüsiert. »Nun, uns kann es nur recht sein. Im Übrigen sind es meist Schnittblumen, die halten sich ja generell nicht so lange, ob man nun ein Händchen für sie hat oder nicht.« Er schien die ganze Angelegenheit gelassener zu betrachten als seine Frau. Vielleicht stand für ihn der positive finanzielle Effekt, den die Massenbestellungen mit sich brachten, im Vordergrund. »Josie Bennetts Faible scheint aktuell bei Sträußen in Vasen zu liegen. Vor zwei Tagen waren es noch Topfpflanzen. Und Tulpen natürlich! Die müssen immer dabei sein. Ich sollte mich jetzt auf den Weg machen. Einen angenehmen Tag, die Damen.« Er nickte uns zu und verschwand in Richtung seines Lieferwagens.

»Sie heißt Rosie, mein Herz, nicht Josie!«, rief Mrs Harris ihrem Mann noch nach, der sie aber allem Anschein nach nicht mehr hörte. Sie schüttelte verständnislos den Kopf. »Er kann es sich einfach nicht merken.«

»Na ja, aber Rosie, Josie, das klingt ja auch fast gleich. Ich habe Verständnis für ihren Mann. Mit Namen hatte ich schon immer Probleme«, winkte Mrs Lewis ab. »Also, Mrs Harris, ich nehme diesen Drachenbaum. Ich brauche dringend mal wieder etwas Grünes. Und dann muss ich aber auch schleunigst los. Die Arbeit wartet!«

Ich wollte es auf keinen Fall versäumen, mich nach dem Stand ihrer Brotkörbchen zu erkundigen, solange sie noch hier war.

»Klingt, als hätten Sie viel zu tun, meine Liebe.«

Sie nickte heftig.

»Das kann man wohl sagen! Ich weiß manchmal gar nicht, wo ich anfangen soll. Im Grunde bräuchte ich dringend eine Unterstützung. Manchmal glaube ich, dieses Handwerk stirbt aus, trotz der vielen Aufträge, die sich bis unter meine Decke stapeln. Es gibt weit und breit keine Schneiderin außer mir.«

»Und da behaupten immer alle, dass die Leute heutzutage alles gleich wegwerfen, wenn es nicht perfekt passt, nicht mehr im Trend ist oder einen kleinen Riss hat.« Ich blickte auffordernd zu Margret, die diese Meinung in der Regel vertrat.

»Nun, die Menschen entledigen sich in der Tat zu schnell ihrer Dinge. Und damit meine ich nicht speziell Kleidung. Von daher finde ich es erfreulich, dass man sich in Rosefield offenbar zumindest in diesem Punkt auf Nachhaltigkeit besinnt, auch wenn es natürlich bedauerlich ist, dass Sie dadurch so überlastet sind, Mrs Lewis.«

Ich knüpfte nochmals an.

»Hoffentlich finden Sie bald eine Aushilfe.«

»Ja, das wäre wirklich wünschenswert. Ach, Mrs Harris, ich nehme noch den Übertopf dazu!«

»Sagen Sie, haben Sie es denn trotz all der Arbeit geschafft, ein paar Brotkörbchen zu nähen? Es tut mir wirklich leid, dass ich Sie mit dieser Anfrage zusätzlich belastet habe, aber ich hatte ja keine Ahnung, wie viel Sie tatsächlich zu tun haben. Und Ihre Körbchen verkaufen sich einfach immer so gut.« Ich breitete entschuldigend die Hände aus. »Sally hat schon vor Tagen danach gefragt. Sie möchte im Gemischtwarenladen ihre selbstgebackenen Kekse darin drapieren.«

»Ah natürlich, vermutlich für die Tee-Ecke, die sie vor einigen Monaten eingerichtet hat, nicht wahr? Kein Problem, Mrs Wilson, ich habe eigentlich immer genügend Körbchen vorrätig. Ich verschenke sie selbst gerne, wissen Sie? Man kann sie ja auch ins Bad stellen oder diese ganzen lästigen Kabel hineinlegen, die man heutzutage so hat. In hübschen Farben sind sie dekorativ und dazu noch vielseitig verwendbar. Ich nenne sie nur einfach Brotkörbchen, damit sie einen Namen haben.« Sie winkte lachend ab. Hinter uns rumorte es. Margret hatte begonnen, die Vase aus dem Trolley zu manövrieren.

»Du meine Güte, was haben Sie denn da?« Mrs Harris starrte entgeistert auf das kitschige Ungetüm. Ich beschloss, es bei einer knappen Erklärung zu belassen.

»Miss Shaw besteht darauf, dass diese Vase als Dekorationsobjekt beim Basar zum Einsatz kommt.« Ich grinste übertrieben, sodass sich meine Wangen derart nach oben schoben, dass meine Augen lediglich aus Schlitzen bestanden. Mrs Lewis schlug sich theatralisch die Hand vor die Stirn.

»Oh, hören Sie mir auf mit dieser furchtbaren Person!« Mit der freien Hand fuchtelte sie ziellos in der Luft herum. »Sie glauben ja nicht, was für ein unmögliches Kleid sie von mir genäht haben wollte. Fragen Sie nicht! Es zu beschreiben, würde mir die Schamesröte ins Gesicht treiben!«

»Nun, ich kann es mir vorstellen«, murmelte Margret.

»Selbstverständlich habe ich abgelehnt! Ich kann ja schließlich nicht zulassen, dass mein guter Ruf ruiniert wird! Ach nein, Mrs Harris, nicht diesen Übertopf. Ich nehme doch lieber den anderen da drüben, falls er nicht zu klein ist.« Sie deutete auf ein Regal mit einem beigefarbenen Exemplar, das mit Blätterranken verziert war. »Oder nein, warten Sie. Was haben wir denn da hinten? Nein, nicht der blaue, der hellgraue daneben. Ja, genau! Der wäre mir noch lieber.«

Mrs Harris seufzte aus vollem Herzen und stellte den ungewollten Übertopf wieder weg, um anschließend den anderen zu holen. Besorgt blickte ich ihr nach. Es war nicht ihre Art, genervt oder gestresst zu reagieren, selbst wenn Kunden sich hundertmal umentschieden. Vielleicht war sie einfach überlastet.

»Ist alles in Ordnung, meine Liebe?«, fragte ich vorsichtig, als sie zurückkam.

»Ja, natürlich.« Beschämt blickte sie unter sich. Erst jetzt bemerkte ich, dass nicht nur ihre Wangen, sondern auch ihre Augenlider gerötet waren. »Entschuldigen Sie bitte. Es ist nur … ich stehe seit Tagen mit allem allein da. Gordon wird ständig zu Mrs Bennett gerufen, dabei müssten wir dringend den Basar vorbereiten. Draußen stehen Unmengen an Bestellungen, die längst ausgeliefert sein sollten. Ich schaffe das einfach nicht allein!« Ihre Augen füllten sich mit Tränen und sie blinzelte heftig, um sie zu entfernen. Ich nickte verständnisvoll und reichte ihr ein Taschentuch.

»Aber ich sollte nicht jammern. Unsere Kunden können ja nun wirklich nichts dafür. Und ich bin dankbar für jeden, der zu uns kommt. Es tut mir leid, Mrs Lewis, Sie dürfen selbstverständlich so lange überlegen, wie Sie möchten.« Sie klimperte mit den Wimpern und hielt sich das Taschentuch direkt daran, um den Tränen den Weg abzuschneiden, sobald sie aus den Augen traten.

»Machen Sie sich keine Gedanken um mich und meine Unfähigkeit, mich zu entscheiden, Evelyn. Ich bleibe bei dem grauen Übertopf, versprochen!«

»Eine gute Wahl! Er ist wirklich hübsch. Ich bin nur froh, dass Gordon wieder auf dem Damm ist. Wenn dem nicht so wäre, hätte ich allen Grund, mir von Dr. Hastings Beruhigungspillen verschreiben zu lassen.« Mrs Harris lächelte gequält. Margret und ich sahen uns überrascht an.

»Oh, war er denn krank? Das wusste ich gar nicht.«

Mein Interesse war ehrlich. Wenn ihr Mann ausfallen würde, könnte sie im Grunde schließen. Es sei denn, sie würde Mr Pollit dauerhaft einstellen.

»Nicht direkt. Er hat sich vor einigen Tagen verletzt. Ein Sturz. Ich war wirklich erschrocken. Seine blutdurchtränkte Hose lag im Gewächshaus. Ich habe sie durch Zufall gesehen. Er hatte sie vor mir versteckt, weil er mich wohl nicht beunruhigen wollte.« Sie schüttelte den Kopf und ihre Locken wippten.

»Ach du meine Güte. Was für ein Schock.«

»Ja, das war es tatsächlich. So viel Blut. Ein riesiger, dunkelroter Fleck.«

»Und was haben Sie dann gemacht?«

»Ich bin sofort zu Gordon gegangen, um ihn damit zu konfrontieren. Wenn man eine blutige Hose findet, will man ja schließlich wissen, was passiert ist.« Sie breitete die Hände aus und ich nickte. »Er war gerade dabei, die Hängepetunien zu gießen. Vor Überraschung wäre er fast von der Leiter gefallen.« Evelyn Harris seufzte. »Männer sind manchmal wirklich ungeschickt. Wie konnte er nur davon ausgehen, dass ich die Hose nicht finden würde? Sie lag in einem der kaputten Blumenkübel, die entsorgt werden müssen.«

»Nicht sehr originell«, stimmte ich ihr zu.

»Er wollte sie anscheinend später einfach wegwerfen, damit ich mir keine Sorgen mache. Als ob es das besser macht, wenn er die Hose versteckt! Da mache ich mir doch erst recht Sorgen! Aber er hat mir gesagt, es wäre gar nicht so schlimm, wie es aussähe. Nur ein ungeschickter Sturz. Ich habe die Hose natürlich sofort gewaschen.«

»Was meinte denn Dr. Hastings dazu?«

»Tja, das weiß ich leider nicht. Ich durfte ja weder den Arzt rufen noch selbst einen Blick auf sein Bein werfen. Keine Chance! Gordon ist dann noch etwa zwei Tage gehumpelt, dann ging es wieder. Zum Glück!« Sie hob die Hände dankend zur Zimmerdecke. »Jetzt, wo ich Ihnen das erzähle, kommt mir mein Getue in Bezug auf Mrs Bennett ziemlich albern vor. Es gibt nun wirklich Schlimmeres als eine Witwe, die Blumen bestellt. Ich sollte nicht so ungerecht sein. Rosie Bennett hat gerade erst ihren Mann verloren. Jeder reagiert in einer solchen Situation anders, nicht wahr? Ihr scheinen plötzlich Blumen zu helfen. Dann ist es eben so.« Sie schlug einen Bogen Papier um den Drachenbaum. »Dennoch finde ich, dass Gordon nicht immer alles stehen und liegen lassen müsste, wenn dieser Stanford hier anruft. Gute Kundin hin oder her. Zum Glück kommt Mr Pollit später noch vorbei, um mir etwas zur Hand zu gehen. Ich verstehe gar nicht mehr, wie wir je ohne ihn zurechtkommen konnten.« Ein dankbares Lächeln huschte über ihr Gesicht.

»Das komplette Dorf scheint von ihm abhängig zu sein«, bestätigte Mrs Lewis. »Alle reißen sich um unseren Ortsgärtner.« Mit einem schelmischen Grinsen drehte sie sich zu mir um. »Na, Mrs Wilson, was meinen Sie? Sollen wir die Vase mal ganz aus Versehen umstoßen? Ist doch ohnehin ein hässliches Teil! Und Mrs Harris müsste sich nicht mehr um den Inhalt kümmern und hätte weniger Stress.« Sie stieß mir vertraulich ihren Ellenbogen in die Rippen.

»Ich muss zugeben, der Gedanke hat Charme.« Es wäre durchaus eine brillante Lösung gewesen, aber irgendeiner meiner Grundwerte gewann die Oberhand. »Allerdings möchte ich unserer werten Miss Shaw keine Angriffsfläche bieten, wissen Sie. Sie hat es aktuell ohnehin auf mich abgesehen. Offensichtlich hätte sie gerne meinen Posten als Leiterin des Organisationskomitees für den Basar gehabt.«

»Na, so weit käme es noch! Nicht auszudenken, was dann am Samstag im Angebot wäre! Schund und allerlei Zeug, was ich nicht benennen möchte! Rosefield wäre im Handumdrehen in Verruf! Um Himmels willen, denken Sie doch nur an Mr Stonecastle, er würde einen Herzinfarkt bekommen und seiner zickigen Frau Olivia würden zur Abwechslung die Worte fehlen.«

Ich musste lachen.

»Na, da kann ich ja nur hoffen, dass er mit den Ständen, die ich geplant habe, zufrieden sein wird.«

»Daran dürfte kein Zweifel bestehen. Es scheint doch eine bunte Mischung zu werden, nach allem, was ich gehört habe. Ich bin sicher, es wird nett.« Mrs Harris lächelte freundlich. »Und zu dieser … diesem fürchterlichen Ding kommt uns auch noch eine Idee.«

»Miss Shaw bemüht sich gerade mit Kräften darum, mir Steine in den Weg zu rollen und ich habe nicht vor, ihr einen Triumph zu gönnen. Also wird ihre kitschige Vase irgendwo stehen. Vielleicht kann man sie mit den richtigen Blumen etwas aufwerten.«

»Da lässt sich sicher etwas machen. Mir fällt gerade ein …« Mrs Harris bückte sich und kramte irgendetwas unter ihrer Ladentheke hervor. »Sehen Sie mal, eine ganze Rolle grünes Krepppapier. Ich wusste, dass ich hier irgendwo noch etwas davon habe. Wir könnten einfach etwas um die Vase wickeln.«

Ich klatschte begeistert in die Hände.

»Perfekt! Dann ist das gruselige Muster verdeckt und Miss Shaw ärgert sich schwarz!«

»Und sie kann dir auch nicht vorwerfen, dass du ihre großzügige Gabe nicht verwendet hättest«, überlegte Margret.

Mrs Lewis beugte sich verschwörerisch über den Verkaufstresen.

»Packen Sie das Ding doch einfach komplett ein! Damit wäre allen geholfen!«

Als sie sich kurz darauf verabschiedete und die Ladentür öffnete, stürmte Gordon Harris herein. Er war so ungestüm, dass Mrs Lewis einen Satz zur Seite machen musste, um nicht über den Haufen gerannt zu werden.

»Hoppla! Immer schön langsam, mein Lieber! Ich wollte gerade gehen und nicht fallen. Also, das ist doch …«

»Oh, verzeihen Sie! Ich bin untröstlich. Warten Sie, ich halte Ihnen die Tür auf. Auf Wiedersehen, Mrs Lewis.« Auf seinen Wangen breiteten sich hektische Flecken aus. »Evelyn, ich habe etwas vergessen. Josie Bennett möchte wieder eine schwarze Tulpe im Strauß. Diese dunkle Sorte, weißt du? Violett, fast schwarz. Ich hatte nur etwas von Dahlien und Gladiolen verstanden und war froh, dass wir die überhaupt schon im

Gewächshaus hatten. Blühen ja eigentlich noch gar nicht. Stanford hatte definitiv nichts von einer neuen schwarzen Tulpe gesagt. Aber ist ja jetzt auch egal. Wo sind noch mehr Tulpen? Hatte der Lieferant nicht gestern welche dabei?«

»Da drüben steht noch ein großer Eimer voll.«

»Ist das etwa alles? Das kann unmöglich dein Ernst sein! Ich brauche diese dunkle Sorte, habe ich doch gesagt! Hier sind nur gelbe und weiße.«

»Tulpen sind nun mal gerade der Renner, die Leute kaufen sie wie warme Semmeln. Es ist jedes Jahr im Frühling dasselbe. Das weißt du doch. Ich hatte extra schon mehr bestellt als letzte Woche. Keine Ahnung, ob noch eine dunkle dabei ist, schau halt noch mal nach.«

Mr Harris schlug unbeherrscht mit der flachen Hand auf die Verkaufstheke. Wir zuckten alle gleichzeitig zusammen.

»Herrgott, Evelyn, du weißt genau, dass Mrs Bennett ständig Blumen will, da musst du für alle Eventualitäten gerüstet sein! Und wenn sie schwarze Tulpen will, dann will sie schwarze Tulpen, verdammt noch mal!«

»Ich kann mich doch nicht in allem nach ihr richten! Morgen steht sie plötzlich auf Bonsaibäume und dann welkt hier alles, oder wie stellst du dir das vor?« Mrs Harris funkelte ihren Mann an.

»Josie Bennett ist derzeit unsere beste Kundin, Evelyn!« Er betonte jedes einzelne Wort, sichtlich um Selbstbeherrschung bemüht. Dabei ballte er seine rechte Hand zur Faust. Vermutlich, um sie an einem erneuten Schlag auf die Theke zu hindern.

»Und dennoch ist sie nicht die Einzige!«

Mr Harris warf seiner Frau einen wütenden Blick zu, griff wortlos nach den Tulpen und verschwand.

Sie blickte ihm traurig nach.

»Mrs Bennett heißt Rosie, nicht Josie.«

11

Machen Sie sich nichts draus, Evelyn.« Ich beugte mich freundschaftlich zu ihr vor. Seine ganze Aufregung war eindeutig übertrieben gewesen, aber ich wollte kein Öl ins Feuer gießen, indem ich seine Frau jetzt auch noch anstachelte. Stattdessen versuchte ich, beschwichtigend auf sie einzuwirken. In so etwas war ich eindeutig besser als Margret, die mit ihren Gedanken mal wieder sonst wo war, nur nicht bei uns im Laden. »Ihr Mann steht wahrscheinlich etwas unter Strom. Mrs Bennett ist aktuell in einer furchtbaren Verfassung und schwer zufriedenzustellen. Wir haben sie heute besucht und es selbst erlebt. Sie können sich das nicht vorstellen! Ich kenne sie nicht besonders gut, aber so habe ich sie definitiv noch nie gesehen. Sie war regelrecht irre! Man hätte es glatt mit der Angst zu tun bekommen können.«

»Vielleicht haben Sie recht.« Mrs Harris seufzte. »Ich sollte mich besser unter Kontrolle haben.«

»Sie sich? Wohl eher Ihr Mann, meinen Sie nicht?«

»Ach, wir sind wahrscheinlich einfach beide überlastet. Es kommen auch wieder bessere Zeiten.« Sie lächelte tapfer.

Margret kratzte sich nachdenklich an der Stirn und drehte sich dann zu uns um.

»Gladys hat uns doch erzählt, sie war früher ganz anders. Mrs Bennett, meine ich. Und hast du nicht auch gesagt, dass sie eigentlich eher ruhig und freundlich ist, Elisabeth?«

»Das stimmt. Wie nennt man noch mal diese Erkrankung, wenn sich die Persönlichkeit spaltet?« Ich kam nicht auf den Begriff.

Mrs Harris schüttelte unwissend den Kopf.

»Mit medizinischen Dingen kenne ich mich überhaupt nicht aus. Das einzige Fachgebiet, auf dem ich wirklich versiert bin, ist die Botanik. Man könnte mich also als Fachidiotin bezeichnen.« Sie lachte und griff nach einem Handfeger, um ein paar herumliegende Blätter aufzukehren.

»Das würde mir nie in den Sinn kommen, meine Liebe. Ich bin überzeugt davon, dass Sie nicht nur viele Talente haben, wie beispielsweise das Kaschieren hässlicher Vasen, sondern darüber hinaus auch sehr intelligent sind.« Ich zwinkerte ihr aufmunternd zu.

»Schizophrenie!« Meine Freundin fixierte einen Philodendron mit herzförmigen Blättern.

»Wie bitte, Margret?«

»Die Erkrankung, auf die du vorhin hinauswolltest, Elisabeth. Du meintest wahrscheinlich Schizophrenie.«

»Könnte sein. Ja, ich glaube, das war der Name. Ach, all diese Begriffe sind immer so kompliziert. Und wer weiß, ob es das tatsächlich ist? Diese ganzen psychischen Beschwerden sind ja oft so schwer zu benennen, sie sind überhaupt nicht greifbar. Dr. Hastings sagt das auch immer. Eine konkrete Diagnose zu stellen, ist oft gar nicht möglich. Masern, Mumps, gebrochene Rippen – das sind eindeutige Sachen.«

»Aber bekommt man so eine Erkrankung denn einfach so aus heiterem Himmel?« Mrs Harris blickte skeptisch von mir zu Margret.

Die Türglocke kündigte neue Kundschaft an. Mrs Turner aus der Bücherei trat ein.

»Guten Tag allerseits. Hier ist ja richtig was los. Aber das ist ja in den letzten Tagen nichts Neues, dass man warten muss.«

Mich ärgerte ihr Tonfall, der eine Spur zu schnippisch klang. Die arme Evelyn war ohnehin am Limit. Musste das jetzt auch noch sein?

»Wir sind schon auf dem Sprung, Mrs Turner. Sie sind sofort an der Reihe. Wir halten Mrs Harris schon die ganze Zeit auf.« Ich stellte meine Handtasche vor dem Tresen ab. »Was bekommen Sie von mir?«

»Ach, wir rechnen ab, wenn Sie das Monster …, ich meine, die Vase wieder abholen. Oder warten Sie, wir können sie eigentlich auch mit dem Lieferwagen mit zum Basar bringen, wenn Sie wollen. Dann müssen Sie sich nicht erneut damit abmühen.«

»Das wäre natürlich großartig. Dann zahle ich vor Ort. Wäre Ihnen das recht?«

»Aber selbstverständlich. So machen wir es.«

»Ist Ihr Mann auch da, Mrs Harris?« Mrs Turner blickte sich suchend um.

»Nein, tut mir leid. Er wurde zu Mrs Bennett gerufen.«

Die Büchereibetreiberin zog abwertend die Augenbrauen hoch.

»Man munkelt, sie benehme sich momentan höchst sonderbar. Na ja, meistens wird es besser, wenn die Beerdigung erst einmal vorbei ist. Wann soll die überhaupt sein?«

»In der Zeitung stand, dass sie unter Ausschluss der Öffentlichkeit stattfindet. Ein Termin war nicht angegeben«, kommentierte Margret.

Mrs Turner zeigte ihre Missgunst deutlich, indem sie pikiert ihre Schultern hochzog.

»Tja, jeder, wie er meint! Ich halte ja von so einem Getue nichts. Mr Bennett war bekannt wie ein bunter Hund und nun wird seinen Freunden und Cricket-Kollegen verwehrt, sich zu verabschieden. Aber gut, ich habe das nicht zu entscheiden.« Sie durchschnitt mit ihrer Handkante die Luft. »Da wir gerade von Friedhöfen sprechen. Ihr Mann kennt sich da immer so gut aus, aber Sie können mir gewiss auch sagen, was man jetzt am besten pflanzt, Mrs Harris, oder? Ich wollte eine kleine Schale an den Grabstein meiner Mutter stellen. Im Frühling muss etwas Farbe her nach der Tristesse des Winters.«

»Ich würde zu Vergissmeinnicht raten. Oder vielleicht zu Stiefmütterchen.«

»Ach, Miss Miller, wo ich Sie gerade hier treffe, nächste Woche kommt übrigens eine neue Krimilieferung.«

»Ist der Mörder der Gärtner?«

»Wie bitte?«

»Ach nichts. Ich komme gerne vorbei und sehe sie mir an.«

Mrs Turner kniff skeptisch die Augen zusammen, doch Margret betrachtete unschuldig die bepflanzten Schalen im Schaufenster. Das brachte Mrs Harris auf eine Idee.

»Wenn Sie vielleicht da drüben mal schauen wollen. Da sind schon Schalen vorbereitet. Vielleicht gefällt Ihnen etwas davon.«

Mit heruntergezogenen Mundwinkeln ging Mrs Turner einen Schritt auf das Schaufenster zu. Ich fragte mich, ob sie jemals lachte. Vielleicht kannte ihr Mund nur noch eine Richtung.

»Wie laufen denn die Basarvorbereitungen, Mrs Wilson? Wird Mr Mitchell rechtzeitig mit den Ständen fertig?«

»Oh, das will ich doch stark hoffen. Wenn es einer schafft, dann er.«

»Na ja, Kraft hat er ja im Übermaß, der junge Mann, nicht wahr? Es wäre nur gut, wenn er sie auch hin und wieder unter Kontrolle hätte. Wäre Mr Bennett noch am Leben, könnte er uns ein Lied davon singen.«

»Aber das sind doch alte Kamellen. Die Geschichte ist mindestens zwei Jahre her, eher drei. Auf jeden Fall vor der Hochzeit.«

»Wie auch immer. Solange seine Stärke bei den Basarständen zum Einsatz kommt, will ich nichts gesagt haben. Ich meine ja auch nur, dass Sergeant Willis damals wohl kaum grundlos zu den Bennetts gerufen wurde. Die Schalen sind etwas trostlos, Mrs Harris. Ich hätte doch lieber eine neu bepflanzte.«

»Wieso wissen Sie eigentlich davon?«

»Von dem Polizeieinsatz? Ich war damals in Candleham in der Nachbarschaft der Bennetts zum Tee eingeladen. Da kam das Thema natürlich auf den Tisch.«

»Offensichtlich hat jeder davon gewusst, nur ich nicht.« Ich konnte es nicht fassen.

»Mit meiner Meinung halte ich nicht hinter dem Berg und wir sind ja auch unter uns.« Sie beugte sich wichtigtuerisch zu mir nach vorne. »Graham Mitchell traue ich nicht über den Weg. Er verliert viel zu schnell die Beherrschung.«

Alles in mir rebellierte dagegen, schlecht über Mr Mitchell zu sprechen. Er war ein guter Junge. Anständig und zuverlässig. Bei ihm war vermutlich einfach eine Sicherung durchgebrannt, als die Liebste sich für den Konkurrenten entschieden hatte. Wieso musste man nach so langer Zeit noch darauf herumreiten? Ich beschloss, das Thema zu wechseln. »Bleibt es dabei, dass Sie Geschichten für

Kinder vorlesen?« Hoffentlich würde sie die Kinder mit ihrer missmutigen Art nicht vergraulen.

»Natürlich! Ich halte mich an meine Zusagen! Und darüber hinaus habe ich gebrauchte Bücher gesammelt, um sie nach Gewicht zu verkaufen, wie finden Sie die Idee?«

»Nach Gewicht?«

»Ja, einen bestimmten Betrag pro beispielsweise 100 g.«

»Aha, klingt interessant!« Ich lobte sie zwar ungern, aber man musste gewisse Dinge auch mal anerkennen. »Der Plan ist gut! Je mehr Angebot wir haben, umso besser. Vielen Dank für Ihre Unterstützung, Mrs Turner.«

»Keine Ursache. Man hilft ja, wo man kann. Ich verstehe Menschen nicht, die sich in ihre Häuser verkriechen und so tun, als ginge sie das alles nichts an. Dabei ist es doch unsere schöne Kirche, die in Gefahr ist. Da muss man doch zusammenhalten.«

»Verehrte Damen, wie schön, Sie alle hier zu sehen!«

Wir drehten uns ruckartig zur Ladentür um. Pünktlich zum Stichwort »Kirche« hatte Mr Stonecastle die Bühne betreten und wedelte nun gewichtig mit einem verschmutzen und total durchnässten Halstuch im Verkaufsraum herum. »Ich bin sicher, eine von Ihnen hat dieses gute Stück hier am See verloren. Es ist etwas in Mitleidenschaft gezogen, aber wenn man es wäscht und …«

»Herr Pfarrer, Sie tropfen alles voll!« Mrs Harris stürmte hinter ihrer Theke hervor, griff nach dem Halstuch und hastete nach draußen, um es auszuwringen.

»Verzeihung! Ich bin untröstlich!« Er blickte ihr beschämt hinterher. »Ach herrje, nun sehen Sie sich das an! Eine ganze Spur habe ich hinter mir hergezogen. Die arme Mrs Harris. Jetzt hat sie durch mich unnötig Arbeit!«

Ich sah mich suchend um und erblickte eine Rolle Papiertücher.

»Na, das haben wir doch schnell wieder im Griff!« In Windeseile war der Boden wieder trocken.

»Und dabei wollte ich nur zuvorkommend sein.« Mr Stonecastle zog entschuldigend die Achseln hoch und blickte so bekümmert wie der Mops von Mr Moore. Der sah irgendwie immer ein bisschen traurig aus. Also der Mops, nicht Mr Moore. »Danke für Ihre Hilfe, Mrs Wilson. Ich hoffe, Sie alle hier erkennen meine gute Absicht. Ich wollte wirklich nur das Tuch …«

»Nun, mir gehört dieser Fetzen nicht!« Mrs Turner rümpfte pikiert die Nase, als handele es sich um benutztes Toilettenpapier. »So etwas trage ich nicht!«

»Ich glaube nicht, dass es sich um irgendeinen Fetzen handelt!« Mit Mode kannte ich mich aus. »Wenn ich es richtig sehe, ist das Seide, und zwar keine günstige. Das Tuch ist einfach nass und dreckig, aber es ist bestimmt kein billiges Teil. Schade, dass Mrs Lewis schon weg ist. Sie hätte es uns wahrscheinlich ganz genau sagen können.«

Mrs Turner schüttelte den Kopf und bog dabei ihr Kinn in Richtung Brust, während sie mit den Augen wissend nach oben schielte.

»Na, alles weiß Mrs Lewis aber auch nicht. Sie macht einen ganz passablen Job, aber eine Koryphäe ist sie nicht.«

Ich überging diese Bemerkung. Mrs Turner konnte ohnehin an niemandem ein gutes Haar lassen.

»Nett von Ihnen, dass Sie das Tuch mitgenommen haben, Mr Stonecastle.«

»Ich fand es auf meinem Spaziergang und sah Sie durch die Scheibe hier stehen. Da dachte ich, eine von Ihnen wäre vielleicht ebenfalls zuvor am See entlangspaziert.«

»Ein guter Gedanke.« Margret sah Mrs Harris beim Hantieren mit dem Schal zu, während sie sprach. Die Ladenbesitzerin stand draußen und hielt mit einem Fuß die Tür auf, während sie vornübergebeugt wrang. »Aber es gehört auch leider weder mir noch Elisabeth.«

»Kann es auch nicht!« Evelyn kehrte in den Laden zurück und faltete das nun zerknitterte Tuch auseinander. »Es gehört Mrs Bennett. Hier sind ihre Initialen eingestickt, R.B.! Sie hatte es letzten Monat beim Kirchenfest in Candleham um. Ich kann mich noch genau erinnern. Es hat mir gut gefallen und ist mir deshalb gleich ins Auge gestochen. Zwei Tage später habe ich ein ähnliches in London gesehen, aber es war wahnsinnig teuer.«

»Ach wie schade«, entfuhr es mir. »Hätten wir früher gewusst, dass es Rosie Bennett gehört, hätten wir es ihr heute geben können. Vielleicht vermisst sie es schon.«

»Gordon muss doch ohnehin ständig hin. Er kann es mitnehmen. Seine nächste Fahrt zu ihr nach Candleham lässt vermutlich nicht lange auf sich warten.« Sie verzog spöttisch den Mund.

Wir verabschiedeten uns und machten uns auf den Heimweg.

Dieser Tag hatte sich ganz anders entwickelt, als ich es noch heute Morgen erwartet hatte. Und er hatte noch eine weitere Überraschung zu bieten.

Auf der Treppenstufe zu unserer Haustür saß Gladys Price. Sie weinte. Auf ihrem Schoß lagen nicht weniger als fünf gebrauchte Taschentücher.

»Du meine Güte, was machst du denn hier, mein Kind?«, entfuhr es mir.

»Ich habe nachgeforscht, wo Sie wohnen!« Das Mädchen schluchzte herzergreifend. »Ich weiß nicht, mit wem ich sonst sprechen soll.«

»Ja, aber wie lange sitzt du denn schon da, um Himmels willen?«

»Schon gut!« Margret schloss die Haustür auf. »Komm herein und beruhige dich erst mal.«

»Aber ich kann mich nicht beruhigen. Ich habe etwas gefunden. Es ist eine Katastrophe!«

Meine Freundin schob die am ganzen Leib zitternde Gladys resolut in den Flur.

»Zetere nicht so herum! Möchtest du, dass ganz Rosefield dich hört?«

»Nein, natürlich nicht. Aber …«

Ich nickte Margret besänftigend zu, nahm Gladys an der Hand und führte sie zu einem Stuhl.

»Setz dich erst mal. So ist es gut. Und nun atmest du einmal ganz tief ein und wieder aus. Nicht so zaghaft. Tu so, als müsstest du eine Kerze ausblasen. Kräftig. Glaub mir, das hilft.«

Das Mädchen plusterte die Wangen auf und blies fest. Ihre Atmung wurde gleichmäßiger. »Und jetzt erzähl uns in Ruhe, was passiert ist. Niemand wird dir hier den Kopf abreißen.«

Sie zog geräuschvoll die Nase hoch und beförderte ein förmliches Schreiben aus ihrer Jackentasche. Mit zitternden Fingern hielt sie es Margret hin.

»Was ist das?«, wollte ich wissen.

»Mr Bennett, er, ach es ist einfach nur furchtbar!«

»Was ist furchtbar?«

»Er hat am Tag, als er krank wurde, sein Testament geändert«, stammelte Gladys. »Da! Sehen Sie das Datum? Oben rechts!« Sie deutete in die entsprechende Ecke.

Ich hielt den Atem an.

»Und?«

»Seine Frau war immer seine Alleinerbin. Das wussten alle! Erst kurz nachdem ich bei den Bennetts angefangen hatte, war der Notar dort gewesen. Aber jetzt steht da eine gemeinnützige Organisation. Ich weiß nicht, was genau die machen. Irgendwas Wohltätiges.«

»Nicht nur das. Du bist ebenfalls erwähnt, Gladys Price!« Margret hatte ihre Brille zurechtgerückt und studierte mit ernster Miene den Inhalt des handschriftlichen Testaments.

»Das ist ja das Schlimme! Ich will da nicht drinstehen! Zum Glück soll ich nur einen kleinen Anteil erben! Aber selbst den will ich nicht!« Sie wedelte verneinend mit den Händen. »Verstehen Sie? Ich will nichts davon! Keinen Penny!«

»Wo hast du das gefunden?«

»Unter seinem Kopfkissen.«

»Wann?«

»Nachdem der Bestatter ihn abgeholt hatte. Ich sollte das Bett abziehen!«

»Verstehe.«

»Aber hören Sie, wenn doch nun Mrs Bennett der Polizei erzählt, dass ich ihn ermordet habe. Und dann stehe ich auch noch im Testament …« Sie heulte laut auf.

Margret nickte langsam.

»Dann wird dieser dusselige Inspector Brown keinen Zweifel mehr an deiner Schuld haben.«

12

Es regnete in Strömen. Und es war schon Freitag! Am liebsten wäre ich im Bett geblieben und hätte mir die Decke über den Kopf gezogen. Hätte mich in meiner quälenden Schwermut gesuhlt und in schicksalhafter Ergebenheit auf das Ende der Welt gewartet. Aber Margret zeigte kein Erbarmen. Wie ein Kommandant piesackte sie mich unermüdlich und ohne einen Hauch von Gnade, während ich wie ein Mehlsack am Esszimmertisch hing.

»Die Basarstände bauen sich nicht von allein auf, Elisabeth Wilson!« Sie hatte die Fäuste in die Hüften gestemmt und tippte ungeduldig mit der rechten Fußspitze auf den Boden. Das Geräusch war mindestens ebenso ungnädig wie Margret selbst. »Hallo! Hörst du mich? Ich rede mit dir!« Resigniert stützte ich den Kopf auf meine Hände und brachte nur ein bühnenreifes Stöhnen heraus. »Na bitte! Geht doch! Würdest du dich jetzt bitte zusammenreißen und kommen. Wir haben keine Zeit für dein Selbstmitleid!«

»Es war alles umsonst! Wir werden nichts verkaufen! Wer kommt denn schon bei so einem Wetter zu einem Basar? Die Kirche wird geschlossen werden und dann wird sie einstürzen. Wie ein Kartenhaus!« Mein Kopf plumpste auf meine Arme.

»Nun hör schon auf mit diesem sinnlosen Gezeter. Muss ich wirklich mit dir sprechen wie mit einem kleinen Kind? Nichts davon wird passieren. Also sei nicht albern und komm!«

»Aber es gießt Bindfäden! Und ich brauche mehr Tee!«

»Papperlapapp, so ein bisschen Regen! Da muss man ja schon umherspringen wie ein Floh, um einen Tropfen abzubekommen.«

»Hast du aus dem Fenster gesehen?« Ich deutete mit ausgestreckten Händen auf die Scheibe und riss dabei die Augen auf. »Willst du dir die Dusche hier zu Hause sparen, oder was? Vergiss das Shampoo nicht!«

Margret vollführte eine abwertende Armbewegung, die in eine halbe Pirouette überging.

»Du bist doch sonst immer so eine Frohnatur und ich bin die Pessimistin von uns beiden. Du wirst mir doch nicht meinen Rang streitig machen wollen? Schwarzsehen ist mein Job! Auf jetzt!« Sie stieß mir ihren Ellenbogen in die Seite. »Tee kannst du später noch trinken. Ist ohnehin jetzt unpassend. Sonst musst du gleich wieder alle fünf Minuten zur Toilette!«

»Ich muss von einer Tasse Tee nicht alle fünf Minuten zur Toilette! Das ist total übertrieben!«

»Schwing deine müden Knochen vom Stuhl hoch! Dein Verehrer Dr. Hastings wartet sicher schon sehnsüchtig auf dich.«

Ich warf ihr einen wütenden Blick zu.

»Er ist nicht mein …«

Margret fiel mir ins Wort.

»Und Graham Mitchell weiß ohne dich nicht, wie er die Stände anordnen soll.«

»Ja, aber …«

»Du bist Vorsitzende des Organisationskomitees! Du wolltest diese Aufgabe übernehmen, also kümmere dich nun auch darum!« Ihr Zeigefinger tippte unnachgiebig auf meinen Rücken. Ich wusste, dass sie recht hatte, aber mein Körper war schwer wie Blei. Rosefield würde mein Versagen im ganzen Ausmaß erleben.

»Ich kann nicht! Alles wird schiefgehen!«

»Oh doch, du kannst! Oder willst du etwa Elvira Shaw einen derartigen Triumph gönnen? Wegen ein paar lächerlicher Regenwolken? Ich muss doch sehr bitten! Wo bleibt dein Kampfgeist?«

Damit hatte sie mich an einer empfindlichen Stelle erwischt. Die Erwähnung von Miss Shaw ließ mich mein Trübsal binnen Sekunden vergessen. Ich atmete tief ein und aus.

»Also schön! Sie wird den Sieg nicht davontragen, solange ich hier noch etwas zu sagen habe! Ich komme!«

»So gefällst du mir schon besser! Elvira wird davon ausgehen, dass du kapitulierst. Stell dir nur ihr Gesicht vor, wenn du gleich gut gelaunt auftauchst und allen das Gefühl gibst, die Lage vollkommen im Griff zu haben!«

Sie zwinkerte mir zu, während sie sich ihr Halstuch umband.

Ich erhob mich und griff nach meinem Mantel. »Für das Gesicht dieser Pute lohnt es sich natürlich, sich aufzuraffen! Aber ich sage dir dennoch, die Mühe wird vergebens sein, wenn es weiter regnet.« Ich deutete mit dem Kopf in Richtung Fenster, gegen dessen Scheibe unzählige Tropfen munter trommelten, als begehrten sie Einlass.

»Morgen scheint die Sonne, du wirst schon sehen. Immer erst dann aufregen, wenn die Zeit dazu gekommen ist, wie ich immer sage! Es bringt überhaupt nichts, sich heute schon über das Wetter von morgen Gedanken zu machen. Damit verschwendest du nur wertvolle Energie!« Diesmal tippte sie mir gegen die Schulter. Ihr spitzer Finger bohrte sich in meine speckige Haut.

»Autsch! Das gibt einen blauen Fleck!«

»Stell dich nicht so an! Auf ins Gefecht, meine Liebe! Hopp, hopp, Ärmel hochkrempeln! Wir werden jetzt die Kirche von Rosefield retten!«

In verbundener Eintracht marschierten wir aus dem Haus.

»Was machen wir eigentlich mit der armen Gladys?«, fiel mir ein.

»Wir behalten das Testament erst mal bei uns. Ich werde so bald wie möglich mit Sergeant Willis und Patrick darüber sprechen.«

Ich nickte zustimmend. Der Kirchturm kam in Sicht und die Glocke läutete. Margret sollte recht behalten, was Elvira Shaw betraf, so wie sie eigentlich immer recht behielt. Sie erwartete uns tatsächlich schon am Kirchplatz und starrte uns entgeistert entgegen. Obwohl mir Margrets scharfsinniger Blick fehlte, konnte selbst ich in ihrem Gesicht lesen wie in einem offenen Buch. Es amüsierte mich köstlich. Sie sah aus wie ein Schaf, dem man das Futter weggenommen hatte.

Ich kicherte vor mich hin. »Wie sie glotzt! Köstlich! Gleich fallen ihre angeklebten Wimpern ab.«

»Ich habe es dir ja gesagt. Was glaubst du, wieso sie im strömenden Regen hier ausharrt? Sie hatte unter Garantie darauf gehofft, deine Stelle übernehmen zu können.«

»Die behalte ich schön selber! So viel steht fest!«

»Die Arme! Dann hat sie wohl leider ihre prächtige Frisur umsonst dieser feuchten Witterung ausgesetzt. Wirklich tragisch!«

»Margret Miller, du bist ja eine richtige Spottdrossel.« Ich grinste.

»Das ist reines Mitgefühl, meine Liebe. Du weißt doch, ich habe ein Herz für Tiere.«

»Für Tiere?«

»Na, wo sollen die Spatzen denn brüten, wenn ihr Nest zerstört ist.« Margret grinste und ich schüttelte amüsiert den Kopf.

Elvira hatte einen pinken Regenschirm mit glitzernden Punkten über ihr schutzbedürftiges Haar drapiert, welches so hoch toupiert war, dass es sich ständig in den Streben des Schirms verfing. Sie verzog angewidert die Mundwinkel, als Mr Moore mit großen Schritten durch eine schlammige Pfütze schritt und es spritzte. Graham Mitchell trat sogleich auf uns zu und beugte sich aufgrund seiner hünenhaften Gestalt verschwörerisch raunend zu mir herunter.

»Gut, dass Sie kommen, Mrs Wilson!« Sein vielsagender Blick ließ keine Zweifel an den Ereignissen, die sich innerhalb der letzten Minuten hier abgespielt haben mussten. »Ich flehe Sie an, tun Sie irgendwas! Miss Shaw versucht ununterbrochen, alle herumzukommandieren. Es ist nicht auszuhalten! Ganz ehrlich, wir sind doch nicht ihre Marionetten!« Bei diesen Worten tippte er sich vielsagend gegen die Stirn, an der nasse Haare klebten. In einer Strähne hatte sich ein Regentropfen verfangen, der zunehmend dicker wurde. Nebenbei ließ er spielerisch einen Grashalm durch seine Finger gleiten, einfach, um etwas zu tun zu haben, wie mir schien. Graham Mitchell war niemand, der nur so herumstehen konnte. »So weit käme es noch! Ich habe ihr gesagt, ich baue hier erst etwas auf, wenn ich Anweisung von Ihnen habe und zwar nur von Ihnen. Ist mir egal, ob ihr das passt oder nicht!« Er verschränkte demonstrativ die Arme, steckte dabei den Halm in den Mund und begann, darauf zu kauen. »Mr Moore ist auch schon total genervt. Anstatt dass sie ihm zur Hand geht, kläfft sie wie ein Terrier!«

»Nun, das dürfte sich gleich erledigt haben!« Margret überquerte entschlossen den Platz und sprach auf Miss Shaw ein, die daraufhin wutentbrannt davonrauschte. Graham Mitchell grinste.

»Gut so! Diese Furie raubt einem ehrlich den letzten Nerv. So kann man doch nicht arbeiten! Möchte wissen, wie Jason Moore es im Pub mit ihr aushält. Eine wie die wollte ich nicht geschenkt haben! Da kann ihr Ausschnitt noch so offenherzig sein.« Sein missbilligendes Kopfschütteln hatte zur Folge, dass mehrere Regentropfen von seinen Haarspitzen hinwegstoben. »Ich schätze, der Ausschnitt ist Jason inzwischen auch egal. Der Blick da hinein ist zu teuer erkauft. Außerdem ist Elvira auch nicht mehr die Jüngste. Da hat die Erdanziehungskraft schon ganz schön zugeschlagen!«

»Mr Mitchell, also … «

»Nichts für ungut, Mrs Wilson. Bei der würde nicht mal eine Schönheitsoperation helfen. Ich stehe sowieso nicht auf so ein künstliches Zeug. Verstehe auch nicht, wieso Rosie meint, das machen zu müssen. Ich fand sie immer schön. Früher. Ist lange her.« Sein Blick wurde für einen kurzen Moment versonnen. »Aber Miss Shaw würde ich mit der Kneifzange nicht anfassen. Das kann man ruhig so sagen, finde ich! Ist schließlich die Wahrheit. Und ich bin kein Lügner, das steht mal fest!«

»Da haben Sie auch wieder recht.« Der Regen wurde stärker. »Sie werden sich erkälten, Sie Ärmster!« Besorgt und bedauernd zugleich betrachtete ich sein durchnässtes Hemd, das bereits an seiner Haut klebte. Man konnte seinen gut gebauten Körper ganz deutlich unter dem Stoff erkennen. Die Abzeichnungen übten eine gewisse Faszination auf mich aus und ich blickte errötend nach unten. Ob es mir in meinem Alter überhaupt noch zustand, so etwas zu bemerken? Ich verdrängte diesen Gedanken. Für derlei Firlefanz hatte ich jetzt keine Zeit.

»Ach, lassen Sie das nur meine Sorge sein, Mrs Wilson. Geben Sie mir nur einfach schnell eine Aufgabe, damit ich in Bewegung komme. Dann ist alles bestens.«

Margret gesellte sich triumphierend wieder zu uns und schlug demonstrativ ihre Handflächen aneinander, als klopfe sie Schmutz ab.

»Das Problem ist gelöst!«

»Was hast du ihr nur gesagt?«, fragte ich neugierig. »Es ist eine Kunst, Elvira Shaw zum Gehen zu bewegen!«

»Na was schon? Dass sie hier nicht erforderlich ist, weil du die Oberaufsicht hast und dass auf sie daher ohnehin niemand hören wird. Außerdem habe ich ihr geraten, sich einmal umzusehen.«

»Umzusehen?«

»Jawohl! Und zwar um festzustellen, wie viele der hier Anwesenden sich für sie und ihre Meinung interessieren. Das hat dann offenbar genügt.«

»Margret! Das hätte ich dir ja gar nicht zugetraut!« Ich war schwer beeindruckt. »Du schaffst es immer wieder, mich noch zu überraschen. Wie höflich warst du?«

»Sagen wir, ich habe mich ihr angepasst. Im Ernst, Elisabeth, soll ich jetzt noch die Samthandschuhe auspacken? Wir haben keine Zeit für derlei Mumpitz!«

Graham Mitchell applaudierte beeindruckt.

»Nicht schlecht, Miss Miller. Ich schätze, ich bin Ihnen ewig zu Dank verpflichtet. Aber jetzt mal los, sonst stehen wir morgen noch hier. Mit welchem Stand soll ich anfangen, Mrs Wilson?«

Im Handumdrehen war alles aufgebaut und irgendwann im Laufe des Nachmittags hatte dann auch Petrus Erbarmen mit uns. Der Himmel riss auf und zeigte sich in schönstem Hellblau. Mr Moore spendierte allen Helfern einen Schnaps aus seinem Pub, der sofort ein wohliges Feuer in meinem Bauch entfachte. Es brannte so warm, dass auch der kleinste Zweifel am Gelingen dieser Veranstaltung zu Asche zerfiel. Zufrieden und beschwingt trat ich neben Margret den Heimweg an, in dem verwegenen Irrglauben, dass nun nichts mehr schiefgehen könne …

Als ich samstags in aller Frühe die Augen öffnete und vorsichtig aus dem Fenster blinzelte, begrüßte mich neben einer Amsel auch ein erster Sonnenstrahl. Erleichtert ließ ich mich noch mal zurück in mein Kissen sinken und schickte ein Dankgebet zum Himmel. Alles deutete auf einen erfolgreichen Tag hin. Dass es von dem gestrigen Regen noch ziemlich matschig war, ließ sich verkraften. Solange sonst alles in Ordnung war, konnte meinetwegen Schlamm an allen Schuhen kleben. Wie schnell sich doch mein Gemüt immer wieder ändern konnte. Ich war voller Tatendrang und hörte die Einnahmen schon im Geldbeutel klimpern. Mit Schwung sprang ich aus dem Bett wie ein Floh im Flohzirkus.

»Los gehts!«, rief ich meinem zerknitterten Spiegelbild zu. »Die Mission Dachstuhlrettung startet genau jetzt!«

Als wir wenig später auf dem Vorplatz der Kirche ankamen, waren einige Dorfbewohner schon eifrig dabei, ihre Stände einzurichten. Ich hatte überall laminierte Zettel angebracht, damit jeder wusste, welchen Platz er einnehmen sollte. Darüber hatte ich mir im Vorfeld stundenlang Gedanken gemacht, denn ich wollte, dass die Gäste ein bunt gemischtes Angebot erlebten. Der Tee-Stand von Sally, dann etwas mit Handarbeit, dann der Apotheker mit seinen Heilkräutern, dann der Bücherstand mit der Vorleseecke, alles schön abwechslungsreich. Der Stand von Mrs Lewis bestach durch seine Fülle. Kein Zentimeter war frei geblieben. Die genähten Körbchen stapelten sich bis unter das spitz zulaufende Holzdach. Ich hatte mit einer kleinen Auswahl gerechnet, doch ihr Repertoire umfasste an die 100 Exemplare und davon war keins wie das andere. Alles Einzelstücke.

»Also jetzt bin ich aber wirklich beeindruckt, meine Liebe!«, zollte ich ihr meine Anerkennung. »Ich hätte nicht gedacht, dass Sie die Zeit aufbringen, so viele Körbchen zu nähen. Wann haben Sie das nur gemacht?«

»Ich sagte doch, ich habe immer ein paar im Vorrat.« Sie zwinkerte. Ich war rundum zufrieden. Alle schienen bester Laune zu sein und sich auf den bevorstehenden Tag zu freuen.

Sally war gerade dabei, ihren Stand mit Tee und Gebäck einzurichten und ich trat zu ihr, um zu sehen, ob alles in Ordnung war.

»Passt alles? Haben Sie überhaupt Strom?« Suchend blickte ich mich nach einem Kabel um. Irgendwie musste sie schließlich ihren Tee kochen.

»Oh ja, danke, Mrs Wilson, Dr. Hastings hantiert hier irgendwo mit einer Kabeltrommel herum.«

»Nicht irgendwo, ich bin hier!« Das strahlende Gesicht unseres lieben Arztes erschien hinter dem Stand. Er sah gut aus, etwas verwegen, weil ihm eine Haarsträhne ins Gesicht hing. Seine Wangen waren gerötet und seine Augen strahlten. Ich hatte mir nie zuvor Gedanken über das Aussehen von Dr. Hastings gemacht. Irgendwie wirkte er heute einige Jahre jünger als sonst. »Der Strom müsste jetzt fließen, Sally!«

»Perfekt! Dann fange ich am besten sofort an, Wasser zu kochen. Mrs Wilson, ich gratuliere Ihnen hiermit zu Ihrer perfekten Hilfe! Dr. Hastings ist ein Mann für alle Fälle! Ich kam heute als Erste hier an, um meinen Stand einzurichten und da stand er schon bereit und wartete auf Aufgaben. Mit Dr. Hastings an der Seite gibt es nichts, was nicht gelingen könnte. Den sollten sie sich warmhalten.« Sie lächelte mir verschwörerisch zu und stupste mich leicht an. Ich fühlte mich etwas beschämt. Sally hatte ja eindeutig recht mit ihren Lobeshymnen. Irgendwie war es zur Selbstverständlichkeit geworden, dass unser treuer Freund immer zur Stelle war. An Worten der Anerkennung hatte es allerdings allzu oft gefehlt, wie ich nun bedauernd feststellte. Also zog ich mir rasch etwas aus dem Ärmel.

»Mein lieber Doktor, was würde ich nur ohne Sie machen? Gestern waren Sie schon der Erste und der Letzte beim Aufbau, trotz des furchtbaren Wetters. Und heute kümmern Sie sich schon wieder um alles Mögliche. Wie soll ich das jemals wiedergutmachen?«

»Ach, da lasse ich mir schon etwas einfallen.« Er legte keck seinen Kopf schief und ich ärgerte mich über die Röte, die heiß in meine Wangen stieg. Rasch wandte ich mich Mrs Turner zu, die sich auf der gegenüberliegenden Seite einrichtete.

»Haben Sie genug Platz für Ihre Bücher da drüben?«

»Ja, es ist alles angeordnet. Sehen Sie? Sogar nach Genre sortiert! Ich bräuchte nur noch ein paar Stühle für meine Kindervorlesungen.«

»Kein Problem, ich bringe Ihnen gleich welche!«, rief Dr. Hastings zu uns rüber. »Mr Stonecastle sagte, irgendwo wären welche.«

»George kommt auch gleich und kann helfen, die Stühle zu tragen«, bemerkte Sally.

»Ach, das wird nicht nötig sein. Dr. Hastings, wir können die Stühle aus dem Lagerraum neben der Sakristei nehmen. Zu zweit schaffen wir es schnell.« Der Pfarrer hatte das Gespräch mitbekommen und trat nun geschäftig auf uns zu. »Manche sind allerdings etwas in die Jahre gekommen und ziemlich wackelig. Aber einige dürften noch zu gebrauchen sein. Zur Not müssen wir Probe sitzen.«

Ich blickte überlegend auf die Holzstände.

»Wir könnten Graham Mitchell fragen, ob er sie sich bei Gelegenheit mal ansieht. Für ihn ist es sicher ein Leichtes, die Stühle zu reparieren. Möglicherweise fehlt es nur an ein paar Schrauben an den richtigen Stellen.«

»Gute Idee, meine liebe Mrs Wilson.« Der Pfarrer strahlte.

»Heute werden sie ihren Zweck hoffentlich noch erfüllen. Kommen Sie, Hastings? Man sollte die Dinge immer lieber gleich erledigen, anstatt sie aufzuschieben.«

Die beiden Herren entfernten sich. Der Lieferwagen von Mr Harris fuhr vor. Mrs Harris stieg auf der Beifahrerseite aus und begab sich zur Ladefläche. Sie winkte mir zu und gab mir mit erhobenem Daumen zu verstehen, dass alles nach Plan lief. Sie sah gut aus. Mrs Gibson hatte offensichtlich auf die Schnelle noch einmal ganze Arbeit geleistet. Evelyn Harris trug ihr Haar ein Stück kürzer und ihre wohlgeformten Locken wippten fröhlich bei jedem Schritt mit.

»Mrs Wilson! Huhu!« Hektisch fuchtelnd rauschte Mrs Scott aus dem Textilgeschäft auf mich zu. »Gut, dass ich Sie gefunden habe. Ich habe einige Kleidungsstücke herausgesucht, die ich gerne spenden würde. Ich hatte ohnehin vor, sie nächste Woche zu reduzieren. Da kann ich sie ebenso gut für diesen Zweck hergeben, nicht wahr?«

»Oh, meine Liebe, das ist wirklich reizend, nur leider etwas kurzfristig, fürchte ich. Wir haben keinen Stand mehr frei.«

Bedauernd sah ich auf die Holzgestelle, die sich inzwischen allesamt gefüllt hatten.

»Ich rutsche mit meinen Socken einfach ein Stück zur Seite«, schlug Margret vor, die neben uns getreten war, »ich brauche keinen ganzen Stand.«

Dankbar lächelte ich sie an. Wieder ein Problem gelöst. Mrs Scott strahlte so, dass ihr Gesicht fast nur noch aus Mund bestand.

»Wunderbar! Dann hole ich die Sachen gleich mal her und versuche, sie nett zu arrangieren. Welcher Stand ist Ihrer, Miss Miller?«

»Gleich da drüben in der Nähe von Mr Mallowan. Sehen Sie? Er räumt gerade mit seiner Schulklasse die Basteleien ein.«

»Ah ja, da hinten. Dann bis später! Hallo, Mr Mallowan!«

Sie rauschte davon. Margret sah sich suchend um.

»Sollte es nicht auch etwas zu essen und zu trinken geben? Ich meine außer dem Tee und den Keksen von Sally?«

»Mr Moore kümmert sich darum.«

»Schafft er das denn allein? Ich meine, er hat doch keine Aushilfe mehr. Sie hat letzten Monat gekündigt.«

»Dreimal darfst du raten, wer ihm hilft.« Ich verdrehte die Augen. »Der arme Kerl hat wahrscheinlich einfach keine andere Wahl.«

»Doch nicht etwa Miss Shaw?«

»Genau die! Deshalb hat ja auch Graham Mitchell gestern beim Aufbau diese Anspielungen gemacht auf den Ausschnitt und auf Jason Moore. Du glaubst doch nicht, dass sie lediglich als einfache Besucherin kommt und fröhlich umherspaziert. Sie braucht doch eine gewichtige Aufgabe!«

»Aber selbstverständlich!«

»Vor allem jetzt, wo sie keine Vorsitzende des Organisationskomitees ist. Wahrscheinlich will sie der Welt zeigen, dass es ohne sie nicht läuft. Und nicht zu vergessen – sie will mich scheitern sehen! Aber den Gefallen werde ich ihr nicht tun!«

In diesem Moment stöckelte sie auch schon hocherhobenen Hauptes über den Kirchplatz und blieb dabei immer wieder im Kopfsteinpflaster stecken. Sie war zurechtgemacht wie eine Kranz-Kuh vor dem Almabtrieb. Als sie uns erblickte, eierte sie unbeholfen geradewegs auf uns zu. Margret wollte sich aus dem Staub machen, doch ich hielt sie am Ärmel fest. Miss Shaws übertriebene Duftwolke erreichte uns vor ihr selbst und verursachte bei mir einen Hustenreiz.

»Ach Mrs Wilson, da sind Sie ja endlich. Ein bisschen spät dran, was?« Sie ging über Margret hinweg, als wäre sie unsichtbar, obgleich sie direkt neben mir stand. »Sehen Sie mal, hier ist ein Glas Punsch für Sie. Ich dachte, sie könnten vielleicht etwas Stärkung gut gebrauchen.« Sie grinste künstlich mit ihren überschminkten Lippen. Schadenfroh stellte ich fest, dass der knallrote Lippenstift nicht nur ihren Mund, sondern auch ihren rechten Schneidezahn zierte. Ich würde einen Teufel tun und sie darauf hinweisen.

»Oh, eine Stärkung ist immer gut, obwohl es ehrlich gesagt gar nicht besser laufen könnte«, gab ich zuckersüß zurück und nahm den Punsch entgegen. »Trotzdem danke.«

Aus mir unerfindlichen Gründen verlor Margret plötzlich das Gleichgewicht und stolperte gegen meinen Arm. Der Punsch versickerte in den Ritzen zwischen den Pflastersteinen.

13

Ach, entschuldige, Elisabeth! Wie ungeschickt von mir.«

»Alles in Ordnung?«

»Ja, natürlich. Ich muss einfach umgeknickt sein. Es geht schon wieder. Schade um den Punsch.«

»Ich hole mir später einfach einen neuen. Kein Problem.«

»Wo ist denn meine Vase? Ich habe sie noch nirgends gesehen.« Pikiert sah Miss Shaw sich um. »Haben Sie etwa nicht aufgepasst und sie beschädigt? In diesem Fall können Sie sich auf eine saftige Rechnung und auf eine Beschwerde gefasst machen.«

»Aber ich bitte Sie, Elvira. Ich habe Ihre Vase selbstverständlich gehütet wie meinen Augapfel. Mrs Harris dürfte sie dort hinten auf ihrer Laderampe haben. Ich glaube, Gordon hebt sie gerade herunter.«

»Auf der Rampe? Wieso das denn? Also, ich muss schon sagen, meine gute Vase!«

»Na, überlegen Sie doch mal, was ist denn schon eine Vase ohne Blumen? Evelyn Harris hat sie extra bestückt, damit sie in ihrer vollen Pracht zur Geltung kommt.«

»Aha, na umso besser. Ich hoffe, es ist Ihnen und auch Mrs Harris bewusst, dass es sich um einen sehr kostspieligen Gegenstand handelt! Aber was tut man nicht alles für den guten Zweck? Ich bin nun einmal von Natur aus großzügig. Und Großzügigkeit muss die Welt erfahren. Schließlich soll man ja immer als gutes Beispiel vorangehen.«

Mir lag eine abfällige Bemerkung auf der Zunge, aber Margret trat mir auf den Fuß. Sie wandte sich an unsere unliebsame Gesprächspartnerin.

»Übrigens sehr freundlich von Ihnen, dass Sie Mr Moore unterstützen. Allein wäre es heute sicher zu viel für ihn.« Irritiert sah Elvira Shaw meine Freundin an. Sie konnte Margret schwerlich noch länger ignorieren. Daher ließ sie sich zu einer Antwort herab.

»Tja, was soll man machen? Der Arme wäre ohne mich ja völlig aufgeschmissen. Darüber hinaus werde ich ihm auch im Pub in nächster Zeit weiterhin etwas unter die Arme greifen. Man kann den guten Mann ja nicht seinem Schicksal überlassen. Was dem Pub fehlt, ist eine weibliche Note.« Sie blickte sich nach Mr Moore um und zog ihren Ausschnitt ein Stück herunter. Da ich keine Lust darauf hatte, mir ihren Bauchnabel anzusehen, wandte ich den Blick gen Himmel. Margret beobachtete Miss Shaw unverwandt bei dem Versuch, ihren Büstenhalter zurechtzurücken. Als Ziehen und Zerren nicht den gewünschten Erfolg erzielte, griff sie mit der rechten Hand nach ihrer linken Brust und hob sie an. Anschließend wiederholte sie den Vorgang mit der anderen Seite.

»Zwickt irgendwas, Miss Shaw?«, zischte ich um Ernsthaftigkeit bemüht und erntete einen erneuten Fußtritt.

»Wie? Nein, wieso?«

»Och, ich dachte nur. Sieh mal, Margret, da kommen die ersten Besucher!« Ich nutzte diese willkommene Entdeckung, um Miss Shaw sich selbst zu überlassen und mich den wirklich wichtigen Dingen des Tages zu widmen. »Dann kann es ja losgehen! Kommet zu uns, ihr wohltätigen Einnahmen, auf das die Kirchenglocke noch lange läutet.«

Margret rollte die Augen gen Himmel. Ich musste kichern. Meine Aufregung schlug allmählich in Albernheit um.

»Reiß dich zusammen, Elisabeth Wilson, du bist die Leiterin dieser ganzen Veranstaltung hier!«, zischte sie erbost und zerrte mich am Ärmel mit zu ihrem Sockenstand.

Familie Phillips, die vor einigen Monaten das Prunkstück unseres Örtchens, Old Mansion Hall, bezogen hatte, schlenderte bester Laune zwischen den Ständen umher. Ich sah Mr Hunt, der an den Wochentagen unsere Poststelle betrieb. Hinter ihm spazierten Miss Allen und Miss Wood, die beiden unzertrennlichen Freundinnen aus der Gardenstreet, gefolgt von den Morgans und den Collins. Auch einige Besucher aus Candleham waren gekommen. Im Nu glich der Kirchplatz einem geschäftigen Ameisenhaufen. Die überdimensionale Gestalt von Mabel Stewart war von nahezu jedem Punkt des Basars sichtbar. Ihr Kopf überragte die meisten anderen Besucher und ihr Haar schimmerte violett in der Sonne. Man hätte sie auch als Leuchtturm verwenden können. Ich rieb mir zufrieden die Hände. Die Kasse klirrte. Mr Stonecastle besuchte jeden Stand mit breitem Grinsen und geröteten Wangen.

»Es läuft phantastisch!«, jubilierte er, als er am Sockenstand vorbeikam. »Wer hätte mit einem solchen Erfolg gerechnet. Ich bin überwältigt. Und Gott unser Herr schickt uns dazu auch noch gutes Wetter. Ach, sehen Sie doch nur, es kommen immer mehr Menschen.« Er lief auf die Neuankömmlinge zu, um sie zu begrüßen. Die Hälfte von Margrets Sockenpaaren war bereits nach einer Stunde verkauft.

Der Bestand der übrigen Stände lichtete sich ebenso schnell. Überall sah man Menschen mit Errungenschaften in ihren Händen. Dazu herrschte eine heitere Atmosphäre. Auch der alte Mr Murray war gekommen. Freudig stellten wir fest, dass seine Tochter ihn begleitete. Margret hob überrascht die Augenbrauen.

»Ach, ist Mrs Allister schwanger?« Wir hatten sie nicht mehr gesehen, seit sie vor einigen Monaten Old Mansion Hall an die Phillips verkauft hatte. Ich winkte ihr euphorisch zu.

»Was riecht hier eigentlich so seltsam?« Margret hielt ihre Nase in die Höhe wie ein Maulwurf. »Das war doch vorhin noch nicht so. Igitt, das ist ja schlimm!«

»Keine Ahnung, vielleicht ist hinten beim Müll irgendetwas Verdorbenes. Uhhh, das ist wirklich unangenehm.«

»Ziemlich penetrant, je nach dem, aus welcher Richtung der Wind weht. Das kann man wohl sagen! Wir sollten dem auf den Grund gehen. Es vertreibt sonst noch potenzielle Käufer.«

Ich verdrängte den Gedanken, da Mrs Allister uns in diesem Augenblick erreichte.

»Ruth! Wie schön, Sie wieder hier zu haben! Es ist viel zu lange her! Geht es Ihnen gut?«

»Mrs Wilson, Miss Miller, das freut mich aber sehr! Ich hatte gehofft, Sie hier zu treffen.« Wir umarmten uns herzlich. »Darf ich Ihnen endlich nach all der Zeit meinen Mann Marc vorstellen. Das ist längst überfällig.«

»Sehr erfreut, Mr Allister. Wir haben viel von Ihnen gehört.« Ich streckte ihm die Hand entgegen.

»Nun, ich hoffe doch, nur Gutes. Sie sind also die berühmten Damen mit den kriminalistischen Fähigkeiten. Meine Frau hatte seit Ihrem Kennenlernen im letzten Jahr kaum ein anderes Thema.«

»Nicht doch, sie ist die einzig wirklich Schlaue von uns beiden.« Ich deutete überschwänglich auf Margret. »Ich bin nur das Anhängsel.«

»Hören Sie nicht auf sie, Mr Allister. Wir sind ein Team!«, erklärte diese resolut.

»Nicht doch.« Ich machte eine wegwerfende Handbewegung und spürte, wie sich meine Wangen röteten. Marc Allister lächelte uns freundlich an. Er hatte eine warmherzige Ausstrahlung. Es freute mich von Herzen für Ruth, dass sie einen solchen Mann an ihrer Seite hatte. Nichts anderes hatte sie verdient!

»Es ist schön, endlich einmal hier zu sein. Ruth lag mir seit Monaten mit dieser Reise in den Ohren und ich muss sagen, sie hat nicht zu viel versprochen. Rosefield ist wirklich ein wunderschönes Fleckchen Erde.«

»Ja, nicht wahr?« Ich strahlte stolz. »Viel schöner als Candleham! Ich hoffe doch, Sie bleiben noch ein Weilchen.«

Mrs Allister nickte.

»Ja, einige Tage sicher. Wir schauen ein wenig nach den Renovierungsarbeiten des Hauses meines Vaters und auch nach den Außenanlagen. Mr Pollit scheint schon ganze Arbeit geleistet zu haben.« Suchend blickte sie sich nach unserem Ortsgärtner um. »Wo ist er übrigens? Ich würde gerne mit ihm sprechen.«

»Drüben beim Pflanzenstand. Er hilft Mr und Mrs Harris.« Margret deutete an das andere Ende des Kirchplatzes.

»Ohne ihn wäre unsere Gärtnerei gerade ganz schön aufgeschmissen«, ergänzte ich.

»Ach ja, jetzt sehe ich ihn. Ich werde gleich mal zu ihm rübergehen und mich bedanken. Alles, was er bisher in die Wege geleitet hat, sieht wirklich toll aus. Aber ich möchte trotzdem gerne ein oder zwei kleine Änderungen vornehmen lassen. Hoffentlich ist es dazu noch nicht zu spät.« Sie blickte leicht errötend nach unten.

»Änderungen, meine Liebe? Ich glaube, ich habe da schon eine Vermutung.« Wissend zwinkerte ich ihr zu.

»Ja, eine freie Fläche für eine Schaukel und einen Sandkasten wäre toll.«

»Oh, wie schön! Das freut mich aber sehr!« Begeistert drückte ich sie an mich. »Man sieht es ja schon ganz deutlich, aber ich wollte nicht so unhöflich sein und etwas sagen, bevor Sie es nicht tun. Aber glauben Sie mir, es ist mir verdammt schwergefallen.«

»Herzlichen Glückwunsch!« Margret gratulierte etwas weniger überschwänglich als ich und beließ es bei einem herzlichen Händedruck.

»Ach, Sie sind so lieb. Vielen Dank. Wenn das Kind erst auf der Welt ist, werde ich sicher häufiger hier sein. Es soll möglichst viel Zeit mit seinem Opa verbringen. Sagen Sie mal,« Ruth Allister rümpfte die Nase, »was riecht hier eigentlich so streng? Wahrscheinlich bin ich durch die Schwangerschaft übertrieben empfindlich.«

»Nein, sind Sie nicht, wir haben es auch schon bemerkt.«

»Puh, also das ist wirklich furchtbar. Ich glaube, mir wird übel. Irgendwie fischig, oder?«

Sally rauschte mit grünem Gesicht an uns vorüber.

»Alles in Ordnung?«, rief ich ihr nach. »Ist etwas passiert?«

»Dieser Gestank! Ich fürchte, ich muss mich übergeben. Was ist das nur?«

Sie verschwand hinter einem Busch.

»Also, hier stimmt doch was nicht. Wir müssen die Ursache finden!« Ich wurde langsam nervös. Was, wenn noch mehr Besuchern schlecht werden würde? Dr. Hastings trat mit großen Schritten auf uns zu.

»Hören Sie, Elisabeth, hier breitet sich gerade ein fürchterlicher Gestank aus. Einige beklagen sich schon. Es treibt einem ja fast die Tränen in die Augen.«

»Das haben wir auch schon bemerkt. Was können wir nur tun? Sally musste sich schon übergeben! Die Leute dürfen auf keinen Fall vertrieben werden.«

»Der Apotheker verteilt gerade Duftkräuter, damit man sie sich unter die Nase halten kann. Und ich werde mich jetzt auf die Suche nach der Quelle machen. Man könnte fast meinen, eine tote Katze läge irgendwo herum.«

»Danke, lieber Doktor! Ich weiß wirklich nicht, was ich ohne Sie ...«

Er winkte ab.

»Schon gut! Wollen doch mal sehen, woher das Übel kommt.«

Er dampfte ab. Dafür trat Mr Moore aus seinem Stand. Er reckte die Nase in die Luft und glich damit einem Erdmännchen.

»Mrs Wilson! Was ist das für ein Gestank? Am Ende denkt noch jemand, es läge an meinem Essen!« Sein Mops winselte kläglich.

»Seien Sie unbesorgt, Dr. Hastings kümmert sich schon darum.«

Ich warf Margret einen verzweifelten Blick zu. Was war nur hier los? Meine Freundin zuckte mit den Schultern und sah sich mit gerunzelter Stirn um.

»Oh, verzeihen Sie!« Rosie Bennett hatte Ruth in einem Zustand von geistiger Abwesenheit angerempelt, sodass diese zwei Schritte nach vorn stolperte.

»Nichts passiert!«

»Diese wunderschöne Kirche, ich möchte sie mir gerne ansehen.«

Wir blickten der Gestalt nach, die geisterhaft davonschwebte. Ruth schüttelte bedauernd den Kopf, während sie sich mit einem Apothekenflyer Luft zufächelte.

»Die Arme. So jung und schon Witwe. Mein Vater erzählte mir davon. Wo gibt es diese Kräutersäckchen?«

»Ja, eine furchtbare Geschichte«, stimmte ich zu. »Sie ist ausgesprochen hübsch, nicht wahr?«

»Ja, das ist sie wirklich.«

»Kaum zu glauben, dass sie sich einer Schönheitsoperation unterzogen hat. Mir fällt beim besten Willen kein Grund dafür ein. Sie ist doch makellos! Aber Graham Mitchell erwähnte es.«

Margret war irritiert.

»Schönheitsoperation?«

»Zumindest hat sie laut Graham irgendetwas machen lassen.« Ich zuckte mit den Schultern. Ich hatte ja auch keine Ahnung, wo die Stelle sein sollte. Keine Narben, keine Veränderung, nichts. Vielleicht hatte sie sich an einer Stelle operieren lassen, die man normalerweise nicht sah. Aber woher wusste Graham Mitchell dann davon?

Ruth blickte ihr immer noch nachdenklich hinterher.

»Sie kommt mir so bekannt vor. Als hätte ich sie schon irgendwo gesehen.«

»Das dürfte schwerlich der Fall sein. Als Mr Bennett sie heiratete, studierte sie gerade in London Architektur, wenn ich mich recht erinnere. Und Sie leben doch in Sussex, nicht wahr?«

»Ja, das stimmt. Und doch verbinde ich diese Frau irgendwie mit Pflanzen. Da gibt es diese riesengroße Gärtnerei in London. Da war ich mehrmals, weil man dort auf jeden Fall fündig wird. Selbst wenn man auf der Suche nach etwas Außergewöhnlichem ist. Und diese Frau ist ein spezieller Typ. Kein gängiges Gesicht. Man erinnert sich an sie. Aber ist ja auch nicht so wichtig.« Sie winkte ab. »Was macht es schon für einen Unterschied, ob ich sie schon gesehen habe oder nicht?«

Trotzdem fand ich es überraschend, dass Ruth ausgerechnet von einer großen Gärtnerei gesprochen hatte.

»Das ist wirklich erstaunlich. Ach, sehen Sie mal, da kommt der Apotheker mit den Säckchen.«

»Wieso meinen Sie das?«

»Weil Mrs Bennett sich plötzlich so sehr für Pflanzen interessiert, dass sie sich täglich beliefern lässt. Und wie man hört, waren ihr Blumen zuvor nie sonderlich wichtig. Es gibt schon lustige Zufälle, nicht wahr?«

Margret runzelte die Stirn. Ich kannte ihren Blick genau. Sie setzte ihn immer dann auf, wenn ihr siebter Sinn sie heimsuchte. Sie hatte die Gabe, vor allen anderen zu spüren, wenn ein Unheil in der Luft lag, ein Empfinden, das sie noch nie getäuscht hatte und das sich auch diesmal schneller bewahrheiten sollte, als wir alle ahnten.

»Ich glaube nicht an Zufälle«, murmelte sie und wandte sich ab.

14

»Hier sind alle Einnahmen!« Mrs Harris wedelte freudestrahlend mit der Geldkassette, die ich glücklicherweise noch auf dem Dachboden gefunden hatte. Ihre Locken wippten synchron im Takt. Die Abendsonne hüllte sie in ein warmes Licht, sodass sie aussah wie ein Engel mit Heiligenschein.

»Sie haben eine tolle Frisur, meine Liebe! Das wollte ich Ihnen den ganzen Tag schon sagen«, lobte ich ehrlich.

»Danke! Ich werde es Mrs Gibson weitergeben. Die Locken sitzen immer noch genauso perfekt wie heute Morgen. Und dabei sind sie sonst so widerspenstig. Sie zu bändigen ist eine Kunst für sich.«

»Sie sehen perfekt aus! Und gerade jetzt hat Ihr Haar durch die untergehende Sonne einen ganz tollen Glanz!«

»Gordon war nicht sonderlich begeistert. Er hat gesagt, dass er längere Haare lieber mag.«

»Ach, Männer!«, winkte ich ab. »Er wird sich schon daran gewöhnen.«

»Ja, bestimmt. Und sie wachsen ja auch wieder. Außerdem muss man sich schließlich auch selbst gefallen, nicht wahr?«

»Genauso ist es!« Ich nickte ihr lächelnd zu. »Das ist sogar wichtiger als alles andere!«

»Zumindest findet er dieses Kleid hier gut.« Stolz ließ sie den Rock hin und her schwingen.

»Es ist auch wirklich schön. Und es steht Ihnen fantastisch!«

»Danke. Gordon hat es mir vor drei Tagen zum Geburtstag geschenkt. Es hing im Textilgeschäft der Scotts im Schaufenster.«

»Wie nett von ihm. Und herzlichen Glückwunsch auch noch, meine Liebe. Ich wusste gar nicht, dass Sie Geburtstag hatten.«

Mrs Harris errötete leicht und machte eine wegwerfende Handbewegung.

»Ach, nur wieder ein Jahr älter, nicht wahr?«

Ich war mir sicher, dass sie sich mehr über das Geschenk ihres Mannes gefreut hatte, als sie zeigte, gerade weil das Ehepaar seit geraumer Zeit so viel um die Ohren gehabt hatte.

Die letzten Besucher waren gegangen und wir alle waren noch wie elektrisiert von dem erfolgreichen Tag. Besser hätte es gar nicht laufen können. Auch der Gestank war verschwunden.

»Hoffentlich habe ich beim Einsammeln der Erträge keinen Stand vergessen.« Evelyn kicherte leicht hysterisch. »Das wäre ja jetzt echt ein Ding!«

Ich tätschelte ihren Arm.

»Bestimmt nicht. Und selbst, wenn. Die Leute hier sind alle so ehrlich, da wird schon niemand etwas unterschlagen.«

Margret schaltete sich umgehend mit ihrer ganz eigenen Meinung ein.

»Täusche dich nicht in den Menschen, Elisabeth! Ich sage es dir immer wieder. Ihre Abgründe sind tiefer als der Meeresgrund.«

»Ach, Margret, sei doch nicht so negativ!«

»Nicht negativ, sondern realistisch! Ich spreche aus Erfahrung.« Sie hob mahnend den rechten Zeigefinger.

»Trotzdem bin ich der Meinung, dass es mehr ehrliche Menschen gibt als unehrliche. Gerade bei uns in Rosefield!«

Mrs Harris nickte zustimmend.

»Das denke ich auch. Natürlich gibt es auch hier unter Garantie das eine oder andere schwarze Schaf. Das ist wohl überall so. Aber der Großteil unserer Einwohner ist ganz sicher anständig. Heben Sie mal die Kasse an, Mrs Wilson, dann merken Sie, wie voll sie ist.«

Sie übergab mir den Griff. Die Kassette zog in der Tat meinen Arm runter.

»Wundervoll!« Ich klatschte begeistert in die Hände, nachdem ich Evelyn unsere Reichtümer zurückgegeben hatte.

Margret hob die rechte Augenbraue.

»Wenn sie schwer ist, bedeutet das nichts anderes, als dass viel Kleingeld eingenommen wurde.«

»Oh nein, Miss Miller, es gibt auch unzählige Scheine. Sie werden staunen!« Mrs Harris machte eine ausschweifende Armbewegung, um das große Ausmaß des Papiergelds anzudeuten. »Ich habe sie ja selbst eingesammelt. Es war ein ganzes Bündel großer Scheine. Mr Stonecastle wird sich freuen.«

»Na, bitte!«, pflichtete ich ihr bei und warf meiner Freundin einen strafenden Blick zu. Ich mochte es nicht, wenn sie alles schlechtredete. »Sollen wir ihm das Geld gleich mitgeben? Das wäre vielleicht das Beste. Wo ist er überhaupt?«

Ein Schatten huschte über Mrs Harris Gesicht.

»Oh, Gordon sagte vorhin, dass er gerufen wurde. Irgendjemand scheint im Sterben zu liegen.«

»Tatsächlich? Ach herrje. Das ist furchtbar.«

»Ja, wirklich bedauerlich. An einem so schönen Tag. Was für ein Gegensatz! Licht und Schatten liegen oft so nah beieinander, ist es nicht so? Aber dann freut er sich vielleicht umso mehr, wenn er zurückkommt.«

»Wissen Sie, wer im Sterben liegt?«

»Nein, leider nicht. Gordon hatte den Einfall, dass ich das Geld am besten in die Sakristei bringen sollte. Dort dürfte es sicher sein. Den Schlüssel der Kasse kann ich ja auf dem Nachhauseweg im Pfarrhaus in den Briefkasten werfen, oder?«

»Gute Idee!« Ich nickte. »Vielleicht stellen Sie die Kasse einfach auf dem Tisch ab. Wir geben Mr Stonecastle Bescheid, wenn er zurück ist. Ich bleibe ohnehin hier, bis alles abgebaut ist. Sollte ich ihn trotzdem nicht mehr antreffen, laufe ich rasch bei Olivia im Pfarrhaus vorbei.«

»Ist gut, Mrs Wilson. Gordon räumt noch die restlichen Blumen auf die Lieferfläche des Wagens. Viel ist es nicht mehr. Wir haben tatsächlich fast alles verkauft.«

»Unglaublich! Wir sind der Renovierung des Kirchendachs heute ein gutes Stück nähergekommen. In kleinen Schritten zum Ziel! Das war schon immer meine Devise.«

»Ganz genau! Auch die kleinen Erfolge wollen gefeiert werden. Ich vergesse das leider selbst oft und überschlage mich dann fast. Vor allem im Moment.« Sie sah plötzlich sehr traurig aus. »Mrs Bennett fordert uns von früh bis spät. Man kommt kaum noch dazu, sich um andere Dinge zu kümmern. Und ein Privatleben hat man schon gar nicht mehr.«

»Das tut mir sehr leid.« Das tat es wirklich. Von trauter Zweisamkeit war bei den Eheleuten tatsächlich nicht viel zu merken. Wahrscheinlich fehlte ihnen einfach die Zeit.

»Aber ich will nicht jammern. Mrs Bennett trauert und davon abgesehen hatten wir finanziell noch nie einen so guten Monat.« Sie lächelte gequält. »Man sollte die Gedanken auf die guten Dinge richten.«

»Die Zeiten werden sicher auch wieder ruhiger, meine Liebe. Rosie Bennett braucht einfach noch ein Weilchen, aber irgendwann wird sie darüber hinweg sein.«

»Vielleicht haben Sie recht. Na dann, ich mache mich schon mal zu Fuß auf den Heimweg. Wobei, da fällt mir ein, ich muss noch einmal zurück. Ich habe meinen Mantel vorhin im Stand von Mr Mallowan abgelegt. Eines der Kinder wollte mir etwas zeigen.« Sie überlegte. »Na ja, aber jetzt bringe ich erst einmal diese Reichtümer hier in Sicherheit.«

Mrs Harris tippte auf die Kasse und zwinkerte mir verschwörerisch zu. Dann entfernte sie sich in Richtung Kirche, in der sich, durch eine seitliche Tür abgetrennt, die Sakristei befand. Kurz darauf hörten wir von irgendwo her ein gedämpftes Scheppern. Vielleicht war Evelyn irgendetwas umgefallen. Etwa fünf Minuten später kam sie aus dem Hinterausgang, der zum Friedhof führte, wieder heraus. Wir sahen sie ohne die Geldkassette zwischen den Grabsteinen in Richtung Dorf gehen. Ihr sonst so resoluter Schritt glich nun einem zufriedenen Schlendern.

»Evelyn, Sie wollten doch noch Ihren Mantel mitnehmen!«, rief ich ihr nach, doch sie hörte mich nicht mehr. Ich holte tief Luft und brüllte, so laut ich konnte: »Mrs Harris! Ihr Mantel!« Nichts. Suchend blickte ich mich nach Gordon Harris um und sah seinen Kopf schließlich auf der Beifahrerseite seines Wagens auftauchen, wo er mit irgendeinem hellen Stofffetzen rumhantierte. Sicher war es eines der Deko-Tücher vom Verkaufsstand. Als ich mich gerade auf den Weg zu ihm machen wollte, erschien Miss Shaw in meinem Blickfeld.

»Diese arrogante Schnepfe könnte sich ruhig mal verabschieden!«, zischte sie naserümpfend. »Und eine Entschuldigung wäre ebenfalls angebracht!«

Ich drehte mich verständnislos zu ihr um.

»Ich finde, dass es kaum einen weniger arroganten Menschen gibt als Mrs Harris.«

»Nun, das ist Ihre Ansicht, Mrs Wilson. Ich habe meine eigene!«

»Und für was genau sollte sie sich entschuldigen?«

»Tun Sie nicht so, als wüssten sie nicht, wie unmöglich sie meine Vase eingehüllt hat. In Papier! Irgendeinen Fetzen! Man sieht so gut wie nichts mehr von dem kunstvollen Design. Das ist eine absolute Frechheit! Soll das etwa der Dank für meine Großzügigkeit sein?«

»Ich fand sie schön so!« Mein Grinsen brachte Elvira nur noch mehr auf die Palme.

»Machen Sie sich doch nicht lächerlich!«

»Den Besuchern hat sie bestimmt auch gefallen.«

»Von den Besuchern hat niemand die Vase zu Gesicht bekommen. Und zwar nicht nur aufgrund des Klopapiers drumherum. Sie haben mein Schmuckstück ja in die hinterste Ecke neben dem Müll abgestellt!« Mit ausgestrecktem Zeigefinger deutete sie anklagend auf mich. Gleich würde sie mich damit aufspießen. »Als wäre sie selbst Teil des Unrats! Was haben Sie sich nur dabei gedacht?«

»Oh, das war ich! Verzeihen Sie. Ich fand den Platz passend.« Dr. Hastings war mir zu Hilfe geeilt und legte schützend den Arm um meine Schulter. »So ein Müll möchte schließlich auch ein wenig aufgewertet werden, nicht wahr?«

Miss Shaw öffnete den Mund, doch vor lauter Empörung kam kein Laut über ihre Lippen. Ihr Gesicht lief so pink an wie die Azalee, die Mr Pollit in einen Kübel vor der

Kirchpforte gepflanzt hatte. Abrupt machte sie auf dem Absatz kehrt und verschwand zwischen den halb abgebauten Ständen. Mr Moore trat wütend aus seinem Stand. Sein Mops watschelte hinter ihm her.

»Hey, Elvira, wo willst du denn hin? Ich dachte, du hilfst mir beim Abbauen.« Er stemmte die Fäuste in die nicht vorhandene Taille. »Vorhin hat sie sich schon einmal aus dem Staub gemacht! Dekorativ rumstehen und sich wichtig machen, das kann sie. Aber wenn es ums Arbeiten geht, hat sie Angst um ihre angeklebten Fingernägel!« Dr. Hastings und ich nickten ihm verständnisvoll zu. Armer Mr Moore. Zuerst hatte seine Aushilfe ihn verlassen und nun bescherte ihm Elvira Shaw eher noch mehr Umstände als Unterstützung. Ich stupste unseren Doktor kameradschaftlich an.

»Vielen Dank, mein Lieber! Das war wirklich eine amüsante Einlage, fast bühnenreif! Müll, der aufgewertet werden will – köstlich!«

»Immer wieder gerne.« Er zwinkerte mir zu. »Ach, sehen Sie nur, unser Pfarrer ist zurück. Das trifft sich gut. Hallo, Mr Stonecastle, sollen wir die Stühle zurückräumen?«

Der Pfarrer wirkte ungewohnt zerstreut. Seine Augen wanderten ratlos hin und her und er fuhr sich permanent mit der Hand durch sein lichter werdendes Haar.

»Wie? Ach ja, natürlich. Die Stühle. Selbstverständlich.«

Margret gesellte sich zu mir und verschränkte die Arme.

»Ich dachte, er sei gerufen worden. Wieso ist er schon zurück?«

»Ja, das ist erstaunlich, nicht wahr? Ob die Person vielleicht schon tot war, als er kam?«

»Schwer vorzustellen. Gerade dann wäre er doch noch bei den Angehörigen geblieben. Du weißt doch, wie er ist.

Er würde eher zwei Stunden zu lange irgendwo sitzen und sich den Kummer der Menschen anhören als eine Minute zu kurz.«

»Stimmt. Gerade bei solchen Angelegenheiten nimmt er sich immer unfassbar viel Zeit. Zum Leidwesen von Olivia.«

»Immerhin ist sie inzwischen etwas milder mit ihm geworden. Wenn ich daran denke, wie sie früher immer auf ihm rumgehackt hat. Aber das beantwortet immer noch nicht unsere Frage. Nanu, was hat denn Miss Shaw schon wieder?«

Elvira rauschte an uns vorbei wie von der Tarantel gestochen.

»Alles in Ordnung?«, rief ich ihr nach.

»Wie? Was? Bei mir ist immer alles in Ordnung!«

Ich zuckte gleichgültig mit den Schultern.

»Wer weiß, wer jetzt schon wieder etwas gesagt oder getan hat, was ihr nicht in den Kram passt?« Im Grunde war es mir auch egal. Sollte sie meinetwegen bleiben, wo der Pfeffer wächst. »Wir werden es nicht herausfinden, aber was den Pfarrer betrifft, so würde ich sagen, diesem Ratespiel können wir Abhilfe verschaffen.« Ich trat ein paar Schritte auf den leicht gestresst wirkenden Mr Stonecastle zu. »Sie sehen mitgenommen aus, mein Lieber. Ist irgendwas passiert? Sie waren so schnell zurück.«

»Fragen Sie nicht, Mrs Wilson! Es war so peinlich!«

Er tupfte sich mit einem Taschentuch über die Stirn. »Da war dieser Anruf auf meinem Handy, eine unbekannte Nummer. Jemand sagte, Mildred Gilbert läge im Sterben. Na ja, die Stimme sagte es nicht ganz so ausformuliert, wenn ich ehrlich sein soll.«

»Die arme Mildred. Ich habe mir schon fast gedacht, dass es um sie geht. Sie ist schon so lange unheilbar krank.

Wenn jemand so leidet, ist es manchmal vielleicht besser, wenn er davon erlöst wird.«

»Ich stimme Ihnen zu, meine Liebe, aber Mildred ging es heute unerwartet gut und sie hatte keinerlei Absicht, zu sterben, ganz im Gegenteil. Ihre Laune war prächtig und sie war einigermaßen überrascht, mich zu sehen.« Er schlug die Hände vors Gesicht. »So etwas ist mir in Jahrzehnten meiner Tätigkeit noch nicht passiert! Was für ein Fauxpas! Ich habe irgendwas gestammelt – wie ein kleiner Junge bei einer mündlichen Prüfung. Schließlich musste ich mir binnen Sekunden einen triftigen Grund für mein Kommen überlegen.«

»Sie Armer.« Ich sah ihn mitfühlend an. »Da hat sich wohl jemand einen ganz üblen Scherz mit Ihnen erlaubt. Ziemlich unpassend! Und dann auch noch auf Kosten der kranken Mildred.« Mir war völlig schleierhaft, wie jemand so etwas lustig finden konnte. »Ich glaube nicht, dass der Anrufer aus Rosefield kommt. Hier würde sich niemand Ihnen gegenüber so geschmacklos verhalten. Alle mögen Sie! Was haben Sie Mrs Gilbert denn gesagt, warum sie da sind?«

»Ach, ich habe einfach ein bisschen von dem Basar erzählt und wie traurig alle sind, dass sie nicht kommen kann. Und dann habe ich sie gefragt, ob ich ihr irgendwas von unserem Angebot vorbeibringen soll. Nicht sehr originell, fürchte ich.« Mr Stonecastle blickte aus der Wäsche wie bei einem Magen-Darm-Infekt.

»Aber das ist doch brillant!« Ich hielt meinen rechten Daumen hoch. »Mir wäre auf Knopfdruck bestimmt keine solche Ausrede eingefallen. Gut gemacht!«

Margret sah gedankenverloren in die Ferne. Über Ihrer Nase hatte sich die mir nur allzu bekannte Furche gebildet. In der Regel kein gutes Zeichen.

»Die Frage ist doch, wer angerufen hat und wieso.«

Der Grund war für mich völlig klar.

»Na, weil jemand Schabernack getrieben hat. Wieso sonst?«

»Oh, es war übrigens eine weibliche Stimme!«, fiel dem Pfarrer ein.

»Soso, interessant, weiblich also …« Margret kratzte sich an der Nase. »Und was genau hat sie gesagt? Ich meine den Wortlaut.«

»Es klang sehr plump. Aber auch nicht allzu jung. Man kann es also nicht auf den Scherz einer Jugendlichen schieben. Das würde ich ausschließen. Der Wortlaut, lassen Sie mich überlegen. Ach ja, jetzt fällt es mir ein. Die Person hat gesagt, die Gilbert verreckt gerade und braucht im aktuellen Moment Ihre Ölung!«

Ich verzog das Gesicht.

»Was für eine komische Ausdrucksweise.«

»Allerdings!« Meine Freundin fixierte mit geschürzten Lippen einen Baum.

Dr. Hastings stand immer noch unschlüssig in der Nähe, bereit, die Stühle aufzustapeln. Er beurteilte die Situation rein medizinisch.

»Mildred Gilbert wird nicht mehr gesund werden, das steht leider fest. Doch aktuell scheint ihre Erkrankung erfreulicherweise zu stagnieren. Ich war gestern noch kurz bei ihr. Den Umständen entsprechend geht es ihr ziemlich gut. Sie wird heute ganz sicher nicht sterben und morgen auch nicht. Wir sollten daher diesen albernen Anruf abhaken und wieder an die Arbeit gehen.«

»Da haben Sie recht! Also dann, auf ans Werk, Doktor. Lassen Sie uns die Stühle zurück in die Sakristei tragen!« Mr Stonecastle öffnete die Knöpfe seiner Hemdsärmel und krempelte sie hoch. »Konzentrieren wir uns lieber auf wichtigere Dinge als auf geschmacklose Anrufe.«

»Mrs Harris hat die Kasse mit den Einnahmen übrigens auf den Tisch gestellt!« Ich nahm die wenigen Sockenpaare, die übrig geblieben waren und legte sie in einen Jutebeutel. Margret stand immer noch regungslos auf derselben Stelle und starrte jetzt in den Himmel, als könne sie etwas aus den Wolken lesen. Doch die zogen völlig unbeeindruckt und schweigend weiter.

15

»Was ist los?« Ich berührte meine Freundin sacht am Arm.

»Diese ganze Sache kommt mir doch ziemlich merkwürdig vor.«

»Welche Sache?«

»Na die mit dem Anruf. Es ergibt einfach keinen Sinn.« Margret legte ihren Zeigefinger nachdenklich ans Kinn und schürzte die Lippen.

»Ich schätze, den gibt es tatsächlich nicht. Weil es nämlich schlicht und ergreifend ein Scherz war. Nichts weiter.« Ich verstand nicht, wieso meine Freundin aus jeder Mücke immer gleich einen Elefanten machen musste. Schließlich steckte nicht hinter jeder Aktion auch ein krimineller Gedanke.

»Und wenn nicht?«

»Ach komm schon, Margret. Was sollte es denn sonst sein?« In Margrets Weltbild war alles düster und voller Verbrecher! Manchmal ging mir das ziemlich auf die Nerven. Erst neulich hatte ich in einer Frauenzeitschrift gelesen, dass man sich mit positiven Menschen umgeben soll. Und was tat meine Freundin? Sie sah Gespenster! Und zwar hinter jeder Ecke! Meine Welt war rosa, ihre schwarz.

»Mhm …«

»Du immer mit deinen negativen Gedanken! Heute ist so ein erfreulicher Tag. Lach doch einfach mal, anstatt immer alles so schwarzzusehen. Lachen ist gesund! Frag Dr. Hastings, der wird dir das bestätigen.«

Ein lautes Poltern schreckte uns auf. Es kam ganz eindeutig aus der Sakristei. Jemand schien einen Stuhl fallen gelassen zu haben. Vielleicht auch mehrere. Einen Wimpernschlag später stürmte der Pfarrer wild mit den Händen fuchtelnd aus der Hintertür über den Friedhof, als wolle er einen Schwarm Wespen vertreiben.

»Die Kasse!«, keuchte er. »Die Kasse wurde aufgebrochen! Sie ist leer! Alle Einnahmen sind weg! Gestohlen!«

Margret und ich ließen fallen, was wir gerade in unseren Händen hielten und rannten auf die Kirche zu. Wenn es darauf ankam, mutierten wir von Oldtimern zu Rennwagen.

In der Sakristei fanden wir einen sichtlich erschütterten Dr. Hastings, der apathisch auf die geöffnete Kasse starrte und unentwegt mit dem Kopf schüttelte.

»Unfassbar«, stammelte er um Worte ringend, »einfach nur unfassbar! Wie kann jemand nur so etwas tun?« Er fuhr sich mit der Hand über die Augen. Doch die furchtbare Realität ließ sich dadurch nicht wegwischen. Ich wusste nicht, was ich sagen sollte. Meine Gedanken fuhren in meinem Kopf Achterbahn. Passierte das hier gerade wirklich? Alles in mir wehrte sich gegen die Tatsache, die doch so unmissverständlich vor mir lag. Die Kasse war zerkratzt. Und sie war leer. Irgendjemand war bei dem Versuch, sie ohne Schlüssel zu öffnen, ganz offensichtlich mehrfach abgerutscht.

Der Pfarrer kehrte mit hochrotem Gesicht zurück. Im Schlepptau hatte er Graham Mitchell und Mr Mallowan, die beide noch dageblieben waren, um beim Abbau zu helfen.

Mir wurde heiß und kalt zugleich. Ein leichter Schwindel überkam mich und ich schloss für einen Moment die Augen. Die ganze Arbeit umsonst! Was würde jetzt aus dem Dachstuhl werden? Die Kirche war verloren! Wo sollten wir jetzt Geld herbekommen? Ich hörte Margrets Stimme in meinem Unterbewusstsein, die mir immer wieder sagte, dass sie nicht negativ sei, sondern einfach nur realistisch. Wie ein Mantra. Hatte sie doch recht mit ihrer Einstellung? Waren die Menschen so furchtbar? War ich einfach nur naiv und gutgläubig? Ich öffnete die Augen und warf einen Blick auf meine Freundin, die gerade dabei war, den Raum wach und rational abzuscannen. Ihrem Gesicht ließ sich keinerlei Emotion ablesen. Sachlich beurteilte sie die Situation. Im Grunde genommen war es gut, dass wenigstens eine von uns beiden die Nerven behielt.

»Ich schlage vor, dass alle möglichst an der Wand stehen bleiben, meine Herren«, kommandierte sie.

»An der Wand? Wieso?« Graham Mitchell verstand nicht. »Das ist doch nur eine aufgebrochene Kasse und kein Sprengstoff.«

Margret hob eine Augenbraue.

»Sehen Sie sich den Bodenbelag an, Mr Mitchell. Da es von dem heftigen Regen gestern überall noch ziemlich matschig ist, gibt es einige Fußspuren, die uns möglicherweise einen Hinweis liefern könnten. Vorausgesetzt, wir trampeln nicht alle kreuz und quer darüber hinweg.«

Der Dorflehrer nickte anerkennend.

»Gute Idee, Miss Miller! Diesen Rüpel werden wir entlarven. Mit uns macht er solche Späße nicht! Das kann er gleich vergessen!«

Er krempelte sich tatendurstig die Hemdsärmel hoch und stemmte dann hünenhaft die Hände in die Hüften.

»Sie glauben also, dass es ein Mann war?«

»Natürlich! War doch bestimmt ein Kraftakt! Wie sollte eine Frau das wohl schaffen?«

Mr Mitchell beugte seinen Oberkörper nach vorne, um die Geldkassette zu begutachten, ohne dabei seinen Standort zu verlassen. Überlegend rieb er sich das Kinn.

»Schaffen wohl schon, aber ist es nicht so, dass Frauen sich mit sowas gar nicht so auskennen wie Männer?«

Margret zog tadelnd eine Augenbraue hoch.

»Diese Frage ist doch wohl nicht Ihr Ernst, Mr Mitchell?«

»Na ja, ich weiß ja nicht …« Er trat von einem Fuß auf den anderen. »Frauen interessieren sich doch gar nicht für so ein mechanisches Zeugs und so.«

Ich hatte meinen ersten Schrecken überwunden und das Gefühl, unserem Schreiner eine Erklärung liefern zu müssen.

»Wissen Sie, mein Lieber, erstens gibt es sehr wohl Frauen, die sich für Mechanik, Technik und so weiter interessieren. Sie sollten da nichts verallgemeinern. Und zweitens fürchte ich, dass jeder eine solche Kassette spielend leicht knacken kann, ganz gleich, ob Mann oder Frau.« Resigniert ließ ich meine Arme baumeln, da mir allmählich die ganze Tragweite dieses Szenarios bewusst wurde. »Diese Dinger sind absolut unsicher. Man fühlt sich zwar irgendwie besser, wenn man sein Geld darin verstaut, anstatt es einfach nur in die Hosentasche zu stecken, aber wenn jemand den Inhalt entwenden möchte, ist das alles andere als ein Kunststück.«

»So ist es, Elisabeth!« Margret rieb fachkundig die Hände aneinander. »Es funktioniert beispielsweise mit einem Taschenmesser. Man muss lediglich versuchen, damit alle Kolben im Inneren des Schlosses gleichzeitig herunterzudrücken. Wenn man dann dreht und leicht hin und her wippt, geht es auf.«

»Oder man nimmt eine Büroklammer, die man auseinanderbiegt«, fügte ich hinzu. »Damit kann man ebenfalls die Kolben nach unten drücken. Allerdings braucht man dann noch einen zusätzlichen festen Gegenstand, um die Drehbewegung auszuführen. Einen kleinen Schraubendreher zum Beispiel.« Margret nickte. »Ach, wie dumm ich doch war! Ich erkläre hier groß und breit, wie man eine Geldkassette spielend leicht knacken kann. Aber ich habe es nicht für nötig gehalten, einen sichereren Aufbewahrungsort für die Einnahmen zu suchen!« Da hatten wir doch den eindeutigen Beweis für meine Naivität. Margret hatte wahrscheinlich wirklich recht mit ihrer skeptischen Grundeinstellung.

»Der Herr möge der armen Seele gnädig sein, die das hier verbrochen hat.« Mr Stonecastle faltete seine Hände. »Er möge ihr in seiner großen Güte verzeihen und sie auf den rechten Weg zurückführen.«

Graham Mitchell sah ihn unverwandt an.

»Der Herr kann meinetwegen gnädig sein, mein Lieber! Ich bin es ganz sicher nicht. Wenn ich diesen Langfinger in die Hände bekomme, mache ich Hackfleisch aus ihm!« Er verschränkte seine Finger und ließ sie knacken. Ein furchtbares Geräusch! Ich verzog unwillkürlich das Gesicht.

Margret bückte sich, um näher am Fußboden zu sein. Fachkundig blinzelte sie über ihre runden Brillengläser.

»Oder aus ihr …«

»Na ja, bei einer Frau denke ich mir dann vielleicht etwas harmloseres als Hackfleisch aus. Aber Diebstahl und Unehrlichkeit kann ich nicht leiden! Da gibt es für mich auch keine Entschuldigung! So etwas lassen wir hier in Rosefield nicht mit uns machen!«

»Genauso sieht es aus, Mitchell! Ich bemühe mich bei jedem neuen Jahrgang, Werte zu vermitteln und den Kindern zu zeigen, was richtig ist und was falsch«, polterte der Dorflehrer. »Frustrierend, wenn man dann so etwas sieht! War ja wahrscheinlich einer meiner ehemaligen Schüler. Ich übe den Beruf ja schon ein paar Tage aus, möchte ich meinen.«

»Wir haben hier die Fußspuren von Doktor Hastings und Mr Stonecastle, sehen Sie?« Margret deutete mit ihrem Brillenbügel auf eine Reihe recht großer Abdrücke.

Dr. Hastings hob einen Fuß und begutachtete die Sohle.

»Stimmt, der da drüben zum Beispiel ist von mir. Ich habe ein ziemlich grobes Profil, leicht zu erkennen. Und Mr Stonecastle hat riesengroße Füße, auch sehr deutlich auszumachen, sehen Sie, Herr Pfarrer? Der dort ist von Ihnen und der daneben auch.«

»Ja, da stimme ich Ihnen zu, Doktor. Ich habe ja auch Schuhgröße 46. Gar nicht so einfach, Schuhe zu bekommen. Ich fahre immer in ein bestimmtes Geschäft in London.«

»Aber es gibt noch weitere Spuren, alle wesentlich kleiner.« Margret berührte jetzt beinahe mit ihrer Nase den Boden. Bewundernd stellte ich fest, dass sie noch ganz schön gelenkig war für ihr Alter. Ich käme aus dem Stand ganz sicher nicht so weit runter.

»Wer war heute in dieser Sakristei, Herr Pfarrer?«

»Na, der Doktor und ich. Und dann vermutlich auch Mrs Harris, wenn Sie sagen, dass sie die Kasse hier abgestellt hat, nicht wahr? Gütiger Himmel, Sie glauben doch nicht, dass Evelyn Harris das Geld entwendet hat, oder? Miss Miller?«

»Ich glaube gar nichts, aber wir dürfen nichts außer Acht lassen.«

»Aber sieh doch nur, Margret, da gibt es verschiedene Abdrücke!« Ich zeigte auf eine Spur mit einem offenbar kleinen Absatz. »Mrs Harris hatte Stiefel ohne Absätze an, das weiß ich genau. Sie waren so hoch, dass man nichts von den Beinen sehen konnte. Der Rand des Strickkleids fiel über die Stiefel.«

»Doch, man konnte die Beine sehen, Elisabeth. Als sie vorhin gegangen ist, habe ich nämlich sofort gedacht, dass mir diese Kleidung an ihrer Stelle heute Abend zu kühl wäre, selbst wenn wir bei Frühling immer dazu tendieren, die Sommerkleidung auszupacken und uns auf einem Liegestuhl auszubreiten.«

»Wirklich? Na ja, wenn du meinst. Aber es waren jedenfalls Stiefel. Also sind diese Spuren von einer anderen Person.«

Dr. Hastings wies mit seinem Kinn auf einen weiteren Abdruck.

»Die Fußspur da drüben ist aber noch mal anders, würde ich sagen. Sehen Sie? Da hinten! Ich würde ja hingehen und sie Ihnen zeigen, doch ich möchte nichts verwischen auf dem Boden.«

»Donnerwetter, Sie haben recht, Doktor!« Graham Mitchell nickte anerkennend. »Also gibt es fünf verschiedene Spuren. Und eine gehört zum Dieb!« Er war sichtlich stolz auf seine Zusammenfassung. »Na schön, oder zur Diebin.«

»Ich habe wirklich nichts damit zu tun!«, wehrte Dr. Hastings händefuchtelnd ab.

»Natürlich nicht, mein Lieber, beruhigen Sie sich.« Ich strich ihm über den Arm. »Niemand käme je auf die Idee, Sie zu verdächtigen.«

»Also gut, wenn wir den Pfarrer und den Doktor ausschließen, bleiben noch drei Spuren.«

Margrets Augen blitzten. Sie war voll in ihrem Element.

»Da wären die Stiefel von Mrs Harris, vermutlich diese hier. Dann gibt es die Schuhe mit dem Absatz und dann noch die dritte Sorte dort drüben, etwas kleiner als die anderen.«

Mr Mitchell stemmte die Hände in die Hüften.

»Schön, aber was bringt uns das denn jetzt? Es könnten alles Frauenspuren sein, aber genauso gibt es Männer mit kleinen Füßen.«

Ich pflichtete ihm bei.

»Da ist was dran. Margret, was meinst du?«

»Mhm!«

Mir kam eine Idee.

»Sollen wir vielleicht zu Evelyn Harris gehen und ihr den Mantel bringen, den sie vergessen hat? Vielleicht können wir mit ihr sprechen.«

Margret starrte auf den Fußboden.

»Hier stimmt etwas nicht.«

»Natürlich nicht. Das Geld ist weg.«

»Das meine ich nicht, Elisabeth. Es ist etwas anderes. Es macht keinen Sinn …«

»Ein Diebstahl macht für einen ehrlichen Menschen vermutlich niemals Sinn.«

Sie schnippte mit den Fingern. Ein Zeichen dafür, dass sie eine Entscheidung getroffen hatte.

»Also gut, wir gehen zu Mrs Harris. Sollte uns das nicht weiterbringen, bitten wir Lucy, Constable Dale zu holen. Vielleicht kann er uns helfen. Ich möchte nicht gleich Sergeant Willis mit dieser Angelegenheit behelligen.«

»Nicht?« Der Pfarrer war anderer Meinung. »Aber das hier ist doch ein eindeutiger Diebstahl. Da muss die Polizei her!«

»Ich sehe das auch so!«, pflichtete Graham Mitchell bei und nickte abschätzend mit runtergezogenen Mundwinkeln. »Die Person muss zur Rechenschaft gezogen werden und jeden Penny zurückzahlen! Wo kämen wir denn da hin, wenn hier jeder einfach machen könnte, was er will, und unser Pfarrer lediglich um die Gnade Gottes bittet?«

Mr Stonecastle ließ betreten die Schultern hängen.

»Aber die Gnade unseres Herrn ...«

»Ich sage ja gar nicht, dass Sie nicht grundsätzlich recht haben«, fuhr Margret dazwischen. »Ein Diebstahl ist eine Straftat, ohne Frage. Aber solange wir nicht wissen, was Evelyn Harris damit zu tun hat, würde ich gerne zuerst mit ihr persönlich sprechen, wenn sie nichts dagegen haben. Vielleicht hat sie ja auch etwas gesehen und kann uns irgendeinen Hinweis geben.«

Mr Mallowan blieb skeptisch.

»Wenn Sie meinen. Ich finde ja, dass dadurch unnötig Zeit verloren geht. Vielleicht war Sie es tatsächlich selbst. Man mag es zwar kaum glauben, aber könnte doch sein. Und je länger wir hier herumtrödeln, umso mehr Gelegenheit hat sie, ihre Spuren zu verwischen und das Geld irgendwo zu verstecken.«

»Ich gehe jetzt sofort mit Elisabeth bei Mrs Harris vorbei. Versprochen. Danach können wir meinetwegen die Polizei verständigen.«

Ich nickte eifrig. Der Lehrer brummte. Dabei ließ sich nicht exakt feststellen, ob es sich um ein zustimmendes oder ein abfälliges Brummen handelte. Aber auch wenn Mr Mallowan und Graham Mitchell nicht unserer Ansicht waren – mir widerstrebte es, Evelyn ohne die Kenntnis von Hintergrundinformationen gleich die Polizei auf den Hals zu hetzen. Das kam mir irgendwie schäbig vor. Zumal ich mir absolut nicht vorstellen konnte, dass sie etwas mit dem verschwundenen Geld zu tun haben könnte. Wir setzen uns den Herren gegenüber durch, die zwar skeptisch blieben, aber schließlich damit einverstanden waren, unserer Blumenladenbesitzerin zumindest die Möglichkeit zu geben, sich vorab zu erklären. Das verdankten wir Dr. Hastings, der sich nach anfänglicher Neutralität auf unsere Seite stellte.

Etwa eine halbe Stunde später standen wir vor dem Haus von Evelyn und Gordon Harris. Der Lieferwagen parkte noch voll bepackt in der Einfahrt und versperrte zum Teil den Weg zur Haustür. Margert warf einen Blick hinein und runzelte die Stirn.

»Was ist los?«, erkundigte ich mich.

»Ich weiß es noch nicht. Lass uns klingeln.«

Mr Harris öffnete die Tür. Wir überreichten ihm den Mantel. Er rief nach seiner Frau, doch es kam keine Antwort.

»Seltsam, sie müsste doch längst hier sein«, wunderte er sich. Doch das war sie nicht. Ihre Schuhe standen nicht im Flur und ihre Handtasche hing auch nicht wie gewohnt am Haken. Evelyn Harris war nie zu Hause angekommen. Sie war verschwunden …

16

Nun, Patrick, was sagen Sie zu der ganzen Geschichte?«

Margret hatte dem Constable alle Details dieses ungewöhnlichen Tages geschildert und sah ihn nun so gespannt an, als verkünde er in wenigen Sekunden das Siegerpferd der Royal Ascot Rennwoche. Wir saßen um unseren Esstisch herum. In der Mitte brannte eine Kerze, deren Flackern dem Raum eine leicht mystische Atmosphäre verlieh. Lucy schenkte Brandy ein. Die Flamme ließ die braune Flüssigkeit glitzern. Es war schon ziemlich spät, beinahe Mitternacht.

»Tja, das ist alles ziemlich undurchsichtig. Schwer vorstellbar, dass jemand aus Rosefield die Einnahmen einfach so entwendet haben soll. Schon gar nicht Mrs Harris.« Patrick trommelte mit den Fingerkuppen gegen sein Glas und blickte müde auf die Tischplatte. Er gähnte.

»Ist das alles?« Margret zog verachtend die Augenbrauen hoch. »Patrick, Sie enttäuschen mich! Etwas mehr Phantasie, wenn ich bitten darf! Strengen Sie Ihre grauen Zellen an!«

»Würde ich ja, aber ich war schließlich nicht dabei. Und heute ist es zu spät, um sich ein genaues Bild der Lage zu machen. Im Dunkeln werden wir schwerlich irgendwelche Anhaltspunkte finden.« Constable Dale hob entschuldigend die Arme. »Ich schlage vor, dass wir uns morgen eingehend mit der Sachlage beschäftigen. Dann sind wir alle ausgeruht und haben mehr Energie als heute. Mein Akku ist jedenfalls auf dem Tiefpunkt.«

Ich nippte an meinem Glas und Lucy kaute nachdenklich auf ihrer Unterlippe.

»Man traut es Mrs Harris einfach nicht zu, oder? Zumindest ich traue es ihr nicht zu. Sie ist doch immer so nett und eher zurückhaltend. Dennoch ist sie verschwunden, ob man es nun glauben möchte oder nicht.«

»Ja, leider ist sie das.« Ich seufzte. »Es ist einfach nur deprimierend. Und es gibt auch keine Erklärung. Zumindest keine akzeptable.«

»Wo mag sie nur sein? Es hat ja tatsächlich den Anschein, dass sie sich mit dem Geld aus dem Staub gemacht hat, nicht wahr? Wieso sollte sie sonst von der Bildfläche verschwinden?«

»Ja, mein Schatz, das könnte man meinen.« Der Constable strich ihr liebevoll über den Rücken und gähnte erneut. »Himmel, ist das spät geworden. Zeit fürs Bett! Morgen ist auch noch ein Tag!«

Ich dachte über das nach, was Lucy gerade gesagt hatte und schüttelte entschieden den Kopf.

»Nein, sie war es auf keinen Fall! Sie würde nie so etwas tun!«

»Es haben schon ganz andere Menschen weitaus schlimmere Verbrechen begangen, von denen niemals jemand etwas Derartiges für möglich gehalten hätte, Elisabeth!« Margret hatte wieder ihren Gouvernanten-Tonfall angeschlagen und schielte wichtig über ihren oberen Brillenrand. »Da war vor Jahren dieser Fall drüben in Candleham, wo Mrs Sniff sich regelmäßig an der Spendendose des Sportvereins bediente. Ihr Mann war nämlich für die wöchentliche Leerung zuständig. Ich sage es immer wieder, die Abgründe der menschlichen Natur …«

»Ich weiß, ich weiß. Sie sind tiefer als der Meeresgrund.«

»Exakt! Du solltest dich damit abfinden, Elisabeth. Du bist zu gutgläubig!«

»Aber Margret, ich bitte dich! Warum sollte Evelyn so etwas tun? Das hat sie doch gar nicht nötig. Und schon gar nicht bei so einem Betrag. Ich meine, die Kasse war zwar voll, aber wie weit kommt man damit schon?«

»Glaubst du etwa, Mrs Sniff hätte es nötig gehabt? Manchmal geht es um andere Dinge. Um eine Art von Bestätigung, um einen Zwang oder was auch immer.«

»Vielleicht leidet Mrs Harris an Kleptomanie!«, warf Lucy ein. »So etwas kommt häufiger vor, als man meinen möchte. Da war neulich ein Artikel in den *Kent News*. Die meisten reden einfach nicht darüber. Die Dunkelziffer ist angeblich riesig!«

»Das kann ich mir nicht vorstellen! Evelyn eine Kleptomanin? Nein!« Ich verschränkte entschieden die Arme. Mrs Harris war keine Diebin und würde auch nie eine sein! Ausgeschlossen! »Sie kam doch freudestrahlend mit den Einnahmen zu uns. Und dann hat sie mir stolz vorgeführt, wie schwer die Kasse ist. Hätte sie das etwa gemacht, wenn sie die Absicht gehabt hätte, das Geld zu stehlen? Nein, nein! Evelyn Harris ist absolut zuverlässig. Gutgläubig hin oder her, ich lasse nichts auf sie kommen!« Entschieden schlug ich mit der flachen Hand auf die Tischplatte. »Sie brachte die Kasse definitiv in die Sakristei. Wir vereinbarten doch sogar noch, dass sie die Geldkassette auf den Tisch stellen sollte. Wer etwas im Schilde führt, geht ja wohl unauffälliger vor, oder etwa nicht?« Ich blickte auffordernd in die Runde. »Sie war die Letzte, die mit dem Geld gesehen wurde. Also ist es doch logisch, dass der Verdacht sofort auf sie fallen würde! Das wäre wirklich dämlich. Sie ist eine intelligente Frau, die mit Bravour ein Geschäft leitet. So einen stümperhaften Fehler würde sie niemals begehen. Das wäre doch viel zu offensichtlich!«

»Vielleicht war es ja Taktik!« Constable Dale zog unwissend die Schultern hoch. »Weil sie genau weiß, dass jeder von uns so denkt, wie Sie es jetzt gerade tun, Mrs Wilson. Das wäre dann wiederum ziemlich schlau.«

Margret runzelte die Stirn.

»Die eigentliche Frage ist doch, was sie die ganze Zeit gemacht hat.«

»Wie, was sie gemacht hat? Sie hat die Geldkassette auf den Tisch in der Sakristei gestellt. Das wissen wir doch.« Ich konnte Margret nicht folgen.

»Na, wenn man einfach nur die Kasse in die Sakristei bringt und anschließend durch die Hintertür wieder hinaus geht, dauert das maximal eine Minute. Evelyn Harris war aber erst nach mehreren Minuten wieder zu sehen. Genug Zeit, um die Kassette aufzubrechen und das Geld an sich zu nehmen. Es sei denn …«

»Was?«

»Haben wir noch Tapete?«

»Du willst doch wohl nicht wieder anfangen, eine Tapetenrolle vollzukritzeln? Ich weiß nie, wo ich hier noch hintreten soll, wenn du sie wie Auslegware quer durchs Wohnzimmer rollst! Das hier ist schließlich kein Ballsaal.«

Margret neigte zu dieser Methode, wenn sie das Gefühl hatte, ihre Gedanken sortieren zu müssen. Ich konnte in ihren Pfeilen und Strichmenschen grundsätzlich keine Ordnung erkennen. Was ich aber sehr wohl bemerkte, war die Tatsache, dass dann im Wohnzimmer absolutes Chaos herrschte. Aber ihr schien es zu helfen, alles, was ihr in den Sinn kam, auf Papier zu malen, zu schreiben und zu kleben. Schon war sie verschwunden, um nach einem entsprechenden Reststück zu suchen. Lucy erhob sich seufzend und kam mit einer Auswahl an Filzstiften und Textmarkern zurück. Sie wusste, dass Margret sie ohnehin spätestens in zwei Minuten darum bitten würde. Ich fand diesen Aufwand ziemlich übertrieben. Schließlich hatten wir es hier nicht mit Mord oder Totschlag zu tun, wenn auch der Diebstahl der Basareinnahmen mich persönlich kaum weniger schmerzte. Mit zufriedenem Gesichtsausdruck kehrte meine Freundin wenig später zurück. Ich beäugte sie misstrauisch.

»Denkst du wirklich, das ist nötig? Vielleicht finden wir den Übeltäter auch ohne deine Zeichenstunde. Und wenn du schon Notizen machen musst, dann nimm doch einfach ein normales Blatt Papier und setz dich an den Tisch.«

Es fiel mir schwer, einen leicht gereizten Unterton zu vermeiden. Am liebsten wäre ich einfach ins Bett gegangen, hätte mir die Decke über den Kopf gezogen und so getan, als wäre das alles nie passiert. Margret ignorierte meinen Einwand.

»Ich habe noch etwas von der Küchentapete gefunden. Darauf sind zwar Blüten, aber wir nehmen einfach die Rückseite.«

Gedankenverloren griff sie nach den Stiften, die Lucy ihr schweigend hinhielt und ließ sich auf den Boden sinken. Ihr dunkelgrauer Rock spannte sich über ihre Strumpfhose, als sie sich hinkniete. Ich hatte kurz die Befürchtung, dass er reißen könnte. Schließlich war er wie fast alles in Margrets Kleiderschrank etwas in die Jahre gekommen, doch er erwies sich als erstaunlich robust und passte sich damit seiner Trägerin an. Auf allen Vieren über den Teppich kriechend, murmelte Margret mit einem Marker zwischen den Zähnen vor sich hin.

»Mhm, fünf Minuten … und Stiefel …«

»Wie bitte?«

»Locken!«

Ich schloss die Augen und atmete hörbar ein und aus.

»Locken?« Manchmal fiel es mir wirklich schwer, bei meiner Freundin die Beherrschung zu wahren. Zwar amüsierten mich ihre Wortfetzen sogar hin und wieder, aber in Momenten wie diesen führten sie bei mir zu einem besonders schnellen Abbrennen der Zündschnur!

»Und dieser zufriedene Gesichtsausdruck!« Margret nahm den Marker aus ihrem Mund, öffnete ihn und ließ ihn quietschend über die Tapete gleiten.

»Herzallerliebste Margret« bemerkte ich pikiert und um Fassung bemüht, »niemand hier kann dir folgen. Es wäre überaus freundlich, wenn du uns erklären könntest, was du meinst.«

Keine Antwort. Zutiefst genervt lehnte ich mich zurück und rollte die Augen zur Decke. »Lucy, verstehst du das?«

»Was genau, Mrs Wilson?«

»Na, diese Halbweisheiten und all das hier.« Ich machte eine ausladende Handbewegung in Richtung Tapete. Sie schüttelte müde mit dem Kopf.

»Nein, nicht wirklich. Patrick? Weißt du, wovon sie spricht?«

Mr Dale grinste.

»Sie scheinen wieder einmal voll in Ihrem Element zu sein, Miss Miller. Wenn Sie dabei so erfolgreich sind wie beim letzten Mal, soll es mir recht sein. Lassen Sie sich also nicht stören.« Er trank sein Glas mit einem Schluck aus. »Allerdings ist die Schwere des Verbrechens hier nicht annähernd so groß, möchte man meinen. Es ist schließlich nur ein Diebstahl, nicht wahr?«

»Wenn es sich um einen gewöhnlichen Diebstahl handeln würde, könnte ich Ihnen zustimmen. Aber es handelt sich um die Basareinnahmen. Und das ist verheerend!« Ich schlug die Hände vor mein Gesicht. Meine Nerven hielten der Situation nicht mehr stand. »Die viele Arbeit jedes Einzelnen! Alles umsonst!« Ich dachte an all die Helfer, insbesondere an Dr. Hastings. Bestimmt war er jetzt enttäuscht von meiner Unfähigkeit. »Ich hätte besser aufpassen müssen! Es ist alles meine Schuld! Elvira Shaw hatte recht! Ich war der Sache nicht gewachsen! Ich habe das Geld allein in einer unsicheren Kasse in der Sakristei gelassen! Ich meine, wie dämlich bin ich eigentlich?«

»Es war nicht allein. Das Geld meine ich. Mrs Harris war doch da!«, tröstete Mr Dale. »Sie dachten doch, es wäre bei ihr in guten Händen.«

»Lieb von Ihnen, Patrick, aber wenn rein die Fakten betrachtet werden, muss man leider zugeben, dass Evelyn Harris die Hauptverdächtige ist. Auch wenn das nicht meine persönliche Meinung ist. Das kann man drehen und wenden, wie man will.« Ich schüttelte in vollkommener Resignation den Kopf. »Und ich habe sie damit beauftragt, die Einnahmen an den Ständen einzusammeln. Ich hätte mich selbst darum kümmern müssen. Aber nein, ich gab die wichtigste Aufgabe von allen ab! Und nun haben wir den Salat!«

»Aber das konnten Sie ja nicht ahnen, Mrs Wilson. Niemand in Rosefield wäre auf den absurden Gedanken gekommen, dass jemand das Geld stehlen könnte. Machen Sie sich nicht selbst schlecht! Sie haben die Organisationsarbeit perfekt gemeistert!«

Ich schenkte ihm ein dankbares Lächeln, auch wenn ich nicht überzeugt von seinen Worten war. Ich fühlte mich schuldig. Schuldig im Sinne der Anklage von Miss Shaw! Daran konnte kein noch so gut gemeinter Zuspruch etwas ändern.

»Ich habe es vermasselt! Ist einfach so! Wo ist der Brandy?« Ich hatte die Flasche schon geöffnet, als ich mich eines Besseren besann. Alkohol war schließlich auch keine Lösung. Und einen Kater konnte ich nicht gebrauchen.

»Mir ist das Ganze wirklich schleierhaft, Patrick.« Lucy nahm seine Hand in die ihre. »Ich meine, wenn jemand wirklich so arm ist, dass er nicht weiß, wovon er sich seine nächste Mahlzeit kaufen soll, dann könnte ich ja wenigstens noch das Motiv nachvollziehen.« Sie runzelte überlegend die Stirn. »Aber die Gärtnerei geht gut, wie wir nun schon mehrfach festgestellt haben. Ständig ist der Laden voll. Manchmal stehen Leute sogar auf der Straße und warten darauf, dass sie rein können. Das habe ich in den letzten Tagen ständig beobachtet. Der Laden brummt!«

»Vor allem aktuell, da Mrs Bennett täglich Unmengen an Blumen bestellt!«, ergänzte ich matt.

»Ach, da muss ich ja morgen auch noch hin, fällt mir gerade ein.« Der Constable fuhr sich mit der freien Hand über das Gesicht. Seine Augen waren leicht gerötet. »Oh nein, das hatte ich tatsächlich völlig vergessen.«

»Zu den Bennetts?« Margret horchte auf.

»Ja, Mrs Bennett behauptet, die Angestellten hätten ihren Mann ermordet. Aber das wissen Sie nicht von mir, verstanden?«

»Natürlich nicht!« Ich legte verschwörerisch den Zeigefinger auf meine Lippen.

»Sie hat wohl Gott und die Welt angerufen, um das zu melden. Sogar bei Inspector Brown in London ist sie gelandet. Der hat den Auftrag dann an mich weitergegeben. So etwas macht der nicht selber! Dazu ist er sich zu fein!«

Patrick Dale starrte missmutig auf den Teppich. Margret raffte sich umständlich vom Boden hoch.

»Vielleicht ist es besser, wenn dieser Zwockel nicht persönlich zu Mrs Bennett fährt. Mich wundert nur, dass es jetzt schon die Angestellten sind. Als Elisabeth und ich bei Mrs Bennett waren, hatte sie nur Gladys Price im Verdacht.« Sie klopfte sich die Beine ab.

»Wer ist Gladys Price?«

»Die Haushaltshilfe.«

»Und wen gibt es sonst noch?«

»Wir haben nur Stanford gesehen.«

»Und wer ist das nun wieder?«

»Eine Art Hausmeister und Gärtner in einer Person. Ach ja, und es gibt noch einen unfähigen Koch.«

Patrick lachte schallend und ich zuckte aufgrund der plötzlichen Lautstärke zusammen.

»Ein unfähiger Koch? Also so etwas habe ich noch nie gehört.«

»Na ja, zumindest behauptet Stanford, dass seine Gerichte ungenießbar sind.«

»Ein Koch, der nicht kochen kann. Das ist wirklich witzig. Stellt euch vor, Graham Mitchell könnte keinen Nagel gerade in Holz schlagen, Mr Mallowan wäre ein Kinderhasser und Mrs Lewis würde den Faden nicht ins Nadelöhr bekommen.« Er schlug sich auf den Oberschenkel. »Sorry, Leute, aber das ist echt albern.«

»Dann hätten wohl alle ihren Beruf verfehlt«, räumte ich ein. »Aber vielleicht sind die Kochkünste dieses Mannes ja gar nicht so unterirdisch. Möglicherweise hat der gute Mr Wilmot einfach eine Abneigung gegen seine Person und kann ihn schlicht und ergreifend nicht leiden.«

Margret riss die Augen auf und starrte in die Lampe über dem Esstisch.

»Plan B! Was ist Plan B? Die Königin der Nacht …«

»Wie bitte?« Lucy fuhr erschrocken herum, da die Stimme meiner Freundin lauter aus ihr herausgedrungen war, als wir es von ihr gewohnt waren. Ich fand beruhigende Worte.

»Alles in Ordnung, Schätzchen. Margret befindet sich lediglich mal wieder in anderen Sphären. Man erkennt es an dem glasigen Blick.«

»Verstehe!«

Patrick Dale blickte ebenfalls unverwandt auf den Fußboden, über den meine geistig abwesende Mitbewohnerin nun wieder murmelnd kroch und das Wort »Nachricht« auf die Tapete kritzelte.

Ich beschloss, dass jeder Versuch, ihren Gedankengängen zu folgen, zwecklos war und berichtete Patrick stattdessen in kurzen Umrissen den Verlauf unseres Besuchs bei Mrs Bennett, um ihn bei seinem bevorstehenden Termin dort nicht ins offene Messer rennen zu lassen.

»Na, das kann ja heiter werden.« Er verzog gequält das Gesicht. »Ein Grund mehr, jetzt ins Bett zu gehen. Ich sollte ausgeschlafen sein. Vielleicht kann ich Sergeant Willis bitten, mich zu begleiten.« Schwungvoll erhob er sich und streckte mir die Hand zum Abschied entgegen.

»Sergeant Willis!«, plärrte Margret vom Fußboden und ließ uns zusammenzucken. »Das ist es! Ich meine, wieso?«

»Wie bitte?« Patrick Dale wandte sich verwirrt um.

»Übernachten Sie doch gerne hier bei uns!«, bot ich freigiebig an und warf ihm einen besänftigenden Blick zu. »Wozu denn jetzt noch durch die Gegend fahren?«

Lucys Gesicht hellte sich so sehr auf, als hätte jemand eine Lampe in ihrem Kopf angeknipst.

»Da sage ich nicht nein!« Patrick gähnte. »Aber was meinte denn Miss Miller gerade? Ich verstehe nicht ganz …«

»Graham Mitchell!«, erklang es vom Teppich.

Ich winkte ab.

»Ach, lassen Sie sie in ihren Sphären. Sie da jetzt rauszuholen, hat sowieso keinen Zweck. Und mir ist es jetzt ehrlich gesagt auch langsam egal. Früher oder später wird sie uns informieren. Das war bisher immer so. Für heute haben wir glaube ich alle genug!«

Wir räumten gemeinsam die Gläser in die Küche und wünschten uns eine gute Nacht. Als ich gerade die Treppe zu meinem Schlafzimmer hinaufsteigen wollte, hielt mich Margret, die überraschend plötzlich wieder in der Realität angekommen war, am Ärmel fest.

»Du hast doch noch einen Schlüssel von der Kirche, oder?«

Mir schwante Schlimmes.

»Ja, wieso?« Meine Worte kamen zögernd und ich war auch nicht sicher, ob ich die Antwort auf diese Frage wirklich hören wollte.

»Ist auch ein Schlüssel für die Sakristei dabei?«

Mein Schnaufen ließ den angestauten Unmut des ganzen Abends heraus.

»Was hast du vor, Margret Miller?«

»Nun, ich bin nicht der Meinung, dass man im Dunkeln nichts mehr herausfinden kann.«

»Du willst doch wohl nicht etwa jetzt noch …«

Noch ehe ich den Satz beendet hatte, wusste ich, was Margret sagen würde.

»Oh doch, meine Liebe. Genau das will ich!«

17

Das kann unmöglich dein Ernst sein!« Ich verschränkte entrüstet die Arme, entschlossen, erbitterten Widerstand zu leisten. Manchmal ketteten sich doch Menschen aus Protest irgendwo an. Ich könnte es mit dem Treppengeländer versuchen, oder doch lieber mit dem Bettpfosten. Dann könnte ich wenigstens schlafen.

»Es ist sogar mein voller Ernst! Und du wirst mich begleiten! Schließlich bist du die Hüterin der Schlüssel für die heiligen Hallen.«

»Nein, nein und nochmals nein! Ich bleibe hier und gehe ins Bett! Und du solltest das auch tun!«

»Tu, was du nicht lassen kannst. Allerdings werde ich gehen und ich schätze, du wirst nach der Geschichte mit der Kasse niemandem mehr einfach so etwas in die Hand drücken, für das du die Verantwortung trägst, oder? Sollte ich mich irren, kannst du mir die Schlüssel aber auch gerne geben, wenn dir das lieber ist.«

Ich schloss für eine Sekunde die Augen.

»Hast du mal auf die Uhr geschaut?«

»Papperlapapp! Wen interessiert die Uhr?«

»Mich!«

»Ich habe doch gesagt, dass ich alleine gehe. Kein Problem. Geh ruhig ins Bett.« Margret zuckte mit den Achseln.

»Grundgütiger! Ist es jemals jemandem gelungen, dich von einem Plan abzubringen? Dein Kopf ist härter als die Schale einer Kokosnuss!« Ich war wütend. Und ich wollte einfach nur ins Bett. Aber ich konnte sie auch nicht in der Dunkelheit allein durch die Gegend geistern lassen. »Also schön, du hast gewonnen. Ich komme.«

»Nimm deinen Mantel und deinen Schal, Elisabeth Wilson. Es ist kühl heute Nacht!«

Meinen theatralischen Seufzer hörte sie nicht mehr, denn sie stand bereits an der Haustür. Margret war stur wie ein Holzklotz! Ich wusste, sie würde auf jeden Fall gehen. Auch ohne mich. Wenn ich ihr den Schlüssel für die Sakristei nicht geben würde, wäre das für sie absolut kein Hinderungsgrund. Ihr würde etwas einfallen, da war ich mir sicher. So wie ihr immer etwas einfiel. Missmutig nahm ich meinen Schal vom Haken und schlüpfte in meinen Mantel. Meine Laune sank bis in das tiefste Kellerloch. Warum tat ich das?

»Muss das denn unbedingt jetzt sein? Morgen ist doch auch noch ein Tag!«, maulte ich, als wir unser Gartentürchen hinter uns schlossen.

»Ja, es muss sein. Und nun verplempere deine Energie nicht mit Gejammer. Du wirst sie vielleicht noch brauchen.«

Es war nicht mehr zu hören als unsere eigenen Schritte auf dem Kopfsteinpflaster. Es war Vollmond. Nebelschwaden zogen sich über die entlegenen Felder wie langgezogene Watte. Feuchtigkeit kroch unter meinen Mantel und ließ mich frösteln. Eine Locke klebte an meiner Stirn. Margret kümmerte das alles nicht. Sie marschierte forschen Schrittes die Hauptstraße hinunter. Irgendwo schrie ein Käuzchen. Ich hätte in meinem gemütlichen Bett liegen können.

Mit einer Wärmflasche und einer Tasse Tee, die Decke bis zur Nasenspitze hochgezogen. Stattdessen stapfte ich durch die Kühle dieser Nacht. Müde, fröstelnd und vor allem genervt! Aber Margret hatte ein Ziel vor Augen. Darauf lag ihr Fokus. Alles andere wurde ausgeblendet.

»Komm schon, Elisabeth, trödle nicht so!«

»Hetz mich doch nicht! Du hast vorhin selbst gesagt, dass die Uhrzeit egal ist. Dann ist es auch nicht wichtig, wie schnell wir ankommen. Sei froh, dass ich dich begleite. Spaß macht mir das definitiv nicht!« Meine Worte kamen patziger aus mir heraus, als ich es beabsichtigt hatte, denn wenn ich es mir genau überlegte, tat Margret das Ganze ja auch für mich. Ich hatte zwar so wenig Antrieb wie ein Auto ohne Treibstoff, aber Margrets gute Absicht lag ja immerhin darin, herauszufinden, was mit den Einnahmen geschehen war.

»Hier stimmt etwas nicht. Ich spüre es in all meinen Gliedern.«

»Das ist mir auch klar! Schließlich wurde eine Menge Geld geklaut. Zumindest denke ich, dass es eine Menge war. Ich kam ja nicht einmal dazu, es zu zählen.«

»Sie hatte so einen zufriedenen Gesichtsausdruck.«

»Wer?«

»Na, Mrs Harris!«

»Natürlich hatte sie das. Bei so viel Geld. Der Basar hat sich gelohnt, besonders für eine Person.«

Ich schnaubte verächtlich bei diesem Gedanken. Trotzdem wehrte sich alles in mir bei dem Gedanken, dass Evelyn Harris diese eine Person gewesen sein sollte. Margret war aus mir unerfindlichen Gründen offensichtlich inzwischen zu derselben Überzeugung gelangt.

»Sie war es nicht!« Sie nickte entschieden, was mich doch sehr überraschte. »Auf keinen Fall!«

»Natürlich war sie es nicht. Mich wundert nur, dass du plötzlich dieser Überzeugung bist. Warst du nicht diejenige, die mir erzählt hat, dass schon ganz andere Menschen ganz andere Verbrechen begangen haben und dass …«

»Niemand, der einen Diebstahl begehen will, sieht so zufrieden und entspannt aus. Und dann waren da ja auch noch ihre Locken.«

»Wie, ihre Locken?«

»Sie war doch gerade erst bei Mrs Gibson gewesen, oder nicht? Das hatte sie doch erzählt!«

»Und?«

»Als sie kam, war sie ziemlich perfekt frisiert, soweit ich das beurteilen kann.«

»Oh ja, sie sah sehr hübsch aus. Sogar am Abend noch. Ich muss unbedingt Mrs Gibson fragen, wie sie das gemacht hat. Die Haare saßen den ganzen Tag wie eine Eins! Vielleicht hat sie ein neues Haarspray verwendet.«

»Aber als Evelyn die Sakristei verließ, war die Frisur einigermaßen im Eimer, findest du nicht auch? Da baumelten die Locken nämlich plötzlich bis zu den Schultern herunter.«

»Wirklich?« Ich runzelte die Stirn. »Das habe ich gar nicht bemerkt. Wie ungewöhnlich, dass dir eine veränderte Frisur auffällt und mir nicht. Ich habe in dem Moment irgendwie nur an den Mantel gedacht, den sie vergessen hatte.« Dann kam mir eine Idee. »Vielleicht ist ihr etwas runtergefallen und beim Bücken ist ihre Frisur durcheinandergeraten.«

»Aber hatte sie ihr Haar nicht auch kürzer schneiden lassen?«

»Stimmt, das hatte sie gesagt. Und es war ja auch nicht zu übersehen. Ich finde, dass ihr die kürzeren Haare super stehen.«

»Und wie können sie dann plötzlich wieder länger werden?«

»Das können sie natürlich nicht. Locken hängen sich höchstens aus, sodass es dann vielleicht so wirkt, als wäre das Haar länger.«

Margret war nicht überzeugt.

»Und dann der Mantel. Das ist der nächste Punkt. Wieso hat sie vergessen, ihn zu holen? Sie wusste doch, dass er bei Mr Mallowan im Stand liegt.«

»Keine Ahnung. Kann doch mal passieren.«

»Aber es war schon ziemlich abgekühlt. War ihr nicht kalt?«

»Woher soll ich das wissen?«

»Und dann die Stiefel.«

»Was soll mit denen gewesen sein?« Ich rollte die Augen gen Himmel.

»Ihr Strickkleid hing den ganzen Tag lang bis über den Rand der Stiefel, aber später auf dem Friedhof sah man ein Stück der Beine.«

»Aber sie hat doch nicht die Stiefel gewechselt! Das Kleid ist bestimmt einfach hochgerutscht.«

»Mhm!«

»Also Margret, ich weiß wirklich nicht, worauf du schon wieder hinauswillst!«

»Ihr Gang war auch anders als sonst. Normalerweise trampelt sie wie ein Elefant und löst bei jedem Schritt ein Erdbeben aus.«

»Margret!«

»Ich meine das ja gar nicht böse. Sie hat einfach einen festen Schritt, das musst du zugeben. Normalerweise, wohl bemerkt! Aber heute Abend ist sie ganz lässig davongeschlendert.«

»Man kann doch auch mal schlendern. Wer geht schon immer gleich?«

»Evelyn Harris tut das! Und wieso hat sie dich nicht gehört, als du sie gerufen hast?«

»Vielleicht war sie in Gedanken.«

»Das glaube ich nicht!« Sie hatte diesen Tonfall angeschlagen, der keinen Widerspruch duldete. Eine Weile schwiegen wir. Dann griff Margret abrupt nach meinem Ärmel. »Was, wenn wir gar nicht Evelyn Harris gesehen haben?«

»Wie bitte?« Mir fiel die Kinnlade herunter.

»Vielleicht ist sie gar nicht in dem Moment wieder aus der Sakristei gekommen.«

»Wer sollte es denn sonst gewesen sein?«

»Das ist eine gute Frage, Elisabeth. Eine sehr gute!«

In meinem Kopf kreisten die Gedanken umher wie ein Wespenschwarm um ein Stück Schinken. Wenn ich gründlich nachdachte, musste ich zugeben, dass Margret in allen Punkten recht hatte. Aber ich kannte niemanden, der Mrs Harris so ähnlichsah, dass man sie hätte verwechseln können. Die ganze Sache wurde immer sonderbarer und das unbehagliche Gefühl, das ich schon die ganze Zeit in meiner Magengegend mit mir trug, bahnte sich langsam seinen Weg bis hoch zum Hals. Ich mochte keine Friedhöfe im Dunkeln. Schon gar nicht bei Vollmond. Fehlte nur noch, dass ein Vampir vorbeiflog, um die unheimliche Atmosphäre zu vervollständigen. Bevor meine Phantasie mit mir durchgehen konnte, erreichten wir die Hintertür der Sakristei. Margret drehte sich zu mir um.

»Hast du eigentlich Dr. Hastings das Schlafmittel von Mr Bennett gegeben? Du hattest es doch in deiner Handtasche aufbewahrt.«

»Ja, das stimmt. Zuerst hatte ich nicht mehr daran gedacht.«

»Elisabeth Wilson!«

»Entschuldige! Es gab noch so viel zu überlegen vor dem Basar. Aber keine Sorge, es ist mir beim Aufbau der Stände wieder eingefallen.«

»Hat Dr. Hastings unseren wertvollen Rest mitgenommen?«

»Ja, ich konnte es ihm unauffällig hinter dem Holzlager von Graham Mitchell geben und ihm die Sache kurz erklären.«

»Dann ist es ja gut. Sag mal, weißt du, ob Mrs Harris heute Handschuhe anhatte? Ich meine keine Gartenhandschuhe, sondern schwarze Lederhandschuhe.«

»Nein, wie kommst du denn darauf? Sie musste doch ständig mit Pflanzen hantieren. Da hätten Handschuhe wahrscheinlich ziemlich gestört. Außerdem war es ja auch nicht so kalt. Es ist ja schließlich kein Winter mehr.«

»Aber die Frau, die über den Friedhof ging, hatte welche an.«

»Wirklich?«

»Ganz sicher!«

»Das ist wirklich langsam unheimlich, Margret.«

»Zumindest ist es ein Rätsel, das gelöst werden will. Und dann war da noch dieses Scheppern.«

»Was denn für ein Scheppern?«

»Erinnerst du dich nicht? Als Evelyn in der Sakristei verschwunden war, haben wir doch kurz darauf so ein dumpfes Geräusch gehört. Ein Scheppern eben.«

»Ach ja, das hatte ich schon wieder ganz vergessen. Ich gehe davon aus, dass ihr etwas heruntergefallen ist.«

»Vielleicht ja, vielleicht nein. Wo ist der Schlüssel?« Einerseits war ich dankbar, der unheimlichen Atmosphäre des Friedhofs zu entkommen, andererseits war ich aber auch nicht sonderlich erpicht auf weitere unliebsame Überraschungen in der Sakristei. Seit ich mit Margret zusammenwohnte, sprang ich permanent über meinen Schatten und überschritt meine ganz persönliche Komfortzone. Wahrscheinlich so oft wie in meinem ganzen vorherigen Leben nicht.

Die Tür kratzte über Schmutz und kleine Steinchen, als wir sie langsam aufschoben. Die Platten auf dem Boden hatten an der Stelle schon ziemlich viele Kratzer. Wir sahen sie ganz deutlich im hellen Licht des Mondes. Bisher waren mir die Schrammen noch nie so extrem aufgefallen. Ich hatte aber auch nicht darauf geachtet, da ich immer etwas zu erledigen hatte, wenn ich mal hier war. Offensichtlich wurde der Türbereich beim Reinigen meistens ausgespart. Soweit ich informiert war, putze Olivia Stonecastle hin und wieder in der Sakristei. Sie hatte weder für die Kirche noch für die Tätigkeit ihres Mannes besonders viel übrig. Daher passte die halbherzige Arbeit zu ihrer Einstellung. Ich tastete nach dem Lichtschalter. Wir hatten uns so an die von Mondlicht durchbrochene Dunkelheit gewöhnt, dass uns das grünstichige Neonlicht jetzt unversöhnlich in den Augen brannte. Mit ausgebreiteter Handfläche bemühte ich mich um einen Schutzschirm für mein Gesicht. Margret blinzelte in den Innenraum.

»Stopp, Elisabeth! Lass uns hier stehen bleiben und zunächst noch einmal ganz genau die Fußspuren untersuchen.«

»Dr. Hastings, Mr Stonecastle, Stiefelabsätze, dann diese anderen dort hinten, wahrscheinlich ebenfalls Stiefel und dann noch die mit dem kleinen Absatz«, zählte ich, nachdem ich wieder in der Lage war, klar zu sehen.

»Mhm! Sie führen alle auch in den Nebenraum mit den Stühlen. Oder doch nicht. Diese eine Spur scheint zu einer Person zu gehören, die sich nicht in der Nähe des Nebenraumes aufgehalten hat.« Margret beugte ihren Kopf vor wie ein Geier. Sie hatte noch etwas anderes entdeckt. »Da drüben liegt eine blaue Scherbe.«

»Wo? Was denn für eine Scherbe?«

»Sieh halt genau hin, Elisabeth, dort beim Tisch! Komisch, dass sie ausgerechnet bei Tageslicht niemandem von uns aufgefallen ist.«

Ich verrenkte mir schier den Hals.

»Ach du meine Güte, die wird doch nicht von der Marienstatue sein, die hier stand?« Erschrocken schlug ich mir die Hände an die Wangen. »Maria trug ein blaues Kleid. Und die Statue ist verschwunden. Wie vom Erdboden verschluckt. Wenn Mr Stonecastle das sieht, trifft ihn auf der Stelle der Schlag!«

»Wir müssen heute tatsächlich sehr aufgeregt gewesen sein, weil wir auch das nicht bemerkt haben.« Margret schüttelte missbilligend den Kopf. »Wie unachtsam! Wir haben uns die ganze Zeit nur auf die Fußspuren konzentriert. Wirklich überaus dumm! Ich ärgere mich über mich selbst.«

»Du bist aber in letzter Zeit nicht so oft hier gewesen. Ich bin diejenige, der es hätte auffallen müssen!«

Die Figur hatte immer auf der kleinen Kommode links neben dem angrenzenden Raum gestanden, in dem die gestapelten Stühle aufbewahrt wurden. Ich versuchte es mit einer positiven Denkweise. Vielleicht stand sie inzwischen in der Kirche, oder jemand hatte sie einfach weggestellt, weil sie im Weg gewesen war. Während ich mich suchend nach Maria umsah, blieb mein Blick abrupt an einer Stelle des Bodens hängen. »Herr im Himmel, ist das da Blut? Dieser verschmierte Streifen!« Entsetzt zeigte ich mit ausgestrecktem Finger auf eine Spur, die jemand offenbar auf die Schnelle hatte entfernen wollen. Beim provisorischen Wegwischen waren Reste zurückgeblieben. Margret zog kurz entschlossen ihre Schuhe aus und tippelte auf den Zehenspitzen durch den Raum wie einer der Ballettschwäne von Tschaikowskis Schwanensee. Sie beugte sich über meine Entdeckung und schnüffelte. Ein Suchhund im Alpengletscher wäre sicher stolz auf sie gewesen.

»Ja, es sieht ganz so aus. Es ist bereits getrocknet. Ist das zu fassen? Eine Scherbe, eine verschwundene Statue und dieses Blut hier! Das haben wir alles übersehen! Wo war ich nur mit meinen sieben Sinnen?«

Ich bemühte mich um logisches Denken.

»Vielleicht ist Mrs Harris die Statue heruntergefallen und sie hat sich an einer Scherbe geschnitten. Wenn sie dann zuerst noch das Blut aufgewischt und die Marienfigur beseitigt hat, erklärt das vielleicht, warum sie erst so spät wieder aus der Sakristei herausgekommen ist. Oh, ich bete zum Himmel, dass es nicht die Statue war!« Mit gefalteten Händen schielte ich zur Zimmerdecke, die wesentlich älter war als ich selbst. Maria war mehrere tausend Pfund wert. Für eine neue hatte Rosefield kein Geld.

»Eine große Figur würde auch das Scheppern begründen. Aber trotzdem. Du glaubst doch nicht, dass Evelyn Harris anschließend einfach so davongeschlendert wäre, ohne jemandem etwas zu sagen? Eine Statue ist keine billige Henkeltasse. Und davon abgesehen, wo sind denn die restlichen Scherben von Maria? Haben sie sich vielleicht in Luft aufgelöst? Nein, Elisabeth! Bei dieser Geschichte gibt es zu viele Fehler.«

»Stimmt, das passt nicht zu ihr. Wenn sie wirklich die Figur zerstört hätte, wäre sie für den Schaden aufgekommen, für jedes einzelne Pfund! Niemals hätte sie sich klammheimlich aus dem Staub gemacht! Und außerdem … Margret? Was hast du?«

Meine Freundin stand kerzengerade mitten im Raum wie ein Zinnsoldat. Sie hatte die Luft angehalten. Ich beugte mich umständlich zu ihr vor, um sie zaghaft zu berühren, doch das änderte nichts an ihrer Schockstarre. Mit weit aufgerissenen Augen fixierte sie den Schrank an der hinteren Wand, in dem Mr Stonecastle die Messgewänder aufbewahrte. Er hatte zwei große Türen, unter denen sich zwei Schubladen befanden.

»Sag doch was. Ist alles in Ordnung?«

Sie atmete ganz langsam aus und schloss für eine Sekunde die Augen.

»Wo ist der Schlüssel zu diesem Schrank, Elisabeth?« Sie klang wie ein Navigationsgerät, wenn es vorgab: »Wenn möglich, bitte wenden!«

»Er steckt normalerweise.«

»Diesmal nicht. Also, wo ist er?«

»Komisch.«

»Siehst du die dunkle Flüssigkeit?« Margret deutete auf einen bräunlichen Fleck, der unter einer der Türen herausgelaufen war und sich dann ein Stück weit die Außenfront der darunterliegenden Schublade hinabgeschlängelt hatte. Das dunkle Nass war bereits in das Holz eingezogen und teilweise angetrocknet. Ich sog geräuschvoll die Luft ein. Mein Herz hämmerte bis zum Hals.

»Grundgütiger!«

Margret trippelte zum Schrank und rüttelte erfolglos an den Türen. Ich stand einfach nur regungslos da.

»Ist das etwa auch Blut?« Mein Ton war so schrill, dass ich selbst zusammenzuckte. »Davon war vorhin aber definitiv noch nichts zu sehen! Das wäre mir aufgefallen! Bitte sag mir, dass es kein Blut ist!«

»Wir müssen ihn öffnen! Los, Elisabeth, komm schon!«

»Aber wie denn?«

»Mit einer Axt oder mit etwas Ähnlichem natürlich! Wir brauchen etwas, womit wir die Tür aufbrechen oder einschlagen können.«

»Hier ist aber keine Axt.«

»Dann eben etwas anderes. Strengen Sie Ihre grauen Zellen an, Mrs Wilson!«

Plötzlich fiel es mir ein. Es gab einen Zweitschlüssel. Jede der Schranktüren hatte einen eigenen Schlüssel, aber sie waren austauschbar.

»Mr Stonecastle! Er hat einen Schlüssel! Ich weiß nur nicht, wo. Vielleicht hat er ihn auch mit nach Hause genommen.«

»Ruf ihn an!«

»Jetzt?«

»Nein, in einer Woche!« Sie rollte genervt ihre Pupillen zur Zimmerdecke. Ich kramte umständlich in meiner Manteltasche nach meinem Handy. Zunächst fand ich lediglich Taschentücher und Hustenbonbons. Vor Aufregung hatte ich in die falsche Tasche gegriffen.

»Nun mach schon, Elisabeth!«

»Ja, ja, ich beeile mich ja schon.«

Es dauerte eine gefühlte Ewigkeit, bis unser Pfarrer sich meldete. Ich hatte ihn offensichtlich mitten aus dem Tiefschlaf gerissen. Meine notdürftigen Erklärungsversuche scheiterten an meiner Nervosität, sodass Margret mir kurzerhand das Mobiltelefon entriss und Mr Stonecastle in wenigen Sätzen zu uns zitierte.

Eine Viertelstunde später war er da. Sein Gesicht war so weiß wie die Nebelschwaden, die draußen über den Gräbern standen. Er sah selbst aus wie ein Geist, der gerade aus einer Gruft gestiegen war.

»Um Himmels willen, Miss Miller, Mrs Wilson, was ist denn nur passiert?«

Margret zeigte sachlich auf seine Füße.

»Ziehen Sie die Schuhe aus, Herr Pfarrer. Wir sollten so wenig Spuren wie möglich verwischen. Es reicht schon, dass ich an dem Schrank gerüttelt habe. Wirklich dumm von mir. Jetzt sind da überall meine Fingerabdrücke!«

»Ja, aber Fingerabdrücke? Ich meine, wieso sollte das denn schlimm sein? Ich verstehe nicht …«

»Da ist Blut, Herr Pfarrer. Glauben Sie tatsächlich, dass das etwas Gutes bedeutet?«

»Natürlich nicht, Miss Miller, verzeihen Sie! Ich bin ganz durcheinander.«

»Es ist eindeutig zu viel dafür, dass sich jemand einfach nur in den Finger geschnitten hat.«

Mr Stonecastle reichte Margret mit zittrigen Fingern den Schlüssel. Sie steckte ihn forsch ins Schloss.

»Sollen wir wirklich …«, winselte der Pfarrer.

»Papperlapapp! Reißen Sie sich zusammen. Es wird nicht besser durch Wegsehen! Meine Freundin war grundsätzlich gegen sinnlose Verzögerungen, ganz egal, was einen erwarten mochte. Ihrer Meinung nach hatte Aufschieben noch nie jemandem geholfen. Die Tür gab sofort nach und uns fiel ein Arm entgegen. Ich sah blutverschmierte Finger und einen Ehering, der zwischen dem Blut golden im Schein der Deckenleuchte blitzte. Mir stockte der Atem. Ich konnte nicht mehr schlucken und meine Hände wurden feucht. Gleich würde ich mich übergeben müssen, mein Magen begann schon, heftig zu rebellieren. Alles drehte sich um mich. Vorsichtig öffnete Margret auch die zweite Schranktür. Das Bild, das sich uns bot, übertraf unsere schlimmste Befürchtung! Im Schrank saß zusammengekauert Evelyn Harris. Ihre Locken waren von Blut durchtränkt und ein Teil der dunkelroten Flüssigkeit war über ihr Gesicht gelaufen und in den Maschen ihres Strickkleids versickert. Ein schauerlicher Anblick. Sie war tot! Daran bestand kein Zweifel! Neben ihr verstreut lagen die Reste der zerstörten Marienfigur!

18

Also, fassen wir mal zusammen!« Sergeant Willis räusperte sich lauthals. Seine wuchtigen Stiefel stapften langsam in unserem Wohnzimmer auf und ab, als gelte es, eine Horde Ameisen zu zertreten. Der Boden schien bei jedem Schritt zu beben. Er war ein ungehobelter Elefant im Porzellanladen, manchmal etwas ungestüm und plump, aber nie in böser Absicht.

»Es droht eine Schließung unserer schönen Dorfkirche. Das dürfte inzwischen jede und jeder in Rosefield mitbekommen haben. Was fehlt, ist Geld. So weit, so gut!« Nachdem wir letzte Nacht in der Sakristei ausgeharrt hatten, bis die Leiche von Mrs Harris abtransportiert worden war, hatten wir im Einvernehmen mit der Polizei beschlossen, die Besprechung der Angelegenheit auf heute und in unser Cottage zu verschieben. Der so unliebsam aus seinem Schlaf gerissene Sergeant war froh gewesen, sich nicht auch noch die restlichen Stunden der Nacht um die Ohren schlagen zu müssen und mir war die Vertagung auch mehr als recht. Der Schock saß mir schwer im Nacken und ich hatte die Zeit bis zum nächsten Morgen bitter nötig gehabt, um wieder wenigstens halbwegs zu mir zu kommen. Mr

Stonecastle war ebenfalls einbestellt worden. Er saß betreten an unserem Tisch neben Constable Dale, der ja ohnehin bei Lucy übernachtet hatte. »Die beantragten Zuschüsse reichen noch nicht aus. Richtig, Herr Pfarrer?« Mr Stonecastle nickte kläglich. Seine Arme lagen wie nasse Säcke auf seinen Beinen und seine Körperhaltung glich einer Banane. »Aus diesem Grund kam man auf die Idee, einen Kirchenbasar zugunsten des kaputten Dachstuhls zu organisieren.«

»Marode.«

»Wie bitte?«

»Der Dachstuhl ist lediglich marode, nicht kaputt!«

»Das ist doch jetzt völlig egal«, winkte der Sergeant mit großer Geste ab.

Der Pfarrer begradigte seinen Rücken. Wenn es um seine Kirche ging, wurde er wach.

»Nein, ich denke nicht. Wenn es marode ist, müssen wir es lediglich sanieren lassen. Wäre es hingegen komplett kaputt, bräuchte die Kirche ein ganz neues Dach. Da würden uns dann auch hundert Wohltätigkeitsveranstaltungen nicht mehr retten.«

»Wie auch immer. Der Basar verlief jedenfalls recht erfolgreich, wenn ich Sie alle richtig verstanden habe. Die Einnahmen in nicht unerheblicher Höhe wurden von Mrs Harris in die Sakristei gebracht.«

Mich plagte immer noch mein schlechtes Gewissen.

»Wieso habe ich sie nur mit dem ganzen Geld losgeschickt?« Mein Kopf schien zu zerspringen und ich sank in eine Art Büßerhaltung. Wenig Schlaf, hunderte von Gedanken, die hinter meiner Stirn Achterbahn fuhren, die Bilder der letzten Nacht. Das alles forderte seinen Tribut. Es hämmerte in meinen Schläfen.

Der Sergeant fuhr unbeeindruckt fort.

»Einige Minuten später kam sie durch die Hintertür wieder heraus.« Er durchmaß weiter den Raum. Immer hin und her. Am liebsten hätte ich ihn darum gebeten, doch einfach mal stehen zu bleiben. Sein Stampfen nervte mich! Hatte Margret gesagt, Evelyn würde trampeln? Nein! Der Sergeant war das eigentliche Trampeltier! Aber ich wollte nicht die Empfindliche spielen. Es gab momentan Wichtigeres als mein strapaziertes Nervenkostüm. Contenance! »Die Kasse wurde also irgendwann aufgebrochen, nachdem Mrs Harris in die Sakristei gegangen war und – lassen Sie mich überlegen – bevor Mr Stonecastle und Dr. Hastings die Stühle zurückbrachten. Denn Sie beide erblickten ja die Misere, wenn ich nicht irre, was Stonecastle?«

»Ja, so war es. Die Geldkassette stand auf dem Tisch, als wir kamen«, bestätigte der Pfarrer zittrig. »Gewaltsam geöffnet! Und leer! Der Herr möge weiteres Unheil von uns fernhalten.« Er faltete die Hände.

»Und Mrs Harris, die die Sakristei nach einigen Minuten wieder verlassen hatte, wurde in der Nacht von Mrs Wilson und Miss Miller ermordet im Schrank mit den Messgewändern gefunden? Soweit richtig?«

Ich nickte und erschauerte bei dem Gedanken. All das Blut würde ich in meinem Leben wohl nicht mehr vergessen.

»Das stimmt.«

»Schön. Bedauerlicherweise ergibt es aber keinen Sinn!« Sergeant Willis schüttelte den Kopf, als hoffte er, damit Klarheit in seine Gedanken zu bringen.

»Sie haben recht, Sergeant, auf den ersten Blick durchaus nicht.« Margret nahm bedächtig einen Schluck Tee. Dabei musterte sie den unschlüssigen Sergeanten eindringlich. Der presste die Lippen zusammen und schnaufte.

»Nun, ich erkenne auch auf den zweiten Blick keinen, Sie auch nicht, was, Dale? Man kann schließlich nicht einfach gehen und dann plötzlich ermordet im Schrank liegen, da stimmen Sie mir doch zu.«

Der Constable schnalzte mit der Zunge.

»Es sei denn, es war gar nicht Mrs Harris, die aus der Sakristei kam, nachdem sie die Einnahmen dort auf dem Tisch abgestellt hat.«

»Bravo, Patrick!« Meine Freundin klatschte. »Genau das war auch mein Gedanke. Sie war es gar nicht! Jemand anderes hat die Sakristei verlassen.« Triumphierend verschränkte sie die Arme.

»Sie war es gar nicht? Brillanter Einfall, Dale!« Der Sergeant schlug dem armen Constable mit voller Wucht auf die Schulter, sodass er beinahe vornüber vom Stuhl gerutscht wäre. »Und natürlich auch von Ihnen, Miss Miller. Ich will Sie ja hier nicht unter den Teppich kehren.« Er lachte schallend.

»Schon in Ordnung, Sergeant.«

Margret grinste für ihre Verhältnisse übertrieben. Ich musste trotz der tragischen Umstände unseres Zusammentreffens schmunzeln. Das ganze Szenario hier war pures Kino. Aber schlechtes! Einen Oscar würden wir mit diesem Film ganz sicher nicht gewinnen.

Die Theorie mit der falschen Mrs Harris schien Sergeant Willis zu gefallen.

»Das erklärt, wieso sie tot im Schrank liegen konnte. Großartig! Sie wird mit einer Marienstatue erschlagen und eine andere Person geht hinaus.« Was daran großartig sein sollte, erschloss sich mir absolut nicht. Aber wir kannten ja Sergeant Willis! Er sprach oft, bevor er nachdachte. Jetzt blieb er abrupt stehen. Seine Stirn kräuselte sich und er schürzte die Lippen. »Ha! Aber wenn

Mrs Harris nicht die Sakristei verlassen hat, wer war es dann?«

»Genau das ist die entscheidende Frage!« Margret stand auf und ging mit dem Zeigefinger am Kinn auf und ab. Im Vergleich zum Sergeanten tat sie das beinahe leichtfüßig. »Es muss jemand gewesen sein, der sich als Mrs Harris ausgegeben hat. Wir sollten denken, dass Evelyn über den Friedhof nach Hause geht. Eine Täuschung! Man hat uns zum Narren gehalten!«

»Stimmt!«, pflichtete Lucy bei. »Und es hat ja auch in gewisser Weise funktioniert. Niemand kam auf die Idee, sie aufzuhalten. Die falsche Mrs Harris muss sich vorher ziemlich gut mit der echten beschäftigt haben. Sie wusste genau, welche Kleidung sie trägt und solche Sachen. Das erfordert Planung und Recherche. Ist es nicht so?«

»In der Tat!« Meine Freundin blieb stehen und hypnotisierte das Blumenmuster unseres Teegeschirrs. »Und dann gab es da immer noch ein Risiko.« Sie fuhr herum. »Denn selbst wenn sie wusste, was Mrs Harris normalerweise trägt, hätte es ja dennoch am gestrigen Tag etwas ganz anderes sein können. Es sei denn …«

»Vielleicht war es ja auch ein Mann.« Patrick streckte sich auf seinem Stuhl. Sergeant Willis starrte ihn entgeistert an. Er schien an der Zurechnungsfähigkeit unseres jungen Constable zu zweifeln.

»Ein Mann? Ich bitte Sie, Dale. Werden Sie nicht albern!«

»Wieso? Ein Mann kann sich ebenso Frauenkleider anziehen und sich verkleiden wie eine Frau, oder etwa nicht?«

»Wir sind doch nicht in einer Travestieshow!«

»Haben Sie etwa Vorbehalte? Ich bitte um Verzeihung, Sergeant, aber wir befinden uns im 21. Jahrhundert und nicht im Mittelalter! Jeder in unserem Land darf glücklicherweise tragen, was er möchte. Das nur so am Rande.«

Lucy sah ihren Liebsten beglückt an. Sie war selbst ein unglaublich offener Mensch. Es dürfte ihr gefallen, wenn er ein gebührendes Maß an Toleranz an den Tag legte. Sie ließ grundsätzlich jeden Menschen gelten. So wie er war. Das war es, was ich besonders an ihr mochte. Ich befand, dass die beiden sehr gut zueinander passten. Patrick hatte sich richtig gemausert, seit er mit Lucy zusammen war. Aus dem schüchternen Jungen war ein selbstbewusster Constable geworden, dessen Beförderung sicher nicht mehr lange auf sich warten lassen würde. Sergeant Willis war rot angelaufen und grummelte etwas Unverständliches.

Ich rief mir die Person, die über den Friedhof gegangen war, ins Gedächtnis.

»Selbstverständlich können Männer Frauenkleidung tragen. Aber hätten sie die vermeintliche Mrs Harris beim Verlassen der Sakristei gesehen, dann wüssten Sie, dass es sich auf keinen Fall um einen Mann handelte. Die ganze Statur, der Gang, das Wippen der Hüfte! Es war ganz sicher eine Frau. Ja, eindeutig. Glauben Sie mir, ich kann das beurteilen.«

»Na also, eine Frau! Da haben wir es doch!« Das Gesicht des Sergeanten nahm einen selbstgefälligen und auch etwas erleichterten Ausdruck an.

»Ich habe ja auch nur gemeint, dass ...«, warf Patrick ein.

»Ja, ja, Dale, schon gut. Das tut ja jetzt nichts zur Sache.« Er fegte mit der flachen Hand durch die Luft. Ich hüstelte in meine rechte Faust, um mir wieder Gehör zu verschaffen. »Bitte, Mrs Wilson. Was gibt es denn noch?«

»Ich habe ihr nachgerufen, weil sie ihren Mantel vergessen hatte und weil ich fest davon überzeugt war, dass es sich um Evelyn handelt. Ich hätte ganz bestimmt keiner

Fremden hinterhergebrüllt wie ein Stier. Aber sie hat nicht reagiert.«

»Also, die Sache ist doch ganz klar!« Mr Willis setzte sich mit seiner kompletten Polizeimontur wieder in Bewegung. »Mrs Harris ist mit den Einnahmen in die Sakristei gegangen. Jemand hat sie beobachtet und ist ihr in der Absicht gefolgt, sich das Geld unter den Nagel zu reißen.«

Der Pfarrer sah aus wie ein trauriger Dackel. Seine Schwermut waberte durch den Raum, wie der Dunst von kochendem Wasser.

»Aber wer beobachtete sie denn? Warum tut jemand so etwas? Was führt den Menschen hin zu Satans Fährten und weg von den Wegen, die der Herr uns ebnet? Die Seelsorge kommt viel zu kurz in diesem Land. Dadurch könnte viel verhindert werden.«

Niemand ging auf seine Rede ein. Er tat mir ein wenig leid, aber für Seelsorge war es in diesem Fall ohnehin zu spät.

»Die Person versteckt sich und wartet, bis Mrs Harris wieder geht. Dann kommt sie hervor und knackt die Kasse mit einer Nagelfeile oder etwas Ähnlichem!« Der Sergeant wandte sich abrupt um und schnippte mit den Fingern. »Aber Mrs Harris hat etwas vergessen und kommt noch mal zurück.«

Diese Antwort befriedigte Mr Stonecastle keineswegs. Er stöhnte theatralisch auf.

»Und deshalb musste die arme Frau ihr Leben lassen? Wegen Basareinnahmen? Und weil sie sozusagen in einen Diebstahl hineingeriet, der gerade in vollem Gange war?«

»Für mich sieht es eindeutig danach aus, ja.« Der Sergeant rieb überzeugt die Hände aneinander. »Sie überrascht die Diebin. Diese greift reflexartig nach der Marienfigur und erschlägt Mrs Harris.«

Margret zog kritisch die Augenbrauen hoch.

»Und das alles bereitetet Ihre sogenannte Diebin akribisch vor?«

»Natürlich nicht! Sie hat im Affekt zugeschlagen. Das ist doch klar!«

»Und anschließend hat sie sich als ihr Opfer verkleidet? Mit Utensilien, die sie rein zufällig dabeihatte? Und die dann auch noch nahezu perfekt zu Mrs Harris Outfit passten? Das klingt wirklich außerordentlich logisch, Sergeant. Ich trage auch immer einen Koffer mit Verkleidungsgegenständen mit mir herum.« Ein verächtliches Lächeln umspielte Margrets Lippen, als sie das Kinn abfällig nach vorne reckte. Sie konnte es nicht leiden, wenn jemand seine stupiden Gedankengänge mit voller Überzeugung zur Schau stellte. »Wir sind doch hier nicht in einer Comedyshow!«

»Vielleicht war es jemand, der Mrs Harris ohnehin ähnelt. Na?« Der Sergeant war noch nicht bereit, von seiner Theorie abzuweichen.

»Aha! Also ich kenne niemanden, der Evelyn so sehr gleicht. Sie vielleicht? Und selbst wenn, was ist mit der Kleidung, die rein zufällig übereinstimmt?«

»Na ja, also die Kleidung …«

»Ihre Doppelgängerin trägt demnach ein Kleid in ähnlicher Länge und gleicher Farbe und dazu fast identische Stiefel? Das ist wirklich eine fabelhafte Theorie, Mr Willis! Keine Frage! Passiert ja auch quasi täglich!«

Margret verschränkte resolut die Arme und starrte den nun sichtlich nervösen Polizeibeamten herausfordernd an. Ich hatte die Befürchtung, dass ihr jeden Moment die Augäpfel gegen die Brillengläser purzeln würden.

»Kann doch sein?« Seine Stimme wurde dünner. Hastig entwand er sich der unliebsamen Falle. Sich lauthals räuspernd fegte er mit seiner Hand eine nicht vorhandene Fliege weg. »Wie dem auch sei. Ich werde diesen Fall ohnehin nicht lösen. Warum mache ich mir also überhaupt Gedanken? Er fällt nicht in meine Zuständigkeit. Das ist Sache von Inspector Brown. Schließlich handelt es sich um Mord. Darum muss er sich kümmern.«

Das war das Letzte, was meine Freundin hören wollte. Inspector Brown war für sie der Fussel in ihrer Teetasse, der Essensrest zwischen zwei Zähnen, der Schimmel im Quark. Kurz gesagt, sie wollte ihn nicht haben! Nichts von ihm sehen! Nichts von ihm hören! Ich spürte, dass es ihr sehr schwerfiel, sich zu beherrschen.

»Bitte lassen Sie nicht diesen Clown darauf los.« Sie sprach langsam und betonte jedes Wort einzeln. »Er ist die größte Niete im ganzen Spiel! Das hat er mehr als einmal bewiesen!«

»Tja, Miss Miller, es steht mir nicht zu, schlecht über einen Vorgesetzten zu sprechen, aber ich werde auch nichts Gegenteiliges behaupten. Sagen wir, ich enthalte mich!« Sergeant Willis riss vielsagend in gespielter Unschuld die Augen auf und trank einen Schluck Wasser. »Es spielt im Grunde auch keine Rolle. Was auch immer Sie oder ich über den Inspector oder seine Methoden denken, ändert absolut nichts an der Zuständigkeit. Wir sind hier nur die Handlanger, was, Dale?« Er schlug dem armen Constable vertrauensvoll auf die Schulter. Dieser lächelte kläglich und ließ das geschundene Körperteil mit schmerzverzerrtem Gesicht nach hinten kreisen. »Sie werden es noch weit bringen, mein Guter. Ihre Arbeit im letzten Jahr hat großen Anklang gefunden. Vielleicht stürzen Sie den Inspector ja eines Tages vom Thron.« Er lachte dröhnend und holte zu einem erneuten Schulterschlag aus. Rasch hielt ich ihm die Keksschale vor die Nase.

»Hier, probieren Sie mal. Die hat Lucy gebacken. Ganz hervorragend! Wir brauchen, glaube ich, alle etwas Stärkung.«

»Danke, danke, meine Liebe! Dazu sage ich nicht nein. Mhm, die sind aber köstlich! Warten Sie, Mrs Wilson, nicht so hastig. Ich nehme mir gleich noch einen zweiten.«

»Sie können auch gerne noch einen dritten haben.«

»Wie können Sie jetzt an Kekse denken?« Mr Stonecastle krächzte mit verzogenen Mundwinkeln aus seinem steifen Hemdkragen, als leide er an einem Magen-Darm-Infekt. »Der Herr hat uns eine harte Prüfung auferlegt. Wir sollten in uns gehen und für die arme Mrs Harris beten, anstatt zu essen und über den Inspector zu schimpfen.« Schuldbewusst blickten wir einander an. Sergeant Willis wagte nicht einmal, weiter zu kauen. Keksbrösel hingen an seinem Kinn und er hatte aufgeplusterte Wangen. Ich lehnte mich ein Stück zu Mr Stonecastle vor und legte ihm beruhigend die Hand auf den Arm.

»Verzeihen Sie, lieber Pfarrer. Sie haben recht. Wir waren unsensibel. Aber glauben Sie mir, wir sind alle wirklich erschüttert. Ganz ehrlich! Und niemand wünscht sich mehr, er könnte die Zeit zurückdrehen, als ich. Ich mochte Evelyn Harris sehr gern. Der Schock sitzt mir noch in allen Knochen, das können Sie mir glauben!«

»Schon gut, Mrs Wilson, ich reagiere wohl etwas zu heftig. Es ist nur so, dass ich mir einfach Vorwürfe mache, weil ich nicht da war, um die Kasse entgegenzunehmen. Dann wäre das alles doch nie passiert. Ach, warum war ich nicht da? Wieso laufe ich in der Weltgeschichte herum, wenn so etwas geschieht.« Er warf die Hände in Richtung Zimmerdecke.

»Aber das ist doch genau der Punkt, nicht wahr?« Margret trat dicht an den Pfarrer heran. In ihren Pupillen blitzte es.

»Wie bitte?« Sein Gesicht glich einem Fragezeichen.

»Na, dass Sie nicht da waren!«

19

Genau das sage ich doch! An Ort und Stelle hätte sie mir die Kasse geben können. Ich hätte sie ins Pfarrhaus gebracht und niemand wäre mit einer Marienstatue erschlagen worden. Aber so …«

Margret schnippte mit den Fingern, als habe sie gerade eine Erleuchtung empfangen.

»Und wo waren Sie, Mr Stonecastle?«

»Bei der armen Mildred Gilbert, natürlich. Das wissen Sie doch. Ich habe mich sofort auf den Weg gemacht. Das versteht sich von selbst.«

»Auf den Weg zur armen Mildred. Ganz genau! Dann erzählen Sie dem Sergeanten und dem Constable doch auch, warum Sie dort so eilig hinmussten.«

»Na, weil ich einen Anruf bekam.«

»Auf dem Handy, nicht wahr?«

»Das ist richtig. Wenn jemand aus der Gemeinde in Not ist oder meine Hilfe braucht, halte ich es für meine erklärte Pflicht, mich umgehend darum zu kümmern. Ich nehme meinen Beruf sehr ernst.«

»Selbstverständlich. Wir könnten uns keinen besseren Pfarrer wünschen. Aber was genau wurde Ihnen in dem Telefonat mitgeteilt?«

»Also Miss Miller, jetzt fühle ich mich aber langsam ein wenig wie in einem Kreuzverhör. Was bezwecken Sie mit der Fragestunde? Das alles ist etwas unangenehm.«

»Keine Sorge, Mr Stonecastle. Sie stehen hier nicht am Pranger. Ich möchte nur, dass die hier Anwesenden die Sachlage verstehen. Also würden Sie bitte kurz wiedergeben, was der Anrufer gesagt hat. Entschuldigen Sie bitte, aber ich halte es wirklich für wichtig.«

Unser Pfarrer wirkte wenig begeistert. Dennoch räusperte er sich und setzte zu einer Antwort an.

»Mir wurde mitgeteilt, dass Mildred im Sterben liegt.«

»Und tat sie das?«

»Nein, es ging ihr den Umständen entsprechend sehr gut.«

»Da haben wir es doch! Sie hatte überhaupt nicht die Absicht, zu sterben.«

»Na, wenn Sie es so formulieren ... Also ich weiß nicht, das klingt etwas ...«

»Wer hat Sie angerufen, Mr Stonecastle?«

»Das kann ich nicht sagen. Es war eine unbekannte Nummer. Die Stimme war weiblich und meldete sich nicht mit Namen. Sie sagte lediglich, Mildred hätte ganz dringend nach mir verlangt. Dann war das Gespräch beendet. Selbstverständlich habe ich mich sofort auf den Weg gemacht.«

Patrick Dale pfiff durch seine Zähne.

»Bingo! Wir hatten recht mit unserer Vermutung, Miss Miller! Die Sache ist völlig klar! Sie sollten aus dem Weg, Herr Pfarrer!«

»Genauso sehe ich das auch!« Margret nickte langsam mit verengten Augen. »Jemand wollte verhindern, dass Ihnen die Kasse übergeben wird. Das war alles Teil des Plans!«

Ich schlug mir mit der flachen Hand vor die Stirn.

»Und ich hatte es lediglich für einen Scherz gehalten. Die ganze Sache mit dem Anruf, meine ich. Wie konnte ich nur so naiv sein?«

»Mach dir keine Vorwürfe, Elisabeth, es hat ja auch durchaus zunächst so ausgesehen. Die Frage ist nur …«

»Was?«

Ich bekam keine Antwort, denn Margret war auf die Knie gesunken und kritzelte etwas auf die Tapete, die immer noch auseinandergerollt in einer Ecke des Zimmers lag. Der Stift quietschte. Irgendwie verursachte dieses Geräusch bei mir jedes Mal Zahnschmerzen.

»Was ist das denn hier? Zeichenstunde?« Sergeant Willis beugte sich neugierig über das Papier. Ich fühlte mich zu einer Erklärung veranlasst.

»Sie wissen doch, Margret macht sich gerne Notizen auf Tapete, um ihre Gedanken zu ordnen.« Es kam mir seltsam vor, über sie zu sprechen, während sie direkt neben uns Skizzen anfertigte, aber sie bekam ohnehin nichts mit. An ihren glasigen Augen erkannte ich die entfernten Galaxien, in die sie gerade abdriftete.

»Keine schlechte Idee. Kenne das ja noch von ihr vom letzten Jahr. Aber da gibt's doch heutzutage wesentlich modernere Möglichkeiten. Wer schreibt denn noch mit Stiften auf Papier? Sie vielleicht, Dale? Und Sie, Herr Pfarrer?« Er lachte polternd. »Nichts für ungut, Stonecastle, aber die Kirche hat ja doch ein recht staubiges Image. Sie bereiten Ihre Predigten doch wohl am Laptop vor, oder? Papier ist aus der Mode!«

Ich fühlte mich aufgefordert, Margrets Vorgehensweise zu verteidigen, auch wenn mich dieser Tapetenfetzen auf dem Fußboden ja selbst nervte.

»Das mag sein, aber wissen Sie, Margret ist nun einmal nicht modern und sie wird es auch nie werden. Margret ist Margret! Und das ist auch gut so!« Der Sergeant blickte mich an, als hätte ich ihm gerade mitgeteilt, dass es bei uns kein fließendes Wasser und keinen Strom gäbe. »Sie mag es, mit den Händen zu schreiben und zu malen. Haptische Wahrnehmung, verstehen Sie? Das hilft ihr, ihre Überlegungen zu sortieren. Ich für meinen Teil kann mir gut vorstellen, dass es nützlicher ist, etwas auf Papier zu schreiben, als die Dinge in einen Laptop zu tippen, wenn man irgendwelche Schlüsse daraus ziehen will. Neuerungen mögen oft hilfreich sein, aber manchmal schadet eben auch das Altbewährte nicht. Das ist wahrscheinlich einfach Geschmackssache.«

»Ich muss gestehen, auch mir hilft es bei der Planung meiner Gottesdienste, wenn ich hin und wieder ein herkömmliches Notizbuch benutze.« Der Pfarrer sah schuldbewusst in die Runde. Ich nickte ihm aufmunternd zu.

»Das kann ich sehr gut nachvollziehen.«

»Wenn Sie meinen.« Der Sergeant zuckte die Achseln. »Ich bin jedenfalls gespannt auf die Ergebnisse von Miss Miller. Waren bisher immer hilfreich! Egal ob auf Tapete, Toilettenpapier oder Zeitungsfetzen.«

Lucy nickte beifällig.

»Ja, sie ist ein Genie! Sie lässt sich nicht in die Karten blicken, aber dann kommt sie plötzlich mit den ungeheuerlichsten Theorien um die Ecke. Das ist verblüffend! Sie sollte für den Geheimdienst arbeiten, oder so etwas.«

»Ich denke, ich muss jetzt mal langsam den Inspector informieren. Er wird ohnehin schon wütend sein, weil ich ihn letzte Nacht nicht angerufen habe. Da kann ich mir wahrscheinlich gleich wieder etwas anhören. Dale, Sie haben sich doch Notizen gemacht, oder? Wir müssen schließlich irgendwas Konkretes liefern.«

»Jawohl, das habe ich! Auch zu den unterschiedlichen Fußspuren in der Sakristei.«

»Was für Fußspuren?«

»Es war etwas matschig von dem vielen Regen am Freitag und da …«

»Ja, ja, schon gut, Dale. Sie machen das schon.«

Es läutete. Lucy stand auf und ging zur Tür. Wenige Sekunden später kam sie mit Dr. Hastings zurück.

»Oh, hier ist ja volles Haus.« Er blieb mit seinem Hut in den Händen in der Tür stehen und sah sich unschlüssig um. Ich ging auf ihn zu, um ihn zu begrüßen.

»Mein Lieber, wie schön, Sie zu sehen. Kommen Sie doch herein und stehen Sie nicht steif wie ein Bügelbrett im Türrahmen.«

»Die Freude ist ganz meinerseits, Verehrteste. Auch wenn ich noch nicht so recht weiß, wie ich mit dem Bügelbrettvergleich umgehen soll.« Er zwinkerte. »Aber Scherz beiseite. Ich habe mir wirklich große Sorgen gemacht. Was haben Sie nur Furchtbares erleben müssen in der vergangenen Nacht? Kann ich irgendwas für Sie tun?« Ich hatte unseren Freund gleich nach dem Aufwachen angerufen und ihm alles berichtet.

»Danke, Doktor, es geht schon wieder. Wir sind gerade dabei, die fürchterlichen Umstände von Evelyns Tod zu besprechen.«

»Oh, dann komme ich ungelegen. Ich möchte auf keinen Fall stören. Dieser schreckliche Vorfall …«

»Bleiben Sie nur, Hastings!«, donnerte Sergeant Willis. »Ich wollte ohnehin gehen. Muss den Inspector informieren. Nützt ja alles nichts!« Er drehte sich schuldbewusst zu Margret um, die wieder aus ihrer Versenkung aufgetaucht war und ihn mit zusammengekniffenen Lippen fixierte. »Tut mir leid, Miss Miller, aber ich kann da leider wirklich nichts dran ändern. Vorschrift ist Vorschrift. Und Zuständigkeit ist Zuständigkeit. Da habe ich bei Mord keinerlei Spielraum.«

»Tun Sie, was Sie nicht lassen können.« Und mehr zu sich selbst, als zu Sergeant Willis murmelte sie: »Was muss eigentlich noch passieren, damit diese Blockflöte endlich aus dem Verkehr gezogen wird?«

»Na ja, wenigstens haben wir ja schon mal ein paar Anhaltspunkte, die ich ihm an die Hand geben kann. Vielleicht hilft das.«

»Dem hilft überhaupt nichts mehr! Da ist Hopfen und Malz verloren! Der Mann ist ein Witz! Ein giftiger, kleiner Zwockel! Wann hat er jemals ohne Unterstützung etwas zustande gebracht?«

Der Sergeant räusperte sich unbehaglich. Es war deutlich zu spüren, dass er das Thema Inspector Brown lieber nicht weiter vertiefen wollte.

»Was ist mit Ihnen, Dale? Kommen Sie mit zur Wache?«

»Ich habe heute eigentlich frei, Sir. Es ist Sonntag.«

»Ist das so?«

»Ja, Sie haben es sogar genehmigt. Ich kann schließlich nicht jeden Sonntag arbeiten.«

»Kann nicht sein!« Mr Willis zwinkerte Lucy schelmisch zu. »Na ja, Sie haben sich einen freien Tag verdient, Junge. Sind ja immer sehr tüchtig.« Er holte aus, um Patrick Dale auf die Schulter zu schlagen, doch dieser bückte sich rechtzeitig und täuschte vor, seinen Schnürsenkel zu binden.

»Tja, so ganz frei ist der Tag ja auch leider gar nicht. Ich muss ja noch zu Mrs Bennett. Hat sich nicht anders ergeben. Wollen Sie nicht mitkommen, Sergeant?«

»Wohl keine Lust, allein zu der Witwe zu gehen, was, Dale?« Mr Willis lachte schallend. »Werde mal sehen, was sich machen lässt. Also dann, Miss Miller, Mrs Wilson, ich melde mich, wenn was sein sollte.« Er wandte sich zur Tür, blieb dann aber unschlüssig im Türrahmen stehen, den der Doktor inzwischen freigegeben hatte.

»Haben Sie was vergessen?«, erkundigte ich mich.

»Wir waren ja schon so manches Mal ein recht gutes Team, Sie beide und ich.« Er zeigte auf Margret und mich und trat von einem Fuß auf den anderen.

»Absolut, Sergeant!«

»Daher sehe ich keinen Grund, warum Sie mir nicht wieder die eine oder andere Fährte mitteilen sollten, falls Ihnen etwas dazu einfällt.« Daher wehte der Wind. Er wollte sich Margrets Genialität zunutze machen. »Wenn Sie mir Ideen erzählen, hat das nichts mit Datenschutz zu tun. Da müssen Sie sich keine Gedanken machen. Eine kleine Plauderei unter guten Bekannten. Nichts weiter.« Er unterstrich diese Aussage mit einer lässigen Armbewegung. »Außerdem sind Sie als Finderinnern der Leiche ja quasi involviert. Das Wohl von Rosefield liegt uns doch gleichermaßen am Herzen, oder?«

Ich nickte langsam.

»Natürlich! Hier soll wieder Ruhe und Frieden einkehren.«

Meine Freundin fixierte unterdessen eine Notiz auf ihrer Tapete. Während sie sprach, bewegten sich ihre Pupillen keinen Millimeter weg.

»Mir fällt sogar eine Menge ein, worüber wir plaudern könnten, Sergeant. Ich verstehe nur nicht, wie alles zusammenhängt und ob überhaupt. Ich muss wohl nach London fahren, vielleicht bringt mich das weiter. Obwohl, möglicherweise wäre es klüger, oder auch nicht …«

Ich blickte sie irritiert an.

»London?«

»Der Anwalt. Wo ist die Zeitung von gestern? Irgendwas mit L.«

»Ach Margret, kannst du dich nicht ein bisschen klarer ausdrücken? Immer diese kryptischen Bemerkungen!«

»Da war ein Artikel.«

»Meinen Sie die *Kent News*, Miss Miller? Gestern, sagten Sie? Ich glaube, die Zeitung liegt noch in der Küche.« Lucy stand auf, um sie zu holen.

Sergeant Willis hustete.

»Nun, ich mache mich dann auf den Weg. Wir bleiben in Kontakt.«

Ich begleitete ihn zur Haustür.

»Leam Lubsel!«, hörten wir Margret im Wohnzimmer ausrufen. Der Sergeant schüttelte verständnislos den Kopf, als er vor die Haustür auf den kleinen Kiesweg trat, der zu unserem Cottage führte.

»Ich schätze Ihre Freundin wirklich sehr. Ist ein verdammt helles Köpfchen, die Gute. Aber manchmal kommt sie mir etwas irre vor. Nichts für ungut.« Er tippte sich an seinen Hut.

»Ich weiß, was Sie meinen. Machen Sie sich keine Gedanken, Sergeant. Das ist völlig normal bei Margret. In der Regel kommt am Ende immer etwas Plausibles dabei heraus, wenn sie gedanklich so sehr abschweift, dass niemand mehr etwas versteht. Man muss einfach nur abwarten.« Ich grinste kläglich.

»Respekt, dass Sie das aushalten, Mrs Wilson. Mir würde das gehörig auf den Keks gehen. Apropos Keks! Die waren wirklich spitze!«

»Nun ja, manchmal wird mein Geduldsfaden ziemlich strapaziert, aber ich habe mich inzwischen daran gewöhnt. Außerdem zählt ja das Ergebnis. Und das ist eigentlich immer brillant, das wissen Sie selbst. Davon könnte sich Inspector Brown eine Scheibe abschneiden.«

»Dazu sage ich nur eins! Sie, Miss Miller und ich – wir sind häufig einer Meinung!«

Er grinste und entfernte sich. Der Kies knirschte unter seinen festen Schritten. Ein Sonnenstrahl kitzelte mich in der Nase. Er schien den traurigen Anlass unseres Zusammentreffens Lügen strafen zu wollen. Doch der Mord an Evelyn Harris war leider verdammt real. So real wie das Zeitungsrascheln, das ich bei meiner Rückkehr ins Wohnzimmer vernahm. Margret durchsuchte emsig die Schlagzeilen. Dr. Hastings hingegen saß mit bekümmerter Miene am Esstisch und hantierte an seiner Krawatte herum. Ich ließ mich besorgt neben ihm nieder.

»Was ist los mit Ihnen? Geht es Ihnen nicht gut? Lucy, würdest du uns allen noch einen frischen Tee machen?«

»Natürlich, Mrs Wilson.«

Der Arzt betrachtete mich ernst. Etwas in seinem Blick verursachte mir Unbehagen.

»Wollen Sie vielleicht lieber einen Brandy?«, fragte ich zögernd. »Sie sehen so aus, als könnten Sie einen vertragen.«

»Auch wenn Sie allein Grund genug für meinen Besuch wären, muss ich zugeben, dass es einen weiteren Anlass gibt. Leider ist der wenig erfreulich. Vielleicht wäre ein Brandy tatsächlich das Richtige.«

Die Sorge, die seinen Worten mitschwang, ließ sogar Margret aufblicken.

»Was ist passiert, Doktor?«

Ich stand auf und schenkte unserem Besuch das gewünschte Getränk ein. Es stieg mir sogleich in die Nase. Dr. Hastings seufzte.

»Ich wollte nichts sagen, solange der Sergeant noch hier war. Schließlich weiß ich nicht, wie offiziell das alles ist, was wir hier machen.«

»Was meinen Sie?« Ich reichte ihm das gut gefüllte Glas.

»Ich meine, was machen wir denn?«

»Das Schlafpulver! Ich habe es mithilfe des Apothekers untersucht!«

Daran hatte ich überhaupt nicht mehr gedacht. Bei all dem Trubel um die arme Mrs Harris war der Tod von Mr Bennett komplett in den Hintergrund gerückt.

»Und?«

Gespannt hielt ich den Atem an.

»Es ist kein Schlafpulver.«

»Ich wusste es!« Margret klatschte in die Hände. »Strychnin?«

»Nein! Es ist pures Morphium!«

20

Am Nachmittag dieses traurigen, aber immerhin sehr frühlingshaften Sonntags schlenderte ich mit Sally Kinsley um den See. Die Jahreszeit behauptete sich heute erfolgreich gegen das letzte Aufbäumen des Winters. Wie Magnete hatten mich die Sonnenstrahlen nach draußen gezogen, wo ich dann auch noch die freudige Überraschung erlebte, Sally auf meinem Spaziergang zu treffen. Was für ein netter Zufall. Im Laden war anscheinend nicht viel los gewesen und so hatte sie beschlossen, sich ein wenig die Beine zu vertreten. Hin und wieder öffneten die Kinsleys seit einigen Wochen sonntags ihr Geschäft, auch wenn das in kleineren Ortschaften noch nicht allgemein üblich war. Dankbar atmete ich die frische Luft ein und genoss für einen Moment das Rauschen der Blätter und das Zwitschern der Spatzen. Wie schön könnte dieser Tag doch sein, wenn der gestrige nicht gewesen wäre. Im Haus war mir die Decke auf den Kopf gefallen. Margret war unterwegs und ich hatte mich weder auf ein Buch noch auf das Fernsehprogramm konzentrieren können. Sally war immer eine angenehme Gesellschaft, die mir heute gerade recht kam. Sie gehörte zu der Sorte Mensch, die man gerne um sich hatte. Der Spaziergang versprach eine positive Ablenkung von all dem Unheil der letzten Stunden zu werden.

»George meinte, ich solle ein wenig frische Luft schnappen«, erklärte sie mir. »Ich hatte schon beim Aufstehen ein wenig Probleme mit dem Kreislauf. Seltsam. Das kenne ich von mir gar nicht. Es ist nicht so schlimm, aber er hat wahrscheinlich recht.«

»Oh, Sie werden doch wohl nicht krank, meine Liebe? Wenn es morgen nicht besser ist, sollten Sie Dr. Hastings aufsuchen. Sicher ist sicher!«

»Ach, es ist wirklich halb so wild. Ich sollte mich nicht so anstellen.«

»Na, tun Sie das nicht leichtfertig ab, Herzchen.«

»Sind Sie heute ganz allein unterwegs, Mrs Wilson? Wo ist denn Miss Miller? Normalerweise trifft man Sie beide doch meistens im Doppelpack.« Sie lächelte schwach. Ich hatte Sally schon immer als ausgesprochen hübsch wahrgenommen. Auf den ersten Blick wirkte sie auf manche vielleicht etwas unscheinbar, aber wenn man genau hinsah, erkannte man in ihr ein wahres Juwel. Ihre blasse Haut wurde von ihrem blonden Haar umrahmt, das sich wie Seide um ihr Gesicht schmiegte. Ihr Liebreiz und ihre zuvorkommende Art unterstrichen ihre gütigen Augen mit den langen Wimpern. Ich konnte mir nicht vorstellen, dass es auf dieser Welt einen Menschen gab, der Sally nicht mochte.

»Margret ist mit dem Bus nach London gefahren. Ich weiß nicht, was Sie dort wieder vorhat. Mit viel Glück erfahre ich es heute Abend. Als sie sich auf den Weg gemacht hat, konnte ich ihr nicht den Funken einer Erklärung entlocken.« Ich zuckte lachend mit den Schultern. »Sie kennen sie ja. Wenn sie sich auf ihren gedanklichen Umwegen befindet, erfährt kein Mensch, was in ihr vorgeht. Und wenn sie keine Lust hat, zu reden, dann auch nicht.«

»Das stimmt wohl.« Sally schmunzelte.

»Hin und wieder bekommt man einige zusammenhanglose Fetzen vorgeworfen. Wenn es gut läuft! Ansonsten kann man nur abwarten, bis es irgendwann aus ihr heraussprudelt. Aber das passiert eben nur dann, wenn sie sich ihrer Sache sicher ist. Gegen Halbweisheiten hat sie etwas.« Ich blinzelte in die Baumspitzen. Ein sachter Wind streifte meine Haut und verwehte meine Locken. Die Temperatur war angenehm. Genau richtig. »Tja, und da momentan mit keinerlei Auskünften zu rechnen ist, dachte ich, ich lenke mich mit einem Spaziergang ab. Dieses Rumsitzen zu Hause hat mich ganz kirre gemacht.«

»Gut für mich, so habe ich die netteste Gesellschaft, die ich mir vorstellen kann.« Sally hakte sich freundschaftlich bei mir unter. Ich tätschelte ihre zarte Hand.

»Das haben Sie nett gesagt. Frische Luft tut uns beiden wahrscheinlich gut nach den tragischen Ereignissen des Basars, nicht wahr? Ich kann es immer noch nicht fassen.«

»Geht mir genauso! Furchtbar! Zuerst die gestohlenen Einnahmen und dann auch noch die arme Mrs Harris! Es muss schrecklich für Sie und Miss Miller gewesen sein, sie in diesem Schrank zu entdecken. Wenn ich nur daran denke …«

»Oh ja, das war es allerdings! Wann haben Sie davon gehört, meine Liebe? Das Ganze scheint sich ja rasend schnell herumgesprochen zu haben.«

»Lucy kam heute ganz früh vorbei, um Toast und Eier für das Frühstück zu kaufen. Da hat sie es mir erzählt. Ich war total schockiert. Niemals hätte ich geglaubt, dass in Rosefield noch mal so etwas passieren würde. Lucy war auch ganz verstört. Sie hatte es ja auch erst kurz vorher erfahren.«

»Ach, natürlich. Stimmt, ich konnte nicht schlafen und da habe ich ihr die ganze Geschichte sofort erzählt, als sie heute Morgen auch nur die Nasenspitze aus der Tür ihres Zimmers gesteckt hat. Armes Mädchen, ich habe sie regelrecht damit überfallen. Aber Sie können sich gar nicht vorstellen, wie groß mein Bedürfnis war, mit jemandem zu sprechen. Zum Glück ist Lucy eine Frühaufsteherin. Die Stunden, in denen ich wach lag, kamen mir vor wie eine Ewigkeit.«

»Das kann ich mir gut vorstellen. Es tut mir so leid, dass Sie das durchmachen mussten, Mrs Wilson.«

»Dieser Schrank und das viele Blut! Das Bild von der armen Evelyn werde ich mein Lebtag nicht mehr aus dem Kopf bekommen.« Ich schüttelte mit geschlossenen Augen den Kopf, um den Gedanken wieder zu vertreiben.

»So ein Schicksal hat sie wirklich nicht verdient! Am Freitag war sie noch bei mir im Laden, kurz bevor ich schließen wollte. Sie war wohl nicht früher zum Einkaufen gekommen, weil in der Gärtnerei wieder allerhand los war. Wenn ich gewusst hätte, dass sie schon einen Tag später …«

»Schon gut, meine Liebe. Wie hätten Sie das ahnen sollen? Niemand von uns hat so etwas kommen sehen.«

»Nein, das stimmt! Schon gar nicht bei Evelyn Harris. Sie war zu jedem nett und trotz der Hektik der letzten Zeit hat sie sich immer bemüht, freundlich zu bleiben.«

Wir gingen schweigend nebeneinander her, jede in ihre Gedanken versunken. Kleine Steinchen knirschten unter unseren Schuhen. Der größte Teil des Weges war schon wieder komplett getrocknet. Nur am Rand gab es noch kleinere Pfützen als Überbleibsel des Regengusses von Freitag.

»Mrs Harris hat mir gegenüber auch die viele Arbeit in der Gärtnerei erwähnt«, kam ich nochmal auf das Thema zurück. »Gordon wurde ziemlich stark von Mrs Bennett in

Anspruch genommen, die offensichtlich die Absicht hat, ihr Haus in ein Gewächshaus zu verwandeln. Und da ist eben so ziemlich alles andere an Evelyn hängen geblieben. Zum Glück hat Mr Pollit ab und zu ausgeholfen.«

»Von der seltsamen Variante, mit der Mrs Bennett versucht, über den Tod ihres Mannes hinwegzukommen, habe ich auch schon gehört. Aber ich darf mir kein Urteil darüber erlauben. Jeder Mensch geht mit Verlusten anders um. Und das ist auch in Ordnung so.«

Sally war der diplomatischste Mensch, den ich kannte. Beinahe wäre mir etwas von der Sache mit dem Morphium rausgerutscht, doch ich biss mir gerade noch rechtzeitig auf die Zunge. Margret hatte mir und auch Dr. Hastings strikt verboten, darüber zu sprechen, bis sie aus London zurück war und wir hatten versprochen, uns daran zu halten. Was auch immer sie hoffte, herauszufinden, sie tat nichts einfach so. Bei ihr hatte alles einen plausiblen Hintergedanken.

»Sagen Sie mal, Sally, wissen Sie, ob Mrs Harris irgendwelche Feinde hatte? Ich verstehe einfach nicht, wieso sie ermordet wurde. Ich meine, gerade weil sie doch so offensichtlich überall beliebt war. Wie kann es da sein, dass ihr jemand nach dem Leben trachtet?«

»Aber war es denn nicht so, dass sie ihren Mörder oder ihre Mörderin beim Diebstahl überraschte und deshalb sterben musste?«

»Das wird noch geprüft. Tatsächlich war ich davon überzeugt, dass sie die Sakristei wieder verlassen hat. Wir haben eine Frau über den Friedhof gehen sehen, die von hinten so aussah wie Mrs Harris.«

»Aber sie war es nicht?«

»Wohl nicht. Wie hätte sie sonst tot im Schrank liegen können?«

»Vielleicht ist sie noch mal zurückgekommen.«

»Daran habe ich auch kurz gedacht. Sie hatte ihren Mantel vergessen, das wäre ein Grund. Allerdings lag er nicht in der Sakristei, sondern im Stand von Mr Mallowan. Außerdem hätten wir sie bestimmt gesehen, wenn sie zurückgekommen wäre. Ich werde trotzdem mit Margret über diese Möglichkeit sprechen. Vielleicht haben wir bisher irgendetwas außer Acht gelassen und wir beide bringen zur Abwechslung jetzt mal Margret auf die richtige Fährte.« Ich knuffte Sally mit dem Ellenbogen an.

»Das kann ich kaum glauben. Miss Miller ist ein geistiges Genie! Aber wer weiß …«

»Wir beide sind doch auch nicht dumm, Herzchen. Sie schon gar nicht! Mal überlegen … potenzielle Feinde von Evelyn …«

»Schwer vorstellbar, würde ich sagen. Ich glaube, Sie hatte neulich eine kleine Auseinandersetzung mit Mrs Mallowan, aber ich möchte da wirklich nichts Falsches sagen. Es war sicher ganz harmlos.«

»Mit Mrs Mallowan? Mit der Frau unseres Dorfschullehrers?«

»Ja, vielleicht war es auch eher eine impulsive Diskussion. Sie stritten sich ein bisschen auf der Straße in der Nähe unseres Ladens. Vielleicht unterhielten sie sich auch nur lauter. Ich wollte nicht lauschen.«

»Das glaube ich Ihnen. Dazu sind sie viel zu anständig, meine Liebe.« Ich lächelte nachsichtig. Natürlich hätte ich gerne mehr erfahren, aber Sally konnte man nicht böse sein. Sie war einfach entwaffnend loyal. Schweigend gingen wir weiter. Nach einigen Metern ließ mir ihre Aussage allerdings dann doch keine Ruhe. Eine impulsive Diskussion mit Mrs Mallowan? Die Frau unseres Lehrers war alles Mögliche, aber ganz sicher nicht impulsiv. Und dass man mit ihr diskutieren konnte, hielt ich schlichtweg für ausgeschlossen.

»Mrs Harris und Mrs Mallowan sind beide überhaupt keine streitlustigen Charaktere«, hakte ich vorsichtig nach. »Mrs Mallowan sagt doch immer zu allem nur ja und Amen.«

»Ja, normalerweise tut sie das, nicht wahr? Ich habe auch noch nie erlebt, dass sie jemandem auch nur ansatzweise widersprochen hätte.«

»Dann muss sie etwas wirklich sehr verstimmt haben. Ich kenne sie nur nickend. Und dazu lächelt sie. Manchmal denke ich, sie hat überhaupt keine eigene Meinung.«

»Ich glaube, es ging darum, dass Gordon Harris überhaupt nicht mehr erreichbar ist. Irgendetwas in der Richtung. Mrs Mallowan brauchte offenbar einen fachmännischen Rat von ihm für eine spezielle Pflanzensorte. Und daraufhin hat Evelyn plötzlich total überreagiert.« Sally riss schockiert die Augen auf. Es war offensichtlich, dass sie schon mehr gesagt hatte, als sie wollte und dass sie sich dafür schämte. Sally war definitiv keine Tratschtante. Wer lästern wollte, oder scharf auf die skurrilsten Neuigkeiten war, musste sich eine andere Gesprächspartnerin suchen.

»Den Rat hätte ihr doch sicher auch Evelyn geben können, oder Mr Pollit«, fügte ich gespielt gleichgültig an. Ich wusste, ich musste mit Fingerspitzengefühl an die Sache herangehen. »Er ist doch sehr kompetent.«

»Ja, das denke ich eigentlich auch. Mr Pollit hat alles so hübsch in Rosefield bepflanzt, nicht wahr? Er hat ein gutes Händchen für die Zusammenstellung von Blumen und Farben.«

»Ich frage mich, wieso Evelyn diesen Vorschlag nicht einfach gemacht hat? Das wäre doch naheliegend gewesen.«

»Ich weiß nicht, sie war ziemlich emotional. Ich konnte nicht genau verstehen, was sie sagte. Wissen Sie, ich will da wirklich nichts Falsches sagen, Mrs Wilson.«

»Schon gut, Schätzchen. Es ist alles in Ordnung. Ich kann das schon richtig einordnen, glauben Sie mir.«

»Ich glaube, es war Mrs Harris selbst peinlich, dass sie so unbeherrscht war. Und Mrs Mallowan fühlte sich ganz offensichtlich angegriffen und wollte das nicht einfach so auf sich sitzen lassen. Zumindest kam es mir so vor.«

»Tja, da ist wohl selbst der Lehrersgattin das Nicken vergangen.«

»Ja, so sieht es aus, nicht wahr? Aber wie gesagt, ich habe das alles nur am Rande mitbekommen. Und ich möchte wirklich nicht …«

»Ich weiß schon, meine Liebe. Die arme Mrs Harris war vermutlich einfach überlastet.«

»Geht es uns nicht allen manchmal so?«

»Ganz sicher sogar. Evelyns Nerven scheinen nicht sonderlich stabil gewesen zu sein in den letzten Tagen. Ihr ist wahrscheinlich eine Sicherung durchgebrannt. So etwas passiert! Schließlich sind wir alle immer noch Menschen und keine Maschinen.«

»So ist es.« Sally lächelte müde. Sie hatte Ringe unter den Augen.

»Was macht eigentlich Ihr Kreislauf?«

»Es geht wieder, danke.«

»Ich möchte Ihnen nicht zu nahetreten, aber manchmal kann auch ein Schwangerschaftstest recht schlüssige Erkenntnisse liefern.« Ich zwinkerte ihr zu. Sallys Überraschung hätte nicht größer sein können.

»Ein Schwangerschaftstest? Ja, aber …«

»Könnte es nicht sein, Schätzchen?«

»Nein! Ich meine, doch. Es ist nur so, dass George und ich seit Jahren versuchen, ein Kind zu bekommen. Eine Zeitlang war ich am Boden zerstört, weil es einfach nicht funktionierte. Wir waren bei Ärzten, haben uns untersuchen lassen. Biologisch ist alles in Ordnung. Trotzdem wurden wir immer wieder enttäuscht. Es gibt keine plausible Erklärung.«

»Ach, Sie Arme, ich hatte ja keine Ahnung. Das muss furchtbar sein.« Ich sah sie mitfühlend an.

»Ich habe eigentlich auch mit niemandem darüber gesprochen. In den letzten Wochen hatte ich mich langsam damit abgefunden und George und ich haben Pläne für eine Zukunft zu zweit gemacht. Wir haben uns lauter schöne Dinge ausgemalt, um uns zu trösten. Reisen, die wir noch unternehmen möchten und die mit Kind schwierig wären. Berufliche Pläne. Ich könnte vielleicht Backkurse geben.«

»Tolle Idee, ich würde mich sofort anmelden!« Liebevoll legte ich den Arm um sie und drückte sie an mich. »Wissen Sie, ich möchte wirklich nicht wieder Hoffnung in Ihnen schüren, aber Sie sagten, Sie hätten normalerweise nie Kreislaufprobleme und bei meinem ersten Sohn fing die Schwangerschaft genauso an. Wann war denn Ihre letzte Periode?«

Sally begann zu rechnen. Inzwischen hatten wir die Hälfte des Sees umrundet. Die Sonne, die sich kurz hinter einer Wolke versteckt hatte, trat wieder hervor und ließ das Wasser glitzern. Ein kleiner Fisch sprang hoch und tauchte sofort wieder ein. Tanzende Wellen zogen um die Stelle ihre Kreise. Die Vögel zwitscherten muntere Lieder, es roch blumig und wenn man ganz still war, hörte man das Surren von Insekten und hin und wieder auch das Knacken eines Astes der am Ufer stehenden Bäume. Was für ein idyllisches Bild nach einem Mord in einer Sakristei.

Doch selbst hier an diesem friedvollen Ort war der Schein trügerisch. Denn plötzlich bemerkten wir in einiger Entfernung etwas Merkwürdiges.

»Was ist denn das da hinten?« Sally hielt im Zählen inne und kniff die Augen zusammen. Um mehr erkennen zu können, legte sie ihre Hand als Sichtschutz an die Stirn. »Sieht ja beinahe so aus, als hätte jemand wahllos irgendwelche Kleidungsstücke hier entsorgt.«

»Tatsächlich! Jetzt sehe ich es auch. Also, ist das zu fassen? Es gibt doch überall Sammelstellen. Muss man denn seinen Unrat ausgerechnet an das Ufer unseres schönen Sees werfen? Unmöglich! Das war doch niemals jemand aus Rosefield!«

»Was ist nur los mit unserem Dorf?«

»Grundgütiger!« Ich blieb abrupt stehen und hielt Sally am Arm fest. Mein Versuch, weiterzusprechen, endete in einem kehligen Laut. Ich brachte einfach nichts heraus. Meine Gesichtsmuskulatur versagte ihren Dienst.

»Was ist los, Mrs Wilson? Geht es Ihnen nicht gut?« In Zeitlupe hob ich den Arm und deutete auf den vermeintlichen Haufen von Kleidungsstücken, dem wir uns inzwischen bis auf etwa 50 Meter genähert hatten, als mein Hirn es endlich schaffte, die Worte, die ich sagen wollte, auf meinen Mund zu übertragen.

»Da, da hinten, Sally! Dort!« Ich stocherte hektisch mit dem Zeigefinger in der Luft herum. »Sehen Sie es denn nicht? Das ist kein Kleiderhaufen. Ich meine, nicht nur, da steckt jemand drin! Es schaut eine Hand heraus und da! Himmel, Sakrament! Da sind auch Beine!«

»Wie bitte?« Versteinert starrte Sally Kinsley auf den Haufen. »Du lieber Gott!«, flüsterte sie. »Es ist ein Mensch!«

Ohnmächtig sackte sie in sich zusammen. Ich konnte gerade noch meine Arme ausstrecken und ihren Sturz abdämpfen. Unfassbar, wie schwer dieses zarte Persönchen plötzlich war. So behutsam, wie es meine verbliebene Kraft zuließ, legte ich sie auf dem Boden ab. Mechanisch zog ich meine Jacke aus und drapierte sie unter Sallys Kopf. Ich hatte Gänsehaut am ganzen Körper, aber mir war nicht kalt. Im Gegenteil! Schweiß drang aus all meinen Poren. Eigenartig, wie man in Extremsituationen einfach weiter funktioniert. Reflexartig griff ich in meine Handtasche, holte mein Handy heraus und drückte den grünen Hörer unter dem Kontakt von Dr. Hastings. Es war, als hätte jemand meine Hände programmiert. Während ich darauf wartete, dass er sich meldete, starrte ich wie versteinert auf den leblosen Körper. Ich wagte nicht, näher heranzugehen. Ich wagte noch nicht einmal, zu atmen oder zu blinzeln. Schon von Weitem konnte man erkennen, dass es ein furchterregender Anblick war. Es handelte sich um eine Frau, um eine blonde Frau. Ihr Kopf wirkte völlig deformiert. Die rebellischen Fragen in meinem Kopf bildeten ein unentwirrbares Knäuel. Wie die Wolle von Margrets Socken.

»Meine liebe Mrs Wilson, was verschafft mir die Ehre?« Noch nie war ich so froh, die Stimme des Doktors zu hören. Plötzlich fiel alles von mir ab und ich fing lauthals an zu schluchzen. Ich konnte gar nicht mehr aufhören. »Um Himmels Willen, Elisabeth! Was ist passiert? Wo sind Sie?«

»Am See!«, war alles, was ich zustande brachte, während Sally sich langsam wiederaufrichtete. Dann heulte ich lauthals los und sank auf meine Knie. Es hätte mir peinlich sein müssen, doch seltsamerweise war es das in diesem Moment nicht. Ich konnte ohnehin nichts dagegen tun. Meine Emotionen drangen aus mir heraus, als habe sich ein Schleusentor geöffnet.

»Ich komme sofort!«

Dr. Hastings Entschlossenheit wirkte auf mich wie ein Rettungsanker, nach dem ich dankbar griff. Er war ein verlässlicher Freund, ein Beschützer. Bereits wenige Minuten später war er da und fand uns zusammengekauert unter einem Baum sitzend, hinter dem Sally sich wenige Sekunden zuvor übergeben hatte. Krampfhaft hielten wir uns an den Händen und lehnten uns an den massigen Stamm. Der einzige Halt, den wir hatten.

»Oh, Jonathan!«

Er beugte sich zu mir herunter und ich schluchzte hemmungslos in sein Jackett. Es war mir egal. Ich war einfach nur froh, dass er da war. Und ich spürte, dass ich auf diesen Menschen in meinem Leben nie wieder würde verzichten wollen.

»Was ist denn nur, liebste Elisabeth?«

Er strich mir liebevoll über das Haar. Was für eine Wohltat, sich seit langer Zeit einmal wieder umsorgt zu fühlen. Ich hatte beinahe vergessen, wie das war. Sally deutete auf die tote Frau am Ufer. Dr. Hastings wurde blass.

»Gütiger Himmel! Was, ich meine, wer …« Er erhob sich und ging langsam auf den leblosen Körper zu. Ich sah durch meinen Tränenschleier, wie er sich darüber beugte und um Fassung rang. In Zeitlupe drehte er sich um und kam mit versteinerter Miene zu uns zurück. Sein Blick machte mir Angst.

»Wer ist es?« Ich konnte nur flüstern. Meine Stimme versagte ihren Dienst. Auch Sally blickte Dr. Hastings aus ihren großen Augen an.

»Ja, Doktor, sagen Sie uns, ob Sie die Frau kennen.«

»Ich kenne sie.« Er schluckte und sein Adamsapfel wanderte hoch und runter. »Ich habe Sie sogar kürzlich noch besucht, um ihr mein Beileid auszusprechen. Es ist Rosie Bennett.«

Mir entfuhr ein Schrei. Rasch presste ich mein Taschentuch vor den Mund.

»War es ein Unfall?«, flüsterte Sally schwach.

»Nein. Definitiv nicht! Sie wurde ermordet!«

21

Inspector Brown durchquerte die kleine Polizeiwache von Rosefield trotz seiner kurzen Beine mit festen Schritten. Sein Versuch, die speckigen Arme dabei auf dem Rücken zu verschränken, misslang kläglich. Ich bemühte mich wirklich immer wieder aufs Neue, ihn ernst zu nehmen, doch bislang fehlte mir das passende Rezept dafür. Seine Hose hatte er weit über den ausladenden Bauch gezogen und dennoch schien sie immer noch zu lang zu sein. Ich hätte ihm natürlich Mrs Lewis empfehlen können, aber das konnte ich unserer armen Schneiderin nun wirklich nicht antun. Sally und ich saßen nebeneinander vor Sergeant Willis Schreibtisch wie zwei unartige Schulkinder vor dem Direktor. Constable Dale war ebenfalls anwesend. Der arme. Seinen freien Tag hatte er sich bestimmt anders vorgestellt. Auch Dr. Hastings war einbestellt worden, da er es gewesen war, der die Polizei verständigt hatte. Ich hatte Margret auf dem Weg hierher eine Nachricht geschrieben, nachdem meine Versuche, sie anzurufen, erfolglos geblieben waren. Wahrscheinlich lag ihr Handy mal wieder in den Untiefen ihrer nostalgischen Tasche, die sich am Griff aufzulösen begann. Ich musste mir eingestehen, dass ich darauf brannte, sie an meiner Seite zu haben. Meine Margret, die immer die Nerven behielt und zu allem sachlich Auskunft geben konnte, ganz egal, was gerade geschehen war. Ohne sie fühlte ich mich wie ein gestrandeter Fisch. Wenigstens war Dr. Hastings hier. Hatte ich ihn tatsächlich vorhin am See Jonathan genannt? Wie peinlich! Das war sicher der Schock gewesen. Ich hoffte inständig, dass er sich nicht mehr daran erinnern würde.

»Mrs Wilson und Mrs Kinsley.« Die Worte kamen scharf, sodass ich zusammenzuckte. Inspector Brown war hinter den Schreibtisch getreten und beugte sich darüber, soweit seine Vorderfront diese Bewegung zuließ. Spucke war auf der glänzenden Mahagonifläche gelandet und ich betrachtete angeekelt mehrere kleine Bläschen. »Sie beide haben die Tote am See also gefunden.« Ich hörte, wie er mit der Fußspitze ungeduldig auf den Boden tippte. Offensichtlich hatte er heute noch etwas anderes vor und wollte die Sache hier schnell hinter sich bringen. Seine Stirn glänzte wie eine Speckschwarte und erinnerte mich an den Deckel einer Teekanne von innen. Er fischte ein Stofftaschentuch, das schon wesentlich bessere Zeiten erlebt hatte, aus seiner Hosentasche, um sich damit abzutupfen. Wir waren uns schon häufiger begegnet. Immer hatte er geschwitzt. Auch im Winter bei Minusgraden. Unwillkürlich starrte ich auf seine abgekauten Fingernägel, von denen nicht mehr übriggeblieben war als ein schmaler Streifen. Die Haut drumherum war gerötet, teilweise sogar blutig. Er musste ein sehr unentspannter Mensch sein.

»Ja, so ist es leider«, antwortete Sally leise. Sie saß wie ein Häufchen Elend neben mir. Ihre Gesichtsfarbe war grauer als die abgekühlte Asche in unserem Kamin. George Kinsley lief wie ein nervöses Raubtier vor dem Fenster der Polizeiwache Patrouille und spähte alle zwei Sekunden hinein. Dr. Hastings hatte ihn sicherheitshalber informiert. Ich hielt das für eine gute Idee. Es würde der mitgenommenen Sally helfen, wenn sie wusste, dass ihr Mann in der Nähe war. Die kleinen Schweinsaugen des Inspectors huschten hektisch zur Fensterscheibe.

»Kann jemand den Herrn da draußen bitten, sich ruhig zu verhalten? Er macht mich nervös.«

Ich reckte trotzig mein Kinn nach vorne.

»George Kinsley sorgt sich um seine Frau. Können Sie sich das nicht vorstellen?«

»Aber ich muss hier meine Arbeit machen, Mrs Wilson. Wenn ich mich um jede kleine Empfindlichkeit kümmere, sitzen wir morgen noch hier. Also bitte!«

Dr. Hastings erhob sich.

»Ich rede mit ihm. Vielleicht kann er im Vorraum warten.« Er blickte mich vielsagend an. Wir dachten das Gleiche. Wie so oft.

»Ich glaube ja nicht, dass wir viel beitragen können, verehrter Inspector. Wir sind spazieren gegangen und haben dabei die Leiche gefunden. Das ist im Grunde genommen alles.«

Ich breitete ergeben die Hände auseinander.

»Nun, das werde ich selbst entscheiden, wenn Sie erlauben.«

Dr. Hastings kehrte zurück. Ich rollte genervt mit den Augen und er grinste. »Willis, gibt es hier in diesem Saftladen irgendetwas zu trinken?«

»Doch, natürlich, wir haben Wasser, Tee …«

»Ich will mich doch nicht waschen, Sergeant!« Der Inspector schnaufte wie eine alte Dampflok. »Gibt es keinen Brandy?«

»Aber wir sind doch alle im Dienst.«

»Ja, ja, Sie haben recht, aber das hier sind besondere Umstände und ich bin schließlich Ihr Vorgesetzter. Ich genehmige es.«

»Wenn Sie meinen.« Der Sergeant zuckte mit den Schultern. »Da sagen wir doch nicht nein, was, Dale? Holen Sie doch mal die Flasche vom letzten Weihnachtsfest und Gläser für uns alle. Aus dem Schrank im Vorraum. Sind zwar nur Wassergläser, aber die werden es wohl auch tun. Not macht erfinderisch, wie ich immer sage.« Sein wieherndes Lachen erfüllte den Raum.

Der Constable grinste, erhob sich und verließ das Zimmer. Inspector Brown zog ein mit Fettspritzern überzogenes Notizbuch aus seiner Jackentasche und schlug es auf. Ein Bleistiftstummel diente den krakeligen Notizen. Er war am hinteren Ende abgekaut.

»Also, bei der Leiche handelt es sich um Rosie Bennett, richtig, Doktor? Warten Sie, ich notiere.« Er schnaufte wieder und schob dabei seine Unterlippe unter die Oberlippe.

»Ja, das ist richtig.«

»Und woher wissen Sie das so genau?«

»Nun, ich kenne die Familie Bennett. Ich war noch vor ein paar Tagen bei Mrs Bennett, weil ihr Mann gestorben war. Ich wollte nach ihr sehen und fragen, ob ich vielleicht etwas für sie tun kann.«

»Nach eigenen Angaben haben sie vorhin sofort gesehen, dass es sich um Mord handeln muss. Woran machen Sie diese Aussage fest?«

Dr. Hastings zog die Augenbrauen hoch.

»Ihr Schädel war eingeschlagen. Das hat sie sich wohl kaum selbst zugefügt.«

»Aha! Aber ihr könnte doch auch etwas auf den Kopf gefallen sein, nicht wahr? Ein Ast zum Beispiel. Es gibt schließlich Bäume am See. Also war es vielleicht auch ein Unfall.«

»Wohl kaum, Inspector. Sie muss mit einem sehr harten Gegenstand kräftig auf den Kopf geschlagen worden sein, mit einem großen Hammer, einer Eisenstange, einem Baseballschläger oder etwas Vergleichbarem.«

»Wieso sollte nicht auch ein starker Ast das bewirken können?«

»Es lag kein großer Ast herum. Außerdem wurde Mrs Bennett danach in den See geworfen. Ihr Körper muss sich eine Weile unter Wasser befunden haben, das zeigt die Haut ganz deutlich.«

»Wie lange?«

»Da der See in dieser Jahreszeit noch sehr kalt ist, lässt sich das schwer feststellen. Da verändert sich eine Leiche wesentlich langsamer als an Land. Exakt kann ich es wirklich nicht sagen. Das muss die Gerichtsmedizin klären.«

Constable Dale kehrte mit einem Tablett zurück. Darauf standen Gläser und eine Flasche Brandy. Mir fiel etwas ein.

»Patrick, waren Sie eigentlich heute bei Mrs Bennett? Wir haben uns gestern darüber unterhalten, weil doch eigentlich heute ihr freier Tag gewesen wäre, wissen Sie noch?«

»Ja, ich war tatsächlich dort, aber dieser Gärtner, Hausmeister oder was auch immer er ist, hat mir gesagt, Mrs Bennett wäre nicht zu Hause. Also bin ich wieder gegangen.«

»Stanford.« Ich nickte verständig.

»Ich habe nicht weiter nachgefragt. Vielleicht hätte ich das besser tun sollen. Aber ich dachte, sie hätte unseren Termin vielleicht einfach vergessen oder wäre inzwischen von ihrem Vorwurf abgekommen.«

»Was für ein Vorwurf?« Der Inspector hielt im Schreiben inne. Constable Dale sah seinen Vorgesetzten wach an.

»Sie beschuldigte ihre Angestellten, etwas mit dem Tod ihres Mannes zu tun zu haben. Ich weiß nicht so recht, was ich davon halten soll. Sie war in letzter Zeit wohl manchmal – sagen wir mal, sie war wohl manchmal nicht ganz bei sich.«

»Das war doch dieser Todesfall drüben in Candleham, oder, Sergeant? Der Mann ist ganz plötzlich krank geworden und dann gestorben.«

»Ja, Inspector. Stimmt genau. Guter Spieler, sehr sportlich. Wollte unseren jungen Constable eigentlich heute begleiten, aber …«

»Golf?«

»Cricket! War der beste Mann im Team.«

»Tja, aber das war kein Mord!« Inspector Brown schlug sein Notizbuch zu. »Dr. Samuel Bell hat einen natürlichen Tod bescheinigt. Alles ganz harmlos.«

Dr. Hastings hob den Zeigefinger.

»Er könnte sich aber auch geirrt haben. Ohne weitere Untersuchungen konnte er bestimmte Einflüsse gar nicht erkennen.«

»Nana, Herr Doktor, wir wollen doch mal die Kirche im Dorf lassen und nicht das Urteil eines Ihrer Kollegen anzweifeln. Finden Sie nicht, dass hier aktuell schon genug los ist? Ich muss mich schließlich auch noch mit dieser Leiche im Kleiderschrank befassen.«

»Na ja, aber trotzdem darf man ja Möglichkeiten nicht einfach außer Acht lassen.«

»Wer hat eigentlich den Ehemann informiert? Ich meine den von der Leiche bei den Messgewändern.«

»Das habe ich getan.« Der Sergeant warf sich in die Brust und straffte die Schultern. »Keine einfache Aufgabe, kann ich Ihnen sagen. Gibt schönere Tage in unserem Berufsleben. Aber ich kenne Gordon schon seit Jahren, eigentlich so lange, wie er mit Evelyn die Gärtnerei betreibt. Da sah ich es als meine Pflicht an. Hat den Laden heute gar nicht aufgemacht, der arme Kerl. Scheint ziemlich mitgenommen zu sein. Dale, schenken Sie doch mal den Brandy ein. Den haben wir jetzt nötig, was, Doktor?«

Er schlug dem armen Dr. Hastings mit voller Wucht auf die Schulter.

In diesem Moment wurde die Tür aufgerissen und Miss Shaw stöckelte herein. Nach einer kurzen Irritation, die wohl dem überfüllten Raum geschuldet war, mit dem sie nicht gerechnet hatte, ging sie schnurstracks auf den Inspector zu und tippte mit ihrem angeklebten Fingernagel energisch auf die Tischplatte.

»So, Sie sagen mir jetzt, was mit den Basareinnahmen ist!«

»Guten Tag erst mal!«, brummte Inspector Brown.

»Miss Shaw« schaltete sich Sergeant Willis ein, »ich weiß, dass sie besorgt sind, aber im Moment …«

»Besorgt? Ich habe am Samstag hart gearbeitet im Stand von Mr Moore. Über Stunden! Ich verlange, dass die Polizei das Geld findet, wenn schon Mrs Wilson nicht in der Lage war, darauf aufzupassen!« Sie drehte sich zu mir um und grinste künstlich. Vor lauter Empörung blähte ich die Wangen auf. »Ich habe ja gleich gesagt, der ganze Aufwand ist einfach zu viel für sie.«

»Wie bitte?« Ich war fassungslos! Wie konnte diese Schnepfe es wagen, hier aufzukreuzen und mich bloßzustellen?

»Machen Sie sich nichts draus«, säuselte sie. »Wir werden ja alle nicht jünger. Es ist absolut legitim, dass man hin und wieder ein bisschen überfordert ist.«

»Aber ich bin nicht überfordert! War ich keine einzige Minute lang! Hören Sie auf mit Ihren Lügengeschichten!«

»Ich bitte Sie, meine liebe Mrs Wilson. Das Geld ist weg und da war den ganzen Tag dieser eigenartige Gestank, der die Leute vertrieben hat.«

»Ja, wo der herkam, möchte ich auch mal gerne wissen.« Ich stemmte die Hände in meine nicht vorhandene Taille. »Aber vertrieben hat er niemanden. Der Basar war so gut besucht, wie ich es mir nicht einmal erträumt hatte! Und zwar den ganzen Tag lang!«

»Das war doch reiner Anstand. Weil niemand Sie verletzen wollte. Aber was sich alle gedacht haben, das wissen wir ja wohl beide. Überlassen Sie solche Aufgaben in Zukunft lieber mir. Dann läuft wenigstens alles.«

»Also, Miss Shaw, das finde ich jetzt aber …«, bemühte Patrick sich, dazwischenzugehen.

»Entschuldigung, aber das ist nun einmal die Wahrheit! Die muss man doch auch mal beim Namen nennen dürfen! Bei alten Leuten gibt es einfach zu viele unsichere Aspekte. Haben wir ja gerade wieder erlebt!«

Ich zog scharf die Luft ein, doch bevor ich etwas sagen konnte, berührte mich Dr. Hastings am Arm. Breitschultrig baute er sich vor Elvira Shaw auf.

»Ich halte es für das Beste, wenn Sie jetzt gehen.« Er sprach ganz langsam und bestimmt. Sein Tonfall ließ keinen Widerspruch gelten. Dennoch bäumte Miss Shaw sich erneut auf.

»Aber ich bin hier noch nicht fertig. Ich will eine Zusage, dass sich um die Einnahmen gekümmert wird. Und zwar sofort! Ansonsten hat diese Frau das alles zu verantworten!« Beinahe hätte sie mir mit ihrem Zeigefinger über die Nase gekratzt.

»Es wird sich darum gekümmert«, mischte sich Sergeant Willis ein. »Aber zuerst einmal müssen hier Mordfälle aufgeklärt werden.«

Dr. Hastings funkelte Elvira an, als wäre sie verdorbener Eintopf.

»Ich denke, wir sind uns einig, dass der absichtlich herbeigeführte Tod von Menschen oberste Priorität hat. Oder etwa nicht, Miss Shaw?« Seine Worte drangen zischend durch zusammengepresste Zähne.

»Menschen? Wieso Menschen? Ich weiß nur von einer Toten.«

Constable Dale setzte zu seiner Erklärung an.

»Mrs Bennett wurde ermordet am See gefunden. Von Mrs Kinsley und Mrs Wilson.«

Miss Shaw wurde bleich.

»Mrs Bennett? Ach du meine Güte!«, stammelte sie. »Aber wieso? Wann? Ich hatte ja keine Ahnung. Also das …«

Jetzt wurde Dr. Hastings ungehalten.

»Anstatt Mrs Wilson Vorwürfe zu machen, die völlig aus der Luft gegriffen sind, wäre es wesentlich angebrachter, etwas Mitgefühl an den Tag zu legen, anstatt sich hier derart kindisch aufzuführen! Schämen Sie sich, Elvira!«

»Ist schon gut, mein Lieber«, raunte ich ihm zu.

»Ich widerspreche Ihnen wirklich ungern, aber gar nichts ist gut! Es macht mich extrem wütend, wenn haltlose Anschuldigungen vor aller Augen und Ohren ausgesprochen werden, mit der einzigen Absicht, Sie zu brüskieren, Elisabeth. Das werde ich nicht dulden!« Sein Kopf war purpurn angelaufen und er schlug mit der Faust auf den Schreibtisch. So zornig hatte ich ihn noch nie erlebt. Auch wenn ich nicht wollte, dass er sich so aufregte, so war ich doch auch geschmeichelt, weil er so vehement Partei für mich ergriff. »Verlassen Sie diesen Raum, Miss Shaw und kommen Sie erst dann zurück, wenn Sie etwas Konstruktives beizutragen haben! Etwas, das die Polizei nicht unnötig bei ihren Ermittlungen behindert, sondern ihr dabei hilft, die Mordfälle aufzuklären!« Er wies mit ausgestrecktem Arm zur Tür.

»Sergeant Willis!« Miss Shaw klimperte mit den Wimpern. »Wieso lassen Sie es zu, dass er so mit mir redet?«

Der Angesprochene schob polternd seinen Stuhl zurück und baute sich neben unserem Arzt auf. Mit verschränkten Armen und verengten Augen fixierte er Elvira Shaw.

»Na, weil er recht hat! Sie kosten uns hier gerade jede Menge Zeit! Die haben wir nicht. Also raus!«

Ich hätte am liebsten applaudiert! Trotzig hob Miss Shaw die spitze Nase und rauschte ohne ein weiteres Wort nach draußen. Vor dem Fenster knickte sie mit ihren kleinen Absätzen um und stolperte. Dabei löste sich eine Haarsträhne und fiel ihr ins Gesicht. Es war vielleicht unpassend, dass ich grinsen musste, aber ich hatte keinen Einfluss auf meine Mundwinkel.

Constable Dale reichte jedem ein fast bis zum Rand gefülltes Glas. »Na dann zum Wohl. Auf die Ruhe, die nun hoffentlich wieder einkehrt.« Wenn ich den Inhalt komplett leeren würde, könnte ich mir auch gleich hier auf der Wache eine Liege suchen. Nach Hause würde ich es jedenfalls ganz sicher nicht mehr schaffen. Inspector Brown war da abgehärteter. Er nahm einen großen Schluck, der fast nichts zurückließ und schmatzte genüsslich. Ich wunderte mich, dass er das Glas mit seinen wurstigen Fingern überhaupt umgreifen konnte. Angewidert beobachtete ich sein darauffolgendes Aufstoßen. Immerhin wurde es zumindest von keinem unliebsamen Ton begleitet.

»Das war jetzt aber wirklich nötig!« Der Inspector hatte die Augen geschlossen und schniefte durch seine Steckdosennase. »Ich muss schon sagen, dieser Ort wird immer eigenartiger.«

Patrick kratze sich an der Stirn.

»Hat eigentlich schon jemand dieser dubiosen Tante von Mrs Bennett Bescheid gegeben?«

Inspector Brown straffte triumphierend sein Doppelkinn.

»Selbstverständlich! Das habe ich höchstpersönlich erledigt, nachdem ich informiert worden war.«

Ich konnte mir einen Spruch nicht verkneifen.

»Wahrscheinlich in ihrer stets sensiblen Art, nicht wahr?«

»Wie soll ich das denn verstehen?«

»Na, so wie ich es gesagt habe.« Ich lächelte ihn an. Sally, die die ganze Zeit vor sich hingestarrt hatte, begann plötzlich wieder zu schluchzen. »Beruhigen Sie sich, meine Liebe. Wir werden den Mörder schon finden. Ganz sicher. Wenn Margret erst …«

Inspector Brown fiel mir ins Wort.

»Nun, aber Miss Miller ist nicht hier, oder sehe ich das falsch? Davon abgesehen ist die Polizei auf ihre Hilfe nicht angewiesen. Ich komme auch sehr gut allein zurecht.«

Ich zuckte mit den Schultern.

»Wenn Sie meinen.«

»Und was heißt da überhaupt: den Mörder? Offensichtlich gibt es zwei Mörder und einen Dieb, Mrs Wilson. Oder haben Sie noch nicht nachgezählt? Die Leiche im Schrank, die Leiche am See und der Diebstahl der Basareinnahmen.«

»Oh, keine Sorge, bis drei zählen kann ich gerade noch. Aber vielleicht hat ja auch eine einzige Person das alles auf dem Kerbholz!«

»Wie kommen Sie denn darauf?«

»Könnte doch sein.«

»Werden Sie nicht albern. Wo sollte denn da der Zusammenhang bestehen?« Der Inspector schüttelte spöttisch den Kopf.

»Also, Margret sagt immer, dass es häufig einen gibt, auch wenn man ihn nicht auf den ersten Blick erkennt. Sie findet, dass man nicht nur beobachten sollte, sondern dass man auch die richtigen Schlüsse ziehen muss, verstehen

Sie?« Wichtig hob ich den Zeigefinger und nickte dazu ernst! Dieser Hampelmann sollte ja nichts gegen Margrets Weisheiten sagen, sonst bekäme er es aber mit mir zu tun!

»Jaja!« Er wedelte mit seinen Knubbelhänden in der Luft herum. »Hören Sie, Mrs Wilson, Ihre Freundin war uns in der Vergangenheit ja schon mit einigen ganz passablen Einfällen behilflich, aber man könnte doch auch den Eindruck gewinnen, dass sie langsam etwas schrullig wird. Wie dem auch sei …«

Meine Handfläche schlug auf den Schreibtisch!

»Ich muss doch sehr bitten, Inspector! Man kann Margret sicherlich mit einigen Attributen belegen, aber sie ist nicht schrullig! Nehmen Sie das sofort zurück!«

»Das tut ja jetzt auch nichts zur Sache. Sie sind nach den Ereignissen des Tages verständlicherweise unbeherrscht. Aber zügeln Sie jetzt bitte Ihre Emotionen.«

»Was soll ich?«

Sergeant Willis räusperte sich geräuschvoll. Der Brandy hatte offenbar schon seine erste ermutigende Wirkung entfaltet.

»Also, ich will Ihnen ja nicht zu nahetreten, Chef, aber ich finde auch, dass Sie ein klein wenig respektvoller mit den hier anwesenden Damen sprechen könnten.«

»Nicht nur mit den anwesenden, auch über abwesende. Wie zum Beispiel Margret!«, ergänzte ich. So viel Zeit musste sein.

In diesem Moment wurde erneut die Tür aufgerissen und Mabel Stewart füllte den Rahmen aus.

22

Vor ihren ausladenden Busen gepresst umklammerte sie mühevoll einen schweren Hammer, dessen Griff sie mit einem Handtuch umwickelt hatte. Dazu schnaubte sie wie ein asthmatisches Walross. Ihre Augen waren weit aufgerissen und die Apfelwangen gerötet. Auf Höhe der Nasenflügel schimmerten rechts und links kleine, rissige Äderchen durch die Haut. Mit ihrem toupierten Haar in grellem Violett dazu gab sie ein wirklich skurriles Bild ab. Ich hatte kurz das Gefühl, im Kino zu sitzen und den Trailer zu einem dieser albernen Hollywood-Filme über mich ergehen lassen zu müssen. »Die Hammermörderin« oder »Die wahre Geschichte einer Mörderin – sie nahm immer den Hammer«, oder so etwas. Mabels wilder Blick wäre die Eintrittskarte zum Casting für die Hauptrolle gewesen. Ganz sicher! An ihren Ärmeln hingen schwarze Volants wie Flügel herunter, die viel zu lang waren. Wären die lila Haare nicht gewesen, hätte sie auch als überdimensionale Fledermaus durchgehen können. Für die Hexenrolle fehlte indes der Besen. Aber sie konnte ja auf dem Hammer reiten. Diesen ließ sie allerdings just in diesem Moment mit einem derart wuchtigen Aufprall fallen, dass die Schreibtischlampe zitterte. Wir zuckten alle gleichzeitig zusammen. Das Handtuch, das um den Griff gewickelt war, flatterte hinterher und landete unschuldig auf dem gewachsten Fußboden. Erst jetzt bemerkte ich, dass hinter Mrs Stewart noch jemand stand. Eine Person, die durch die ausladende Gestalt vor ihr fast völlig verdeckt wurde. Es war Gladys Price, deren Schluchzen nun lauter wurde.

»Nun hör schon auf mit diesssem Gewinsssel, du bissst schließssslich kein Welpe!«, fuhr Mabel sie unwirsch an und fixierte dann mit zu Schlitzen verengten Augen zuerst den Inspector, dann Sergeant Willis und zuletzt den Constable. »Da!« Mit pinkem Fingernagel deutete Mrs Stewart auf den Hammer und vergewisserte sich, dass sie die volle Aufmerksamkeit aller drei Polizeimitarbeiter hatte. Ihre Hände waren vom schweren Tragen angeschwollen und gerötet. Ein Ring schien sich in die Haut des rechten Ringfingers fressen zu wollen und war kaum noch zu sehen. »Diesssesss Ungetüm habe ich im Schuppen von Ssstanford Wilmot gefunden, dem Arbeitsssverweigerer, der bei meiner Nichte angestellt issst!« Sie machte eine gewichtige Pause, bevor sie ihre eigentliche Sensations-Neuigkeit zum Besten gab. »Und nun sssehen Sie ganzsss genau hin, meine Herren! Esss klebt Blut daran! Und zsswar verdammt viel Blut!« In demonstrativer Überheblichkeit klopfte sie sich den imaginären Schmutz von den Händen. »Dasss sssagt ja wohl allesss!«

Sally riss erschrocken die Augen auf und griff reflexartig nach meinen Händen, die ich auf meinem Schoß abgelegt hatte.

»Blut?«, flüsterte sie. »Großer Gott!«

»Schon gut, Schätzchen. Hier sind genug Leute, die sich darum kümmern werden!« In dem Versuch, sie zu beruhigen, tätschelte ich ihre kalte, schmale Hand, die zu zittern begonnen hatte. »Soll ich George holen?«

Sie schüttelte wie programmiert den Kopf. »Nein, es geht schon.«

Sergeant Willis beugte sich interessiert über den schweren Hammer, der geeignet gewesen wäre, einen Pfahl in den Boden zu rammen. Vor einigen Tagen hatte ich eine Reportage über einen Landwirt im Fernsehen verfolgt, Landwirt Fletcher aus Wales, der seine Zaunpfosten an der Kuhweide mit einem solchen Monstrum in die Erde geschlagen hatte. Dazu konnte man einen schweren Hammer in der Tat gut gebrauchen – wenn man Landwirt Fletcher war. Wenn man hingegen ein Mörder war oder eine Mörderin …

»Mhm! Hastings, könnte das die Tatwaffe sein? Was meinen Sie?« Er kräuselte abschätzend die Lippen und machte dann Platz für den Arzt, damit dieser sich eine fachmännische Meinung bilden konnte.

»Durchaus möglich. Mrs Bennett wurde definitiv mit einem schweren Gegenstand auf den Kopf geschlagen, also würde ich diesen Hammer auf keinen Fall ausschließen. Natürlich muss das alles genau untersucht werden, keine Frage. Das sind ja hier nur Spekulationen. Aber theoretisch wäre es möglich, ja.«

Mabel Stewart marschierte in die Mitte des Raumes und stellte sich so breitbeinig hin, dass ihr Rock spannte. Ich entschied, dass ich ihr nicht im Dunkeln über den Weg laufen wollte. Als wir sie im Haus der Bennetts kennengelernt hatten, war sie mir sympathischer gewesen, skurril vielleicht, aber nicht gänzlich unangenehm. Heute hingegen empfand ich fast schon Abscheu. Allein schon wegen der Art, wie sie mit der armen Gladys umsprang. Ihre fleischigen Füße waren in Ballerina-Halbschuhe gequetscht. An den Kanten hatte sich jeweils ein Wulst gebildet, über den sich eine beige Strumpfhose spannte. Ich verstand nicht, wie jemand den ganzen Tag so herumlaufen konnte. Abgesehen davon, dass es für meinen Geschmack noch zu kühl für eine solche Fußbekleidung war, musste ihr diese Tortur doch höllisch weh tun! Die Schuhe waren definitiv zu klein! Wie bei den bösen Stiefschwestern von Cinderella! Reflexartig zog ich die Zehen ein und biss mir auf die Lippe.

»Ich wussste schon die ganze Zsseit, dasss diessser Mann etwasss im Schilde führt!«, donnerte Mrs Stewart weiter. »Er issst ungehobelt, undankbar und kriminell! Von der übelsssten Sssorte! Gladysss!« Die Fledermausärmel flatterten, als sie sich schwungvoll umdrehte. »Steh nicht ssso da, sssondern komm gefälligssst her, wenn ich dich rufe!« Sie ging einen Schritt zurück und zerrte das verschüchterte Mädchen am Arm zu sich. »Bestätige den Leuten hier, dasss dein unqualifizssierter Kollege Ssstanford Wilmot unzssufrieden mit ssseiner Stellung issst. Losss!«

»Ja aber …, aber …« Hilfesuchend fuchtelte das Mädchen mit den Händen und wurde immer wieder von ihrem eigenen Schluchzen erschüttert. »Aber deshalb bringt er doch niemanden um! Außerdem ist er nicht unqualifiziert! Er kann viele Dinge sehr, sehr gut!«

»Schlusss mit diesssem Unsssinn, Gladysss Pricsse!« Mabel stampfte wütend mit dem rechten Fuß auf, womit sie durchaus Chancen in einer Flamencoshow gehabt hätte. Allerdings fehlte ihr zum Tanzen entschieden die Grazie. »Erspar unsss dasss Gefasssel und komm zssur Sssache! Ich warne dich, Fräulein! Nur die Fakten! Deine kindische Meinung interesssiert hier niemanden!«

Constable Dale hob abwehrend die Hand.

»Stopp, gute Frau! Nun mal ganz langsam, bitte. Sie schüchtern das Mädchen ja völlig ein. Sehen Sie das denn nicht?« Er breitete missbilligend die Arme mit den Handflächen nach oben aus und warf einen vorwurfsvollen Blick auf Sergeant Willis, weil dieser es offenbar nicht für nötig hielt, einzuschreiten.

»Ach, papperlapapp! Diesssesss Gör issst die Unfähigkeit in Perssson! Keinen Schlag bessser alsss ihr Kompagnon! Aber gut, wenn sssie nicht reden will, dann werde ich esss eben tun!« Sie verschränkte die Arme und sah sich triumphierend um. »Meine Nichte fühlte ssssich schon die ganzsse Zsseit unsssicher. In ihrem eigenen Hausss! Dasss musss man sssich mal vorstellen! Sssie hat mir mehrmalsss erzsssählt, dasss sssie Angssst hat! Dasss sssie sssich bedroht fühlt!« Mit herausquellenden Augäpfeln sah sie sich nach allen Seiten um. Sie hätte Erzählerin von Schauergeschichten für Pfadfinderlager werden sollen. Allein bei ihrem Anblick wären alle Kinder vom Lagerfeuer weggerannt. »Bedroht! Hören Sssie mich? Hätte sssie sssich doch nur früher der Polizssei anvertraut, dann würde sssie jetzsst noch leben. Wasss hätte sssie nicht noch allesss vor sssich gehabt, dasss arme, junge Ding?« Sie schnäuzte theatralisch und bedachte Gladys Price mit einem vernichtenden Blick. Abscheu sprach aus ihrer ganzen Körperhaltung. »Zssunächssst glaubte sssie, dasss diessse Schl… «

»Mrs Stewart, bitte denken Sie über Ihre Wortwahl nach!«, fuhr ich dazwischen. Ich hatte langsam genug von diesen Tiraden. »Sergeant, nun sagen Sie doch auch mal was! Oder Sie, Inspector Brown!«

»Jaja!« Der schwitzende Inspector fuchtelte mit seinen wurstigen Fingern. »Gibt es noch mehr Brandy?«

Vor Empörung über diesen unpassenden Einwurf blieb mir der Mund offenstehen.

»Noch mehr Brandy? Ist das jetzt Ihr Ernst?«

»Mrs Wilson hat ganz recht! Zügeln Sie Ihre unpassenden Betitelungen, Mrs Stewart! So etwas dulden wir hier in unserer Wache in Rosefield nämlich nicht!«, kam mir der Sergeant zur Hilfe und ich schenkte ihm ein dankbares Lächeln.

»Nun ssseien Sssie doch nicht ssso empfindlich!« Mabel schielte genervt zur Deckenlampe. »Alssso schön, meine Nichte war zssunächssst der Überzsseugung, dasss Gladysss ihren Mann ermordet hat! Und wer weißss? Vielleicht stimmt esss ja!« Sie rempelte das Mädchen unwirsch an.

»Mrs Stewart!«, mahnte Patrick.

»Wasss denn? Ich bin ganz verssehentlich gegen sssie gestoßssen.«

»Ich war das nicht! Sie müssen mir glauben!« Gladys schlug sich die Hände vors Gesicht. Hysterische Flecken bevölkerten ihren Hals und ihr Gesicht wirkte pergamentartig, als sie die Hände wieder wegnahm. Alles Blut schien daraus entwichen zu sein. Das arme Kind stand ganz offensichtlich kurz vor einem Zusammenbruch.

»Und Ssstanford, der Rüpel, den diesssesss unverschämte Frauenzssimmer hier zssu decken versssucht, war schon die ganzsse Zsseit auf der Sssuche nach einer anderen Arbeitsssstelle. Ssso issst es doch, Gladysss Pricsse? Mach schon den Mund auf, du ignorantesss Luder!«

»Das reicht jetzt!« Dr. Hastings ging drohend einen Schritt auf Mabel Stewart zu. Die hob ergeben die Hände.

»Mag ja sein, dass er sich umgesehen hat, aber das steht doch jedem frei. Ich kenne viele, die immer mal nach anderen Jobangeboten schauen«, kommentierte Constable Dale sachlich.

»Sie aber hoffentlich nicht, was Dale?« Sergeant Willis schlug seinem Schützling auf die Schulter.

»Im Moment zumindest noch nicht!«, presste dieser gequält durch zusammengebissene Zähne und ließ die Schulter nach hinten kreisen. »Ich will ja nur sagen, dass es heutzutage eher selten ist, dass jemand bis zur Rente bei ein und demselben Arbeitgeber bleibt. Das war vielleicht früher mal so. Gut, der blutige Hammer ist die eine Sache, die darf man natürlich nicht außer Acht lassen. Aber dass jemand zum Mörder werden soll, nur weil ihm seine Arbeit nicht mehr gefällt, halte ich doch für ziemlich weit hergeholt. Das ergibt doch überhaupt keinen Sinn!«

»Na ja, aber der Hammer ...« Sergeant Willis kratzte sich an der Nase. »Und das ganze Blut ...! Wo soll das denn herkommen?«

»Sssie sssagen esss, Ssssergeant! Der Hammer issst ein eindeutigesss Indizss!«

»Na ja, so direkt würde ich das jetzt vielleicht nicht sagen, dazu fehlen Beweise, Untersuchungen und so weiter, aber ...«

»Die Leute sssind doch Arbeiten heute allesssamt nicht mehr gewohnt. Wollen nur rumsssitzssen! Allesss issst ihnen zssu viel! Fehlt nur noch, dasss man ihnen zssur Belohnung Leckerlisss hinwerfen musss, wie Hunden!« Mabel Stewart schnaubte verächtlich. »Wollen ständig mehr Geld und mehr Freizsseit! Meine Nichte ging diesssem Ssstanford auf die Nerven, weil sssie alsss Chefin eben hin und wieder mal etwasss gefodert hat, anstatt Zssuckerstückchen zssu verteilen. Sssie hat ihn eben nicht fürsss Faulenzssen bezahlt! Hat er dasss nicht immer wieder gesssagt, Gladysss? Gerade in den vergangenen Tagen? Dasss Rosssie zssu viel von ihm will? Dasss man esss ihr nicht recht machen kann? Na?«

»Doch, schon, aber wirklich erst seit Kurzem. Vorher nie! Und deshalb ...«

»Eben! Ich sssage ja gar nicht, dasss er den Mord geplant hat, aber im Affekt hat er dann irgendwann zssugeschlagen!« In vollendeter Überheblichkeit wandte sie sich von rechts nach links und wieder zurück. »Weil Rosssie ihn auffordert hat, gefälligssst ssseinen Job zssu erledigen! Jawohl! Ich bin sssicher, dass sssie ssseine Fingerabdrücke an diesssem Hammer finden werden. Allesss andere würde mich sssehr wundern.«

»Stanford hat damit nichts zu tun! Er tut keiner Fliege etwas!«, heulte Gladys.

»Halt den Mund, Gladysss Pricsse! Du vergeudessst die Zsseit von diesssen Leuten hier! Dir hat wohl niemand beigebracht, wie man sssich benimmt!«

Ich schluckte meine Bemerkung über gutes Benehmen, das Mabel Stewart am allermeisten in diesem Zimmer vermissen ließ, herunter. Es fiel mir schwer, weil ich Gladys gerne unterstützt hätte, aber auf weitere unschöne Ausbrüche, die ein erneutes Einschreiten unweigerlich nach sich gezogen hätten, legte ich keinen Wert und alle anderen sicherlich auch nicht. Ich würde dem Mädchen später sagen, was ich von Mrs Stewarts Auftritt hier hielt.

Der schnaufende Inspector watschelte unterdessen auf den Hammer zu, was zu einem erneuten Schweißausbruch führte.

»Lassen Sie das Ding mal hier. Wir werden die Sachlage überprüfen.« Ein Tropfen fiel von seiner Stirn auf den Fußboden und landete direkt neben seinem Schuh, was ihn in keiner Weise zu stören schien.

»Tun Sssie das! Und prüfen Sssie auch, ob dasss Blut mit dem von meiner armen Nichte übereinstimmt! Wobei Sssie da eigentlich schon sssicher sssein können! Dasss liegt doch auf der Hand! Aber wenn Sssie sssich nicht beeilen, werden Sssie etwas ganzss sssicher nicht mehr finden und dasss issst Ssstanford!«

Patrick Dale blickte sie verwundert an.

»Wie kommen Sie darauf, Mrs Stewart?«

»Er issst verschwunden. Wie vom Erdboden verschluckt! Vielleicht sssucht er sssich schon sssein nächstes Opfer!«

Sally übergab sich in den Papierkorb.

23

Am Abend saß ich mit Lucy und dem Constable in unserem Wohnzimmer vor dem Kamin, als Margret hereinschneite. Sie hatte diesen triumphalen Gesichtsausdruck, der sich nur in ganz besonderen Momenten zeigte. Nämlich dann, wenn sie auf eine heiße Spur gestoßen war oder ein Rätsel gelöst hatte. Da war dieses verräterische Blitzen in ihren Augen und das leichte Zucken um die Mundwinkel, das nur ich bemerkte, weil niemand Margret so gut kannte wie ich. Zunächst stach mir allerdings etwas ganz anderes ins Auge. Und das war eine echte Sensation! Sie trug eine neue Jacke! Meine Freundin! Die Margret, die sich niemals neue Kleidungsstücke kaufte, solange die alten nicht komplett auseinanderfielen! Ich traute meinen Augen kaum. Vielleicht kannte ich sie doch nicht so gut, wie ich immer dachte?

»Bist du es wirklich oder sehe ich schon Gespenster?«

»Was meinst du?«, fragte sie unschuldig, nahm ihren Schal ab und gab sich sehr beschäftigt.

»Du weißt genau, wovon ich spreche.«

Lucy stand auf, um das neue Teil zu befühlen.

»Steht Ihnen gut, die Jacke, Miss Miller. Dieses Pastellblau ist sehr frühlingshaft. Es schmeichelt Ihrem Teint und lässt sie gleich viel fröhlicher aussehen.«

»Du meinst also, ich sehe sonst nicht fröhlich aus?«

»Na ja, doch, ich meine, nicht so richtig, also vielleicht etwas ernster, mehr so in Gedanken versunken oder …«

»Nun, ich war vorhin noch im Textilgeschäft. Man sagte mir, ich bräuchte eine … na, wie hieß es doch gleich? Ach ja, eine Übergangsjacke. Ja, genau, das war die Bezeichnung, die Mrs Scott gebrauchte.«

Ich hatte das Gefühl, einer Transformation beizuwohnen, die sich exakt in diesem Moment vor meinen Augen vollzog, live und in Farbe!

»Kein Mensch schafft es seit Jahren, dich zu einer Übergangsjacke zu überreden! Ach, was rede ich? Seit Jahrzehnten! Allein diese Bezeichnung führt bei dir zur Schockstarre! In etwa so wie Ausgehkleid! Oder Festtagsdress!«

»Nun, irgendwann ist immer das erste Mal, nicht wahr? Aber jetzt erzählt mal, was sich während meiner Abwesenheit hier zugetragen hat. Mrs Scott sagte, sie hätte den Wagen des unfähigen Inspectors gesehen. Und wieso hast du mir geschrieben, dass ich kommen soll, Elisabeth?«

»Oh Margret, es war schrecklich!« Nun platzte es aus mir heraus wie aus einem prall gefüllten Luftballon, in den jemand eine Nadel gestochen hatte, und ich erzählte die ganze traurige Geschichte des heutigen Nachmittags. Wenn ich mich verzettelte, kam mir der Constable zu Hilfe. Und das war leider mehrmals vonnöten, weil meine Worte sich ständig überschlugen. Die Gedanken in meinem Kopf hüpften so unbändig umher wie Heuschrecken und es fiel mir schwer, sie in plausible Sätze zu packen. Was für eine Erleichterung es doch war, sich alles noch mal von der Seele zu reden, egal ob geordnet oder ungeordnet. Margret unterbrach mich kein einziges Mal. Sie blickte mit ihren klugen Augen seelenruhig auf das Bild mit der Frau und dem Spiegel. Lucy ging in die Küche und kam mit einem großen Tablett mit Sandwiches zurück. Niemand von uns hatte nach den Ereignissen Hunger auf ein ausgiebiges Dinner, aber unsere gute Fee hatte doch ein Gespür dafür, wann es trotz allem Zeit für eine kleine Stärkung war. Mir waren während meiner Berichterstattung die Tränen gekommen und ich spürte plötzlich, wie erschöpft ich war. Lucy trat mit ihrem Tablett auf mich zu.

»Nehmen Sie eins, Mrs Wilson. Sie brauchen ein bisschen neue Energie. Bei diesen hier mit Lachs, Gurke und Kresse habe ich mir besonders viel Mühe gegeben. Probieren Sie!«

»Danke, mein liebes Kind. Was würden wir nur ohne dich anfangen?«

Sie nickte mir freundlich zu.

»Patrick, möchtest du auch ein Sandwich?«

»Aber natürlich. Ich glaube, ich habe seit dem Frühstück nichts mehr gegessen. Und so was nennt sich freier Tag! Ich hoffe, ich kann ihn nachholen.«

Ich erhob mich.

»Vielleicht sollten wir uns alle an den Esstisch setzen.«

Lucy platzierte ihr Tablett in der Mitte des Tisches und schob die Stühle zurück.

»Ich besorge uns noch etwas zu trinken.«

Kurz darauf kehrte sie mit einer Flasche Portwein zurück.

»Wie wäre es damit? Der stand im Abstellraum.«

»Sieht nobel aus.« Patrick betrachtete abschätzend das Etikett und fuhr dann anerkennend mit dem Daumen darüber.

»Doktor Hastings brachte die Flasche neulich mit«, murmelte Margret gedankenverloren.

»Der Arzt? Na dann wird es kein schlechter Tropfen sein. Dr. Hastings lässt sich nicht lumpen.« Ein Grinsen machte sich auf Constable Dales Gesicht breit. »Besonders dann nicht, wenn es sich um ein Geschenk für Mrs Wilson handelt. Da will er sich doch nicht blamieren.«

Ich war schon fast zu schwach, um zu protestieren und erhob nur matt den Arm.

»Wir wollen doch Freunde bleiben, oder, Patrick?«

»Aber natürlich, verehrte Mrs Wilson.« Er vollführte einen bühnenreifen Diener. »Ich bin schon still. Aber die Wahrheit ist es trotzdem. Er will bei Ihnen Eindruck schinden! Hat sogar der Sergeant neulich bemerkt!«

Lucy versetzte ihm einen Stoß in die Rippen und er rieb sich theatralisch die Stelle. Ich war in Jammerstimmung.

»Was ist nur los in Rosefield? Innerhalb von wenigen Tagen, ja fast schon Stunden, werden die Basareinnahmen gestohlen, Mrs Harris wird ermordet und dann liegt auch noch die Tote Mrs Bennett am See. Die zuständige Gerichtsmedizin wird alle Hände voll zu tun haben. Ist das nicht furchtbar? Unser schöner, ruhiger Ort! Ich meine, was passiert denn als Nächstes? Als Sally mich das am See gefragt hat, fanden wir kurz darauf die tote Mrs Bennett.« Pure Verzweiflung machte sich urplötzlich in mir breit. Wo sollte das alles noch hinführen? Margret stand auf und schritt auf ihre Tapete zu, während Patrick den dunkelroten Portwein in unsere Gläser goss. Ich schloss kurz die Augen, denn rote Farbe hatte ich heute bereist mehr gesehen, als mir lieb war.

»Genau das ist die Frage, Elisabeth, was passiert als Nächstes?«

Ich schüttelte mich und beschloss, Lucys Kunstwerken eine Chance zu geben. Es wäre doch schade, wenn sie das alles umsonst gemacht hätte. Ein Biss in das von ihr angepriesene Lachssandwich hob meine Stimmung tatsächlich wieder etwas an. Mit jedem weiteren Bissen stieg die Kurve stetig. Manchmal brachte eben nur Essen meine Gedankenräder wieder in Schwung. Ob Margret das nun glauben wollte oder nicht.

»Was hast du eigentlich heute den ganzen Tag gemacht?« Ich nahm mir noch ein weiteres Sandwich, diesmal mit Frischkäse und Avocado. Der Portwein belebte wohlig meinen Geist. Schluck für Schluck versank der Schrecken dieses Tages immer mehr in einem blickdichten Dunst. »Lucy, deine belegten Brote sind wirklich köstlich.« Ich tippte auf meinen Teller.

Margret starrte mit geschürzten Lippen auf die Tapetenrolle.

»Nennen wir es Recherche.«

»Waren Sie erfolgreich?«, fragte der Constable kauend.

»Patrick, mach doch den Mund leer, bevor du sprichst.«

Lucy sah ihren Freund schockiert an. Ertappt hielt er sich die Hand vor das Gesicht.

»Entschuldige, mein Schatz, es kommt nicht wieder vor. Das Sandwich hier ist einfach zu lecker. Ich muss immer weiter essen, verstehst du? Ich kann keine Pause machen, um zu reden. Es ist wie ein Zwang. Schau mal.« Er biss einen großen Happen ab.

»Ach du!«

Lucy knuffte ihn mit ihrer Faust gegen das Bein.

Margret drehte sich schwungvoll zu uns um.

»Da stand etwas über einen Anwalt in der Zeitung, Leam Lubsel. Erinnerst du dich, Elisabeth? Gestern!«

»Und?«

»Er wurde als falscher Anwalt entlarvt.«

»Wirklich? Den Artikel habe ich gar nicht komplett durchgelesen. Schlimm, wenn Menschen sich immer für etwas ausgeben, was sie gar nicht sind. Aber was hat das mit unseren Fällen hier zu tun?« Mein Arm wedelte in Richtung Tapetenrolle.

»Ich wusste, dass ich den Namen schon einmal gehört hatte, und zwar vor einigen Jahren von Mrs Harris. Es ist mir zwar nicht sofort eingefallen, aber dann konnte ich mich plötzlich wieder daran erinnern.«

»Von Mrs Harris?«

»Ja. Gordon war früher in einer Gärtnerei in London angestellt und ist dort in ziemliche Schwierigkeiten geraten.«

»Ach ja, davon habe ich mal gehört. Ist aber schon eine ganze Weile her. Ganz genau weiß ich nicht mehr, was da war. Evelyn und er haben sich auf einer Gartenmesse kennengelernt, oder?«

»Ja, genau. Zuerst führten sie eine Wochenendbeziehung, was aufgrund der Ladenöffnungszeiten gar nicht so einfach war. Als die Probleme in der Gärtnerei in London aufkamen, hatten sie daher bereits beschlossen, zu heiraten. Das war zu dem Zeitpunkt wohl schon alles fix, Termin, Einladungen, Kirche und so weiter.«

»Hieß es nicht, Gordon Harris hätte Gelder unterschlagen und in die eigene Tasche gesteckt? Irgend so was war es doch, oder? Ich habe das Geschwätz noch nie geglaubt. Ich bin ja wirklich von Natur aus neugierig, aber da hatte ich wirklich irgendwann keine Lust mehr, zuzuhören. Es ging, glaube ich, auch um Einbruch und Diebstahl der Einnahmen. Wahrscheinlich wurde da damals irgendwas mächtig aufgebauscht. Wir wissen doch, wie schnell so was geht. Einer erzählt was und der Nächste dichtet etwas dazu!«

»Wie deine Mrs Gibson zum Beispiel?« Margret zog die Augenbrauen hoch.

»Ne, Mrs Gibson gibt immer nur Fakten weiter!«, echauffierte ich mich.

»Aber natürlich! Nun, Gordons Chef schien jedenfalls damals überzeugt von seiner Schuld gewesen zu sein. Er zeigte ihn nämlich an. Aber ein grandioser Anwalt konnte seine Unschuld beweisen.«

»Leam Lubsel?«

»Genau der!«

»Und der ist gar kein Anwalt?«

»Nein. Ebenso wenig wie du und ich.«

»Ist ja ein Ding. Gordon Harris ist also einem Schwindler auf den Leim gegangen? Na ja, aber das Ergebnis hat ihm ja immerhin genützt. Außerdem ist das alles ja auch inzwischen Jahre her.« Ich machte eine wegwerfende Handbewegung.

»Wie man es nimmt.«

»Was meinen Sie damit, Miss Miller?« Constable Dale sah ernster aus als sonst.

»Wissen Sie, Patrick. Ich hatte zunächst ein Problem mit dem Namen. Ich meine, Leam Lubsel, wer heißt denn so?«

»Na ja, das denke ich häufiger mal bei Namen. Es kommt mir inzwischen so vor, dass Eltern in der Hinsicht immer erfinderischer werden. Hauptsache, die Kleinen heben sich aus der Masse ab. Ob das so gut ist, sei mal dahingestellt.«

»Aber Leam Lubsel! Nicht einmal ein Künstler würde ein solches Pseudonym wählen.«

Ich überlegte.

»Wieso eigentlich nicht? Er hat immerhin einen Wiedererkennungswert.«

»Exakt, Elisabeth. Das hat er! Darum kam er mir auch noch aus einem anderen Grund bekannt vor. Nicht nur wegen Gordon Harris.«

»Sondern?«

»Der befreundete Arzt der Bennetts!«

»Dr. Samuel Bell?«

»Bingo!«

Lucy runzelte die Stirn.

»Was hat denn Samuel Bell mit Leam Lubsel … Moment mal!«

Margret nickte langsam. Ich verstand mal wieder gar nichts.

»Kann mich bitte jemand aufklären?«

Lucy tippte eifrig an ihre Finger.

»Dreimal der Buchstabe L, zweimal E, dann A …«

Mir ging ein Licht auf.

»Beide Namen bestehen aus den gleichen Buchstaben!«

Meine Freundin klatschte.

»Bravo, Elisabeth!«

Ich wurde ganz aufgeregt. Die Sitzfläche meines Stuhls schien plötzlich aus lauter Ameisen zu bestehen und ich rutsche hin und her.

»Also denkst du, es war dieselbe Person?«

»Ja, das denke ich.«

»Somit ist Dr. Bell gar kein richtiger Arzt.«

»So ist es. Aber das ist nicht alles.«

»Was denn noch?«

»Mabel Stewart!«

»Was ist mit ihr?« Ich wagte kaum zu blinzeln.

»Ihr Mädchenname lautet Sulle.«

Constable Dale ließ einen Pfiff ertönen.

»Mabel Sulle! Wieder dieselben Buchstaben!«

»Ganz genau, Patrick Dale! Sie sind ein schlauer Bursche!«

»Donnerwetter! Wie sind Sie nur dahintergekommen?«

»Nun, ich war unter anderem in der ehemaligen Gärtnerei von Gordon Harris. Dort gab es eine sehr gesprächige Mitarbeiterin, die schon seit vielen Jahren dort arbeitet. Sie ist kurz davor, in den Ruhestand zu gehen und …«

»Ach du meine Güte!«, stöhnte der Constable plötzlich und fuhr sich durch die Haare, sodass es anschließend in alle Himmelsrichtungen abstand. »Sergeant Willis hat mir gerade eine Nachricht geschickt. Der Inspector ist immer noch in der Polizeiwache und hat Graham Mitchell in der Kneifzange. Er vermutet einen Mord aus Eifersucht an Mrs Bennett.«

»Oh, diese Lachtaube! Es ist unfassbar! Wieso sollte Graham Mitchell so etwas machen? Sie war doch Witwe! Es gab keinen Nebenbuhler mehr!« Margret schlug wütend imaginäre Fliegen tot. »Die Polizei hätte einen wesentlich besseren Ruf, wenn Blockflöten wie er nicht am Werk wären!«

»Inspector Brown geht davon aus, dass Graham sie immer noch liebte, dass sie ihn aber nicht mehr wollte. Und wenn er sie nicht haben konnte, sollte auch kein anderer sie bekommen.«

»Was für ein Mumpitz! Dieser Mann ist eine polizeiliche und auch eine menschliche Zumutung! Untragbar!«

»Der Sergeant schreibt, Inspector Brown hätte ein paar Einwohner Rosefields befragt, unter anderem Mrs Turner.«

Ich schlug mir die Hand vor die Stirn.

»Ach herrje. Dann wissen wir ja, woher der Wind weht. Mrs Turner hat noch nie ein gutes Haar an Graham Mitchell gelassen! Das kann ja heiter werden.«

Margret stampfte wütend von einer Ecke des Zimmers in die andere und wieder zurück, bis sie abrupt vor dem Bild mit dem Spiegel bremste. Versteinert starrte sie darauf. Es war eigentlich ganz und gar unpassend, aber mir fiel plötzlich das fehlerhafte Spiegelbild wieder ein.

»Hast du eigentlich jemals die Spange bemerkt, Margret?«

»Die Spange!« Es war nur ein Flüstern. Ihre Nase berührte jetzt fast das Glas des Bilderrahmens.

»Ja, die Frau trägt eine Haarspange, aber das Spiegelbild zeigt diese Spange nicht, siehst du? Vielleicht soll es so sein, vielleicht ist dem Maler aber auch einen Fehler unterlaufen.«

»Aber natürlich! Wieso bin ich nicht früher darauf gekommen?« Margret klatschte in die Hände.

»Mach dir nichts draus. Ich habe auch jetzt erst bemerkt, dass mit dem Spiegelbild etwas nicht stimmt, obwohl das Bild ja schon immer hier hängt.«

»Mit dem Bild stimmt etwas nicht, da hast du recht! Eine Fälschung! Der Schein trügt, nicht wahr? Ich wusste es! Danke, Elisabeth! Du warst mir eine große Hilfe! Kommt mit! Wir müssen nach Candleham!« Sie klatschte auffordernd in die Hände, so wie es wahrscheinlich auch Mr Mallowan tat, wenn er seine Schülerinnen und Schüler zusammentrommelte.

»Wieso?«

»Ich möchte mir bei den Bennetts etwas ansehen. Nur, um ganz sicherzugehen.«

»Na ja, vielleicht finden wir dann in einem ja auch Stanford.«

»Stanford? Was soll das heißen?«

Margret runzelte die Stirn. Wenn sie ihren durchdringenden Blick aufsetzte, hatte ich immer das unbehagliche Gefühl, einen entscheidenden Fehler begangen zu haben. Gerade war ich noch aus mir unerfindlichen Gründen gelobt worden und nun saß ich vor dem Strafgericht.

»Oh, hatte ich das gar nicht erwähnt? Tut mir leid, ich muss es vergessen haben. Heute ist so viel passiert, dass vermutlich die eine oder andere Nebensache …«

»Was ist mit Stanford?«

»Ist ja schon gut! Mabel Stewart hat gesagt, dass er verschwunden ist. Keine Ahnung, wohin. Ich schätze, sie sieht darin einen weiteren Beweis für seine Schuld.«

»Er ist verschwunden? Und das erzählst du mir erst jetzt?«

»Ja, aber …«

»Elisabeth, das ist keine Nebensache! Wir müssen ihn finden! Und zwar sofort!«

Sie riss ihre Jacke vom Haken und verließ schnurstracks das Haus. Constable Dale, Lucy und ich folgten ihr auf dem Fuße.

»Wir könnten meinen Wagen nehmen!«, rief Patrick, doch Margret marschierte unbeirrt weiter.

»Nein, das halte ich für keine gute Idee. Wir müssen mit offenen Augen nach Stanford suchen, eventuell auch abseits der Straßen. Rufen Sie den Sergeant an, Patrick. Wir brauchen Verstärkung.«

»Um Himmels willen, Miss Miller, Sie glauben doch nicht, dass ein weiteres Unglück geschehen ist!« Der Constable zerrte hektisch an dem Handy in seiner Hosentasche.

»Ich hoffe es nicht, Patrick. Ich hoffe es nicht!«

Mir war sehr unbehaglich zumute.

»Was meinst du damit, Margret? Glaubst du, Mr Wilmot ist etwas zugestoßen?«

Ich erhielt keine Antwort.

»Hatte er vielleicht einen Unfall? Oder denkst du etwa, dass ihm jemand etwas angetan hat? Margret, sag doch was!«

Keuchend hastete ich meiner Freundin hinterher, bis wir auf das kleine Waldstück am Ortsausgang trafen. Bereits nach wenigen Schritten fanden wir Stanford. Er baumelte mit einem Strick um den Hals an dem Ast eines Baumes. In seiner Hosentasche fand Sergeant Willis später ein Stück Papier mit handgeschriebenen Worten darauf. Mit zittriger Schrift hatte Stanford Wilmot den Mord an Mr und Mrs Bennett gestanden!

24

Das Quietschen des Stiftes verursachte mir wie immer Zahnschmerzen. Margret rutschte über ihre Tapete. Inspector Brown hatte nach unserem Fund von Mr Wilmot am Abend zuvor freudestrahlend die Morde Bennett für sich abgehakt. Und dann sein schmieriges Notizbuch zugeschlagen. Gemäß seinem Abschlussbericht war der arme Stanford mit der Last der Schuld nicht zurechtgekommen und hatte als einzigen Ausweg den Freitod gewählt. Alles, was das Leben des Inspectors vereinfachte, war für ihn grundsätzlich in Stein gemeißelt und wurde nicht weiter hinterfragt. Bedauerlicherweise hatten wir dieses Vorgehen häufiger erlebt, als uns lieb war. Wenigstens war Graham Mitchell nun entlastet. Das war der einzige Pluspunkt.

Als ich mich gerade gemütlich mit einer Tasse Tee in meinem Sessel zurücklehnen wollte, stürmte Lucy aufgeregt mit ihrem Handy ins Wohnzimmer.

»Es ist Patrick aus der Polizeiwache! Stellen Sie sich vor, man hat das Geld gefunden!«

Beinahe hätte ich meine Tasse fallen lassen.

»Tatsächlich? Wie kann das sein? Aber das ist ja phantastisch! Endlich mal eine gute Nachricht!« Ich konnte mein Glück kaum fassen. Margret hingegen kritzelte ungerührt weiter. »Hast du nicht gehört, was Lucy sagt? Das Geld vom Basar ist wieder da! Margret!«

»Schrei doch nicht so, Elisabeth! Du bringst mich ganz durcheinander! Ich mache mir Notizen, wie du siehst.«

»Aber ist das nicht toll? Wie wird sich Mr Stonecastle freuen! Aber ich verstehe nicht …«

Meine Freundin blieb emotionslos.

»Mir war klar, dass es nicht weit sein konnte.«

»Wieso das denn? Mir war das nicht klar. Lucy, was sagt Patrick denn, wo sie es gefunden haben?«

Lucy presste sich mit der rechten Hand das Handy ans Ohr und hielt sich mit der linken das andere zu. Mit offenem Mund, gekräuselter Nase und verengten Augen versuchte sie krampfhaft, etwas zu verstehen.

»Moment, ich höre nichts. Was, Patrick? Wie bitte? Noch mal! Ah, okay. Ja, bis gleich dann.«

»Und?«

»Er kommt vorbei. Ist ja quasi ein Dienstbesuch. Er kann das so auslegen, weil Sie ja sozusagen irgendwie verwickelt sind.« Sie machte eine rührende Handbewegung, in die sie Margret und mich einschloss.

»Wir? Wieso denn eigentlich?«

»Also, das liegt doch auf der Hand. Sie hatten die organisatorische Leitung für den Basar, Mrs Wilson. Dabei wurde das Geld gestohlen. Dann haben Sie und Miss Miller die arme Mrs Harris im Schrank entdeckt. Und auch die tote Mrs Bennett haben Sie am See zusammen mit Sally Kinsley gefunden, Mrs Wilson. Ach ja, und als Stanford im Baum gehangen hat, waren Sie auch dabei.«

»Na ja, wenn man es so betrachtet … Du meine Güte! Ich bin wirklich diejenige, die alle Leichen gefunden hat.« Ein Schauer überlief mich. »Hoffentlich kommt Inspector Brown nicht auf die irrsinnige Idee, ich könnte etwas damit zu tun haben. Wahrscheinlich denkt er, ich wäre extra auf alle Leichen gestoßen, um von mir abzulenken.«

Margret verzog spöttisch die Mundwinkel.

»Wirf es nicht zu weit weg, Elisabeth! Diesem Mann ist alles zuzutrauen.«

Es läutete an der Tür.

»Patrick ist ja schneller, als die Polizei erlaubt.« Ich musste über mein eigenes Wortspiel kichern. Vielleicht wurde ich ja langsam hysterisch. Wundern würde es mich nicht. Lucy öffnete und kehrte kurz darauf zurück. Doch im Schlepptau hatte sie nicht Constable Dale, sondern Gladys Price. Das Mädchen sah aus wie ein Vampir. Kreidebleich mit rotunterlaufenen Augen. Reflexartig sprang ich auf.

»Du meine Güte, Gladys! Setz dich erst mal. Können wir etwas für dich tun?«

»Er ist tot! Standford ist tot!« Apathisch ließ sie sich auf einen Stuhl sinken und sackte sogleich in sich zusammen. Wie eine Marionette, deren Fäden durchtrennt worden waren. »Alle sterben, einer nach dem anderen. Vielleicht bin ich die Nächste. Ich hätte nie in dieses Haus kommen sollen.« Sie sprach leise und monoton. Mit weit aufgerissenen Augen starrte sie an die Wand.

»Ganz ruhig, mein Kind.« Ich zog mir einen Stuhl vor ihren und nahm ihre Hände in meine. »Du wirst nicht sterben. Wir sind ja bei dir. Sollen wir vielleicht Dr. Hastings rufen?«

»Mrs Stewart! Sie sagt, Stanford hätte ein Geständnis abgegeben.«

»Ja, die Polizei fand es in seiner Tasche, Liebes.« Ich strich ihr behutsam über das Haar. Margret richtete sich auf und ging nachdenklich im Kreis. Dass ihr dabei nicht schwindelig wurde, wunderte mich immer wieder. Es gab ja solche meditativen Übungen mit Tamburin und so. Den Leuten wurde dabei eigenartigerweise auch nie schwindelig. Es bedurfte wahrscheinlich einer Art Trance.

»Aber, aber …« Gladys schluchzte und ich besann mich wieder auf meinen Schützling.

»Vielleicht hat Mr Wilmot jetzt seinen Frieden gefunden.«

»Nein, Mrs Wilson! Er hat es nicht getan! Stanford hat niemanden umgebracht!«

Es klingelte erneut. Diesmal erschien tatsächlich Constable Dale auf der Bildfläche.

»Nanu, hier ist ja schon Besuch!« Er nickte Gladys freundlich zu. »Hallo, Miss Price. Ach du meine Güte, was haben Sie denn?«

»Das arme Mädchen ist völlig durcheinander wegen dem Verlust von Mr Wilmot«, erklärte ich behutsam.

Gladys sprang auf.

»Nein, ich bin nicht durcheinander. Das heißt, doch, natürlich! Aber Stanford hat kein Geständnis geschrieben.«

Patrick sah sich fragend im Raum um. Offenbar wartete er auf ein Zeichen von mir oder Margret, ob er Gladys gegenüber zu einer Erklärung ausholen sollte oder nicht. Ich kam ihm zuvor.

»Doch, mein Kind, Sergeant Willis hat es in Stanfords Hosentasche gefunden. Mr Wilmot hatte es auf ein Blatt Papier geschrieben. Die Sätze waren anscheinend eindeutig, oder, Constable? Hat Mr Willis das nicht gesagt?«

»Ja, die Aussagen waren leider unmissverständlich. Da gibt es gar nichts zu deuten. Er schrieb klipp und klar, dass er sowohl Mr Bennett als auch Mrs Bennett ermordet hat.«

Margret kratzte sich am Kopf.

»Steht in dem Brief auch, wie er das alles bewerkstelligt haben will?«

»Nein, das nicht. Er hat sich eher kurzgefasst.«

Plötzlich platzte es aus Gladys heraus.

»Stanford Wilmot konnte überhaupt keine klaren Sätze schreiben!« Ihr eben noch bleiches Gesicht war purpurn angelaufen.

»Wie bitte?«

Patrick blickte sie unverwandt an. Hastig warf sie sich zu mir und Margret herum. »Er hatte Legasthenie! Und zwar in einer ziemlich ausgeprägten Form. Für ihn war das ein riesiges Manko. Er hat sich geschämt. Dachte, er wäre weniger wert als andere. Darum hat er auch mit niemandem darüber geredet.«

Ich schüttelte ungläubig den Kopf.

»Aber so etwas fällt doch auf! Man muss doch ständig irgendwo etwas lesen oder schreiben.«

»Nicht mit den richtigen Tricks. Er wurde mit der Zeit erfinderisch, kam immer gut durch. Was er allerdings gelernt hatte, war zu unterschreiben. Für alles andere hat er sich Ausreden einfallen lassen, zum Beispiel, dass seine Augen in letzter Zeit schlechter geworden wären und er sich dringend mal eine neue Brille besorgen müsste. Oder er hat einfach getippt, wenn es möglich war. Da gibt es ja Korrekturprogramme. Handschriftliche Angelegenheiten habe ich im letzten Jahr für ihn übernommen. Und da war definitiv kein Geständnis dabei!«

»Dich hat er eingeweiht?«, fragte Lucy.

»Ja. Mir hat er aus irgendeinem Grund vertraut. Ich glaube, er hatte nicht viele Freunde. Wir haben uns von Anfang an gut verstanden. Waren irgendwie verwandte Seelen.«

Ich bemerkte plötzlich, dass ich Gladys wie ein geangelter Karpfen mit offenem Mund anstarrte, und schloss ihn rasch. Margret blieb wie immer unbeeindruckt.

»Nun, das passt alles ins Bild, würde ich sagen.«

Patrick schüttelte verständnislos den Kopf.

»Verzeihen Sie, Miss Miller, aber in welches Bild?«

»Na, dass der arme Stanford hier von irgendjemandem ganz gewaltig zum Sündenbock gemacht wird. Sie wollen mir doch nicht erzählen, dass Sie ernsthaft daran geglaubt haben, dass er sich selbst das Leben genommen hat?«

»Ich, na ja … Wieso?«

Ich rutschte peinlich berührt auf meinem Stuhl nach unten, denn auch ich hatte weder den Selbstmord noch das Geständnis bislang infrage gestellt. An der Tischdecke zupfend beschloss ich, dass es klüger wäre, einfach den Mund zu halten und nichts dazu zu sagen.

»Haben Sie nicht gesehen, wo er baumelte? Sind Sie ernsthaft der Ansicht, er wäre den Stamm hochgeklettert wie ein Affe und hätte sich dann an dem Ast entlanggehangelt bis fast ganz nach vorne, um dann zu springen?«, polterte Margret vorwurfsvoll, während ich so tat, als würde ich mit dem Fingernagel an einem Fleck auf der Tischdecke herumkratzen.

»Könnte doch sein.« Auch Patricks Haltung glich immer mehr dem halb vollen Kartoffelsack in unserem Keller und seine Worte waren nicht mehr annähernd so kraftvoll wie die vorherigen.

»Zunächst einmal würde sich ein Selbstmörder nicht an einen der ersten Bäume in Richtung Straße hängen, wo ihn jedes Kind sofort erblickt, wenn es mit dem Fahrrad dort entlangfährt. Da könnte er ja gleich eine Woche vorher eine Ankündigung in den *Kent News* abdrucken!«

»Die Frage ist, inwieweit jemand, der sich umbringen will, überhaupt noch denkt«, warf Lucy zögernd ein, doch Margret wehrte sofort ab.

»Er hing viel zu präsent! Das steht mal fest! Außerdem würde ein Selbstmörder sich doch einen Ast aussuchen, der leichter zu erreichen ist. Der sucht doch nicht erst noch die Herausforderung!«

Ich überlegte und beschloss dann doch, den Akt des Redens wieder aufzunehmen.

»Ja, das macht Sinn. Und ich würde auch eher einen Holzklotz darunter stellen und ihn dann wegtreten.« Auf meinen Armen bildete sich Gänsehaut. Ich wollte eigentlich gar nicht darüber nachdenken, wie ich so etwas machen würde. Grauenvolle Vorstellung!

»Stimmt, Elisabeth, aber da war kein Holzklotz, richtig? Weit und breit nichts, was Stanford umgetreten haben könnte. Gähnende Leere unter seinen Füßen.«

»Aber wenn er nicht selbst gesprungen ist und auch nichts weggetreten hat – wie soll denn jemand anderes einen kräftigen Mann wie ihn da hoch manövriert haben?«

Margret riss triumphierend die Augen auf.

»Habt ihr denn nicht gesehen, dass da Reifenspuren waren, die zufälligerweise genau unter Mr Wilmot geendet haben?«

Mir war dieser Aspekt in der Tat nicht aufgefallen und ich begann geschäftig, die Teller zusammenzustellen. Constable Dales Wangen röteten sich verlegen. Meine Freundin schüttelte tadelnd den Kopf.

»Niemand von euch scheint seine Augen benutzt zu haben. Fest steht jedenfalls, dass der arme Stanford sowohl als Mörder wie auch als Selbstmörder herhalten musste.«

Lucy runzelte die Stirn.

»Aber Moment mal! Kein Mensch lässt sich doch freiwillig an einen Baum hängen! Schon gar nicht, wenn es sich um einen kräftigen Mann handelt. Ich meine, er stapft doch nicht friedlich hinterher und bedankt sich noch für das schöne Seil.« Sie tippte sich mit dem Zeigefinger gegen die Stirn. »So verrückt ist doch niemand!«

»Natürlich nicht!«

»Also ergibt es keinen Sinn!«

»Es sei denn, Stanford bekam gar nichts davon mit.«

Ich schnalzte mit der Zunge. Diese Annahme erschien logisch.

»Du meinst, Mr Wilmot wurde vielleicht K. o. geschlagen? Oder betäubt?«

Margret sah einen nach dem anderen von uns an.

»Ja, das ist genau das, was ich glaube! Vielleicht mit Morphium, nicht wahr? Kommt uns das nicht bekannt vor?«

Gladys schluchzte auf.

»Wieso nur konnte ich all das nicht verhindern?« Sie schlug die Hände vor ihr Gesicht. »Überall wo ich bin, passiert Unheil! Der arme Stanford! Ich hätte doch etwas von dem gemeinen Komplott gegen ihn bemerken müssen. Warum ausgerechnet er? Er hat niemandem etwas getan!«

»Ja, es ist furchtbar, meine Liebe. Ich verstehe, wie dir zumute sein muss. Aber wir können nichts mehr für ihn tun. Vielleicht solltest du erst mal hier bei uns bleiben.« Ich tätschelte ihr Knie. »Du hast doch nichts dagegen, Margret? Gladys sollte nicht in dieses Haus zurückkehren. Dort ist ja ohnehin niemand mehr außer dem Koch und Mrs Stewart. Wobei – vielleicht ist Mrs Stewart ja auch schon abgereist. Oder denkt sie vielleicht …«

»Ja, Elisabeth?« Meine Freundin nickte mir zu und forderte mich damit auf, meinen Gedanken zu Ende zu führen.

»Könnte es sein, dass sie sich jetzt als einzige und nächste Verwandte von Mrs Bennett für die Erbin hält, weil sie davon ausgeht, dass Mrs Bennett zuvor Mr Bennett beerbt hat?«

Constable Dale strich sich erneut verwirrt über Stirn und Haarschopf und sah nun aus, als wäre ihm der Föhn explodiert.

»Augenblick! Ich komme nicht mehr mit. Ist dem denn nicht so?«

»Nein, Patrick.« Margret sah Gladys an, um sie selbst erzählen zu lassen.

»Mr Bennett hat an dem Tag, an dem es anfing, ihm schlecht zu gehen, sein Testament geändert. Jetzt steht da, dass er einen Großteil einer gemeinnützigen Stiftung vermacht und einen kleinen Teil mir. Ich habe das Blatt Papier unter seinem Kopfkissen gefunden. Ich hatte solche Angst! Jeder hätte doch sofort geglaubt, dass ich Mr Bennett etwas angetan habe. Dabei ...« Sie schluchzte wieder auf. Margret sah sie durchdringend an.

»Du hast ihn geliebt, nicht wahr? Mrs Bennett hatte recht mit ihrer Vermutung.«

Gladys nickte unter Tränen.

»Er war mein unerreichbarer Prinz«, flüsterte sie. »Ich hätte ihm niemals etwas angetan, nie im Leben!«

Ich nahm sie in den Arm.

»Das glaubt ja auch keiner.«

»Na ja, also wenn man dem Inspector davon erzählen würde, dann ...« Patrick wippte abschätzend den Kopf hin und her.

»Dieser Einfaltspinsel!« Margret warf die Hände zur Decke. »Man könnte ihm eine Lösung direkt vor die Füße werfen und sie noch dazu mit all unseren Kirchenstrahlern beleuchten. Er würde sie nicht sehen! Dieser Mann ist die größte Fehlbesetzung, die es je gab! Ein Komödiant, über den niemand lachen kann.«

Der Constable schürzte die Lippen und trommelte mit seinen Fingern überlegend auf sein Knie.

»Ich frage mich nur, wieso Mr Bennett so plötzlich sein Testament geändert hat. Das macht man doch nicht einfach so aus heiterem Himmel.«

Margret straffte die Schultern.

»Ich denke, es ist an der Zeit, einige Aspekte offen auf den Tisch zu legen!«

Lucy sah sie fragend an.

»Was meinen Sie damit, Miss Miller?«

»Ich meine damit, dass ich glaube, allmählich zu wissen, wie hier alles zusammenhängt.«

Ich rutschte aufgeregt auf meinem Stuhl hin und her.

»Auch in Bezug auf die Basareinnahmen?«

»Ach ja, das Geld!«, fiel Patrick Dale ein. »Es war in einer fast leeren Kerzenschachtel in dem Nebenraum der Sakristei. Unglaublich, oder? Darüber lag ein Mantel. Wahrscheinlich hat Mrs Stonecastle ihn beim Saubermachen in der Sakristei vergessen. Ich habe ihn sicherheitshalber mitgenommen, um ihn im Pfarrhaus abzugeben. Da fällt mir ein, er liegt noch bei mir im Auto. Muss ich unbedingt später dran denken.«

Ich jubelte innerlich! Was für eine Erleichterung! Ich trug nicht mehr die Schuld daran, dass das Geld weg war!

»Der Raum, in dem die Stühle stehen?«

»Ja, genau der. Eigentlich sollten Sergeant Willis und ich im Auftrag von Inspector Brown die Sakristei noch mal nach Spuren absuchen. Schließlich steht die Aufklärung des Mordes an Mrs Harris ja noch aus. Da wir keine Idee mehr hatten, was wir noch unter die Lupe nehmen sollten, haben wir beschlossen, wirklich alles einmal komplett auf links zu drehen. Dabei ist uns die Schachtel in die Hände gefallen. Und plötzlich waren da viele Scheine und Münzen!«

Ich schüttelte den Kopf.

»Man kann es kaum glauben! Warum nur?«

Margret stützte sich mit den Händen auf der Tischplatte ab.

»Der Mantel ist nicht von Olivia Stonecastle!«

»Wie bitte?«

»Seit dem Diebstahl und dem Mord an Mrs Harris wurde nichts mehr an der Sakristei verändert, schon gar nicht geputzt! Auch nicht im Nebenraum! Aber der Mantel lag über dem Geld. Er muss nachträglich darübergelegt worden sein.«

»Da könnte was dran sein. Darüber habe ich noch gar nicht nachgedacht.«

»Ach, wo wir gerade von einem Mantel sprechen«, fiel mir ein, »könnte es nicht doch sein, dass Mrs Harris die Sakristei zunächst verlassen hat und dann aber noch mal zurückgekommen ist, weil sie ja ihren Mantel vergessen hatte? Vielleicht ist ihr auf dem Heimweg kalt geworden und sie hat dadurch das Fehlen des Mantels bemerkt.«

Margret schüttelte den Kopf.

»Aber ihr Mantel lag doch bei Mr Mallowan im Stand. Da hätte sie doch nicht noch einmal in die Sakristei gehen müssen.«

»Stimmt. Vielleicht wusste sie nicht mehr genau, wo der Mantel liegt.«

»Doch, Elisabeth, sie wusste es. Sie hat doch kurz vorher noch zu dir gesagt, dass sie den Mantel im Stand holen würde, nachdem sie die Kasse in die Sakristei gebracht hätte.«

»Jedenfalls haben wir sogar noch ein Indiz!« Constable Dale sah uns triumphierend an.

Margrets Kopf schnellte herum wie ein Flitzebogen.

»Ein Indiz? Welches?«

»Ich habe ein kleines Kettchen gefunden, ein Armband oder so etwas. Es ist noch hier in meiner Hosentasche. Wenn der Sergeant sieht, dass ich es nicht sofort in die Polizeiwache gebracht habe, wie ausgemacht, bekomme ich Ärger.«

»Wir verraten es nicht.« Ich zwinkerte ihm zu.

Meine Freundin ging auf Patrick zu.

»Darf ich es sehen?«

»Natürlich.« Er hielt inne und hob mahnend den Zeigefinger. »Wenn Sie mich nicht verpetzen.«

Wir kamen alle näher und beäugten das zarte Kettchen in Roségold. Patrick rollte es auf seiner Handfläche hin und her, sodass es im flackernden Licht des Kaminfeuers schimmerte.

»Hübsch«, entschied Lucy.

»Magst du solche Sachen? Ich dachte immer, du stehst auf Silber?« Patrick breitete entschuldigend die Arme aus.

»Ich mag nur nicht dieses glänzende Gold, das so gelblich schimmert. Und ich stehe nicht auf breite Klunker. Aber dieses hier finde ich geschmackvoll.«

»Versteh einer die Frauen.«

»Hey!« Lucy knuffte ihm empört ihren Ellenbogen in die Seite und er rieb sie sich mit verzogenem Gesicht.

»Du verursachst mir ständig blaue Flecken!«

Margret klatschte so abrupt in die Hände, dass wir alle erschrocken herumfuhren.

»Alle herhören! Ich möchte eine Versammlung einberufen!«

Was sollte das nun wieder? Ich tat meinen Unmut kund.

»Was denn für eine Versammlung? Willst du in der jetzigen Situation eine Party schmeißen? Also, Margret, ich …«

»Natürlich nicht, Elisabeth! Diese Versammlung dient der Aufklärung! Ich brauche einen kleinen Raum, aus dem man nicht so schnell entwischen kann, so wie …« Sie biss sich überlegend auf die Unterlippe und blickte sich nach rechts und nach links um.

Mir schwante Böses.

»Dieses Wohnzimmer hier?«

»Ja, das wäre eigentlich eine ziemlich gute Idee! Danke für den Hinweis, Elisabeth Wilson!« Sie grinste ironisch.

»Ja, aber …«

»Wir dürfen keine Zeit verlieren! Patrick, ich möchte, dass Sie diesen schwitzenden Inspector herholen. Er soll erfahren, dass er wie immer auf dem Holzweg ist. Außerdem brauchen wir Aufpasser!«

»Worauf sollen Sie aufpassen?«

»Darauf, dass niemand entwischt!«

Das Gesicht des Constables war ein einziges Fragezeichen.

»Und wieso sollte das jemand versuchen?«

»Ich werde rechtzeitig Instruktionen erteilen. Elisabeth, hol Mr Harris, Mr Stonecastle und Graham Mitchell hierher, ach ja, und deine Friseurin am besten auch. Ich kümmere mich um die restlichen Personen. Constable Dale, natürlich soll Sergeant Willis auch erscheinen, das versteht sich von selbst. Er soll genügend Verstärkung anheuern. Ich möchte, dass unser Haus umstellt wird, aber unauffällig! Alle müssen sich versteckt halten. Niemand darf etwas von den Wachposten bemerken! Und sagen sie auch dieser Blockflöte von Inspector, dass er zu keinem Menschen etwas über die Wachleute sagen soll. Es ist sozusagen topsecret!«

Er nickte und erhob sich unverzüglich. »topsecret, Constable! Sie müssen das extra betonen, sonst kapiert Inspector Brown es nicht!«

Lucy stand etwas hilflos mitten im Raum.

»Ich weiß gar nicht, ob wir genug Getränke im Haus haben und etwas zu essen können wir auch nicht wirklich anbieten. Höchstens Kräcker! Die Keksdose ist so gut wie leer! Hätte ich das vorher gewusst, dann hätte ich neue gebacken! Wie soll ich denn jetzt noch auf die Schnelle etwas auf die Beine stellen?«

»Glaub mir, Lucy, wenn ich mit meinen Ausführungen fertig bin, hat ohnehin niemand mehr Hunger! Dann brauchen wir höchstens Whisky! Und davon dürften wir noch genügend haben.«

Mir wurde mulmig. Wenn Margret so etwas sagte, dann wurde es ernst.

»Du machst mir ein bisschen Angst, Margret Miller.«

»Papperlapapp, Elisabeth, reiß dich zusammen! Wir haben doch schon andere Verbrechen aufgeklärt. Erinnere dich an letztes Jahr!«

»Genau darum habe ich ja Angst.« Ich grinste gequält.

»Wenn alles nach Plan verläuft, kann nichts passieren.«

Margret und ihre Pläne. In der Regel gab es immer nur einen. Kein Netz! Keinen doppelten Boden! Kein Sicherheitsseil! Ich beschloss, lieber nichts dazu zu sagen. Das war definitiv besser für mein strapaziertes Nervenkostüm.

Lucys Augen öffneten sich weit.

»Wollen Sie die Fälle lösen, Miss Miller? Ist es so weit?«

Sie zappelte wie ein Hampelmann von einem Fuß auf den anderen. In Margrets Augen loderten Flammen.

»Heute Abend um Punkt acht Uhr möchte ich alle in diesem Raum sehen! Dann tanzen wir hier eine kleine Mörderpolka!

25

Unser kleines Cottage platze aus allen Nähten. Die Einwohner von Rosefield drängten sich dicht an dicht und murmelten untereinander. Das Stimmengewirr ging in ein schwammiges Surren über. Es klang wie in einem Bienenstock. Die allgemeine Anspannung war nahezu greifbar. Ich beschloss, ein Fenster zu kippen, um die stickige Luft wenigstens etwas aufzufrischen. Mit äußerst mäßigem Erfolg. Aber Margret hatte mir verboten, die Fenster ganz zu öffnen. Draußen bewegte sich etwas. Überall waren Polizisten versteckt. Hinter der Hecke, um die Hausecke herum, hinter einem Baum. Es war schon erstaunlich. Margret widersprach niemand. Alle befolgten ihre Anweisungen. Wenn sie rief, kam jeder. Ohne Ausnahme. Man wusste, dass sie stets etwas Wichtiges zu sagen hatte, wenn sie eine Versammlung einberief. Dass es sich nicht gerade um erfreuliche Mitteilungen handelte, ließ sich an ihrem ernsten Gesichtsausdruck ablesen. Da unser Haushalt nicht genug Stühle aufwies, hatte uns Mr Moore freundlicherweise mit ein paar Exemplaren aus seinem Pub ausgeholfen. Wir hätten auch wieder die aus dem Nebenraum der Sakristei verwenden können, aber erstens war der Pub näher und zweitens hatte Mr Moore einen Lieferwagen für den Transport. Seine Sitzmöbel verströmten zwar einen leicht befremdlichen Geruch, der einem im Pub selbst gar nicht so auffiel, eine Mischung aus Essen und Getränken aller Art. Manche klebten auch und wiesen Ränder und Kränze auf, die vermutlich von verschütteten Flüssigkeiten herrührten, aber das war jetzt nebensächlich. Miss Shaw betrachtete die Sitzfläche eines Stuhls und verzog pikiert das Gesicht. Dann steuerte sie einen Sessel an und ließ sich fallen.

»Dumme Ziege!«, dachte ich. »Sie ist schließlich die aktuelle Unterstützung von Mr Moore und hätte längst einmal alles gründlich putzen können!«

Margret klatschte in die Hände und das Summen verstummte.

»Darf ich Sie nun bitten, Platz zu nehmen. Ich hoffe, es gibt genug Möglichkeiten. Ansonsten könnten wir noch einen Hocker aus der Küche dazunehmen. Lucy, könntest du vielleicht mal eben schauen?«

Allgemeines Stühlerücken folgte. Es dauerte einige Sekunden, bis alle saßen. Wir hatten den Tisch an eine Wand des Raums geschoben und Gläser und Getränke darauf bereitgestellt.

»Vielen Dank, dass Sie heute Abend gekommen sind«, hob meine Freundin erneut an. »Wenn jemand Durst hat, kann er sich da drüben gerne bedienen, aber bevor jetzt wieder Tumult aufkommt, schlage ich vor, dass wir zunächst einmal beginnen.« Mir fiel auf, dass ihr Tonfall noch resoluter klang als sonst. Sie wäre sicher auch eine gute Politikerin geworden.

»Ganz Ihrer Meinung, Miss Miller!« Mr Mallowan zwirbelte an seinem Schnurbart. »Warum sind wir denn eigentlich hier? Geht es um die Basareinnahmen?«

Ich versuchte, in Margrets Blicken zu lesen, aber sie hatte ein undurchschaubares Pokerface aufgesetzt.

»Ein gutes Stichwort! Selbstverständlich wollen wir auch über den Kasseninhalt sprechen. Aber bedauerlicherweise haben wir auch eine Reihe von Todesfällen zu beklagen.«

Der Pfarrer nickte betreten.

»Da Gordon Harris auch anwesend ist, möchte ich die Gelegenheit ergreifen, im Namen von uns allen unser tiefes Mitgefühl zum Ausdruck zu bringen. Unsere Gedanken sind bei Ihrer lieben Frau, die nun einen Platz bei unserem Herrn und Schöpfer gefunden hat. Ihre Seele ist aufgestiegen und hat nun ihren Frieden. Eines Tages werden wir uns alle wiedersehen und gemeinsam mit unserem Allmächtigen …«

»Danke, Stonecastle!«, fiel Sergeant Willis ihm ins Wort. »Sehr freundlich von Ihnen. Miss Miller, fahren Sie doch bitte fort!«

Der Pfarrer schwieg beleidigt. Er tat mir leid, denn er hatte es ja nur gut gemeint. Aber ich war auch dem Sergeant dankbar, denn wenn er Mr Stonecastle nicht unterbrochen hätte, wären seine Ausführungen in eine Predigt ausgeartet und dafür hatten wir jetzt wirklich keine Zeit. Gordon Harris saß kerzengerade und mit versteinertem Blick auf seiner Stuhlkante. Es war unmöglich, zu ergründen, was in ihm vorging. Seine Augen waren gerötet und sein Gesicht wirkte eingefallen. Miss Shaw meldete sich wie ein Schulmädchen und schnippte dabei mit den Fingern, während sie schmatzend auf einem Kaugummi kaute. Sie wartete allerdings nicht ab, bis sie drangenommen wurde, sondern redete gleich drauflos.

»Also wegen der Einnahmen, die ja nun leider futsch sind, weil …« Sie schenkte mir einen triumphierenden Augenaufschlag. »Sagen wir, weil nicht genug darauf geachtet wurde. Ich schlage vor, eine neue Veranstaltung ins Leben zu rufen und biete an, mich persönlich darum zu kümmern. Sie müssen mir nicht danken, verehrte Herrschaften, ich tue das gern. Jason, wir beide könnten doch etwas im Pub organisieren. Einen Tanzabend mit Eintrittsgeld?« Sie kraulte Mr Moore mit ihren angeklebten Fingernägeln am Rücken. Der schüttelte sich und funkelte sie böse an.

»Großer Gott, überleg dir das gut, mein Freund!«, raunte Graham Mitchell aus einer Ecke des Raums und Mr Moore nickte ihm beifällig zu.

»Damit ich dann wieder allein mit allem dastehe? Das kannst du vergessen, Elvira!«

»Was soll das heißen?« Sie streckte den Rücken durch, um ihre hängenden Brüste nach vorne zu schieben und klimperte mit ihren künstlichen Wimpern.

»Dass du mich ständig hängen lässt! Ganz einfach! Wenn man sich auf dich verlässt, ist man verlassen! So sieht es aus!«

»Aber …«

Ich erhob mich.

»Dürfte ich an dieser Stelle kurz einwerfen, dass das Geld wieder da ist und bereits an unseren Pfarrer übergeben wurde. Er ist guter Dinge, dass die Sanierung des Dachstuhls in Kürze beginnen kann.« Mr Stonecastle nickte eifrig. »Wir sehen uns am nächsten Sonntag wie gewohnt im Gottesdienst.«

Miss Shaw starrte mich an wie ein Schaf auf einer abgegrasten Weide.

»Es ist wieder da? Ja, aber wie ist das möglich? Es war doch …«

»Brilliant!« Mr Mallowan schlug sich mit der Hand auf den Oberschenkel. »Dann hat sich das alles ja doch gelohnt! Ich werde mit den Kindern kleine Kirchen aus Pappe basteln mit Schlitzen drin. Als Spardosen. Dann können sie bei ihren Familien zusätzlich noch ein bisschen was sammeln. Kann ja nicht schaden!«

Mrs Turner aus der Bücherei klatschte Beifall.

»Bravo, mein Lieber! Eine ausgezeichnete Idee. Aber wo war denn nun das Geld vom Basar? Man möchte doch schließlich wissen, wofür man sich abgerackert hat.«

»Also, das würde mich ehrlich gesagt auch interessieren. Ich bin gewiss niemand, der Erbsen zählt, aber schließlich habe ich viel Arbeitszeit, Stoff und Herzblut in meine Brotkörbchen gesteckt.« Mrs Lewis lehnte sich mit verschränkten Armen zurück. Margret nickte Constable Dale zu, um ihm das Wort zu erteilen. Er räusperte sich. An die Situation, vor vielen Menschen zu sprechen, hatte er sich noch nicht gewöhnt.

»Sergeant Willis und ich haben die Sakristei und den Nebenraum noch mal gründlich untersucht und dabei das Geld in einer Kerzenschachtel gefunden.« Ein Raunen folgte auf diese Aussage. »Mr Stonecastle konnte uns bestätigen, dass kein anderweitiges Geld dort aufbewahrt wird, weder in der Kirche selbst noch in der Sakristei oder dem Nebenraum. Wir sind uns daher sicher, dass es sich um die vermissten Einnahmen handelt. Da jeder in etwa weiß, was er verkauft hat, lässt sich das leicht nachprüfen.«

Mr Mallowan erhob erneut seine donnernde Stimme.

»Also, das ist ja wirklich allerhand! Soll das ein Scherz sein? Wer versteckt denn einfach Geld? Wenn ich denjenigen in die Finger kriege!«

Es klingelte und der schnaufende Inspector erschien.

»Entschuldigen Sie die Verspätung, ich hatte draußen noch kurz etwas zu erledigen. Lassen Sie sich nicht stören.« Mit erhobenen Wurstfingern walzte er zu unserem Sofa. Mir kam noch der Gedanke, dass er von dort nie wieder hochkommen würde, da fiel er auch schon in die Polster. Inständig hoffte ich, dass er nicht alles volltropfen würde. Auf seiner Stirn stand schon wieder der Schweiß. Im Augenwinkel erkannte ich einen violetten Lockenkopf. Offensichtlich war Mabel Stewart mit dem Inspector gemeinsam durch die offene Tür getreten und hatte sich ein erneutes Läuten gespart.

»Ich habe dasss richtige Hausss nicht gleich gefunden«, lispelte sie. »Verzsseihung. Esss issst normalerweissse nicht meine Art, zssu ssspät zssu kommen. Gibt esss noch einen freien Platzss?«

Lucy schob ihr einen Stuhl hin und sie ließ sich darauf plumpsen. Er gab ein Ächzen von sich. Ich hielt die Luft an. Würde er standhalten? Mabels ausladendes Hinterteil quoll an den Seiten über die Sitzfläche. Immer wenn sie sich bewegte, knarzte es laut. Ich sah zu Gladys hinüber, die zusammengekauert in der hintersten Ecke des Raumes saß und Mrs Stewart unverwandt fixierte.

Dr. Hastings meldete sich zu Wort.

»Wenn dann jetzt alle sitzen, würde ich gerne auf die Frage von Mr Mallowan antworten. Er wollte wissen, wer so etwas macht. Tja, das ist ganz einfach. Das macht jemand, der unserer verehrten Mrs Wilson eins auswischen will!« Stimmengewirr brandete auf. »Gemeinsam mit Miss Miller bin ich der Sache auf den Grund gegangen, da mir Mrs …, ich meine, da mir das Projekt sehr am Herzen lag und auch immer noch liegt.« Er stand auf und trat sichtlich beherrscht auf den Stuhl von Miss Shaw zu. Sein tiefes Ein- und Ausatmen war in der angespannten Stille deutlich zu hören. »Sie!« Er deutete mit ausgestrecktem Zeigefinger auf Elviras Krähennest. »Sie wollten von Anfang an die Organisationsleitung an sich reißen und die Arbeit von Mrs Wilson boykottieren!«

»Aber lieber Doktor, nicht doch!«, flötete die Angesprochene. »Wie kommen Sie denn auf solche Hirngespinste? Ich hatte lediglich Sorge, dass es zu viel für die Arme werden könnte. Nichts weiter! Das war reine Fürsorge, ehrlich! Sie sollten mir dafür danken, anstatt mich so böse anzusehen.«

»Herr Pfarrer, Sie können uns bestätigen, dass Miss Shaw nach der eindeutigen Wahl von Mrs Wilson zur Vorsitzenden zu Ihnen kam, um Sie davon zu überzeugen, Ihr selbst die Leitung zu übertragen!«

Mr Stonecastle rutschte unbehaglich auf seinem Stuhl hin und her. Ich kannte ihn gut genug, um zu wissen, dass er niemals zwischen die Fronten geraten wollte und beinahe schon unter krankhafter Harmoniesucht litt. Aber er sprach auch niemals die Unwahrheit. Daher blieb ihm nur ein Weg.

»Nun, ich muss zugeben, das stimmt.« Er starrte auf den Teppich, um niemandem in die Augen sehen zu müssen.

»Und was haben Sie geantwortet?«

»Ich gab Miss Shaw zu verstehen, dass ich Mrs Wilson für absolut geeignet halte, die Aufgabe zu übernehmen. Zu dieser Aussage stehe ich nach wie vor.«

Ich warf ihm einen dankbaren Blick zu.

»Wie gesagt, reine Fürsorge!«, fuhr Miss Shaw dazwischen. »Und woher wissen Sie überhaupt von diesem Gespräch, Dr. Hastings? Sie waren doch gar nicht dabei!«

Ich sprang auf.

»Wenn Sie wollen, dass Sie niemand hört, dann sollten sie im Pub nicht in der Nähe der Toiletten so laut sprechen, dass man es am anderen Ende von Rosefield noch mitbekommt!«

Dr. Hastings griff meine Hand.

»Schon gut, Elisabeth.«

Miss Shaw reckte die Nase zur Zimmerdecke.

»Lauschen gehört sich nicht, finden Sie nicht, Mrs Wilson?«

»Das war gar nicht nötig. Und was sich gehört oder nicht, weiß ich wohl besser als Sie!«

Margret fasste mich am anderen Arm und bedeutete mir mit einem vielsagenden Blick, dass ich mich wieder setzen sollte. Dr. Hastings fuhr fort.

»Und Ihre unfassbare Fürsorge hat Sie dann wohl auch dazu angeregt, Mrs Wilson unter einem falschen Vorwand einzubestellen und ihr eine überdimensionale Vase aufzuzwängen?« Vor Gericht würde er eine gute Figur machen, das musste man wirklich sagen.

»Ich dachte wirklich, dass ich noch Wollreste hätte. Und die Vase war eine großzügige Geste! Aber was verstehen Sie schon von Kunst?« Sie lehnte theatralisch ihren rechten Handrücken an ihre Schläfe.

»Hässlich wie die Nacht!«, entfuhr es Mrs Turner.

»Sie ist überaus wertvoll!« Miss Shaw stemmte empört die Fäuste in ihre Taille und drehte sich halb zu Mrs Turner um. »Der Künstler hat das Zusammenspiel von … von Licht und Schatten in Szene gesetzt.«

»Eher nur Schatten, was?« Der Sergeant lachte schallend, beherrschte sich aber sogleich wieder.

Margret sah Miss Shaw bedauernd an.

»Zufällig haben wir herausgefunden, dass Ihr Lichtspiel vom Trödelmarkt in Candleham stammt. Sie haben die Vase nur wenige Tage vor dem Basar dort erstanden! Genau genommen war das Ding sogar zu verschenken.«

Ich weiß nicht, ob außer mir jemand den leichten Rempler von Margret an Lucy bemerkte. Miss Shaw zumindest schien davon nichts mitbekommen zu haben. Hektisch kaute sie auf ihrem zähen Kaugummi.

»Woher wollen Sie das wissen?«

»Ich habe die Vase auf dem Trödelmarkt stehen sehen! Niemand wollte sie haben«, antwortete Lucy rasch. Das war natürlich eindeutig geblufft. Sie hatte zwar von einer ebenso unansehnlichen Vase erzählt, aber sie konnte sich keinesfalls sicher sein, dass es dieselbe war. Dennoch gab sie sich so überzeugend wie nie und setzte sogar noch eins drauf.

»Außerdem sind wir genau in dem Moment vorbeigegangen, als Sie das Teil mitgenommen haben.« Sie riss bedeutungsvoll die Augen auf und sah Elvira herausfordernd an. Ich saugte meine Lippen ein. Das war jetzt wirklich ziemlich gewagt. »Nicht wahr, Patrick?« Ich sah, wie sie ihm fast unbemerkt auf die Zehen trat. Er nickte eifrig. Miss Shaw wurde blass. Sie war entlarvt worden und nicht in der Lage, ihre Mimik zu kontrollieren. Wir alle konnten die Wahrheit über ihre angeblich so teure Vase in ihrem Gesicht ablesen.

»Na und, was macht das schon? Sie war sicher einmal sehr wertvoll.«

Dr. Hastings wurde wütend.

»Machen Sie sich doch nicht lächerlich! Sie haben den Posten nicht bekommen, also sollte Mrs Wilson dafür büßen und kläglich scheitern. Sie wollten nicht nur, dass sie die Vase schleppt, nein, Sie brauchten auch Ablageorte, ist es nicht so? Sagen Sie jetzt ja nicht, dass das nicht stimmt!«

»Ablageorte? Was denn für Ablageorte?«

»Für faule Eier und Fischreste!« Ich hielt die Luft an. Was hatte Dr. Hastings da gerade gesagt? »Ja, alle hier im Raum haben richtig gehört! Faule Eier und Fisch! Ich fand überall etwas, in Blumenkübeln, hinter Steinen. Die Vase war komplett gefüllt!«

»Das war also der Gestank?« Fassungslos schüttelte ich den Kopf. »Das glaube ich einfach nicht.«

Unser Arzt nickte bedauernd.

»Miss Shaw war einige Tage vor dem Basar bei Miss Smith, die Hühner hält. Dort hat sie nach faulen Eiern gefragt, angeblich, um eine besondere Tinktur gegen Falten herzustellen!«

»Ja, aber, ich … Das stimmt überhaupt nicht!«

»Halten Sie einfach den Mund, Elvira! Miss Smith hat Mrs Gibson bei ihrem Friseurbesuch davon erzählt, stimmt's, Mrs Gibson?«

»Ja, das kann ich bestätigen.« Meine Friseurin wuchs innerlich. Sie mochte es, wenn die Blicke auf sie gerichtet waren. »Wie man sich allerdings denken kann, hat Miss Smith keinen großen Vorrat an flauen Eiern. Wozu auch? Wenn die Hühner Eier legen, werden sie gegessen, es sei denn, Miss Smith übersieht mal eins.«

»Fisch kaufte Miss Shaw ebenfalls!« George Kinsley schaute Elvira empört an. »Bei uns aus der Kühltheke! Sie werden das doch nicht tatsächlich aus diesem Grund getan haben? Meine Güte, hätte ich das gewusst! Ich schäme mich dafür, dass ich Ihnen den Fisch verkauft habe.«

Mein Blick fiel auf Sally, die irgendwie grün um die Nase war.

»Na, wenn Sie zu wenig faule Eier hatte, musste sie zu anderen Mitteln greifen.« Mrs Gibson zuckte mit den Schultern. »Fisch stinkt bestialisch, wenn er in der Sonne gammelt. Und wir hatten ja einen recht schönen Frühlingstag. Miss Shaw, also ich muss wirklich sagen, ich bin entsetzt!«

Meine Gedanken überschlugen sich. Ich hätte ihr eine Menge zugetraut, aber faule Eier und stinkender Fisch? Wie groß musste ihr Hass auf mich sein?

»Ist das wirklich wahr, Elvira? Wir beide waren nie die besten Freundinnen, aber so etwas? Das haben Sie doch nicht wirklich getan, oder?«

Sie sagte kein Wort und starrte mit vorgestrecktem Kinn trotzig aus dem Fenster. Margret übernahm wieder.

»Das ist auch leider noch nicht alles, meine liebe Elisabeth. Miss Shaw brachte dir zur Begrüßung ein Getränk, erinnerst du dich? Punsch, wenn ich nicht irre.« Ich nickte. »Nun, das war keine kameradschaftliche Geste. Da war etwas drin. Ich habe gesehen, wie sie zuvor einige Tropfen aus einem Fläschchen hineingegeben hat.«

»Das heißt, du bist gar nicht versehentlich dagegen gestoßen?«

»Natürlich nicht! Ich wollte nicht, dass du das Zeug trinkst! Dr. Hastings hat daraufhin unauffällig in der Tasche von Miss Shaw nachgesehen.«

»Das dürfen Sie gar nicht!« Miss Shaw spießte ihn fast auf mit ihrem Zeigefinger. »Sie haben sich unbefugt an meinem Eigentum zu schaffen gemacht!«

»Ach, und was haben Sie getan?«, polterte der Sergeant und brachte sie damit abrupt zum Schweigen.

»Abführmittel!« Dr. Hastings sah Elvira Shaw direkt in die Augen. »Und Sie erzählen mir gefälligst nicht, was man darf und was nicht.«

Ich bekam den Mund nicht mehr zu.

»Einen Augenblick. Nur, damit ich es richtig verstehe. Miss Shaw wollte den Vorsitz über die Organisation. Das wissen wir alle. Hat aber nicht funktioniert, weil ich gewählt wurde. Ihre Versuche, den Pfarrer zu überreden, hatten keinen Erfolg. Also hat sie mir die Vase aufgedrängt, aber zu ihrem Bedauern habe ich mir keinen Bruch daran gehoben. Dann wollte sie mich mit Abführmittel aus dem Weg räumen, um doch noch die Leitung über den Tag an sich zu reißen, was auch nicht geklappt hat. An dieser Stelle möchte ich einen Dank an meine Freundin Margret einschieben!« Ich warf ihr eine Kusshand zu. »Und schließlich wollte sie die Besucher mit Gestank vertreiben? Ernsthaft? Passt das nicht eher zu dem Verhalten von Grundschülern, Mr Mallowan?«

»Einspruch, Mrs Wilson! Meine Kinder würden sich so nicht aufführen. Das machen Kindergartenkinder!«

»Kindergartenkinder oder Menschen ohne jede Moral und Skrupel!«, beendete Dr. Hastings. Die Beschuldigte stierte immer noch nach draußen und sagte kein Wort.

Mir kam ein Gedanke.

»Sie wollen mir jetzt aber nicht erzählen, dass Elvira dann auch noch die Basareinnahmen versteckt hat? Das kann nicht sein …«

»Doch!« Sergeant Willis schlug Patrick auf die Schulter. »Das haben wir gut hingekriegt mit der Kerzenschachtel, was, Dale?«

»Die Fußabdrücke!«, warf Margret ein. »Keine einzige Besucherin oder Helferin hatte am Samstag Schuhe mit kleinen Absätzen an, mit Ausnahme von Ihnen, Miss Shaw! Aufgrund des Schlamms waren diese Abdrücke aber eindeutig erkennbar. Und zwar bis hin zum Nebenraum! Wie erschrocken müssen Sie gewesen sein, als Sie das verschmierte Blut am Boden erblickt haben, nicht wahr?«

Miss Shaw erbleichte und fing dann wie auf Knopfdruck an zu schluchzen.

»Es tut mir leid! Ich wollte nicht …«

Graham Mitchell lachte.

»Nun seht euch das an!«

Dr. Hastings lief rot an wie eine überreife Tomate.

»Leid? Es tut Ihnen leid? Schämen Sie sich nicht?«

»Doch, ich schäme mich. Ich hätte das nicht tun sollen. Ich wollte einfach nur, dass etwas schiefgeht, damit ich beim nächsten Mal gefragt werde.«

Mrs Turner erhob sich.

»Na, das können Sie jetzt aber gründlich vergessen! Sie sind eine Schande für Rosefield, Miss Shaw!«

Der Pfarrer sprang ebenfalls auf.

»Haben Sie etwa auch Mrs Harris auf dem Gewissen? Möge der Herr Ihrer Seele gnädig sein!« Er bekreuzigte sich hastig.

»Natürlich nicht!« Hilflos sah Miss Shaw sich um. »Ich habe niemanden ermordet!« Hasserfüllte Blicke schlugen ihr entgegen. »Ich habe die Kasse mit einer Nagelfeile geknackt, die ich immer bei mir trage. Mrs Harris habe ich überhaupt nicht gesehen!«

»Bei Plastiknägeln?«, platzte es aus Graham Mitchell heraus. Miss Shaw schluchzte. »Was feilt man denn da?«

»Es war nie meine Absicht, das Geld zu stehlen. Ich wollte Mrs Wilson nur eins auswischen und es verstecken.«

»Wieso nur?«, flüsterte ich.

»Ich war eifersüchtig. Ich wollte allen zeigen, dass ich die bessere Wahl für den Job gewesen wäre.«

Mr Moore stützte seine Hände auf seine Knie.

»Pah, hat ja gut geklappt, Elvira! Mir brauchst du jedenfalls in Zukunft nicht mehr zu helfen! Du bist geschäftsschädigend!«

»Aber Jason, ich kann das wiedergutmachen.«

»Dazu ist es zu spät! Ich fahre besser ohne Hilfe als mit jemandem wie dir!«

Margret musterte Miss Shaw eindringlich.

»Was haben Sie getan, nachdem Sie die Kasse mit Ihrer Nagelfeile geöffnet hatten?«

»Ich habe ein gutes Versteck gesucht. Im Nebenraum lag die Schachtel. Sie war nicht mal mehr halb voll und daher perfekt geeignet. Wer vermutet schon Bargeld in einer Kerzenpackung? Auf dem Boden lag ein Mantel. Ich habe die Kiste in eine Ecke gestellt und den Mantel darübergelegt, damit man sie nicht direkt sieht. Das Geld sollte ja irgendwann gefunden werden, nur eben nicht sofort.«

Margret runzelte die Stirn.

»Der Mantel lag auf dem Boden, sagen Sie?«

»Ja. Das kam mir in dem Moment natürlich gelegen. Aber hören Sie, ich wollte das Geld wirklich nicht stehlen!«

»Mr Stonecastle, Olivia putzt hin und wieder in der Kirche, nicht wahr?«

»Ja, meistens montags.«

»Hat sie manchmal einen Mantel dabei?«

»Nein, nie. Es ist ja gleich nebenan.«

»Danke, Mr Stonecastle. Ich wusste, dass der Mantel nicht von Ihrer Frau ist. Haben Sie das verschmierte Blut auf dem Boden nicht gesehen, Miss Shaw?«

Gordon Harris hielt nichts mehr auf seinem Stuhl.

»Nicht gesehen? Sie hat es doch selbst verursacht!« Hasserfüllt stierte er sie an. »Diese Hexe! Sie hat Evelyn auf dem Gewissen!«

»Mr Harris, bitte glauben Sie mir, ich habe nichts mit dem Mord an Ihrer Frau zu tun!« Elvira Shaw schlug sich die Hände vors Gesicht. »Natürlich habe ich das verschmierte Blut gesehen. Furchtbar! Jemand hatte anscheinend versucht, es auf die Schnelle wegzuwischen. Ich habe Angst bekommen und bin sofort gegangen. Mrs Harris war nicht in der Sakristei, während ich dort war. Wie gesagt, ich habe sie überhaupt nicht gesehen! Verstehen Sie nicht? Ich hatte wirklich Panik!«

»Oh, Sie Ärmste!« Graham Mitchell verzog spöttisch den Mund.

»Und dann sind Sie wie von der Tarantel gestochen an uns vorbeigerannt«, resümierte Margret. Ich erinnerte mich wieder an die Szene. Wir hatten sie ja sogar noch gefragt, ob alles in Ordnung sei.

»Ach, lassen Sie mich doch alle in Ruhe! Sie wollen mir ja gar nicht glauben! Sie haben mich längst verurteilt! Aber das ist mir egal! Ich bin auf Sie alle nicht angewiesen! Machen Sie Ihren Kirchenkram doch alleine!«

Miss Shaw sprang auf und hastete aus dem Raum.

26

»Hinterher!«, polterte Sergeant Willis.

»Nein!« Ich hatte einen Entschluss gefasst.

»Nein?« Patrick sah mich fragend an. »Was soll das heißen, Mrs Wilson? Diese Frau hat die ganzen Einnahmen …«

»Ich werde keine Anzeige erstatten und ich denke, wir sollten es einfach gut sein lassen.«

»Aber meine liebe Elisabeth! All die Schikanen und das verschwundene Geld.« Dr. Hastings verstand meine Beweggründe offenbar ebenfalls nicht. »Damit dürfen wir sie doch jetzt nicht einfach so durchkommen lassen.« Mr Mallowan und Graham Mitchell nickten synchron. »Sie hatte ja nicht einmal Skrupel, auch noch in die Polizeiwache zu kommen und Sie dort vor aller Augen bloßzustellen!«

»Wissen Sie, Doktor, ich glaube, Elvira ist gestraft genug. Niemand will jetzt noch etwas mit ihr zu tun haben. Und mir persönlich gibt dieses Gefühl von Rache nichts. Ich bin einfach froh, dass das Geld jetzt da ist, wo es hingehört.«

»Was für ein schöner und auch christlicher Gedanke!«, freute sich Mr Stonecastle.

»Wirklich nett von Ihnen, Mrs Wilson!« Lucy hatte die Hände verschränkt und drehte die Daumen umeinander. »Aber sind Sie denn gar nicht wütend? Ich meine, ich bin eigentlich nur eine Außenstehende und trotzdem würde ihr am liebsten die Gurgel umdrehen. Sie ist wie eine giftige Schlange!«

Mrs Turner straffte den Rücken.

»Mir geht es genauso! Und ich sage Ihnen allen, Strafe muss sein! Wir sollten uns etwas einfallen lassen. So was muss doch geahndet werden.«

»Nein!« Ich schüttelte entschieden den Kopf. »Miss Shaw kann einem im Grunde genommen einfach nur leidtun. Ich danke Ihnen für Ihren Einsatz, Doktor Hastings. Es ist schön, einen Freund wie Sie zu haben.«

Graham Mitchell hob verständnislos die Arme.

»Also mir tut sie nicht leid. Kein bisschen! Diese Frau ist eine absolute Zumutung! Sorry, aber da kann ich leider nichts anderes zu sagen!«

Die Stimme des schwitzenden Inspector Brown ertönte von der Couch.

»Miss Miller, Sie wollten hier doch Morde aufklären. Dann kommen Sie auch bitte mal zur Sache. Wir haben hier schließlich nicht ewig Zeit. Was hat denn nun diese Miss Shaw mit der Leiche im Schrank zu tun?«

»Nichts, Inspector! Rein gar nichts!« Margret fegte mit ihrer rechten Hand horizontal durch die Luft.

»Sie meinen, diese beiden Geschichten haben gar keinen Zusammenhang? Das glauben Sie doch wohl selbst nicht.«

»Doch, das glaube ich. Eine ganze Weile habe ich tatsächlich auch gedacht, dass es doch irgendeine Verbindung geben muss, aber ich hatte mich geirrt. Sie werden schon sehen.«

»Da bin ich aber gespannt. Außer dem Mord an Mrs Harris gibt es meiner Meinung nach sowieso nichts aufzuklären. Mr Stanford Wilmot hat bereits gestanden und sich anschließend selbst das Leben genommen. Ein klassischer Fall! Wir haben so etwas tausendmal erlebt. Also wenn Sie zu der Leiche im Schrank nichts zu sagen haben, würde ich es vorziehen, mich zu verabschieden. Ich habe längst Feierabend.«

»Nicht so voreilig, Inspector. Sie betrachten das Ganze etwas kurzsichtig, finden Sie nicht?«

»Also, Miss Miller, was soll denn das? Sie verschwenden hier die Zeit von vielen Menschen. Und wer zahlt die ganzen Einsatzkräfte, die sinnlos herumstehen? Ich werde Ihnen das in Rechnung stellen müssen! Das ist Ihnen hoffentlich klar.«

Ich hielt die Luft an und schloss die Augen. Dieser dämliche Inspector! Er sollte doch unter keinen Umständen verraten, dass draußen Wachposten positioniert waren. Auch der Sergeant und Constable Dale blickten betreten zu Boden. Meine Meinung über den Inspector sank in den tiefsten Keller. Was war nur falsch mit diesem Mann?

»Ich ziehe jetzt meine Leute draußen ab und verabschiede mich. Schönen Abend noch.«

Er ächzte und stöhnte bei dem Versuch, sich von der Couch zu erheben. Ich sah zu Margret. Sie atmete beherrscht tief ein und aus. Eine Ader erhob sich auf ihrer Stirn. Sie war angespannt wie ein Flitzebogen. Die Luft schien elektrisch aufgeladen zu sein. Man spürte förmlich das Knistern.

Ganz langsam, beinahe wie in Zeitlupe stand Gordon Harris auf und schritt zum Fenster. Mabel Stewart fächerte sich mit einer Zeitschrift, die ich auf dem Beistelltisch hatte liegen lassen, hektisch Luft zu. Außer ihrem wedelnden Arm war ihr restlicher Körper starr wie ein Laternenpfahl.

Ihre Haut wirkte präpariert, wie die Gesichter der Wachsfiguren bei Madame Tussauds.

»Soso, Einsatzkräfte, wie? Wo sind die denn alle?« Mr Harris drehte sich um und ich erschrak vor seinem wilden Blick aus dunklen Augenhöhlen. Sofort kam mir die Geschichte von Dr. Jekyll und Mr Hyde in den Sinn und ich musste schlucken. Margret blieb beherrscht.

»Sie sind überall. Das ganze Haus ist umstellt, Mr Harris.«

Er lachte leise. Es war ein hämisches, herzloses Lachen. Ein Laut, den ich noch nie von ihm gehört hatte. Er ging mir durch Mark und Bein.

»Interessant. Und wieso hat niemand Miss Shaw aufgehalten, als sie vorhin davongelaufen ist? Wo waren denn da die angeblichen Polizisten?«

»Nun, ich hatte mit einem derartigen Ausbruch von Elvira gerechnet und den Leuten draußen den Hinweis gegeben, in diesem Fall nicht einzuschreiten.«

»Sie bluffen doch! Ein Trick! Nichts weiter. Ganz ehrlich, Sie machen sich hier gerade ziemlich lächerlich, Miss Miller.«

»Sie können versichert sein, dass ich nicht bluffe. Ist nicht meine Art. Ich nenne die Dinge gerne beim Namen. Mr Willis wird Ihnen sicher bestätigen, dass Wachposten positioniert sind, nicht wahr, Sergeant?«

»Ja, das kann ich. Da sind jede Menge Leute im Garten, Gordon.« Das Gesicht des Polizisten verriet seine Ahnungslosigkeit, als er Margret zuraunte: »Aber was hat das denn eigentlich mit Mr Harris zu tun?«

Da ihn trotzdem jede der anwesenden Personen gehört hatte, gab meine Freundin die Frage geschickt weiter.

»Möchten Sie selbst darauf antworten, oder soll ich das tun, Mr Harris?«

»Sssag nichtsss!«, rief Mabel Stewart aufgebracht. Dabei fiel ihr die Zeitschrift aus der Hand, mit der sie bis eben noch gefächert hatte. »Wenn du nichtsss sssagssst, kann auch nichtsss gegen dich verwendet werden.« Alle drehten sich zu dem violetten Lockenkopf um, als habe es sich bis hierhin lediglich um eine aufgemotzte Schaufensterpuppe gehandelt. »Also schön!« Margret verschränkte die Arme auf dem Rücken. »Dann werde ich allen Anwesenden hier eine kleine Geschichte erzählen. Mein Plan sah zwar anders aus, aber Dank unserem verehrten Inspector sehe ich mich nun gezwungen, das Ganze etwas vorzuziehen!« Ihre Blicke schossen imaginäre Pfeile in Richtung von Inspector Brown, der unschuldig an einem abstehenden Hautfetzen neben seinem Daumennagel zupfte.

»Märchen!«, begehrte Mr Harris auf. »Erfundener Altweibertratsch! Hören Sie gar nicht hin. Das ist reine Zeitverschwendung. Wie der Inspector eben schon sehr richtig festgestellt hat. Alle können nach Hause gehen! Hier gibt es nichts Interessantes mehr heute!«

Mr Stonecastle warf die Hände zur Zimmerdecke. »Um Himmels Willen, Gordon, was haben Sie getan?«

»Nichts habe ich getan. Gar nichts! Ich habe nicht die geringste Ahnung, was das hier gerade eigentlich soll.«

Margret rückte ihre Brille zurecht.

»Nun, das werde ich Ihnen gerne sagen. Es war einmal ein Mann, der sein ganzes Leben lang nur ein einziges Interesse verfolgte, nämlich Geld!«

»Ach, hören Sie doch auf!«

»Er wollte immer mehr davon! Doch es war nie genug. Wenn er welches bekam, reichte es ihm nicht«, dozierte Margret gnadenlos weiter in scharfem Ton, der langsam immer lauter wurde. »Außerdem gab er es schneller wieder aus, als man gucken konnte.«

»Das ist so was von albern, Miss Miller.« Gordon Harris schnaubte verächtlich.

»Er kannte sich gut mit Pflanzen aus und arbeitete in einer großen Gärtnerei in London. Doch der Verdienst war nicht gerade das, was er sich vorstellte, nicht wahr, Mr Harris? Sie wissen genau, von welchem Mann ich spreche!«

»Und was soll daran falsch sein? Was wollen Sie eigentlich von mir?«

»Sie lernten Evelyn Harris kennen und merkten schnell, dass sie eine recht gute Partie war, denn sie hatte von ihren Eltern eine gut gehende Gärtnerei geerbt. Also machten Sie sich an sie ran und beschlossen, sie zu heiraten.«

»Ich habe mich nicht an sie rangemacht. Ich habe sie geliebt!«

»Seien Sie nicht albern. Ihre Liebe galt einer ganz anderen Frau. Sie wissen das und ich weiß es auch.«

Mit verschränkten Armen starrte er schweigend ins Leere.

»Einer anderen Frau?« Mrs Turner hüstelte pikiert. »Also das hätte ich nicht von Ihnen gedacht, Mr Harris. Ich habe immer große Stücke auf Sie gehalten, aber wenn Sie die arme Evelyn hintergangen haben, dann … Mrs Gibson, haben Sie das gewusst?«

Meine Friseurin schüttelte energisch den Kopf. Ihre Wangen waren vor Aufregung gerötet.

»Oh Gordon, es gibt doch wichtigere Dinge im Leben als Geld«, flüsterte Sally.

Margret setzte wieder an.

»Mr Harris war leider noch zu wesentlich schlimmeren Dingen fähig, als seine Frau einfach nur zu hintergehen.«

Stimmengewirr erhob sich und einige Stühle wurden nervös hin und her gerückt. Der Inspector hatte es endlich geschafft, sich in eine stehende Position zu bringen und tupfte sich den Schweiß von der Stirn.

»Könnten Sie zur Sache kommen, Miss Miller?« Er zerrte sein schmieriges Notizbuch hervor.

»Sehr gerne, Inspector Brown.« Meine Freundin machte eine bedeutsame Pause. »Meine Geschichte geht noch weiter. Es gab eine junge Frau, die hin und wieder in der Gärtnerei in London aushelfen durfte, weil sie Blumen so liebte. Leider war sie etwas verrückt, weshalb sie in einer Anstalt lebte. In diese elfengleiche Person verliebte sich Mr Harris und schmiedete gemeinsam mit ihr einen teuflischen Plan.«

»Das ist mir hier jetzt echt langsam zu blöd!« Gordon Harris machte eine abwehrende Handbewegung. »Alles Lügen! Gehen Sie zu Mr Mallowans Kindern und erzählen sie denen ihre Märchen!«

»Zunächst verübten Sie einige Einbrüche in der Gärtnerei, in der Sie angestellt waren. Sie wollten möglichst schnell an etwas mehr Geld kommen. Dafür bot sich die Kasse gut an. Sie wussten ja genau, an welchen Tagen viel Bargeld eingenommen worden war. Doch leider wurde ihr Chef misstrauisch und ehe Sie sich versahen, hatten Sie jede Menge Ärger und eine Anzeige am Hals.«

Gordon Harris fuhr sich mit einem Hauch von Arroganz durch die Haare und lachte hämisch.

»Und wenn schon. Ich habe nichts getan. Der Typ litt an Paranoia! Hatte mich ohnehin auf dem Kieker. Meine Unschuld wurde eindeutig bewiesen.«

»Von einem Scharlatan, der inzwischen als falscher Anwalt entlarvt wurde. Es stand in der Zeitung. Haben Sie den Artikel gelesen?«

»Was kann ich dafür? Ich wusste nicht, dass er nicht echt war. Das kann man mir nicht vorwerfen! Ich habe ihn ordnungsgemäß engagiert.«

»Aber Sie wussten es, nicht wahr, Mrs Stewart?«

»Wie bitte? Wasss wollen Sssie damit sssagen?« Mabel fingerte unbeholfen an dem Verschluss ihrer Handtasche herum.

»Der falsche Anwalt war Ihr unehelicher Sohn! Sie machten gemeinsame Sache!« Die Tasche entglitt ihr und landete auf dem Teppich. Sie bückte sich schwerfällig.

»Ich werde mich nicht dazssu äußssern! Dasss können Sssie vergesssen!«

»Oh, das müssen Sie auch gar nicht. Sie hätten sich nur mehr Mühe mit den falschen Namen geben können.«

»Einen Moment, Miss Miller, wovon sprechen Sie? Dale, wissen Sie, worum es hier gerade geht?« Sergeant Willis blickte verwirrt von einem zum anderen.

»Nun, das ist ganz einfach, der Mädchenname von Mabel Stewart war Mabel Sulle. Und der falsche Anwalt hieß angeblich Leam Lubsel!«, warf Margret triumphierend ein.

Das rief den Grundschullehrer auf den Plan.

»Ha! Dieselben Buchstaben! Nur vertauscht! Leam Lubsel klingt ziemlich albern, wie? Wer heißt denn schon Leam Lubsel?«

»So ist es, Mr Mallowan. Genau das habe ich auch gedacht, als ich den Namen in der Zeitung gelesen habe. Nicht sehr originell, Mrs Stewart, ich hätte mehr von Ihnen erwartet!« Sie wollte etwas entgegnen, doch Margret streckte die Hand aus. »Sagen Sie einfach nichts. Es ist besser so!« Mrs Stewart klappte den Mund wieder zu und fixierte grimmig die Wand.

Sergeant Willis lachte auf.

»Ganz schlecht, so ein Name, wenn man ihn betrunken aussprechen will, was, Jason? Möchte wirklich wissen, wie jemand, der nachts aus dem Pub fliegt, jemanden ruft, der Leam Lubsel heißt!« Er schlug sich auf die Schenkel. »Das ist zu köstlich.«

»Schon gut, Sergeant. Lassen Sie uns fortfahren.« Margret warf ihm einen tadelnden Blick zu. »Mr Harris musste trotz des fragwürdigen Beweises seiner Unschuld die Gärtnerei verlassen. Sein Chef hatte noch mehr als genug andere Punkte auf der Agenda wie Unzuverlässigkeit, Arbeitsverweigerung und mangelnde Sozialkompetenz!« Gordon Harris schüttelte missbilligend den Kopf und ließ ein »Pffff« verlauten.

»Er war ein Spinner und sonst nichts! Hatte nicht alle Tassen im Schrank!«

»Sie fanden es aber nicht weiter schlimm, dass Sie gefeuert wurden, Mr Harris, denn Sie hatten ja inzwischen die ahnungslose Evelyn geheiratet und konnten mit in ihr Geschäft einsteigen, nicht wahr?«

»Ich bin empört! Was sind das denn hier für Familienzustände?«, echauffierte sich Mrs Gibson. »Und woher kam überhaupt die Verbindung zu diesem Sohn von Mrs Stewart? Sie und Gordon Harris kannten sich doch gar nicht.«

»Oh doch, sie kannten sich.«

»Tatsächlich?«, entfuhr es mir.

»Elisabeth, erinnerst du dich daran, als wir die Vase zur Gärtnerei gebracht haben?«

Ich nickte.

»Natürlich! Wir haben sie in einem Wagen hinter uns hergezogen – dieses Monstrum!«

»Gordon Harris hatte Probleme mit dem Namen von Rosie Bennett, weißt du noch?«

»Stimmt, er nannte sie immer Josie und Mrs Harris hat ihn korrigiert und ihm gesagt, dass sie nicht Josie heißt, sondern Rosie.«

»Ganz genau! Aber die Korrektur wäre eigentlich nicht nötig gewesen, weil er sie nämlich bei ihrem richtigen Namen genannt hat.«

Mrs Lewis schüttelte den Kopf.

»Also das verstehe ich nicht. Mrs Bennett hieß doch Rosie, oder nicht?«

»Das schon, aber nicht die Frau, die wir seit Tagen für Rosie Bennett gehalten haben. Die heißt nämlich Josie!«

Graham Mitchell stöhnte auf. »Ich wusste es! Irgendwas war falsch an Rosie! Die ganze Zeit über hatte ich das Gefühl, dass hier was nicht stimmen kann. Sie war es nicht! Aber ich konnte mir keinen Reim darauf machen. Beim Basar. Es war, als ob sie mich nicht erkannt hätte.«

Constable Dale war nun auch ziemlich verwirrt.

»Rosie, Josie, ich verstehe gar nichts. Sind wir hier im Puppentheater, oder was?«

»Zwillinge!« Für Margret schien diese Antwort das Eindeutigste von der Welt zu sein. »Eineiig. Aber der Vergleich mit dem Puppentheater ist gar nicht so schlecht.«

Graham Mitchell runzelte die Stirn.

»Aber Rosie hat mir nie von einer Schwester erzählt. Ich habe gedacht, sie wäre Einzelkind.«

»Sie wurden auch bereits als kleine Kinder voneinander getrennt. Die Eltern sind vor langer Zeit tragisch verunglückt. Zunächst hat Mabel Stewart auf die Mädchen aufgepasst. Doch ihr wurde die Sache mit der verrückten Josie zu viel, also war die Anstalt in London ihr einziger Ausweg.«

»Esss war nicht aussszssuhalten mit Josssie. Man konnte sssie keine zsswei Sssekunden ausss den Augen lasssen. Könnte ich einen Drink bekommen?« Mabel Stewart fächerte sich erneut Luft mit der Zeitschrift zu, die sie inzwischen wieder in ihren Händen hielt. Gladys sprang auf und goss Whisky ein. Wahrscheinlich, weil es einfach ihrer Gewohnheit entsprach.

Mir fiel unsere Begegnung mit Ruth und ihrem Mann auf dem Basar ein.

»Ruth Allister! Sie hat gesagt, dass sie glaubt, Mrs Bennett schon einmal gesehen zu haben. Sie brachte das irgendwie mit Blumen in Verbindung und ich habe noch gedacht, dass das ja eigentlich nicht sein kann.«

»Ja, Elisabeth. Sie muss Josie in der Gärtnerei in London gesehen haben.«

»Also war es doch kein Zufall. Das ist ja unfassbar!«

»Nein, meine Liebe. Wie ich immer sage, an Zufälle glaube ich nicht!«

27

Mit auf dem Rücken verschränkte Armen durchmaß Margret das Wohnzimmer, während sie weitersprach. Alle starrten Sie mit offenen Mündern an, als verkünde sie den baldigen Weltuntergang, dem man nur durch einen Umzug auf einen anderen Planeten würde entkommen können.

»Mr Harris führte fortan ein Doppelleben. Er war mit Evelyn verheiratet und genoss die Vorteile eines gut gehenden Geschäfts. Aber er liebte Josie Hunter.« Sie blieb stehen und breitete die Hände aus.

Graham Mitchell nickte heftig.

»Hunter ist der Mädchenname von Rosie.«

»Richtig. Von Josie und von Rosie. Beide wunderschön wie Elfen. Völlig identisch, bis auf einen optischen Unterschied, mit bloßem Auge fast nicht zu erkennen. Sie dachten an eine Schönheitsoperation, Mr Mitchell, wissen Sie noch?«

Er schnalzte mit der Zunge.

»Klar! Das kleine schwarze Muttermal über der Lippe war weg. Einfach so.«

»Exakt, es war weg!«

»Dabei fand ich es immer ziemlich süß, als wir noch zusammen waren. Darum konnte ich auch nicht verstehen, wieso sie es hatte entfernen lassen. Zumal es wirklich winzig war. Ich finde solche Eingriffe ohnehin dämlich. Total überflüssig!« Graham Mitchell runzelte die Stirn. »Aber man konnte bei Rosie keine Narbe sehen oder so etwas. Das hat mich ehrlich gesagt schon gewundert. Ich kenne mich mit solchen Sachen allerdings auch nicht aus und heutzutage ist ja vieles möglich, mit Laser und so.«

»Donnerwetter, Miss Miller, das ist Ihnen aufgefallen? So ein winziges Detail? Ein Muttermal?« Mr Mallowan gab sich tief beeindruckt. »Ich wäre nie darauf gekommen. Aber so ein kleines Pünktchen beachtet man ja auch nicht unbedingt, wenn man einen Menschen nicht täglich sieht.«

»Tja, ich schätze, auch Mr Harris hatte gehofft, dass es niemandem auffallen würde. Was für eine Unachtsamkeit! Eigentlich hat mich Elisabeth auf die Spur gebracht.«

Jetzt fiel mir wirklich alles aus dem Gesicht.

»Ich? Wie denn das?«

»Aber ja. Das Bild an unserer Wand. Ich habe darauf geschaut und wusste, dass da irgendwas ist, ein Hinweis, etwas, was mir die Augen öffnet. Aber ich kam einfach nicht darauf.«

»Die Frau mit dem zerbrochenen Spiegel?«

»Sehr richtig! Und dann hast du mir gezeigt, dass das Spiegelbild falsch ist. Die Frau trägt eigentlich eine Haarspange, aber im Spiegelbild ist die Spange nicht zu sehen.«

»Stimmt! Ich wundere mich immer noch darüber, dass mir das erst jetzt aufgefallen ist. Aber was hat das denn nun …«

»Rosie Bennett hatte eigentlich ein kleines Muttermal«, fiel Margret mir ins Wort, »aber Josie hatte es nicht! Weißt du noch, dass wir uns über die Details des riesigen Porträts unterhalten haben?«

»Ja, der Maler hat an absolut alles gedacht. Sogar an das kleine Muttermal. Ich war ziemlich beeindruckt.«

»Genau. Aber das Spiegelbild, Josie Hunter, hat eben nicht dieses Muttermal. Verstehst du, Elisabeth! Das ist der Fehler im zerbrochenen Spiegel! Nur einer der vielen kleinen Fauxpas, an die unser verehrter Mr Harris nicht gedacht hat. Ziemlich stümperhaft, das muss man schon sagen. Ich hätte Ihnen mehr Raffinesse zugetraut, Gordon. Wenn Sie schon heimtückische Pläne schmieden, dann sollten Sie die auch im Vorfeld perfekt durchdenken! Anderenfalls laufen Sie Gefahr, in eine Situation wie diese zu geraten. Selbst schuld!«

Mr Harris lachte nur mit entblößten Zahnreihen. Er kam mir plötzlich abgrundtief hässlich vor.

»Hast du all die Dinge während deines Aufenthaltes in London herausgefunden?«, wollte ich wissen.

»Ziemlich viel davon, ja. Ich war in der ehemaligen Gärtnerei von Mr Harris und habe mich dort mit dem Chef und einer ziemlich geschwätzigen Mitarbeiterin unterhalten, die kein Blatt vor den Mund genommen hat. Und ich war in der Anstalt, in der Josie bis vor einer Weile gelebt hat.«

»Wohnt sie denn nicht mehr da?«, wunderte sich Lucy. »Wo ist sie geblieben?«

»Tja, eigenartigerweise geht man dort davon aus, dass sie tot ist. Ist das nicht verwunderlich? Und die Mitarbeiterin der Gärtnerei hat mir freigiebig erzählt, dass die verrückte Aushilfe einfach nicht mehr aufgetaucht ist. Ohne Entschuldigung und ohne ein Wort. Wie kommt das nur, Mr Harris? Fällt Ihnen nichts dazu ein?«

Geräuschvoll ließ er seine Finger knacken.

»Ich habe keine Lust, mir diesen Schwachsinn noch länger anzuhören. Es reicht. Ich habe meine Frau verloren und

Sie haben nichts Besseres zu tun, als mir einen geistigen Wirrwarr über mein angebliches Leben zum Besten zu geben. Ziemlich unsensibel, finden Sie nicht auch? Ich gehe!«

»Sie bleiben hier!« Inspector Brown walzte langsam auf Mr Harris zu. »Setzen Sie sich! Wir sind hier noch nicht fertig.«

»Sie können mich nicht festhalten!«

»Das stimmt. Aber dennoch kommen Sie nicht über dieses Grundstück hinaus. Man erwartet Sie bereits.«

»Fangen Sie jetzt schon wieder mit diesen angeblichen Zinnsoldaten an? Das ist doch lächerlich!«

»Miss Miller, würden Sie bitte nochmals bestätigen, dass die Wachposten bereitstehen?«, näselte der Inspector und fühlte sich sichtlich wichtig.

»Ja, alles Polizisten, die genaue Instruktionen haben, wen sie festhalten sollen und wen nicht. Wie schön, dass Sie das vorhin schon groß und breit verkündet haben und sich so zuverlässig an Abmachungen halten!« Margret funkelte Inspector Brown an, der sich daraufhin wieder eifrig an seinem Notizbuch zu schaffen machte.

»Ich wüsste nicht, wieso die Hampelmänner da draußen gerade auf mich warten sollten.« Gordon Harris breitete unschuldig beide Arme aus. »Angenommen, Sie hätten recht und ich wäre tatsächlich mit Josie Hunter leiert gewesen. Na und? Kommt man dafür in den Knast? Wohl kaum!«

»Dafür vielleicht nicht, aber wir wissen beide, dass die Krönung erst noch kommt! Ihre Geldgier hat Sie jede Moral vergessen lassen, falls Sie jemals über etwas dergleichen verfügt haben. Sie wissen doch gar nicht, was Anstand und Moral überhaupt ist!«

Gordon Harris´ Gelächter donnerte schallend und sein Gesicht verzog sich zu einer hämischen Fratze. Margret redete sich jetzt richtig in Rage und die offenen Seiten ihrer zu weiten Strickjacke wedelten, als sie forschen Schrittes auf und ab marschierte und dabei immer schwungvoller die Wendungen nahm.

»Die Gärtnerei Ihrer Frau war nur ein kurzes Vergnügen. Bald reichte Ihnen auch das nicht mehr. Ihre Habgier kannte von Anfang an keine Grenzen! Aber Josie hatte eine gute Idee, nicht wahr?« Sie blieb abrupt stehen und zeigte auf Mr Harris. »Sie erinnerte sich nämlich an ihre Schwester, die sehr reich geheiratet hatte. Wieso nicht an deren Stelle treten und sich das Vermögen auch noch unter den Nagel reißen? Und sich dann gemeinsam aus dem Staub machen! Ein netter Plan!«

»Das ist völlig aus der Luft gegriffen!«

»Tatsächlich? Nun, zwei Mrs Bennetts waren eine zu viel. Wie hätte man das so plötzlich plausibel erklären sollen? Also musste die eine aus dem Weg, ist es nicht so, Mr Harris?«

»Du meine Güte!«, wimmerte Sally.

»Die verrückte Josie konnte das nicht bewerkstelligen. Aber Sie konnten es!« Meine Freundin stand jetzt furchtlos einen halben Meter von ihrem auserkorenen Sünder entfernt und giftete ihn an. Der lachte erneut lauthals los.

»Dr. Hastings, Sie sollten Miss Miller einweisen lassen. Sie ist diejenige, die irre ist! Sehen Sie das denn nicht? Eine Gefahr für Leib und Leben. Sie gehört weggesperrt!«

»Das lassen Sie mal meine Sorge sein, Gordon. Miss Miller hat den klarsten Verstand, der mir je untergekommen ist. Aber wo wir gerade bei Gedankengängen sind. Ich kann mir nur schwer vorstellen, dass Josie Hunter zu akribischen Plänen in der Lage war. Ich habe sie zwar nur kurz erlebt und war zudem getäuscht durch die Annahme, es handele sich um Rosie Bennett. Trotzdem glaube ich, beurteilen zu können, dass sie zu strukturierten Vorhaben und deren Umsetzung nicht fähig war, zumindest in diesem Moment nicht.«

»Nun, lieber Doktor, da haben Sie ganz recht. Die Leiterin der Anstalt hat mir ebenfalls genau das bestätigt. Aber Josie brauchte auch nicht detailliert zu planen. Sie musste nur ihre Rolle spielen, also quasi sich selbst. Den Rest erledigte nämlich ihre Tante für sie, Mrs Stewart! Sie ist obendrein Josies Vormund.«

»Ich habe absssolut nichtsss geplant!« Mabel durchschnitt resolut mit ihrer flachen Hand die Luft. »Dasss issst eine Unverschämtheit! Ich will, dasss Sssie sssofort damit aufhören!« Ihre Wangenknochen schimmerten dunkelrot und ihre Lippen zitterten.

»Wie viel von dem Vermögen wollten Sie sich denn in die eigene Tasche stecken? Hatten Sie einen Vertrag darüber geschlossen oder gab es nur mündliche Vereinbarungen über die Anteile?«

»Alssso, da hört sssich doch allesss auf!«

»Rosie wurde unter einem Vorwand in den Garten gelockt. Dort erschlug Mr Harris sie mit dem Hammer, der später bei Stanford gefunden wurde.«

Sally entfuhr ein Schrei und Mrs Gibson schlug sich entsetzt die Hände vor Mund und Nase.

»Was?« Graham Mitchell sprang auf. »Gordon, ich bring Sie um! Mit bloßen Händen!«

»Unberechenbar!«, zischte Mrs Turner und schüttelte den Kopf. »Ich sage es ja immer wieder!«

Mrs Lewis war bleich, wie ein Blatt Papier.

»Das kann nicht sein! Das darf einfach nicht sein!«, lamentierte sie mantraartig.

»Ruhe!« Sergeant Willis klatschte in die Hände. »Setzen Sie sich, Mitchell. Und Sie verzichten auf derlei Bemerkungen, Mrs Turner.«

»Ich wollte nur sagen, dass Mr Mitchell …«

»Ich will nichts mehr hören!«

Constable Dale kam ihm zu Hilfe.

»Bitte beruhigen Sie sich alle wieder, damit Miss Miller fortfahren kann.«

»Josie, die sich während der Tat hübsch versteckt gehalten hat, musste nur noch als falsche Rosie ins Haus zurück gehen. Die Leiche wurde zunächst möglichst unauffällig in einem Busch versteckt und dann später, als es Nacht war, von Mr Harris abgeholt und im See versenkt.«

»Großer Gott, Rosie!«, schluchzte Graham Mitchell. »Das hat sie nicht verdient! Wäre sie doch nur bei mir geblieben! Dann wäre das alles nicht passiert!«

Gladys riss die Augen auf. Die ganze Zeit hatte sie still auf ihrem Platz gesessen und die Blüten auf der Tapete gezählt, doch jetzt konnte man ihre Gedanken in ihrem Gesicht lesen.

»Der zerstörte Busch! Ich stolperte und schlug mir den Ellenbogen auf.«

»Ganz recht, mein Kind. Du hast gedacht, ein Reh hätte darin gelegen, nicht wahr? Aber tatsächlich war Rosie Bennett das Reh. Und unsere liebe Mrs Stewart ist dann zur Krönung noch theatralisch mit dem Hammer in der Hand in der Polizeiwache aufgetaucht und hat Stanford Wilmot beschuldigt! Ein wirklich bühnenreifer Auftritt!«

»Stopp! Das geht mir hier zu schnell.« Sergeant Willis kratze sich am Kopf. »Jeffrey Bennett war nicht auf den Kopf gefallen. Ein cleverer Bursche! Er muss doch bemerkt haben, dass mit seiner Frau etwas nicht stimmt. Ich meine, jedem Ehemann, der sich halbwegs für seine Frau interessiert, fällt doch eine solch extreme Wesensänderung auf. Gut, manchmal neigen Frauen zu gewissen unleidlichen

Tagen, sie zicken mal rum oder meckern, wenn man zu lange im Pub war, aber …«

»Auch daran hatte man gedacht, lieber Sergeant. Mr Bennett wurde Morphium verabreicht. Gladys bemerkte ein verändertes Verhalten an Mrs Bennett etwa einen Tag vor der Veränderung von Mr Bennett, war es nicht so?« Gladys Price nickte mechanisch. »Sie fand einen kleinen Rest der Droge unter seiner Bettkante. Ein weiterer Fehler im Szenario. Man hätte akribisch darauf achten müssen, alles zu entfernen. Außer dem Rest unter dem Bett hat Gladys eigenartigerweise nichts gefunden, obwohl Mr Bennett eigentlich noch ziemlich viel von seinem Schlafpulver hatte, für das man das Morphium ausgegeben hat. Nun, im Grunde war es das ja auch – ein Schlafmittel der anderen Art. Der Schlaf war nach einigen Tagen so tief, dass Mr Bennett nicht mehr daraus erwachte!«

Dr. Hastings räusperte sich.

»Ich kann das bestätigen. Ich habe gemeinsam mit dem Apotheker das angebliche Schlafpulver untersucht.«

Margret stand jetzt vor den Stuhlreihen wie eine Hochschuldozentin.

»Es sollte nach einer seltsamen Krankheit aussehen. Ich glaube, dass dieser Zeitpunkt exakt geplant war, weil jeder in Candleham wusste, dass Dr. Reynolds abwesend sein würde. So musste man nur Sie als Vertretung abschütteln, Dr. Hastings.«

Gordon Harris fuhr herum. Man sah den Puls an seinem Hals.

»Wie wollen Sie das erklären? Ein Arzt hat schließlich einen natürlichen Tod bescheinigt! Schwarz auf weiß dokumentiert! Wie es sich gehört!« Die letzten Worte sprach er einzeln und riss dabei überlegen die Augen auf.

»Ein Arzt? Wir wissen beide, dass das ein Witz ist! Dieser Mann war genauso falsch wie Ihr Anwalt! Ich sage nur Samuel Bell!«

»Ha! Wieder dieselben Buchstaben!« Der Lehrer klatschte in die Hände. Er gab sich wie in einem Rate-Quiz.

»So ist es, Mr Mallowan!« Fehlte nur noch, dass Margret Gewinnerpunkte vergab. »Es war wieder der uneheliche Sohn von Mabel Stewart, der selbstverständlich eingeweiht war. Er war auch ein fabelhafter Spitzel, der seiner Mutter alles berichten konnte, was vor sich ging. Die kam nämlich nicht gerade aus den Cotswolds, sondern ganz aus der Nähe. Ich hätte gleich stutzig werden sollen, als Sie ohne Koffer und Taxi anreisten, Mrs Stewart.«

»Pah! Ich werde mich nicht äußssern!« Mabel Stewart winkte ab, als wolle sie einen Wespenschwarm vertreiben. Margret rieb sich geschäftig die Hände. Ich sah wieder die Flammen in ihren Pupillen. Sie war völlig in ihrem Element.

»Man konnte Josie unmöglich allein ihrer Rolle überlassen. Zu groß war die Gefahr, dass sie sich nicht an Absprachen halten würde. Sie war zu unberechenbar. Sie beherrschte das Puppentheater nicht, um mal auf diesen Begriff zurückzukommen. Daher war der eingeschleuste Sohn die perfekte Idee. Er sollte ein wachsames Auge auf alle Geschehnisse haben.«

»Aber ich habe niemanden gesehen, der herumspioniert hätte«, bemerkte Gladys mit gerunzelter Stirn.

»Oh doch, ich denke, das hast du, meine Liebe. Der neue Koch, der laut Stanford überhaupt nicht kochen konnte.«

»Christopher Lane?«

»Ja. Christopher Lane ist der uneheliche Sohn von Mabel Stewart. Darum ist dir der Arzt auch nicht begegnet, als er angeblich da war, um Mr Bennett zu untersuchen, Gladys. Du hättest den Koch schließlich erkannt. Streiten Sie es nicht ab, Mrs Stewart, ich habe Erkundigungen über Sie eingeholt.«

Mir fiel etwas ein.

»Hat er deshalb den Kopf zur Tür reingesteckt, als wir unseren Kondolenzbesuch abgehalten haben? Weißt du noch, Margret? Er fragte, ob Mrs Bennett ihn gerufen hätte. Wollte er vielleicht nur die Lage überblicken?«

»Ja, er muss gehört haben, dass Josie herumlamentiert hat. In solchen Fällen war es seine Aufgabe, einzugreifen. Natürlich hat er die Lage sofort überblickt und seine Mutter verständigt, die wenig später aufgetaucht ist und so getan hat, als wäre sie gerade erst angereist.«

»Ich möchte meinen Anwalt anrufen!« Mrs Stewart griff sich pikiert in ihre violetten Locken und reckte die Nase in die Luft.

»Wen? Leam Lubsel?« Margret zog spöttisch die Augenbrauen hoch.

»Dasss geht Sssie überhaupt nichtsss an! Dasss allesss hier issst eine absssolute Unverschämtheit! Ich werde mich über Sssie beschweren! Sssie haben kein Recht, unschuldige Menschen zssu bezssichtigen.«

»Ach nein? Ich hätte gleich stutzig werden sollen, als Josie Bennett die Polizei rufen wollte, um die arme Gladys des Mordes an Mr Bennett zu beschuldigen, aber keine Idee hatte, welche Nummer sie eigentlich wählen sollte. Wie dumm von mir! Die richtige Mrs Bennett wusste allein schon durch die Angelegenheit mit Graham Mitchell vor drei Jahren, dass Sergeant Willis für Rosefield und Candleham zuständig ist. Josie Bennett hingegen hat später an diesem Tag Gott und die Welt angerufen, bis sie schließlich bei Inspector Brown in London gelandet ist.«

Gordon Harris schritt langsam durch den Raum. Er machte den Eindruck, als würde er jeden Schritt ganz bewusst setzen. Vielleicht plante er aber auch in diesen Sekunden seine weitere Vorgehensweise.

»Also, eins steht fest. Ich persönlich rufe niemanden an. Habe ich gar nicht nötig! Und auch sonst wird hier niemand zum Telefon greifen! Alle verhalten sich hübsch still! Haben wir uns verstanden?« Seine Hand wanderte zu seiner Hosentasche. Ich sog scharf die Luft ein, als etwas Glänzendes zum Vorschein kam. Ein Revolver!

28

Graham Mitchell sprang auf.

»Harris! Sind Sie noch ganz dicht? Lassen Sie das Ding fallen! Kommen Sie schon, Mann! Das ist doch Wahnsinn!«

Für ein paar Sekunden war es mucksmäuschenstill. Niemand traute sich, auch nur zu atmen.

»Ich fordere Sie auf, mir die Waffe zu übergeben!« Der Inspector tropfte auf den Boden. »Unverzüglich!« Da war ein Zittern in seiner Stimme. »Haben Sie nicht gehört?« Seine Atmung wurde unregelmäßig und er fasste sich an die Brust.

Gordon Harris lachte. Er legte den Arm um Inspector Browns nicht vorhandenen Hals und hielt den Revolver direkt an seine Schläfe.

»Sie Pfeife! Haben Sie etwa Angst? Ach, sieh an, gleich weint er, wie ein Baby. Ich dachte, ein Inspector darf vor gar nichts Angst haben. Machen Sie sich bloß nicht in die Hose. Gibt unschöne Flecken.« Er beugte sich ein Stück nach unten zu seinem Opfer im Schwitzkasten, da er wesentlich größer war. Seine Nase berührte jetzt fast die glänzende Stirn des Polizisten, der röchelnde Laute von sich gab. »Mann, Sie stinken! Haben Sie kein Deo? Also, ich denke, ich werde Ihrem Transpirationsproblem jetzt ein Ende bereiten. Damit ist uns allen geholfen. Hält ja keiner aus!«

»Nein!«, wimmerte Inspector Brown. Sein knallroter Kopf schien jede Sekunde platzen zu wollen. Wie der Fahrradreifen von Joe Mallowan letzte Woche.

»Tada! Verehrtes Publikum. Sehen Sie gut hin. So sieht es aus, wenn einem glibberigen Insekt das Gehirn weggepustet wird. Kein Verlust für diese Welt, möchte ich behaupten.«

Margret startete ebenfalls einen Versuch.

»Mr Harris, das, was Sie hier vorhaben, führt zu rein gar nichts. Nehmen Sie die Waffe runter und kommen Sie zur Besinnung. Machen Sie sich doch nicht noch unglücklicher.«

Er ignorierte sie und betrachtete interessiert sein Opfer.

»Wobei man sich bei dieser Witzfigur hier fragen muss, ob sie überhaupt ein Gehirn hat.« Mit ernsthaftem Blick in die Anwesenden drohte er: »Befolgen Sie meine Anweisungen nicht, passiert Ihnen das Gleiche! Leider zwingen Sie mich dazu, Ihnen das Ganze einmal zu demonstrieren.« Ich hielt mir die Augen zu, musste aber aus einem inneren Zwang heraus durch einen Schlitz zwischen Zeigefinger und Mittelfinger blinzeln. »Das ist wie in der Schule, was, Mr Mallowan? Am besten erklärt man den Kindern die Dinge anschaulich. Also dann, drei, zwei, …«

Inspector Brown bäumte sich auf und ruderte mit seinen kurzen Armen.

»Sie werden damit nicht durchkommen, draußen werden Sie sofort festgenommen!«, jaulte er mit letzter Kraft. Er war kurz vor der Ohnmacht. »Ich habe ein Herzproblem.«

»Ist das so? Umso besser! Erspart mir vielleicht die Arbeit. Allerdings muss ich mir dann ein neues Objekt zum Vorzeigen suchen, wenn Sie schon von alleine abkratzen. Wie wäre es mit Ihnen, Mrs Wilson?«

Dr. Hastings sprang mit ausgebreiteten Armen vor mich. »Nur über meine Leiche! Wenn Sie Mrs Wilson etwas antun wollen, müssen Sie zuerst mich erschießen!«

»Auch gut, dann eben Sie, Doktor! Mir soll es egal sein, wessen Hirn an der Tapete klebt. Aber noch lebt ja dieser Clown hier.« Er drehte sich halb zu Sergeant Willis um. »Sie werden gleich in den Garten gehen und Ihren Leuten sagen, dass sie nicht mehr gebraucht werden, verstanden?«

»Seien Sie doch vernünftig, Gordon!«

»Vernunft, Vernunft! Was ist das schon, Willis? Bei mir kommt es jetzt ohnehin nicht mehr drauf an.«

»Der Herr wird ein Erbarmen haben, Mr Harris. Seine Güte ist unendlich! Haben Sie Vertrauen! Er verzeiht auch den schwärzesten Schafen.«

»Halten Sie den Mund, Stonecastle, sonst sind Sie der Nächste!« Der Pfarrer schluckte. »Also, Sergeant, noch mal zum Mitschreiben. Sie gehen raus und sorgen dafür, dass alle verschwinden. Anschließend spaziere ich ganz gemütlich aus diesem Haus und keinem passiert etwas. Ganz einfach! Ist das jetzt bei jedem angekommen? Mitchell? Ich weiß, Ihr Kopf beinhaltet nichts als Holzspäne, aber das dürften selbst Sie kapiert haben.«

Patrick Dale hielt Graham Mitchell zurück, der Gordon Harris an die Gurgel springen wollte. Mrs Lewis wimmerte.

»Und nun, auf Wiedersehen, Inspector! Ich schätze, Sie wird ohnehin niemand vermissen.« Gordon Harris grinste spöttisch und entriegelte den Revolver.

Was dann passierte, ließ uns alle mit offenen Mündern erstarren. Die stille Gladys Price mutierte zu Lara Croft, sprang auf, vollführte eine halbe Pirouette und trat dem völlig perplexen Gordon Harris den Revolver direkt aus der Hand. Glänzend flog er durch den Raum. Ein durch die Scheibe dringender Sonnenstrahl traf ihn und ließ ihn einmal kurz aufblitzen, als hätte jemand ein Foto gemacht. Mit einer Reaktion, die ich noch nie in dieser Form erlebt hatte, reckte sich Graham Mitchell nach oben und fing ihn auf. Dabei löste sich ein Schuss. Mrs Gibson schrie auf und Mrs Lewis sprang hinter ihren Stuhl und duckte sich. Mrs Turner heulte. Es klirrte und schepperte. Das Bild mit dem zerbrochenen Spiegel war von der Wand gefallen.

Gordon Harris stand für den Bruchteil einer Sekunde wie versteinert auf der Stelle. Dann warf er sich herum und stürmte zum Fenster. Ungeduldig hantierte er daran herum, da es ja gekippt war. Das alles ging ihm sichtlich zu langsam. Anstatt den Griff zu betätigen, griff er nach dem Briefbeschwerer, der auf dem Beistelltisch neben dem Fenster stand, warf die Scheibe ein und sprang beherzt hinaus. Die Scherben flogen in alle Richtungen. Ich presste meine Hände an meine Ohren. Niemand im Raum hielt ihn auf. Alle wussten, dass die Polizisten im Garten bereits auf ihn warteten. Margret steckte sich beide Zeigefinger in den Mund und ließ einen schrillen Pfiff ertönen. Ein Zeichen, das sie zuvor mit den Wachleuten vereinbart hatte. Niemand pfiff so laut wie meine Freundin. Ich wusste nicht, wie sie das machte. Ich hatte es mehrfach versucht, aber alles, was ich zuwege brachte, war ein Pfffff.

Mr Harris wurde sofort ergriffen und abgeführt. Constable Dale regte sich als Erster wieder und lief durch die Stuhlreihen.

»Alles in Ordnung? Ist jemand verletzt? Es war nur das Bild, oder? Materielle Schäden lassen sich ersetzen.«

Ein schriller Schrei ertönte! Mir gefror das Mark in den Knochen. Lucy deutete auf Mabel Stewart, die leblos auf dem Teppich vor dem Kamin lag. Dr. Hastings eilte sofort hin, um ihren Puls zu fühlen. Es war zu spät. Sie war tot.

Graham Mitchell erbleichte.

»Ich habe sie erschossen. Als ich die Waffe aufgefangen habe, hat der Schuss Mrs Stewart getroffen. Oh Gott, ich bin ein Mörder!«

»Nein, Mr Mitchell, das sind Sie nicht.« Dr. Hastings drehte die Leiche auf die Seite und untersuchte sie gründlich. »Sie wurde nirgends getroffen. Kein Einschussloch. Nicht einmal ein Kratzer.«

Gladys eilte herbei und hob ein kleines Fläschchen auf, das unter einen Stuhl gerollt war.

»Sehen Sie!«

Dr. Hastings öffnete es, schnüffelte daran und beugte sich dann noch mal wie ein Spürhund über die Leiche.

»Bittere Mandeln.«

Margret kniete sich neben Mabel Stewart.

»Zyankali?«

»Ja, so sieht es zumindest aus. Genaues wird eine Obduktion klären. Sergeant Willis, würden Sie bitte alles in die Wege leiten.«

»Selbstverständlich, Doktor.« Der Sergeant ging in den Flur, um zu telefonieren.

Margret schürzte die Lippen.

»Selbstmord durch Gift. Offenbar der letzte Ausweg für sie. Dabei hat sie sich die Finger nie selbst schmutzig gemacht. Sie wäre vermutlich nach ein paar Jahren Gefängnis wieder auf freien Fuß gesetzt worden. Wahrscheinlich war ihr Gewissen einfach zu belastet.«

Ich nickte bestürzt und wandte mich dann an Gladys, die durch ihre Geistesgegenwart ein schlimmes Unheil verhindert hatte.

»Das war ein äußerst beherzter Eingriff, mein Kind. Wir sind dir zu großem Dank verpflichtet. Ohne dich hätte es hier Tote gegeben. Allen voran Inspector Brown!«

Alle Blicke richteten sich auf den dicken Mann, der sich geschäftig mit seinem schmutzigen Stofftaschentuch die Stirn abtupfte. Seine Gesichtsfarbe hatte sich normalisiert. »Haben Sie gar nichts zu sagen? Diese junge Dame hier hat Ihnen soeben das Leben gerettet! Ein Dank wäre wohl angebracht, finden Sie nicht?«

Graham Mitchell kam Inspector Brown zuvor und ging ohne lange zu überlegen auf das Mädchen zu.

»Ganz großes Kino! Danke!« Er streckte ihr die Hand entgegen. Sie errötete.

»Ihnen auch, Mr Mitchell. Sie haben eine wirklich gute Reaktion.«

Der Inspector knabberte nervös an seinen Fingernägeln.

»Nun ja, da ist etwas Wahres dran, Fräulein … ähm, wie heißen Sie doch gleich?« Er blätterte in seinem schmierigen Notizbuch.

Ich wurde ungeduldig.

»Sie heißt Gladys Price, Inspector!«

»Ah ja, natürlich. Price. Ja.« Er räusperte sich. »Verehrte Miss Price, Sie haben uns heute einen großen Dienst erwiesen. Seien Sie versichert, dass die Polizei sich erkenntlich zeigen wird.«

Kein persönliches Dankeschön. Nichts! Er hätte ihr um den Hals fallen müssen, wobei sie das vermutlich gar nicht gewollt hätte. Dieser Mann war ein stumpfer Holzklotz mit Splittern daran. Ich schüttelte verständnislos den Kopf. Der Sergeant kehrte zurück.

»Sie wird gleich abgeholt. Ich schlage vor, wir genehmigen uns jetzt erst mal alle einen Drink, was? Haben wir uns verdient!«

Gladys und Lucy kümmerten sich gemeinsam darum.

»Könnte man vielleicht ein Tuch …« Mrs Gibson wandte den Blick zum Fenster und hielt ihre Hand zwischen sich und die tote Mrs Stewart.

Ich stand auf.

»Natürlich. Dort drüben liegt eine Decke. Dr. Hastings, wären Sie so freundlich.«

»Selbstverständlich.« Er bedeckte behutsam den Kopf und den Oberkörper.

Der Whisky zeigte bald seine Wirkung und weckte unsere Lebensgeister.

Mr Moore, der die ganze Zeit wie eine Attrappe regungslos auf seinem Stuhl gesessen hatte, taute auch langsam wieder auf.

»Versteht irgendjemand hier die Zusammenhänge? Was ist denn nun mit Mrs Harris im Kleiderschrank? Bin ich der einzige, der hier total auf dem Schlauch steht?«

Margret lächelte ihn verständnisvoll an.

»Machen Sie sich keine Gedanken, Mr Moore. Sie können es momentan noch gar nicht verstehen, da meine Geschichte noch gar nicht zu Ende war.«

»Na, dann mal los, Miss Miller. Das Ende würden wir alle gerne hören, was, Dale?« Sergeant Willis schlug Patrick auf die Schulter. Der grinste kläglich.

»Ja, das wäre überaus hilfreich.«

Lucy setzte sich zu ihm auf den Schoß und schmiegte sich an ihn.

»Nun, wo war ich?« Margret kratzte sich an ihrer spitzen Nase.

Ich kam ihr zu Hilfe.

»Du hast erzählt, dass Mr Harris die arme Mrs Bennett erschlagen hat und dass Mr Bennett mit Morphium vergiftet wurde.«

»Ach ja, danke, Elisabeth. Puh, hier zieht es wie Hechtsuppe. Wir müssen uns etwas mit dieser zerbrochenen Scheibe einfallen lassen.«

»Ich laufe später los und hole ein paar Bretter, die wir davor nageln können«, bot Mr Mitchell an.

»Oh ja, das wäre wirklich nett!«, bedankte ich mich. Er nickte mir lächelnd zu.

»Kein Problem. Aber jetzt erzählen Sie erst mal, Miss Miller.«

Margret stierte durch das offene Fenster.

»Im Grunde genommen war es von Anfang an seltsam, nicht wahr? In der Zeitung stand, dass Mr Bennett verstorben war. Der Mann war eine Sportskanone, fit und gesund. Er hatte zwei Wochen zuvor noch einen Pokal mit dem Cricket Team gewonnen. Das kam mir schon recht sonderbar vor.«

»Und niemand hatte eine Ahnung, dass er krank war. Nicht einmal Mrs Gibson!«, warf ich ein.

Meine Friseurin nickte und ihr welliges Haar wippte.

»Das stimmt. In meinem Laden hat keine Menschenseele etwas erwähnt. Ich bin selbst aus allen Wolken gefallen, als es plötzlich in der Zeitung stand.«

»Ich musste sofort an einen Kriminalroman denken, den ich kürzlich gelesen hatte. Aus der Bücherei von Mrs Turner. Darin war ein Mann von seinem Bediensteten mit Morphium vergiftet worden. Der Fall war ganz ähnlich gelagert.« Margret lehnte den Zeigefinger an ihre Lippen. »Und dann dieser angeblich befreundete Arzt. Zufällig genau dann, wenn Dr. Reynolds nicht da ist. Und die widersprüchlichen Angaben zu seinem Aufenthalt bei den Bennetts. Der Nachbar hat etwas von einer Woche gesagt. Angeblich hatte er diese Information von Mrs Bennett. War es nicht so, Dr. Hastings?«

»Ja, er hat mir davon erzählt, als ich bei ihm war, um sein Kind zu untersuchen.«

»Aber tatsächlich war der angebliche Arzt dann nur am Todestag kurz da. Das hat uns wiederum Glayds Price berichtet.«

»Es war nicht nötig, ein Zimmer für ihn herzurichten«, bejahte das Mädchen.

»Und du hast Dr. Bell auch nicht zu Gesicht bekommen.«

»Nein. Als ich fragte, wann er denn eigentlich käme, hat Mrs Bennett gesagt, er wäre schon da. Im Zimmer von Mr Bennett. Und später habe ich dann erfahren, dass er schon wieder gefahren war. Jetzt verstehe ich natürlich, warum ich ihm nicht begegnet bin. Ich sollte ja den Koch nicht erkennen.«

»So ist es, mein Kind. Würdest du uns kurz die Veränderung von Mr Bennett schildern? Natürlich nur, wenn es dich nicht zu sehr belastet.«

Gladys seufzte.

»Einige Tage vor seinem Tod hat es angefangen. Sein ganzes Verhalten war plötzlich komisch, nicht wie sonst. Zuerst war er nur sehr müde, wollte nichts mehr essen. Aber dann hat sich auch sein Wesen geändert, immer mehr und mehr. Er wurde hysterisch, hat herumgeschrien und hatte wahnhafte Vorstellungen. Es war … schrecklich.« Eine Träne rann über ihr Gesicht. Margret holte zu einer fachkundigen Erklärung aus.

»Typische Verhaltensweisen bei Morphium, wenn es langsam in seiner Dosis gesteigert wird. Die narkotische Substanz hemmt unter anderem den Appetit und führt zu Konzentrationsschwäche«, dozierte sie. »Dass sie auch zu einer Minderung des Sexualtriebs beiträgt, dürfte der falschen Mrs Bennett nicht wirklich etwas ausgemacht haben, wobei sie ohnehin auf getrennte Schlafzimmer bestand.«

»Ja, ich habe mich auch darüber gewundert, dass ich plötzlich ein extra Schlafzimmer für sie herrichten sollte. Ich hatte nichts von einem Streit mitbekommen. Aber es ging mich ja auch nichts an. Und wenn es gar nicht die echte Mrs Bennett war, verstehe ich jetzt natürlich auch den Grund.«

»Weitere typische Merkmale von Morphium sind eine Minderung der geistigen und körperlichen Leistung sowie Launenhaftigkeit. Das Ganze führt dann bis zur Apathie. Eine Überdosis, die dem armen Mr Bennett schließlich in seiner letzten Nacht auf Erden zugeführt wurde, endete tödlich. Nun war es aber so, dass du dir zuerst Gedanken um Mrs Bennett gemacht hast, nicht wahr?«

»Ja, sie war schon einen Tag vor ihrem Mann so seltsam. Das hat auch Mr Bennett bemerkt. Wir haben darüber gesprochen, als wir im Garten spazieren gingen. Er konnte sich das alles nicht erklären.«

»Sie war eigenartig, weil sie es nämlich gar nicht war. Es handelte sich um Josie Hunter, die Mr Bennett vermutlich so lange akribisch aus dem Weg ging, bis er durch das Morphium erstmalig genügend benebelt war, um nicht mehr viel wahrzunehmen. Alles überwacht von Mrs Stewart, die sich in Wahrheit nicht in den Cotswolds befand, sondern sich im Pub in Candleham eingemietet hatte. Und natürlich von ihrem Sohn, dem neu eingestellten Koch, dessen Anstellungsvertrag die angebliche Mrs Bennett unterzeichnet hatte.«

»Mr Bennett hat hin und wieder ein leichtes Schlafmittel eingenommen, das ich ihm normalerweise bringen sollte. Aber in den letzten Tagen vor seinem Tod hat das anscheinend jemand anders übernommen.«

Margret wanderte durch die Stuhlreihen.

»Ich tippe auf den Koch. Elisabeth und ich baten unsere liebe Gladys hier, uns etwas von dem Schlafpulver zu besorgen.«

»Ja und ich fand es seltsam, dass ich nichts finden konnte, denn eigentlich war zuletzt noch ziemlich viel davon übrig gewesen. Es gab nur noch einen kleinen Rest des Pulvers unter der Bettkante. Jemand hatte anscheinend etwas davon verschüttet und es nicht bemerkt.«

»Ich gehe davon aus, dass Christopher Lane alle Spuren beseitigte. Fast alle. Denn unter das Bett hat er ja offenbar nicht geschaut. Ein fataler Fehler! Ich bin mir ziemlich sicher, dass er es war, der Mr Bennett schließlich die tödliche Dosis verabreichte. Wie gesagt, wahrscheinlich hat er auch schon an den Abenden zuvor nachgeholfen. Aber das wird die Spurensicherung herausfinden.« Meine Freundin zog die Schultern hoch und wandte sich dann wieder Gladys zu. »Als du uns den wertvollen Rest im Garten gezeigt hast, haben wir uns kurz darauf über den zerdrückten Busch gewundert. Da Stanford seiner Arbeit zwar nicht unbedingt gerne, aber gewissenhaft nachgegangen ist, musste der Busch sehr kurzfristig in Mitleidenschaft gezogen worden sein. Du hast natürlich sofort an ein Reh gedacht, Gladys. Das war ja auch naheliegend.« Das Mädchen nickte. »Tatsächlich können wir davon ausgehen, dass die echte Mrs Bennett darin abgelegt wurde, nachdem sie von Mr Harris einen Hammer auf den Kopf bekommen hatte.«

»Unglaublich! Das hätte ich Gordon Harris nicht zugetraut.« Der Dorflehrer schüttelte den Kopf. »Er war immer freundlich, hat sich mit jedem unterhalten. Ein netter Typ von nebenan.«

»Man schaut nicht hinter die Fassade, Mr Mallowan.«

Kurz herrschte betretenes Schweigen. Dann hob Margret wieder an. »Aber Mr Harris war unachtsam. Seine Hose wurde bei der Ermordung von Mrs Bennett stark mit Blut durchtränkt. Er versteckte die Hose unsinnigerweise im Gewächshaus, wo seine Frau sie ziemlich schnell fand. Das war der nächste Fehler.«

»Stimmt, sie hat uns davon erzählt. Gordon hatte ihr gegenüber behauptet, gestürzt zu sein«, fiel mir ein. »Er hat gelogen!«

»Ganz recht, Elisabeth. Leider hat Evelyn die Hose sofort gewaschen, woraufhin sie wieder in Ordnung war. Gordon kam das natürlich zugute, denn das ganze Blut war ja weg. Die Hose hatte allerdings erstaunlicherweise nicht einmal einen Riss. Seltsam, nicht wahr?«

Constable Dale runzelte die Stirn.

»So viel Blut und die Hose war noch in Ordnung? Das passt nicht zu einem Sturz.«

»Genau dieser Gedanke ist mir auch durch den Kopf geschossen. Außerdem weigerte sich Mr Harris anscheinend, zum Arzt zu gehen, obwohl die Verletzung schlimm sein musste, wenn man von der Menge des Blutes ausgeht.«

Ich rutschte nervös auf meinem Stuhl, denn ich dachte an das, was Mrs Harris uns noch gesagt hatte.

»Hat Evelyn nicht auch gesagt, ihr Mann hätte auf einer Leiter gestanden und Petunien gegossen?«

»Stimmt genau. Gut gemerkt, Elisabeth! Mit einer derart schlimmen Verletzung klettert wohl niemand Leitern hoch. Außerdem konnte er bereits zwei Tage später wieder herumspringen wie ein Känguru.«

»Ach du meine Güte!« Mr Stonecastle wurde blass. »Der Schal, den ich gefunden habe …«

»Ja, Herr Pfarrer. Er war von der armen Mrs Bennett, die in den See geworfen wurde. Ich ärgere mich selbst, dass ich nicht eher die richtigen Schlüsse daraus gezogen habe.«

»Aber wie ging es jetzt weiter mit Mrs Harris?«, wollte der Sergeant wissen. Inspector Brown klappte unterdessen resigniert sein Notizbuch zu und zog geräuschvoll die Nase hoch.

»Ich komme nicht so schnell mit dem Schreiben mit.«

»Kein Problem, Inspector, ich wiederhole das Ganze gerne noch mal auf der Wache.«

»Gut. Könnte ich wohl noch einen Whisky bekommen? Die Nerven, Sie verstehen schon.«

Ich übernahm die Aufgaben der Kellnerin diesmal selbst. Margret fuhr fort.

»Also schön. Weiter in unserer Geschichte. Trotz Hose, zerdrücktem Busch und gefundenem Schal lief der Plan bis dahin relativ reibungslos. Nun musste Mrs Harris aus dem Weg, denn Gordon Harris wollte ja einerseits die Gärtnerei erben und andererseits frei sein für seine große Liebe und deren Vermögen.«

»Die arme Evelyn!« Mrs Lewis schnäuzte trötend in ein Taschentuch. »Und dabei hat mir Mrs Scott aus dem Textilgeschäft noch erzählt, Gordon hätte ein Kleid für sie gekauft.«

»Nun, das stimmt auch. Er hat das Kleid sogar zweimal gekauft.« Margret machte eine bedeutungsvolle Pause.

Nun verstand ich nichts mehr. Während ich Gläser füllte, drehte ich mich um.

»Zweimal?«

Mrs Lewis wusste ebenfalls von dem Doppelkauf und meldete sich zu Wort.

»Stimmt! Das hat Mrs Scott mir auch berichtet! Sie wunderte sich zunächst darüber, aber Mr Harris sagte zu ihr, er wolle ganz sichergehen, dass es auch passt und lieber später eins zurückbringen. Es sollte ein Geburtstagsgeschenk sein.«

Margret schielte über ihren Brillenrand.

»So ist es. Ich unterhielt mich mit Mrs Scott darüber, als ich in ihrem Laden war.«

Bei mir fiel der Groschen.

»Ach, deshalb warst du dort. Und nicht, weil du eine neue Jacke kaufen wolltest.«

»Hast du ernsthaft geglaubt, ich würde losziehen und mir eine Übergangsjacke besorgen? Wo denkst du hin? Ich und Shopping! Das ist in etwa so, als wenn du einer Kuh das Eislaufen beibringen wolltest. Passt einfach nicht!«

»Deshalb war ich ja so verwundert!«

»Allein der Gedanke ist absurd! Aber ich brauchte einen Vorwand, um mich möglichst unverfänglich mit Mrs Scott zu unterhalten. Und sie schöpfte keinen Verdacht, obwohl sie mich sonst nur einmal in zehn Jahren in ihrem Laden antrifft.«

»Und was hat sie dir erzählt, während du Übergangsjacken anprobiert hast?«

»Nun, sie sagte, sie habe Mr Harris vehement von dem einen Kleid abgeraten.«

»Wieso?«

»Weil es viel zu schmal war. Evelyn hatte eine weibliche Figur mit entsprechenden Rundungen an den richtigen Stellen, wenn man es so nennen darf. Sie war keinesfalls dick, auch nicht kräftig. Aber Gordon brauchte nun einmal eine passende Größe für die Puppenfigur von Josie. Für das Puppentheater! Daher bestand er auf den Kauf. Es sollte die perfekte Verkleidung werden. Leider war das Kleid für Josie nicht nur schmaler, sondern insgesamt auch etwas kürzer, sodass bei ihr ein Stück Bein zu sehen war, während Evelyns Kleid bis über ihren Stiefelrand fiel.«

»Und Evelyn hat sich so über das Kleid gefreut!« Erbost verschränkte ich die Arme vor der Brust. »Sie hat ihren Mann wirklich geliebt, da bin ich mir sicher. Und sie hat ihm vertraut! Sie hätte doch nie gedacht, dass er sie umbringen will!«

»Alles wurde bereits im Vorfeld perfekt geplant. Dafür hatte sich Gordon Harris eine ganz besondere Methode ausgedacht.«

»Eine Methode?«, fragte Constable Dale.

»Ja. Um im Austausch mit seiner Liebsten zu bleiben. Anrufe wären zu auffällig gewesen. Man durfte ja weder etwas von der Beziehung noch von den Morden erfahren. Daher lieferte er seiner Angebeteten immer eine dunkle Tulpe.«

Mir fiel die Szene bei der Blumenlieferung wieder ein.

»Was faselte Mrs Bennett noch mal, als sie die schwarze Tulpe sah? Irgendwas von einer Königin?«

»Diese Tulpe trägt den Namen Queen of Night, Königin der Nacht. Josie Hunter alias Mrs Bennett erzählte uns, die Königin der Nacht spreche zu ihr und habe eine Botschaft.«

»Stimmt! Ich dachte, jetzt wäre sie völlig irre.«

»Ja, aber im Grunde sagte sie einfach nur die Wahrheit. Denn die Königin der Nacht enthielt tatsächlich eine Botschaft.«

»Wie das?«

»Gordon war geschickt. Josie konnte man am ehesten mit Blumen beikommen. So konnte er relativ sicher sein, dass sie seine Anweisungen aufnehmen würde. Als wir sie besuchten, hatte er einen kleinen Zettel in der Tulpe versteckt, den Miss Hunter entnahm. Weißt du noch? Sie umfasste die Blume und steckte ihre Nase ganz tief hinein. Doch der Zettel fiel ihr herunter, nachdem sie nur einen kurzen Blick hatte darauf werfen können.«

»Ich habe nichts davon bemerkt!« Mich überraschte, dass Margret diese Szene offenbar beobachtet hatte, während ich ahnungslos daneben saß.

»Meinst du, ich bin versehentlich gegen den Tisch gestoßen und habe den Teelöffel runtergeschmissen?«

»Bist du nicht?«

»Natürlich nicht. Ich wollte nicht nur den Löffel, sondern auch den Zettel aufheben.«

»Und was stand drauf?«

»Plan B!«

29

Plan B? Was soll das heißen?« Sergeant Willis rieb sich das Kinn. »Ziemlich seltsame Nachricht, was, Dale?«

Margret wandte sich ihm zu.

»Nun, ich gehe davon aus, dass Gordon Harris die Sache etwas zu heiß wurde. Er wusste, dass er Fehler gemacht hatte, beispielsweise mit der Hose. Daher beschloss er, den Plan zu ändern. Ich vermute, Plan B bedeutete, sicherheitshalber jemanden zu beschuldigen. Vielleicht hatte er ja auch mitbekommen, dass widersprüchliche Aussagen zu Dr. Bell gemacht wurden. Das kann ich nicht mit Gewissheit sagen.«

»Ich verstehe!« Mir wurde jetzt klar, warum die vermeintliche Mrs Bennett plötzlich so schlecht über Gladys gesprochen hatte. »Deshalb bekamen wir die Geschichte von der verliebten Miss Price aufgetischt, die Jeffrey Bennett für sich allein haben wollte.«

Gladys wurde dunkelrot.

»Ich wollte ihn nicht für mich allein haben. Ich …«

»Schon gut, mein Kind!« Margret blickte sie milde an. »Wir wissen ja, dass die Sache mit dem Verliebtsein nicht wirklich erfunden war. Aber wir haben keine Sekunde geglaubt, dass du etwas mit Mr Bennetts Tod zu tun hast.«

»Und dann noch dieses Testament. Ich war völlig verzweifelt.«

Sie schluchzte und bedeckte ihr Gesicht mit den Händen.

»Testament?« Inspector Brown popelte in seiner Nase. Ich musste mich wegdrehen. Margret war da etwas direkter.

»Benötigen Sie ein Taschentuch?«

»Nein danke, es geht schon.«

»Wie Sie wollen. Mr Bennett merkte noch rechtzeitig, dass sowohl mit seiner Frau als auch mit sich selbst etwas nicht stimmte und änderte sein Testament. Er vermachte den größten Teil einer gemeinnützigen Organisation und einen kleinen Teil Gladys. Ich vermute, er wollte sie zumindest mit dem Nötigsten versorgt wissen. Weder Gordon Harris noch Josie noch Mabel Stewart wussten etwas von dem geänderten Testament. Wäre dem so gewesen, hätten sie sich das alles sparen können, wobei Rosie Bennett leider schon tot war.«

Gladys Price sprang auf und lief schluchzend in den Flur.

Graham Mitchell erhob sich galant.

»Ich sehe nach ihr.«

Ich nickte ihm dankbar zu. Margret fuhr fort.

»Josie Hunter war verwirrt. Sie war sich vielleicht nicht mehr ganz sicher, was mit Plan B gemeint war oder wen genau sie beschuldigen sollte. Deshalb wollte sie sofort eine persönliche Beratung von Mr Harris und zwar nur von ihm, zumal ihr ja dann auch noch der Zettel runtergefallen ist. Erinnerst du dich, wie sie den armen Stanford genervt hat?«

»Ja, wie könnte ich das wohl vergessen? Armer Kerl!«

»Und dann schneite plötzlich Mrs Stewart herein, nachdem sie vom Koch informiert worden war. Josie durfte nicht völlig abdrehen und am Ende irgendeinen Quatsch erzählen. Sie brauchte eine führende Hand. Ich vermute, das Ganze drohte, außer Kontrolle zu geraten.«

»Gut möglich!«, stimmte ich zu. »Das Verhalten von Josie war ja mehr als nur das einer trauernden Witwe.«

»Der Plan war nie auf einen langen Zeitraum ausgelegt. Bis zu einem gewissen Grad konnte man Josies Benehmen noch irgendwie mit Schock und Trauer erklären, aber irgendwann hätte sie sich ja wieder erholen müssen. Daher musste das Ganze zügig über die Bühne. Ich denke, Gordon Harris wollte mit ihr gemeinsam untertauchen und sich irgendwo mit einer neuen Identität ein gemeinsames Leben aufbauen.«

»Mein Gott. Es muss sich wirklich um ein perfekt ausgeklügeltes Vorhaben gehandelt haben. Und niemand hat etwas bemerkt!«

»Weißt du noch, wie nervös Gordon Harris wurde, als er keine schwarze Tulpe mehr fand, Elisabeth?«

»Aber ja, er fuhr die arme Evelyn an.«

»Josie hatte nur einen kurzen Blick auf die Nachricht in der ersten schwarzen Tulpe werfen können und sie dann fallen lassen. Das brachte sie in ihrem Wahn völlig aus dem Konzept. Sie wollte eine neue Tulpe, eine neue Botschaft! Gordon wusste nur von Gladiolen und anderen Blumen, die er liefern sollte. Ich nehme an, er war selbst verwirrt, als er kurzfristig erfuhr, dass sie auf die Königin der Nacht bestand. Er wusste ja nichts von dem verlorenen Zettel. Vielleicht stieg auch leichte Panik in ihm auf. Ihm war klar, dass irgendetwas aus dem Ruder lief und dass Josie gerade nicht wusste, was sie tun sollte. Daher reagierte er seiner Frau gegenüber entsprechend ungehalten.«

»Ich sehe es noch genau vor mir. Die arme Evelyn war völlig fertig.« Meine Gedanken wanderten wieder zu dem

Tag zurück, als ich in der Gärtnerei gewesen war, um nach dem Basar zu fragen. »Du liebe Güte. Evelyn wollte den Basarstand absagen, weil sie dachte, dass sie das alles zeitlich nicht schaffen würden. Aber Gordon wollte unbedingt!«

Margret nickte langsam. »Das gehörte also auch zu seinem Plan?«, fragte ich. »Aber natürlich, sie hätten ja auch nicht zu zweit hinter dem Stand stehen müssen. Und dann auch noch Mr Pollit. Drei Leute waren eigentlich gar nicht nötig.«

»Ja, Elisabeth! Gordon Harris wollte, dass Evelyn bei diesem Basar mithilft. Und er wollte, dass sie genau dann ihr neues Kleid trägt!«

»Ich bin fassungslos!«, entfuhr es Mrs Turner. Margret wanderte mit der Hand am Kinn im Raum umher.

»Am Tag des Basars, kam da zufällig Mr Harris zu dir und sagte, seine Frau könne die Einnahmen einsammeln, Elisabeth?«

»Ja, jetzt, wo du es sagst! Er kam tatsächlich zu mir. Und mir war es sehr recht. Ich hatte genug andere Dinge zu tun.«

»Und dann wurde plötzlich der Pfarrer weggerufen.«

Mr Stonecastle bekam hysterische Flecken.

»Sie meinen, der Anruf hing mit dem Mord zusammen, Miss Miller?«

»Ja, auch das gehörte zum vorbereiteten Plan! Ich bin mir sehr sicher, dass Mabel Stewart die Anruferin war. Wir wissen alle, dass sie unter einem Sprachproblem litt. Sie lispelte sehr stark aufgrund ihrer fehlenden Vorderzähne. Daher vermied sie die Buchstaben s und z. Das war der Grund für die eigenartige Nachricht, die Sie erhielten.«

Ich blickte bestürzt auf die abgedeckte Leiche auf unserem Fußboden. Mr Stonecastle erinnerte sich.

»In der Tat! Ein durchaus fragwürdiger Satzaufbau. Ich meine, welcher kultivierte Mensch sagt über jemanden, der gerade im Sterben liegt, dass dieser gerade verreckt und die Ölung braucht?«

»Nur jemand, der lediglich Worte nutzen darf, die weder s noch z enthalten. So ist es, Herr Pfarrer. Von Mildred wusste sie wahrscheinlich durch Mr Harris. Und es funktionierte, nicht wahr? Sie machten sich auf den Weg und Gordon gab seiner Frau den Rat, die Kasse in die Sakristei zu bringen. Jetzt hatte er nur noch ein Problem.«

»Welches?« Lucy starrte Margret fasziniert an.

»Nun, Mrs Harris war bei Mrs Gibson gewesen und trug ihr Haar ein ganzes Stück kürzer.«

»Sie sah gut aus, nicht wahr?« Mrs Gibson streckte stolz ihren Rücken durch. »Ich habe ihr dazu geraten. Ihre Spitzen waren ganz kaputt.«

»Aber Mrs Harris sagte, ihr Mann würde es nicht mögen. Ihm hätten die längeren Haare besser gefallen«, erinnerte ich mich. »Ich konnte das überhaupt nicht verstehen. Sie sah wirklich objektiv betrachtet viel besser aus als vorher.«

»Warum mochte er wohl die kürzeren Haare nicht?« Margret klang jetzt wie ein Anwalt beim Schlussplädoyer. »Weil sie nicht zu der Perücke passten, die er für Josie besorgt hatte! Alles hatte er akribisch vorbereitet. Und dann läuft seine Frau im letzten Moment zu Mrs Gibson.«

»Ach, deshalb fielen die Locken plötzlich länger herunter!« Ich tippte mir bei dieser Erleuchtung an die Stirn.

»Ja, denn an diesem Umstand konnte er auf die Schnelle nichts mehr ändern. Er musste das Risiko eingehen und hoffen, dass niemand so genau hinsehen würde.«

»Also, das ist ja wie in einem schlechten Film«, entfuhr es dem Pfarrer. »Wir müssen für den Sünder beten.«

George Kinsley war anderer Meinung.

»Tut mir leid, Mr Stonecastle. Aber für diesen Mann habe ich kein Gebet übrig. Übernehmen Sie das, wenn Sie wollen.«

Margret fuhr unbeirrt fort.

»Josie hatte sich im Lieferwagen umgezogen. Sie ist ja zierlich und konnte sich unbemerkt ducken. Ich sah Gordon Harris, als er ihre Bluse auf dem Beifahrersitz verstaute, doch ich verstand erst später, um was es sich handelte.«

»Ich hielt es für ein Deko-Tuch vom Blumenstand.« Ich schlug mir mit der flachen Hand vor die Stirn. »Wie dumm von mir!«

»Aber nein, Elisabeth! Wie hättest du an eine Bluse denken sollen?«

»Du hast daran gedacht!«

»Aber erst später in der Rückschau und mithilfe meiner Tapetenaufzeichnungen.«

»Ach ja, die Tapete.« Sie stand jetzt als Rolle an der Wand. »Jetzt würde ich deine Zeichnungen und Bemerkungen wahrscheinlich auch verstehen.«

»Ganz sicher! Aber noch mal zurück zur verkleideten Josie. Sie hatte natürlich auch einen Mantel dabei, denn Evelyn trug ja auch einen, zumindest am Anfang.«

»Da hätte Mr Harris sich das zweite Kleid ja eigentlich sparen können und somit auch das erste zum Geburtstag. Unter dem Mantel hätte man nicht gesehen, was sie trägt!«, warf Lucy ein.

»Normalerweise schon, aber Mrs Harris trug den Mantel meist geöffnet und das wusste auch Gordon. Zudem hatte er an diesem Tag gut daran getan, auf das Strickkleid zu achten, denn Evelyn ging ohne Mantel in die Sakristei, weil sie ihn am Stand von Mr Mallowan vergessen hatte.«

Ich überlegte.

»Also war der Mantel, der im Nebenraum der Sakristei lag, der von Josie, den sie nicht brauchte, weil sie in einem geistig hellen Moment sah, dass Mrs Harris ihren gar nicht anhatte?«

»Brillant kombiniert, Elisabeth! Sie ließ ihn unbedacht einfach dort liegen und verlor dazu noch ihr Fußkettchen. Wahrscheinlich hat es sich beim Umziehen im Lieferwagen gelöst, ist dann hochgerutscht, als sie in die Stiefel schlüpfte und dann in der Sakristei endgültig abgefallen. Ich erkannte es wieder, als Sie es uns zeigten, Constable. Sie hatte es bei unserem Kondolenzbesuch getragen.«

Der Sergeant sah Patrick scharf von der Seite an.

»Ich hatte es noch in der Tasche, aber keine Sorge, es ist jetzt auf der Wache!« Constable Dale fuchtelte sich verteidigend in der Luft herum.

Margret fuhr ungerührt fort.

»Evelyn betrat die Sakristei, stellte die Kasse ab und wurde von Josie Hunter erschlagen, die im Nebenraum wartete. Beeindruckend, dass sie diese Kraft aufbrachte. Sie war wohl stärker, als sie aussah. Aber sie musste nur die Statue anheben und sie auf den Kopf von Evelyn fallen lassen.«

»Eine Frage habe ich noch.« Lucy meldete sich. »Woher wusste Josie Hunter, dass die Statue in der Sakristei steht?«

»Ach du meine Güte!« Mr Stonecastle riss in plötzlicher Erleuchtung die Augen auf. »Gordon Harris. Er wollte mir vor zwei Wochen nach dem Gottesdienst unbedingt helfen, Kerzenleuchter in die Sakristei zu tragen. Ich sagte, das sei nicht nötig, aber er ließ sich nicht abhalten. Wir haben uns dann noch eine Weile unterhalten und er hat sich ein bisschen umgesehen. Stellte interessiert Fragen zum Ablauf des Gottesdienstes, was in dem Schrank aufbewahrt werde und solche Dinge.«

»Da hast du deine Antwort, Lucy!«

»Donnerwetter!« Der Sergeant schlug sich auf den Oberschenkel. »So ein zierliches Persönchen. Und dann hievt sie die Tote auch noch in den Schrank.«

»Ja, das muss ein Kraftakt gewesen sein. Aber wie gesagt, ich glaube, sie war stärker, als sie aussah. Und sie hatte einen sehr starken Willen.«

»Aber das Unternehmen war dennoch riskant, nicht wahr?« Der Doktor betrachtete das Ganze medizinisch. »Ihr Krankheitsbild ließ nicht gerade den Schluss zu, dass man zuverlässig auf sie rechnen könne.«

»Das stimmt. Aber sie war fixiert auf Gordon Harris und tat alles, was er von ihr verlangte. Wie eine ferngesteuerte Puppe. Sie war nur etwas ungeschickt beim Wegwischen des Blutes. Denn sie hinterließ einen Schmierstreifen.«

»Und Fußabdrücke!«, ergänzte ich.

»Stimmt! Wir hatten die Abdrücke von Dr. Hastings und dem Pfarrer, dann die Stiefel von Evelyn, die Stöckelschuhe von Miss Shaw und weitere Abdrücke von kleineren Schuhen. Wir vermuteten ebenfalls Stiefel. Die waren von Josie Hunter. An den Matsch durch den Regen hatte wohl niemand gedacht. Nun, es ist nicht verwunderlich, dass bei diesem ganzen Komplott auch Fehler passiert sind. Und davon hat Josie gleich noch einen gemacht.«

»Was denn noch?«, fragte der Constable.

»Sie war eigentlich sehr schlau und trug schwarze Lederhandschuhe, um Fingerabdrücke zu vermeiden. Aber leider hat sie später vergessen, sie wieder auszuziehen. Die Frau, die wir auf dem Friedhof gesehen haben, trug Handschuhe. Evelyn Harris hingegen hatte den ganzen Tag keine an.

Lucy zeigte erneut auf wie ein Schulmädchen.

»Ja, Lucy?«

»Aber war der Schrank nicht ein furchtbar ungeschicktes Versteck? Ich meine, dort hätte man Mrs Harris doch auch ohne Fußabdrücke und Blutspur spätestens am nächsten Sonntag gefunden, wenn Mr Stonecastle den Schrank vor dem Gottesdienst geöffnet hätte.«

»Das stimmt, aber das wurde in Kauf genommen. Der Plan von Gordon Harris war, bis dahin mit seiner Herzdame irgendwo untergetaucht zu sein. Wie gesagt, man konnte ihr Verhalten nicht ewig plausibel erklären.«

»Aber dann haben Sally und ich Mrs Bennett am See gefunden.« Ich hörte meine eigene Stimme wie aus weiter Ferne. Sie war nicht mehr als ein Flüstern.

»Ein ganz unglücklicher Umstand für unser Liebespaar. So mussten sie unverzüglich handeln. Wahrscheinlich war das Plan C.«

Gladys, die gemeinsam mit Graham Mitchell gerade wieder zurück ins Zimmer kam, sah meine Freundin mit traurigem Blick an.

»Und dafür musste Stanford herhalten.«

»So ist es leider, mein Kind. Gordon Harris beschloss, dass es am einfachsten wäre, ihm gleich alles in die Schuhe zu schieben. Dann wären er und seine Liebste fein raus. Er schrieb einen Abschiedsbrief. Wir können davon ausgehen, dass er Mr Wilmot anschließend betäubte und ihn auf der Ladefläche seines Lieferwagens unter den Baum fuhr, an dem er später baumelte. Wahrscheinlich drückte er ihm noch den Hammer in die Hand, damit seine Fingerabdrücke darauf zu finden sein würden. Er legte ihm die Schlinge um den Hals, warf das Seil über den Ast und zog ihn hoch. Ich schätze, dass Mabel Stewart ihm dabei geholfen hat. Die Reifenspuren kann man ja ohne Weiteres überprüfen.«

»Und dabei konnte Stanford überhaupt nicht schreiben! Er hat so darunter gelitten. Wir haben sogar gemeinsam geübt.«

»Ja, das war ein eindeutiger Hinweis. Und dann spazierte Mabel munter mit dem Hammer in die Polizeiwache und beschuldigte Stanford. Seine Fingerabdrücke waren darauf und das Blut war eindeutig von Rosie Bennett. Es passte also alles perfekt zusammen.«

Der Inspector meldete sich seit längerer Zeit mal wieder zu Wort.

»Was soll das heißen, Mr Wilmot konnte nicht schreiben?«

»Er hatte Legasthenie. Aber niemand außer Gladys wusste davon. Ein fataler Fehler von Mr Harris, der ihm aber selbstverständlich nicht bewusst war. Er sah sich den Arbeitsvertrag von Stanford an, auf dem sich dessen Unterschrift befand. Anhand dieser versuchte er, die Schrift zu fälschen. Wenige Zeilen mussten genügen.«

»Seine Unterschrift war das einzige, was er schreiben konnte.« Eine stumme Träne rann über Gladys' Gesicht.

»Warum hat Gordon Harris denn die ganze Drecksarbeit nicht einfach allein gemacht?« Der Sergeant stützte sich mit seinen Pranken auf seinen Knien ab. »Ich meine, wieso lässt er Miss Hunter in die Sakristei gehen und seine Frau erschlagen?«

»Nun, zum einen fand er es wohl besser, die Morde aufzuteilen, um mehr Verwirrung zu stiften. Zum anderen fand er den Plan mit der Verkleidung brillant. Hätte alles funktioniert, wäre das Verschwinden von Evelyn bis zum nächsten Sonntag unbemerkt geblieben. Hinter die Ladentheke hätte er sich selbst stellen können. Er hätte ja nur sagen müssen, dass seine Frau gerade im Gewächshaus zu tun hat, eine Lieferung Blumentöpfe auspackt oder sich um die Buchhaltung kümmert.«

»Aber Mr Pollit wäre es doch aufgefallen«, warf Constable Dale ein.

»Wahrscheinlich ja. Aber man hätte ihm beispielsweise ein paar Tage frei geben können nach den Strapazen des Basars. Ich bin sicher, der Plan von Gordon sah auch hierfür eine passable Lösung vor.«

Sergeant Willis erhob sich.

»Nun, da das alles geklärt ist, mache ich mich wohl mal auf den Weg, um diesen Windhund von Koch zu verhaften. Mal sehen, was der uns noch alles zu erzählen hat. Inspector, begleiten Sie mich?«

»Ja, natürlich. Ich werde Ihre sämtlichen Angaben bis ins Detail überprüfen, Miss Miller.«

»Tun Sie das.«

»Ich muss zugeben, es klingt plausibel. Auch wenn meine Herangehensweise eine etwas andere war.«

»Sie war falsch! Eine Sackgasse!«

»Das möchte ich nicht gleich so unterschreiben. Aber wie gesagt, ich überprüfe Ihre Argumente und auch die Spurensicherung wird sich sofort an die Arbeit machen.«

»Ja, ich bitte darum! Ich stelle mich zur Verfügung, meine Aussagen jederzeit zu wiederholen, falls Ihre … Aufzeichnungen in Ihrem … Heft … nicht ausreichen.«

»Ja, ja, Miss Miller. Ich komme darauf zurück. Sergeant, nach Ihnen.«

»Sie bleiben hier, was, Dale?« Sergeant Willis schlug dem Constable auf die Schulter. »Jemand muss auch hier die Stellung halten.«

»Und ich dachte, ich suche nach Miss Hunter. Wer soll sich denn darum kümmern?«

»Ach ja, die gibt's ja auch noch. Dale, Sie haben recht. Suchen Sie nach Miss Hunter. Sie muss zurück in die Anstalt bis zum Prozess. Geschlossene Abteilung. Ist ja nicht zurechnungsfähig!« Er tippte sich mit Zeigefinger und Mittelfinger zum Abschied grüßend an die Stirn und verließ den Raum. Inspector Brown kroch hinter ihm her.

Als die Haustür hinter ihnen ins Schloss gefallen war, nahm auch der Constable seine Jacke.

»Tja, ich weiß ehrlich gesagt gar nicht, wo ich anfangen soll.«

Margret blickte über ihren Brillenrand.

»Ich würde darauf tippen, dass sie irgendwo auf dem Gelände der Gärtnerei auf die Rückkehr ihres Liebsten wartet. Und schauen Sie doch auch gleich, ob Sie den Schlüssel vom Schrank bei ihr finden. Würde mich nicht wundern.«

»Guter Tipp! Dann mal los.«

»Sie sollten nicht allein gehen.«

Da hatte meine Freundin recht. Ich spähte durch das zerbrochene Fenster.

»Draußen gibt es noch immer zwei Wachleute. Die anderen sind wahrscheinlich mit Gordon Harris abgerauscht. Nehmen Sie die doch mit. Ist sicher besser. Wir haben ja nun erfahren, welche Kräfte Miss Hunter aufbringen kann.«

»Ja, das werde ich tun. Bis später dann!« Er gab Lucy einen Kuss und verabschiedete sich.

30

Was für ein Abenteuer!«, seufzte ich, als wir am nächsten Morgen am Frühstückstisch saßen. »Also mir reicht es fürs Erste.« Ich entdeckte etwas Grünes in meinem Omelett. »Au fein, wieder mit Schnittlauch!« Darüber freute ich mich heute noch mehr als sonst.

Lucy trat mit einer frischen Kanne Tee ins Zimmer.

»Ich habe ein Foto davon gemacht, wie Sie es mir geraten haben, Mrs Wilson.«

»Sehr gut, meine Liebe! Du wirst sehen, das Kochbuch wird der Renner!«

»Sie haben recht, ich sollte es zumindest ausprobieren. Könnte Spaß machen. Patrick fand die Idee auch toll. Und worauf soll ich warten?«

»Bravo! Du wirst noch an meine Worte denken, wenn dein Buch erst zum Verkaufsrenner geworden ist!«

Lucy grinste.

»Ich beteilige Sie am Umsatz. Vielleicht sollte ich auch etwas für Kleinkinder einbauen. Stellen Sie sich vor, Sally Kinsley ist schwanger! Ist das nicht toll?«

»Oh, wie schön, ich hatte es mir bereits gedacht.«

»Sie hat mir vorhin erzählt, dass sie einen Test gemacht hat. George ist wohl völlig aus dem Häuschen! Aber sie will es noch nicht an die große Glocke hängen. Am Anfang kann ja noch einiges passieren.«

»Nun, davon wollen wir mal nicht ausgehen. Aber ich verstehe das. Habe ja schließlich auch zwei Schwangerschaften hinter mir und immer erst nach drei Monaten davon erzählt. Ich freue mich sehr für die beiden. Margret, hast du gehört?«

»Ich bin ja nicht taub. Außerdem habe ich gleich gesagt, dass es der Klapperstorch ist. Erinnerst du dich? Du warst diejenige, die das abgetan hat.«

»Jaja, ist ja schon gut.«

Lucy wischte sich die Hände an ihrer Küchenschürze ab und sah plötzlich betreten auf ihre Füße.

»Was passiert denn nun eigentlich mit der armen Gladys Price? Sie hat heute schon ganz früh gefrühstückt und ist dann spazieren gegangen. Ich glaube, sie hat keine Ahnung, wohin sie gehen soll.«

»Ach, das habe ich ja noch gar nicht erzählt. Ich habe gestern zum Abschied noch kurz mit Mr Moore gesprochen. Er stellt Gladys als neue Aushilfe ein. Und sie kann sogar über dem Pub wohnen. Wir werden ihr die frohe Botschaft sofort verkünden, wenn sie gleich zurückkommt.«

»Wirklich? Das ist ja fabelhaft!« Lucy klatschte in die Hände.

»Nun, es würde mich nicht wundern, wenn Graham Mitchell sich um das weitere Wohlbefinden des Mädchens kümmert! Wahrscheinlich sogar jetzt gerade beim Spaziergang«, nuschelte Margret, während sie ihre Nase in die *Kent News* steckte.

»Wie bitte? Graham Mitchell?«

Margret ließ verständnislos die Zeitung sinken.

»Bin ich denn die einzige hier, die irgendetwas bemerkt? Ich bitte euch! Das ist doch ganz offensichtlich!«

Ich zwinkerte Lucy zu und sie zog sich schmunzelnd in die Küche zurück.

Margret blätterte verdrießlich eine Seite nach der anderen um.

»Nur langweilige Artikel. In Rosefield passiert überhaupt ...«

»Margret! Nun hör aber auf!«

»Ist ja schon gut!«

»Entspann dich doch einfach mal und genieß dein Frühstück. Lucy hat sich heute ganz besonders viel Mühe gegeben. Sie war wohl der Meinung, dass wir ein wenig Stärkung gut vertragen können nach der ganzen Aufregung.«

»Mein Hirn braucht aber Nahrung! Und zwar ständig.«

»Dein Hirn hatte gerade mehr als genug Nahrung. Lös ein Kreuzworträtsel, wenn du das Gefühl hast, dass es immer noch nicht genügt. Außerdem solltest du den Rest deines Körpers vielleicht nicht völlig vernachlässigen.«

»Ich esse genug!«

»Du bist nur Haut und Knochen, Margret Miller. Wenn ein Sturm aufkommt, pustet er dich bis nach Candelham.«

»Ich bin drahtig. Wann hatte ich die letzte Erkältung? Ich war seit mindestens zehn Jahren nicht mehr krank, Elisabeth! Hörst du? Zehn Jahre!«

»Probiere das Omelett, es ist köstlich!«

»Ich hatte schon einen Toast.«

»Einen Toast! Pah! Der war für den hohlen Zahn!«

»Nun lass mich in Ruhe die *Kent News* nach etwas Spannendem durchforsten. Und keine Sorge. Du wirst Gesellschaft beim Kauen bekommen. Dr. Hastings wird gleich hier sein.«

»Dr. Hastings?«

»Ich habe ihn gestern zum Frühstück für heute eingeladen, als wir uns verabschiedet haben.«

»Du hast was?« Ich griff mir panisch in die Haare. »Seit wann lädst du jemanden ein?« In Windeseile machte ich eine Bestandsaufnahme. Meine Haare waren nicht gekämmt, geschminkt war ich auch nicht, ich war nicht angezogen. Hatte ich meine Zähne heute schon geputzt?

»Seit ich das Gefühl habe, es wäre angebracht.«

»Ich bin aber doch heute gar nicht vorzeigbar. Sieh nur, meine Haare stehen in alle Himmelsrichtungen!«

Margret blieb unbeeindruckt.

»Er kommt doch nicht zum ersten Mal vorbei, wenn wir gerade frühstücken. Außerdem hat er dich schon häufiger so gesehen.«

»Aber nicht so zerzaust wie heute. Normalerweise habe ich mich zumindest gekämmt, wenn ich mich an den Tisch begebe. Aber ich hatte heute zu nichts Antrieb nach deiner Aufklärungsarbeit gestern. Hätte ich gewusst, dass Dr. Hastings kommt … Wieso hast du mir denn nicht früher etwas gesagt? Ich muss ins Bad! Sofort!«

Geräuschvoll schob ich meinen Stuhl zurück und stieß dabei gegen die Stehlampe, die ärgerlich hin und her schwankte.

»Dafür, dass er dir nichts bedeutet, machst du aber einen ganz schönen Aufstand.«

Ich spürte, wie mir die Hitze in die Wangen schoss. Das passierte immer dann, wenn ich mich ertappt fühlte. Dennoch ging ich zu Erklärungsversuchen über.

»Ich will ja gar nicht sagen, dass er mir egal ist. Er ist mir sogar sehr wichtig. Dr. Hastings ist ein sehr liebenswerter Mensch, aber Harry …«

Margret sah mich ernst an und legte die *Kent News* zur Seite. Das tat sie normalerweise nie während einer Unterhaltung mit mir. Erstaunt hielt ich inne. Sie strich das Papier sogar mit der Hand glatt und faltete es noch mal.

»Jetzt hör mir mal gut zu, Elisabeth Wilson! Ich weiß, ich habe von solchen Dingen keine Ahnung. Vermutlich sollte ich dir keine Ratschläge zu Themen geben, von denen ich nichts verstehe. Möchte ich auch gar nicht. Aber es ist mir wichtig, dich daran zu erinnern, was dieser Mann alles für dich tut und wie er sich ins Zeug legt. Wer ist denn immer zur Stelle? Wer taucht denn auf wie aus dem Nichts, wenn es irgendwo brennt? Na?«

»Ich weiß, ich weiß! Das ist ja auch sehr nett von ihm.« Kleinlaut ließ ich meine Schultern hängen. Margret kam mir vor wie eine tadelnde Lehrerin und ich schlüpfte automatisch in die Rolle des gescholtenen Kindes.

»Er ist zuverlässig, er ist loyal, er ist anständig! Mir fehlt der Blick für Äußerlichkeiten, aber ich denke, er ist auch nicht unattraktiv für sein Alter, oder?«

»Das stimmt schon.«

»Für meine Begriffe ist sein größter Trumpf natürlich seine Intelligenz. Cleverness, Geistesgegenwärtigkeit, schnelles Kombinieren, das sind die Dinge, auf die ich achte. Und darüber verfügt Dr. Hastings eindeutig.«

»Schlau ist er wirklich! Er ist ja auch Arzt! Dafür musste er einen guten Schulabschluss vorweisen und das Studium absolvieren. Aber Harry …«

»Hast du vergessen, dass er sich vor dich geworfen hat, als Gordon Harris mit dem Revolver fuchtelte? Tollkühn hätte er sich an deiner Stelle durchlöchern lassen! Erinnerst du dich daran, dass er der Erste beim Basaraufbau war und auch der Letzte beim Abbau? Hast du bemerkt, wie er dich bei Miss Shaw verteidigte? Und nicht nur das, er überführte all ihre dunklen Machenschaften! Weißt du noch, wie er sich am See um dich kümmerte? Du hast es mir selbst erzählt. Glaub mir, dieser Mann würde alles für dich tun! Hast du dich überhaupt mal anständig bei ihm bedankt?«

»Ja, nein, vielleicht nicht genug. Aber Harry und ich …«

»Harry ist tot, Elisabeth!« Margret schrie jetzt fast. Ich hatte sie nie so erlebt. Normalerweise interessierte sie sich nicht für zwischenmenschliche Romanzen. Es sei denn, einer ermordete den anderen aus Eifersucht. »Aber Dr. Hastings lebt. Er ist für dich da, und zwar in jeder Lebenslage. Wirf das nicht achtlos weg, Elisabeth!« Mir schossen plötzlich die Tränen in die Augen. Der Gedanke an Harry, Margrets ungewohnte Emotionalität und mein schlechtes Gewissen, weil mir der Arzt mehr bedeutete, als ich zuzugeben bereit war, das alles überkam mich wie eine Woge, die über mir brach. Ich warf mich über den Tisch und vergrub mein Gesicht in meinen Armen. Was dann geschah, werde ich nicht vergessen. Ich spürte plötzlich Margrets hagere Finger auf meinen Händen. Sie richtete mich auf und nahm mich in den Arm. Vor Schreck wurde ich steif wie eine Straßenlaterne.

»Ist schon gut«, flüsterte meine rationale Freundin und ich fing an, mich zu entspannen. Hemmungslos heulte ich in Margrets Strickjacke. Sie strich mir über die zerzausten Locken.

»Ich kauf … dir … eine … neue … Jacke«, schluchzte ich.

»Ach was, Firlefanz! Die alte tut es noch, auch nach deinem Tsunami. Ab in die Waschmaschine und fertig!«

Ich musste lächeln. Typisch Margret. »Er war ein wundervoller Mensch, dein Harry. Ihr hattet eine schöne Zeit miteinander, zwei tolle Söhne. Habe ich dir je gesagt, dass ich manchmal ein bisschen neidisch war?« Ich schüttelte heftig den Kopf. »Aber immer nur kurz, denn du weißt, ich bin kein Beziehungsmensch und schon gar kein Kindermensch. Jeder so, wie er mag! Ich habe es dir von Herzen gegönnt und mich darüber gefreut, dass du mit Harry so glücklich warst. Aber glaub mir, er würde nicht wollen, dass du ihm bis zu deinem Tod hinterhertrauerst. Er würde wollen, dass du fröhlich bist, so wie er dich kannte.«

»Ich käme mir vor, als würde ich Harry verraten oder ihm untreu sein.«

»Dr. Hastings kann und soll Harry nicht ersetzen. Aber er kann eine eigene Rolle in deinem Leben einnehmen, eine andere. Daran ist nichts Verwerfliches, Elisabeth! Ich weiß, dass du Dr. Hastings sehr magst. Gib ihm doch eine Chance.«

Ich sah zu Margret auf, aus verheulten Augen. Ich erkannte, dass es nicht nur die Margret gab, die jeder auf den ersten Blick sah. Nein, es gab auch eine zarte Seite, eine empathische. Ich war ihr gerade zum ersten Mal so richtig begegnet. Nach 72 Jahren! Vielleicht gab es ja auch zwei Seelen in mir. Eine, die mit Harry verheiratet gewesen war, und eine …

Es klingelte. Lucy öffnete und Dr. Hastings stand mit einem riesigen Strauß Tulpen im Zimmer.

»Oh, Jonathan, die sind wirklich hübsch!«, entfuhr es mir, während ich immer noch von Schluchzen geschüttelt wurde.

»Sie haben mich beim Vornamen genannt, liebste Elisabeth. Wenn Sie wüssten, wie sehr mich das freut. Meinen Sie nicht, es wäre an der Zeit, die Förmlichkeiten hinter uns zu lassen? Aber was hast du denn? Geht es dir nicht gut?«

»Oh doch, jetzt geht es mir gut. Sehr gut.«

Margret nickte zufrieden.

»Dann kann ich ja jetzt in Ruhe weiter Zeitung lesen. Setzen Sie sich doch, Doktor.«

»Für dich bitte auch Jonathan, meine liebe Margret.«

»Nun denn, meinetwegen. Setz dich und iss etwas, bevor alles kalt wird.«

Lucy huschte durchs Zimmer.

»Ich hole nur eben schnell eine Vase für diesen fröhlichen Tulpenstrauß. Sehen Sie nur, wie bunt er ist!« Sie strahlte. »Anschließend haue ich noch ein paar Eier in die Pfanne.«

»Ich würde dir gerne häufiger Blumen mitbringen, Elisabeth.«

Doktor Hastings blickte verlegen unter sich. Ich musste schmunzeln.

»Aber nur, wenn auch immer eine schwarze Tulpe dabei ist. Eine Queen of Night.«

»So viele du möchtest.«

»Oh, eine reicht mir. Wirst du auch eine Botschaft darin verstecken?«

»Nein, meine Liebe. Botschaften überbringe ich von nun an immer persönlich.«

Danksagung

Und wieder war da mein unfassbar toller Mann Guido, der jeden Schritt mit mir gegangen ist, völlig egal, ob es Elefantenschritte waren, Gänsefüßchen oder Känguru-Sprünge.

Er hat mit mir Berge erklommen, ist mit mir durch dunkle Tunnel gegangen, immer meine Hand in seiner. Er hat mich getröstet, wenn mich der Mut verlassen hat, hat meine Tränen getrocknet, wenn ich plötzlich das Gefühl hatte, dass aus meiner Idee des Schreibens niemals etwas werden kann. Und manchmal hat er mich auch einfach nur schweigend in den Arm genommen – unbezahlbar! Er ist mein größter Fan, der sich wahnsinnig mit mir über jeden noch so kleinen Erfolg freut, immer wieder, immer wieder. Er ist der Mensch, mit dem ich zuallererst Freud und Leid teilen möchte. Lieber Guido, danke, dass es dich in meinem Leben gibt! Danke, dass du es mit mir aushältst, dass ich mich auf dich verlassen kann, dass du mir das Gefühl gibst, immer auf und an meiner Seite zu sein, zur Not auch gegen den Rest der Welt!

Und dann sind da meine Supersöhne Jan und Max, von mir heiß und innig geliebt und mein allergrößtes Glück! Wenn sie mir sagen, dass sie stolz auf mich sind, spielt nichts anderes mehr eine Rolle. Danke Max, dass du mich immer zum Lachen bringst, selbst wenn ich eine Minute zuvor noch traurig war. Das schaffst nur du, du Sonnenschein! Danke Jan für deinen dauerhaften Einsatz in technischen Fragen (ohne dich wäre ich verloren) und für die vielen intensiven und tiefgründigen Gespräche, die wir so oft miteinander führen. Über meine Geschichten, aber auch über allgemeine Lebensfragen. So wertvoll!

Meine Familie ist meine Energie-Zapfsäule!

Blut ist dicker als Wasser, heißt es immer. Unseres ist cremiger Kartoffelbrei!

Natürlich danke ich auch wieder meinen tollen Eltern und meiner fabelhaften Arnold-sister! Ich habe euch so lieb!

Danke, dass ihr immer für mich da seid, dass ich euch als Fundament in meinem Leben habe!

Auch meiner genialen Patentochter gilt an dieser Stelle ein großer Dank. Liebe Hannah, ich danke dir von Herzen für dein ehrliches Interesse an allem, was ich so schreibe und für dein wertvolles Feedback. Und selbstverständlich auch für die detailgetreue und ganz wundervolle Skizze von Margret und Elisabeth vor ihrem Cottage, die du angefertigt hast. Das hat mich sehr gerührt. Du bist eine Künstlerin!

Auf einer Reise gibt es viele Wegbegleiter*innen, manche kommen ein Stück mit, manche bleiben dauerhaft an deiner Seite, manche kommen neu hinzu und manche winken dir vom Wegesrand aus zu. Ich möchte mich bei allen bedanken, die meinen Autorinnenweg bis hierher begleitet haben, die mich bestärken anstatt zu bremsen, mich motivieren anstatt zu resignieren, sich mit mir freuen und mit mir träumen anstatt nur schwarz zu sehen, die mich anschubsen anstatt mich am Ärmel festzuhalten. Danke an diese Optimist*innen und Motivator*innen in meinem Leben! Schön, dass es euch gibt! Ihr macht meine Welt bunt, bemalt sie mit allen Farben, vertreibt die Regenwolken!

Zu meinen Wegbegleiter*innen zählen auch neue Kolleg*innen, mit denen ich seit einer Weile viele gemeinsame Erfahrungen teilen darf, so hilfsbereit, so bereichernd und wertschätzend! Ich danke euch für den wertvollen Austausch und die gegenseitige Unterstützung! Hoffentlich nehmen wir zusammen noch viele Abzweigungen in dieser Abenteuerlandschaft.

Danke an Melanie Michels für die schönen und sehr professionellen Fotos auf meiner Homepage. Selten, dass ich mir auf Fotos gefalle! Du hast es geschafft, dass ich jedes Bild mochte!

Danke an Andreas Barth, meinen fabelhaften Lektor, der sich wieder mit mir auf die Reise nach Rosefield begeben hat.

Und danke an das Team von Bedey & Thoms Media GmbH für das erneute Vertrauen und die Zusammenarbeit.

Zu guter Letzt möchte ich allen Leser*innen danken, die nun auch zu meinem zweiten Buch gegriffen haben. Danke für die ehrliche Begeisterung, die ihr Margret und Elisabeth entgegenbringt.

Ihr seid toll!

Susanne Arnold
DAS BLAU DER VEILCHEN
Ein Krimi aus Kent

kartoniertes Buch
328 Seiten
Preis 14,00 EUR [D]
ISBN 978-3-98672-028-5
lieferbar

Ebook epub
ISBN 978-3-98672-029-2

Seit langem steht das Anwesen Old Mansion Hall im beschaulichen Örtchen Rosefield leer. Plötzlich verbreitet sich im Ort die Neuigkeit, dass der als verschollen geltende Erbe des Herrenhauses wieder dort eingezogen ist. Für die betagten Freundinnen Elisabeth und Margret eine willkommene Abwechslung in ihrem Alltag.

Doch noch ehe sie dem Neuankömmling einen ersten Besuch abstatten können, geschieht ein heimtückischer Mord. Während die Polizei im Dunkeln tappt, entdeckt Margret eine Spur. Ist sie auf der richtigen Fährte? Und können sie und Elisabeth der Gefahr entgehen, die auf sie lauert?